世界名著名译文库

柳鸣九 主编

巴尔扎克集　柳鸣九 编选

夏倍上校

巴尔扎克中短篇小说选

〔法国〕巴尔扎克 著　罗新璋　陈占元　金志平　王晓峰 译

上海三联书店

“世界名著名译文库”总序

柳鸣九

我们面前的这个文库，其前身是“外国文学名家精选书系”，或者说，现今的这个文库相当大的程度上是以前一个书系为基础的，对此，有必要略作说明。

原来的“外国文学名家精选书系”，是明确以社会文化积累为目的的一个外国文学编选出版项目，该书系的每一种，皆以一位经典作家为对象，全面编选译介其主要的文学作品及相关的资料，再加上生平年表与带研究性的编选者序，力求展示出该作家的全部文学精华，成为该作家整体的一个最佳缩影，使读者一书在手，一个特定作家的整个精神风貌的方方面面尽收眼底。“书系”这种做法的明显特点，是讲究编选中的学术含量，因此呈现在一本书里，自然是多了一层全面性、总结性、综合性，比一般仅以某个具体作品为对象的译介上了一个台阶，是外国文学的译介进行到一定层次，社会需要所促成的一种境界，因为精选集是社会文化积累的最佳而又是最简便有效的一种形式，它可以同时满足阅读欣赏、文化教育以至学术研究等广泛的社会需要。

我之所以有创办精选书系的想法，一方面是因为自己的专业是搞文学史研究的，而搞研究工作的人对综合与总结总有一种癖好。另一方面，则是受法国伽利玛出版社“七星丛书”的直接启发，这套书其实就是一套规模宏大的精选集丛书，已经成为世界上文学编选与文化积累的具有经典示范意义的大型出版事业，标志着法国人文研究的令人仰视的高超水平。

“书系”于1997年问世后，逐渐得到了外国文学界一些在各自领域里都享有声誉的学者、翻译家的支持与合作，多年坚持，惨淡经营，经过长达十五年的努力，总算做到了出版七十种，编选完成八十种的规模，在外国文学领域里成为一项举足轻重、令人瞩目的巨型工程。

这样一套大规模的书，首尾时间相距如此之远，前与后存在某种程度的不平衡、不完全一致、不尽如人意是在所难免的，需要在再版重印中加以解决。事实上，作为一套以“名家、名著、名译、名编选”为特点的文化积累文库，在一个十几亿人口大国的社会文化需求面前，也的确存在着再版重印的必要。然而，这样一个数千万字的大文库要再版重印谈何容易，特别是在人文书籍市场萎缩的近几年，更是如此。几乎所有的出版家都会在这样一个大项目面前望而却步，裹足不前，尽管欣赏有加者、啧啧称道者皆颇多其人。出乎意料，正是在这种令人感慨的氛围中，北京凤凰壹力文化发展有限公司的老总贺鹏飞先生却以当前罕见的人文热情，更以真正出版家才有的雄大气魄与坚定决心，将这个文库接手过去，准备加以承续、延伸、修缮与装潢，甚至一定程度的扩建……与此同时，上海三联书店得悉“文库”出版计划，则主动提出由其承担“文库”的出版任务，以期为优质文化的积累贡献一份力量。眼见又有这样一家有理想追求的知名出版社，积极参与“文库”的建设，颇呈现“珠联璧合”、“强强联手”之势，我倍感欣喜。

于是，这套“世界名著名译文库”就开始出现在读者的面前。

当然，人文图书市场已经大为萎缩的客观现实必须清醒应对。不论对此现实有哪些高妙的辩析与解释，其中的关键就是读经典高雅人文书籍的人已大为减少了，影视媒介大量传播的低俗文化、恶搞文化、打闹文化、看图识字文化已经大行其道，深入人心，而在大为缩减的外国文学阅读中，则是对故事性、对“好看好玩”的兴趣超过了对知性悟性的兴趣，对具体性内容的兴趣超过了对综合性、总体性内容的兴趣，对诉诸感官的内容的兴趣超出了对诉诸理性的内容的兴趣，读书的品位从上一个层次滑向下一个层次，对此，较之于原来的“精选书系”，“文库”不能不做出一些相应的调整与变通，最主要的是增加具体作品的分量，而减少总体性、综合性、概括性内容的分量，在这一点上，似乎是较前有了一定程度的后退，但是，列宁尚可“退一步进两步”，何况我等乎？至于增加作品的分量，就是突出一部部经典名著与读者青睐的佳作，只不过仍力求保持一定的系列性与综合性，把原来的一卷卷“精选集”，变通为一个个小的“系列”，每个“系列”在出版上，则保持自己的开放性，从这个意义上，文库又有了一定程度的增容与拓展。而且，有这么一个平台，把一个个经典作家作为一个个单元、一个个系列，集中展示其文化创作的精华，也不失为社会文化积累的一桩盛举，众人合力的盛举。

面对上述的客观现实，我们的文库会有什么样的前景？我想一个拥有十三亿人口的社会主义大国，一个自称继承了世界优秀文化遗产，并已在世界各地设立孔子学院的中华大国，一个城镇化正在大力发展的社会，一个中产阶级正在日益成长、发展、壮大的社会，是完全需要这样一个巨型的文化积累“文库”的。这是我真挚的信念。如果覆盖面极大的新闻媒介多宣传一些优秀文化、典雅情趣；如果政府从盈富的财库中略微多拨点儿款在全国各地修建更多的图书馆，多给它们增加一点儿购书经费；如果我们的中产阶级宽敞豪华的家宅里多几个人文书架（即使只是为了装饰）；如果我们国民每逢佳节不是提着“黄金月饼”与高档香烟走家串户，而是以人文经典名著馈赠亲友的话，那么，别说一个巨大的“文库”，哪怕有十个八个巨型的“文库”，也会洛阳纸贵、供不应求。这就是我的愿景，一个并不奢求的愿景。

2013 年元月

目　录

译本序

十九世纪的欧洲，随着出版业的发达，长篇勃兴，名家辈出，英有司各特和狄更斯，法有巴尔扎克、大仲马，俄有托尔斯泰及陀思妥耶夫斯基。凡识字的人，一有余闲，就用来看书，故以“阅读的世纪”著称。至二十世纪上半叶，余晖犹辉，英国有哈代的《苔丝》，法国有罗曼·罗兰的长篇《约翰·克利斯朵夫》，德国有托马斯·曼的《布登勃洛克一家》。到下半叶，电视风行，网络兴起；二十一世纪，更进入读图与视屏时代。长篇风光不再，据说长篇小说的时代已经过去。现代性（modernity）最主要的特点，就是速度。读者习惯于快阅读，已不耐烦捧读厚如砖头、夜以继日也看不完的江河小说了。

二零一三年，诺贝尔文学奖颁给擅写中短篇的加拿大作家门罗，可以看作一种风向标。但不管媒体如何发展，永远会有一批喜欢看书的人。读书是雅人雅事。视频固良品，但不可能完全取代“唯有读书高”的读书。犹如大篆，作为一种先秦书体，时至今日，还依旧有人在写。

巴尔扎克笔力雄健，一个题材一上手，下笔往往不能自休，捧出一本又一本长篇杰作（据茨威格统计，共写七十四部），以对社会的深刻观察见称于世。写长篇的间隙，辅以诸多中短篇，有的独立成篇，如本书里的《猫球商店》《双重家庭》和《夏倍上校》，有的作为长篇的补充或后续，如《被遗弃的女人》《卡迪尼昂王妃的隐私》，或介乎两者之间，如《高布赛克》和《无神论者望弥撒》。如今，《高老头》《夏倍上校》等，固然有电影、电视可看，但仍有人不满于改编，乐于读其原作。庄子谓“可以言论者，物之粗也”（《秋水》），语言、口语的表达能力，犹有不及书面语言之处，孔子曾有“言不尽意”之叹。“语之所贵者，意也”（《天道》），而从文字着手，领略“可以意致者”，才得“物之精”。只有通过阅读，深入思考，心知其“意”，方能理会得透。好文章要读。曾国藩认为：“韩欧曾王之文，非高声朗诵，不能得其雄伟之概；李杜韩苏之诗，非密咏恬吟，不能探其深远之韵。”这是深阅读。《哈姆雷特》和《米拉波桥》，对赏读者，同样需要高声朗诵，密咏恬吟。

纵览本书七个中短篇，值得注意者有三：

一、掘发金钱崇拜　一八三零年，路易·菲利普的七月王朝，代表金融贵族大资产阶级利益；总理基佐，公开号召“发财致富吧！”（Enrichissez-vous！）把追求财富，当作社会进步的动力。而法国的资本主义制度，正是在七月王朝时期建立完成的。

巴尔扎克创作的全盛期，在一八三零至一八五零年这二十年间。他致力于观察当时王政复辟时期的社会（observait le monde de son temps，celui de la Restauration. Maurois: *Balzac*，p.174）。他的《人间喜剧》，“几乎逐年地把上升的资产阶级在一八一六至一八四八年这一时期对贵族社会日甚一日的冲击描写出来”（恩格斯语）。新生的资产阶级挟持雄厚资本、金钱势力、财富观念，促使着旧社会逐步解体，建立起资本主义新秩序。巴尔扎克以真名发表的第一部长篇《朱安党人》的前言里说，他“试图在这本书里再现一个时代的精神”。据说巴尔扎克在旺多姆中学时养成观察事物、分析事物的习惯，认为世界一体，倾向于做系统性思考（esprit à systèmes）。《路易·郎贝》中的同名主人公说：“在巴黎，万事万物的出发点，就是钱。”《欧也妮·葛朗台》有言：“人谁无欲望？哪一欲望，不是要靠钱来解决。”社会风气“不再信仰上帝，只知崇拜金钱了”（《幻灭》）。一部《人间喜剧》，就是对金钱社会的无情批判。在这金钱称王 l' Argent-Roi 的世界，金钱的触角无处不在。战场上能征善战、死里逃生的夏倍上校，就无法逃脱金钱利害编织的天罗地网！

在资本原始积累时期，金钱代表一种力量，一种权势。追求财富，固然给社会带来活力；对金钱的贪欲，又造成种种社会悲剧。戈蒂埃说："凭其对现实的深刻观察，巴尔扎克明了，他所要描写的现代生活，受制于金钱这一事实。揭示金钱的罪恶，或许是文学上最大胆之举，就凭这一点，足以使巴尔扎克传之不朽。"

金钱问题，巴尔扎克一开始就极为关注。《人间喜剧》的第一篇作品《猫球商店》（写于一八二九年十月），就是关于布店生意的。齐奥默老板把经商发财视为人生最大乐事。为积聚资本，自奉菲薄，不惜克扣员工伙食；猜到同行"勒戈克要倒"，非但不加援手，反而从中渔利，暴露商人唯利是图的劣根性。

发表于一八三零年三月的《高布赛克》，是巴尔扎克创作生涯中的第一篇杰作。这个中篇最初发表时，不是用主人公名 *Gobseck*，而题作《高利贷者》*L' Usurier*。其写作动机，或许与作者直接跟高利贷者打交道有关。巴尔扎克早年文学试笔受挫，便异想天开，欲经商致富，开办印刷厂。不幸在迈这级台阶时绊了一跤。一八二八年，为应付破产、逼债和支付印刷工人薪资，银行里借不到钱，只得转而乞助于高利贷者，在致韩斯嘉夫人函中说那时出到"一分，一分二，二分息"（dix, douze, vingt pour cent d'intérêts）（一八三七年七月十九日），才能拿到现钱，应付急难。不过，小说不止是就事论事，而是站在更高的立足点。

巴尔扎克识得高利贷者的贪鄙与狡黠，按他后期形成概念的"痴情偏执理论"（la théorie de la passion dévorante）来写高布赛克其人，塑造成高利贷者的典型，成为法国文学中一个独特的人物形象。高布赛克是资本原始积累期的巨富，他认为："金钱代表人类的全部力量。生活不过是一部靠金钱开动的机器……黄金是你们现今社会的灵气。"（L'or représente toutes les forces humaines. La vie n'est-elle pas une machine à laquelle l'argent imprime le movement? L'or est le spiritualisme de vos sociétés actuelles.）敛财是他生活的唯一目的。以其贪婪的本性，不择手段，巧取豪夺；以其对钱财的热衷，又俭省到极点，甚至节省语言和手势。金钱本身，是一种客观存在，但如何掌控运用，根据传统道德，便有了善恶之分。为善可以帮助诉讼代理人盘下事务所，立业成家，但照样收取高额借息，免得受惠人背上人情债；为恶，如对雷斯多伯爵夫人，乘人之危，大笔赚进。钱之所估，吉无不利；钱之所祸，凶无不害。高布赛克，手握巨资，无位而尊，无势而热，俨若暗神。巴尔扎克对他精明刻薄、贪鄙奸诈性情的刻画，可谓入木三分，以至具有象征意义，成为金钱势力的化身。

二、拿破仑崇拜 是十九世纪初期欧洲知识界一种重要精神现象。拿破仑（1769—1821）起自伍卒（le petit caporal），凭一己之力，历四十战，屡建奇功；叱咤风云，更兼文韬武略，雄踞一国之主，征略几近整个欧洲大陆，是现实世界的传奇人物，成为时人崇拜的真正英雄。

贝多芬最伟大的作品，无疑是意志战胜命运的《命运交响曲》。但作曲家对自己一生中最满意的作品，却是《英雄交响曲》。一八零三年末的一次谈话中，贝多芬表示愿献此曲予拿破仑，期望得到法国方面的关注与赏识。次年底，拿破仑登基称帝，贝多芬认为彼亦只一凡夫俗子，粉碎了心中的偶像形象。两年后，乐谱正式出版，定名为*Sinfonia Eroica*，副标题“为隆重纪念一位伟人而作”。但原稿扉页底端，留有“以波拿巴为题写成”的铅笔字迹，显然是受到伟大的时代精神的感召。交响曲气势磅礴，表现一种顶天立地的英雄气概，不愧“英雄”的命名。

司汤达后期撰自传时，写到最后，归结为一句话：“生平只崇拜一人：拿破仑。”赞赏拿破仑的个人才干、坚强意志和非凡精力，认为是恺撒之后，世界上最伟大的人。一八三七年，他怀着一种宗教情感写下《拿破仑传稿》。这不是一部严格意义上的传记，只记叙司汤达随帝国大军进入米兰、维也纳、莫斯科，以及几次仰见拿破仑的印象。而其《红与黑》与《巴马修道院》这两部巨作，按法国文学研究权威柳鸣九先生的说法，是“司汤达拿破仑情结的并蒂莲”！

无独有偶，巴尔扎克也是热诚的拿破仑崇拜者，他生于一七九九年五月，同年十一月，拿破仑发动“雾月政变”，一举夺得国家最高权力。一七九九至一八一五帝政时期，也即历史上的拿破仑时代，正值巴尔扎克长大成人的青少年时期。巴自命为“奥斯特里茨产儿”（un enfant d' Austerlitz）；奥斯特里茨在今捷克境内，一八零五年十二月，法军以少胜多，击溃俄奥联军，歼敌三万五千人，自损九千，为拿破仑生平最辉煌战绩。巴尔扎克是在“帝国荣耀的阳光下成长的”（élevé au soleil de la gloire impériale）。帝国将士为荣耀而战，巴尔扎克则要为文学的荣名（gloire littéraire）而写作。他搬到卡西尼大街（Rue Cassini No.1），写《朱安党人》时期，在简朴的工作室里，壁炉台上置一尊拿破仑石膏像，剑盒上贴有一纸条，上书：“彼以剑创其业，吾以笔竟其功”（Sur le fourreau de l' épée，un petit bout de papier portait cette phrase: Ce qu' il n' a pas achevé par l' épée，je l' accomplirai par la plume. Honoré de Balzac. 见 *Maurois*，p.192），企盼伟大与荣名（je rêve grandeur et gloire）。他要用自己的笔征服世界，就像拿破仑凭剑征服世界一样，以“文坛拿破仑”自期（据茨威格《巴尔扎克传》）。恩格斯十分赞赏巴尔扎克在《幻灭》里写“共和党英雄们”，小团体中阿尔代兹（d' Arthez）是“集高尚品德与绝世才华于一身的罕见人物”，出现在《卡迪尼昂王妃的隐私》里时，“虽然已属成熟的三十八岁了……他年轻的时候，就有点像当将军时的拿破仑（très jeune，il avait offert une vague ressemblance avec Bonaparte général），直到这时仍旧很像。”强调阿尔代兹与拿破仑相貌相像一点，也是对这罕见人物的揄扬之辞！巴尔扎克晚年病重之际，犹不忘拿破仑：“我像耳聋的贝多芬，失明的拉斐尔，手下无兵的拿破仑。”（J' étais comme Beethoven sourd，comme Raphaël aveugle，comme Napoléon sans soldats...）

一八五零年八月十八日，巴尔扎克逝世当晚，已入弥留状态，雨果前去探望，“我看到他的侧面，他与皇帝如此之像。”（Je le voyait de profil，et il ressemblait ainsi à l' Empereur.）当奥斯特里茨太阳初升之期，死像拿破仑进入历史，名扬天下。巴尔扎克狂爱伟大的事物，狂爱拿破仑皇帝（Maurois: il aime à la folie les grandeurs, l' Empereur Napoléon）。可谓生得光荣（gloire），死得伟大（grandeur）——je rêve grandeur et gloire——梦想实现，庶几无憾！

写于一八三二年三月的《夏倍上校》，是对帝国军人的礼赞，更是间接对拿破仑的颂扬。茨威格指出：巴尔扎克“取得的第一个巨大的成功是《夏倍上校》，第二大成功是《欧也妮·葛朗台》”。所谓成功，是指塑造人物的过程，通过集中、拔高、充实，把沉睡的力量全部发掘出来。认为仅仅描绘个人生活，远远不够。要使人物性格得到代表，仅一二医生要能代表所有的医生！

夏倍，孤儿院长大，青年时从军，跟随拿破仑冲锋陷阵，升为上校，晋封伯爵。在一八零七年三月普鲁士东部的劳埃战役，法军相继击溃普军、俄军。这是一场恶战，夏倍率一骑兵联队，掩护主力部队，打到兵尽援绝，与阵共阵亡。故事从夏倍从死人堆下爬出来开始，最后被压在确认身份的证件堆下翻不了身告终。夏倍是个勇敢的军人，具有博大的胸怀，作为一个在战场上被认为“死去的人”，要想在巴黎恢复上校的身份和地位，充满艰难险阻。但正直不防身，功败垂成，其“遗孀”利用夏倍老人的善良和牺牲精神，用卑鄙的算计逼退了他。夏倍的宽厚与“遗孀”的卑劣，形成鲜明的对照。在忧患中，唯有从前的战友、帝国禁卫军上士凡尼奥肯接济他，但所提供的最好照顾也简陋之极。“帝国军队的遗老，是那一群英雄中的一员，他们的身上映现着整个国家的光荣，正好像被太阳照着的镜子反射出全部的太阳光芒。”拿破仑兵败滑铁卢，夏倍感到“我们的太阳落山了，我们都觉得寒冷”。作为失败的英雄，夏倍在他“遗孀”的感情陷阱里倒下了；作为无愧无怍的真正英雄，拿破仑老兵的形象屹立了起来！

笔者愿指出，就作品的感人而言，巴尔扎克第一个巨大的成功是《夏倍上校》，第二大成功当属《无神论者望弥撒》。前者以其正直、悲壮，其伟岸的人格，壁立千仞，光照人间；后者以其慈祥、高尚胜，其可歌可泣精神，令人肃然起敬。据说，巴尔扎克“在一夜之间写出《无神论者望弥撒》这一简短的艺术杰作”（茨威格）。巴尔扎克的写作速度，非翻译家所能望其项背。《奥诺丽纳》，据作者称，是三天内完成的；莫洛亚揶揄“他就爱卖这个俏”（il avait de ces coquetteries，p.516）。茨威格在《巴尔扎克传》确凿指出：“巴尔扎克在十四天里创作了这样精彩的一部杰作[①]。”莫洛亚曾编排有巴尔扎克一生著作年表，*Chronologie*：“《贝姨》两月内写成。”（*La Cousine Bettea* été écrite en deux mois．p.580）于一八四六年十月出版，时年四十七岁。不如此神速，就不可能在二十年内写出两千万字的作品！人间有“超人”，也必有“超作家”；巴尔扎克就是一位“超小说家”！（Maurois，p.464）。现代社会里匆忙的无神论者，倘能腾出二十分钟，也来望一下弥撒，就会发现，在尘俗十丈中，世间犹有良善之心，犹有不胜受恩感激！此处巴尔扎克的杰构，经王晓峰女士的会通传译，可谓相得益彰！懂法文的朋友，不妨找来原文对读，当有悟于翻译之道矣！

三、贵夫人崇拜 巴尔扎克的作品，对法国社会，对巴黎的上流社会，尤其对上流社会的妇女，做了出色的描绘。

法国中世纪的骑士文学，崇尚对女性的诗意崇拜，宣扬一种风雅之爱（l' amour courtois）。骑士式的神秘爱情，是一种极端夸张的恋爱方式。女子不是和男子一样的肉身，因隔着身份的距离，女主人被理想化而奉为天仙。风雅的骑士能崇拜她、赞美她，本身就是一种酬报。丹纳指出：“在德国，风流行为，登不得大雅之堂；而在拉丁国家，却得到容忍或宽恕。”

沙龙虽伴随文艺复兴而在意大利首先出现，但史家 Arvède Barine 认为，郎布耶侯爵夫人（la marquise de Rambouillet，1588—1655）的“蓝色客厅”Chambre bleue，才是真正意义上的沙龙。壮丽的爵府，精致的摆设，丰富的藏书，珍贵的画幅，尽显豪华的气

① 指《邦斯舅舅》。

派。据说笛卡尔曾在“蓝色客厅”宣读过其《方法论》(*Discours de la Méthode*),可见这圈子里女性的智力也不弱。十七、十八世纪,沙龙得以在法国社会延续下来。大革命时期历十年混乱,到帝政时期,沙龙制度才逐渐推广到英、德、奥、瑞等国。

沙龙承骑士文学浪漫精神的余绪,形成一种新型社交观。一般由一位美貌而高雅的女主人主持,是文人学者、诗人画家、哲人思想家相聚的去处,彼此进行无拘无束的谈话。即使无聊的话题,由于漂亮的应对而变得趣味无穷。谈话的艺术,不在内容,而在急智和机锋(jeu d' esprit)。流俗的说法,露骨的言语,会刺痛“娇嫩的耳朵”,使女太太们脸红,应尽量避免。沙龙里时时迸现“语言花朵”,要会使用纯正的语言(le bon usage),精微的表达,甚至不惜过甚其辞,想出矫揉造作的说法(les expressions précieuses)。

沙龙里也举行小型音乐会,如钢琴、小提琴或室内乐演奏。有时诗人朗诵自己即兴写的十四行诗。谈话随机而发,当侍女送来一瓶鲜花,会有人赞美自然界的绚丽奇妙。而讲究礼貌,并不排斥兴致。为调剂气氛,话中不妨带点儿小小的讥刺,以激起论辩双方的交锋。

沙龙也随着时代而发生变化。大革命时期,罗兰夫人的客厅,就是吉伦特派的舆论中心,像当时的革命俱乐部。史达埃夫人的沙龙,也吹起大革命之风,成了组织策划和政治阴谋的角逐场,直到一七九二年公安委员会把她逐出巴黎。

巴尔扎克的同时代,犹有雷迦弥埃夫人(Mme Récamier,1777—1849)主持的沙龙。雷迦弥埃夫人是执政时期三大丽人之一,每星期一举行盛大招待会。她窈窕的身材匀称得惊人,除珠链不戴任何饰物,朴素才最能展现她天生之美。其贞静的面容,就像拉斐尔的一幅圣母像,纵使大卫(作有名画 *Mme Récamier*)高超的画技,也无法尽显其美!一八二九年,由德·阿布朗苔丝公爵夫人引见,巴尔扎克曾一睹其芳容(Maurois, p.211)。巴尔扎克《三十岁的女人》,就是一部“脂粉气浓烈的沙龙小说”(茨威格)。

莫洛亚认为，巴尔扎克一身而二任，一方面是杰出的《人间喜剧》创造者，另一方面是生活在人间社会的胖子作者，受到小有资产家庭的影响，难免攀龙附凤的虚荣心。早期追求德·阿布朗苔丝夫人（la duchesse d' Abrantès，1784—1838），她本拿破仑副官于诺将军的遗孀，“是一位被科西嘉来的篡位者新近提升的公爵夫人”。拿破仑在战场上早有口谕封侯之举，帝国于一八零八年才正式创建晋封制度。《猫球商店》里的德·加里里阿诺夫人是帝国新贵，其丈夫就因军功而封为公爵。巴尔扎克追求的另一位是德·卡斯特莉侯爵夫人（ marquise，puis duchesse de Castries，1796—1861），其贵族谱系可追溯到十一世纪，是纯正的贵族血统，无懈可击的圣日耳曼区成员。巴尔扎克为追求这位世袭贵妇，浪费了大量金钱和半年宝贵时间。他在致一女读者的信中叹苦经道：“按照德·卡斯特莉夫人的意见，保持在无懈可击范围内的这种关系，是我一生中所经受的最为沉重的一次打击。”《被遗弃的女人》博塞昂夫人，《卡迪尼昂王妃的隐私》里莫菲纽斯公爵夫人，都是世家旧族，门第观念上胜于帝国新贵。

随着复辟王朝告终，资助断绝，名门衰落，沙龙逐渐被名媛贵妇新起的客厅所取代。《猫球商店》和《卡迪尼昂王妃的隐私》这两篇作品，对贵夫人客厅都有过精雅的描述。前一中篇里，画家索默维安成名之后，宁可怠慢花容月貌、纯朴可爱的娇妻，而热衷于趋赴半老佳人公爵夫人的客厅，是为追求一种有品位的生活。另一篇里，《被遗弃的女人》博塞昂夫人，是巴尔扎克笔下“秉具美貌、厄运与高贵三重折光”（ triple éclat de la beauté，du malheur et de la noblesse）而成的最有诗意的女性形象。年轻的加斯东，遵从母命，娶一有钱继承人，过了七个月单调乏味的婚后生活，想与博塞昂夫人重续旧缘，却遭峻拒，竟至痛不欲生，饮弹自尽。上流社会妇女，出身高贵，礼仪周全，其修养谈吐，幽怀逸趣，若天仙化人，自足动人。

《卡迪尼昂王妃的隐私》，文章做在隐私上。是隐私，总有些藏藏掖掖见不得人的地方。王妃原名狄安娜，其母把她嫁给自己与之有私情的莫菲纽斯公爵。狄安娜为报复这不幸的婚姻，先后与三四位纨绔子弟过从轻佻，继而又出现在大使、外长等显要人物身旁，并公然标榜有过十几位亲密男友。到七月王朝时期，繁华消歇，退隐自守。此时三十六岁的美艳王妃，可谓“妖韶女老，自有余态”，更兼工于心计，善于打扮，娴于辞令，使正直纯良的阿尔代兹入其彀中，初见之下，竟以为不过二十妙龄的少女。连“共和党英雄们”，法兰西未来社会的精英，看到这天使般美丽的容颜，也以为其必有一颗美丽的心灵。阿尔代兹是巴尔扎克用心写的一个人物，视为纯洁的化身（d' Arthez，la pureté)。在小说中，阿尔代兹已是成功的作家，有较多巴尔扎克自己的影子。

作为现实主义大师，巴尔扎克却有个虚幻的想法，认为：得到贵族女子的爱，才是对政治家、作家成功的加冕肯定（L'amour d' une aristocrate couronnant une réussite d' écrivain et d' homme politique)。生活虽优渥，阿尔代兹律己还像个大学生，纯洁而高尚。识得女人而不识女神的他，在莫菲纽斯公爵夫人身上看到了一个天使，便毫不挑剔、死心塌地地崇仰起来。法国评论家认为，这篇作品是写卓越人物之爱（l’ amour d' un homme supérieur)。阿尔代兹之爱狄安娜，正如拿破仑之爱约瑟芬（Joséphine Beauharnais，1763—1814)。英雄崇拜，世人时有；当十九世纪初，欧洲知识界具体为拿破仑崇拜。而女性崇拜，极而言之，贵夫人崇拜，或许是一种更加根深蒂固的男性心理。阿尔代兹的感情变化，从中或可得到解释。

这是一篇不可多得的精妙之作，不是写少男少女纯情的爱情故事，而是中年男女（三十八与三十六）相慕相恋的感情接近。是供成年人阅读的佳作。小说写于一八三九年六月，正值巴尔扎克四十壮年，思想与文笔进入巅峰时期。作品写成后，巴尔扎克致韩斯嘉夫人函中说道：“这是现时最伟大的‘道德’喜剧。三十七岁的莫菲纽斯公爵夫人，因继承关系而得卡迪尼昂王妃称衔，凭了一大堆谎言，使她的第十四位崇拜者，把她奉为圣女，良家妇女，羞涩少女……之所以是杰作，在于她那些谎言被认为是正当而必要的，因爱而得到宽谅（一八三九年七月十五日）。”小说不好写而写好了，得意之情溢于言表。笔触之细，对话之妙，当属精雅文艺。笔者早年读到此作，觉得用字微妙，移译难以酷肖，视为畏途。可见传译难度极大，没有足够功力难以臻此！

巴尔扎克去世后，其毕生死对头（L'ennemi le plus constant）圣勃甫，在九月二日《月曜日谈话》中表示，从今以后，要抛弃个人恩怨，公正评价逝者的文学业绩，并反问道：“帝国的元老和美妇，有谁比他写得更好？尤其是王政复辟后期的公爵夫人、子爵夫人、三十岁女人，有谁比他写得更顾盼生姿？”赞扬归赞扬，圣勃甫依然表示受不了巴尔扎克“那种堕落的甜俗文风”（ce style d' une corruption delicieuse）！

巴尔扎克说过：“自然界有阴性生物，而人类社会最辉煌的成就，就是创造出了女性。”女性为巴尔扎克创作拓展了无限天际，构成巴尔扎克文学成就的一个重要方面。

啰啰唆唆写到这里，此序算不得自撰之文，只是阅读材料的摘编，聊以塞责，非常惭愧！

罗新璋

二零一四年八月

避暑昆明时

第一辑

猫球商店

圣丹尼街的中段，靠近小狮街的拐角，早先有一幢楼房，这类房屋现在已很稀罕，历史学家看了，大可以此类推，去追想当年巴黎的风貌。岌岌可危的墙壁，好像涂满了奇形怪状的楔形文字。原来横桁斜柱，在石灰浆涂刷的墙面上，构成许多X形和V形，斜杠之间似显平行式样。街上只要有车子轻轻走过，梁木就会在榫头卯眼里咯咯震动。这座上了年头的房子，屋顶呈三角形，这种构式在巴黎都快要绝迹了。顶部几经风雨，已经翘曲，屋檐竟临街伸出有三尺光景，大雨天连门口都飘不到雨水，平时则对顶楼的墙壁和没有护栏的窗户起到遮蔽保护作用。顶楼是一排板壁，像石板瓦片一样，一块接一块钉在一起，想必是不要给这座单薄的楼房增加负荷。

时值三月，一个春雨蒙蒙的清晨，有个紧裹披风的青年，站在对面一家店铺的房檐下，拿出不亚于考古家的热诚，正在细细打量这栋老屋。这座十六世纪中产阶级的遗物，倒确有不少值得观察的地方。每一层楼，都很别致。底层有四扇又高又窄的窗，靠得挺近，下半截装着木栅栏，店堂里半明不暗的，滑头商人尽可利用幽暗的光线，让主顾看到颜色中意的料子。整座楼数这一部分最重要，但年轻人却鄙夷不屑，连瞧都没瞧一眼。二层楼上，百叶窗已经拉起，高大的窗子嵌着波希米亚[1]玻璃，后面挂着绛红色的细纱窗帘，年轻人看看也没多大兴味。他属意于三楼那简陋的几扇。窗框做工之粗，简直有资格送进工艺馆，当作法国早期木器的样品。窗上的小玻璃，颜色深绿深绿的，要不是他眼力好，根本看不清后面还挂着蓝布方

① 位于捷克斯洛伐克西部，农牧并盛，所产玻璃闻名于世。

格窗帘，而室内的奥秘，给这窗帘一隔，外人也就无从得见。张望了半天，一无所获。整幢楼，甚至整个区，都悄没声息。年轻人不觉腻味起来，便低下眼睛往底下看。重新打量之下，这爿店铺果然不乏可笑之处，嘴角上不禁漾出一丝笑意。门楣上是一根粗大的横梁，托在四根柱子上；柱子好像经不住老屋的重量，已经压弯变形。横梁漆了又漆，像公爵老夫人脸上的脂粉，擦了一层又一层。这根大梁还经过一番雕绘，刻工不无造作的痕迹；中间是幅古画，画的是猫咪拍球的情景。这幅画倒引起年轻人的意兴。应该说，现代最风趣的画家，也未必能想出这样的笑料。画上的猫，用前爪举着一只其大无比的球拍，踮起后腿，准备去接一位穿绣衣的绅士打来的大球。构图，色彩，饰物，种种处理，都看得出画家意在取笑店主和行人。年深月久，这幅憨态可掬的画已经褪色，有些地方模糊不清，更显得滑稽突梯，细心的过路人看了会存下疑团。就说猫咪那条花斑尾巴吧，东断西缺的，看上去竟像一个站在旁边看热闹的人——因为猫尾巴当初画得又粗又大，翘得老高。画的右边，是一片天蓝的底色，也没能完全遮住底下的烂木头。只见上面写着“齐奥默商号”，左前面是“前谢家老店”字样。招牌上的字，照过去的拼法，把 U 和 V 颠倒着写；字上原先涂的一点儿金粉，日晒雨淋，也已剥蚀殆尽。一般人认为，人情世故会越来越精，招揽顾客的玩意儿，也是后来居上，要减抑这类倨傲的看法，只消看看这些招牌，其出典现在连不少巴黎商人都觉得古怪，其实当初只是把活的景象绘成死的画面而已。头脑活络的先辈们，就靠这类活招牌，把买主引进店堂来。有些牌号如“纺织母猪”“绿毛猢狲”等，原先就是养在笼里的动物，凭灵巧的动作，叫来往的行人看了极口称奇；而要把牲口训练到这一步，可以想见十五世纪时商家们耐心之好。这类珍禽异兽，比起圣丹尼街至今还看得到的《天神像》《信义图》《上帝施恩》《圣约翰受刑》等宗教画，更能使店主交运走红，发财致富。不过，我们这位陌生人站在那儿，决不是为了欣赏画上的猫咪，那只要去看上一眼，脑子里就足以留下深刻印象了。

话得说回来，这年轻人，也有点特别。他身披一件仿古款式的披风，底下露出一双漂亮的皮鞋。而且不顾巴黎的泥泞，脚上穿了一双雪白的丝袜，就格外惹眼。丝袜上溅着星星点点的泥斑，说明他已等得很不耐烦。他准是刚从什么喜筵或舞会上出来，要不然哪有一大早就戴白手套的呢！齐肩的乌黑卷发，一望而知是卡拉戛拉[①]式；这种发式既受到达维特画派的影响，也由于本世纪初崇尚希腊罗马艺术而再度风靡一时。除了几个来迟的菜贩，赶车匆匆驰往中央菜场，这条热闹的街道，此刻一片沉寂。此中况味，只有黎明即起，在空旷的巴黎闲步的人才能领略：喧闹的市声沉寂不久，又周而复始，像海涛一般从远处传来。这陌生青年，在猫球商店的伙计看来，一定很特别，正像他眼中的猫球商店十分古怪一样。他一脸懊恼的神色，颈上围着一条雪白的围巾，脸色就更显苍白。他的黑眼睛，时而昏暗无光，时而炯炯有神，配着轮廓奇特的脸相和曲折有致的丰唇。这时，他抿着嘴，脸上透出一丝苦笑。他前额紧蹙，抑抑不乐，有股肃杀之气。一个人脸上最有预示性的，难道不是额头吗？他内心一激动，额上的皱纹便攒得很深，令人望而生畏。他很容易心烦意乱；心情一恢复平静，便天庭生辉，风姿动人。是欢欣，是悲苦，是爱恋，是愤慨，抑或是轻蔑，都一一形之于色，连最冷漠的人看了也不会不留下印象。此刻，他心烦意乱，连阁楼天窗里突然露出的三张红扑扑的快活胖脸也没看到——这种圆头圆脑的长相，有些建筑物上就用以雕成象征富商的头像。趴在窗口的这三张脸，令人想起云端里伴随上帝的胖乎乎的小天使。他们大口大口吸着街上的新鲜空气，阁楼里的闷热难闻就可想而知。其中一个爱寻开心的家伙，指了指楼下站岗似的怪人，转身拿了把喷壶回来，金属喷嘴是新近刚换成橡皮管的。带着恶作剧的神情，他们把淡白色的淅沥细雨朝过路人浇去，水带点香味儿，说明这三个下巴颏儿刚刚刮过。他们踮着脚尖，退到后墙，想看看那倒霉家伙如何发作，正要笑出

① 卡拉戛拉（188—217）：系罗马皇帝。

声来又马上忍住了，只见年轻人满不在乎地抖了抖披风，一脸轻蔑的神气，朝空空如也的窗口乜视了一眼。这时，三楼粗陋的窗口，露出一只雪白的嫩手，正把窗扇顺着滑槽往上推，吊窗的转钮一吃不住劲，沉重的窗门就会陡然滑落。过路人等了半天，这时才如愿以偿。窗洞里，出现一位少女像水莲花般清新的脸蛋儿。细纱绉纹的高领，给她的容颜增添一分娇憨天真。褐色的衣衫，因睡眠刚起，开口处露出雪白的颈项和肩膀。朴直的脸上，没有一点儿拘束的表情；文静的眼神，早已在拉斐尔作品上给画得出神入化，传之不朽了。她的那种娟美，那种纯静，并不输于有名的童贞女像。惺忪娇慵的神态，更显得朝气蓬勃。脸颊上的青春气息，与窗框的粗黑朽衰，真是相映成趣。像白天怒放的花朵，夜里受到寒气侵袭，花瓣蜷缩拢来，到清晨还没完全舒展开来。刚睡醒的年轻姑娘，蓝眼睛茫茫然望着邻家的屋顶和天空；接着，习惯地低下头去，看着昏暗不明的街道，却冷不防遇到那位崇拜者的眼光。也许出于娇羞之心，觉得自己仪容不整，给人看到怪不好意思的，便急忙往后一退，顺手把搭钩一捻，窗子便骤然落下，其速度之快，今天已给我们祖辈这件朴实的发明，赢得了个好名声[①]。于是，幻象消失。对这年轻人说来，最明亮的晨星，又给浮云遮蔽了去。

这几件小事发生之际，猫球商店橱窗里面厚重的护窗，像变戏法一般全给卸走了。一个看来年辈跟招牌一样老的男仆，把旧式带门环的大门推进墙里，再抖抖索索挂出一方布招，上面用黄丝线绣着“前谢家老店，齐奥默商号”字样。齐奥默先生做的究竟是什么买卖，不少过路人都摸不大清。隔着店门外粗大的铁栏杆，隐隐约约能望见店堂里一排排棕色帆布包，挤挤挨挨的，多得像横渡大西洋的鲱鱼。这哥特式的门面，看来貌不惊人，齐奥默号子却是巴黎存货最足、客户最多、信誉最好的布商。碰上哪位同业跟政府做成一笔交易，而缺了点货，齐老板可随时允承，不论数目多大。以其

---

① 这种推拉窗，窗户沿滑槽升上落下，一如“断头台的铡刀”。

经商的老谋深算，他懂得赚大钱的种种门道，根本用不着像别人那样，卑辞厚礼去巴结后台。凡是客户要用汇票付账，信用虽好但期限较长，店老板便要人家去同自己的公证人洽商，说这很好通融，以便从中再捞一笔好处。他这一招，在圣丹尼街的买卖人中，赢得了这样的口碑："齐大爷的公证人，上帝保佑，少见为妙！"足以说明汇票贴现，扣去的决非区区小数！

男仆一走，老布商就像显灵一般，站在店堂门口。看看圣丹尼街的街面，周围的店铺和天色，像一个人出洋归来，回到勒阿弗尔进港码头，重见故土，什么都要仔细瞧瞧一样。等他确信一觉醒来什么也没发生，这才注意到那按兵不动的陌生人，而那生客也在打量这家布店的老祖宗，像生物学家韩鲍德（Humboldt）在美洲初次看到电鳗鱼一样。

齐奥默先生身穿宽大的黑丝绒短裤，花色条纹袜子，脚蹬方头银扣皮鞋。他背有点驼，一件暗绿色上装，前襟，后摆，领口，都是方的，白金属大纽扣，用得都发红了。花白头发贴着黄脑壳，梳得平平整整，像一片犁过的田畴。两只绿眼睛很小，就同钻子钻出来似的，在没有眉毛、略呈浅红色的眉棱下，炯炯有神。长年操劳，脑门上的皱纹，跟衣褶一样多。这张苍白的脸上，摆着坚忍的神色，经商的机智，和生意人的圆滑与贪鄙。那时候，老派家庭比今天多；这种家庭在进入新的文明时代，还把本行本业的习俗和衣着，当作了不得的传统承袭下来，如同居维埃[①]在岩层里挖出的史前残骸一样。齐奥默作为一家之主，就是一个出名的老古派：时至今日，还在惋惜废除"布政使"这官衔，而且没有一次不把"商务法庭的裁决"说成"当道的旨意"。想必是率由旧章，每天全家数他起得最早，在门口站定脚跟，等手下的三个店员，谁要来晚了，少不得挨一顿训斥。

这几个侍奉墨丘利（mercure，罗马财神）的弟子，就怕星期一早晨老板一声不吭，要从他们的神态举止上看出点名堂，找出有没

① 居维埃（Cuvier）为十八九世纪著名的博物学者。

有胡闹过的蛛丝马迹。但在此刻，布商无暇及此，他正纳闷，这个披披风穿丝袜的年轻人，这么关注他的招牌和店堂是何居心。天色更亮了，看得见装着铁栅的账台，周围挂着用旧的绿绸幔，堆放着大本大本账册，这是有关生财之道的谕示。而这一角，似乎正是那个好奇家伙觊觎之所在，而且好像要把饭厅的格局也熟记于心——饭厅在店堂一侧，靠天窗取光，店门口发生什么事，全家坐在这里吃饭都不难看到。一个吃过最高限价[①]苦头的商人，看到有人对他的家宅如此热衷，当然不免起疑。齐奥默先生认为，这阴阳怪气的家伙准是看上了店里的钱箱。他有这种想法，也是十分自然的。年纪最大的一个店员，看到老板和生客不动声色地较劲，便大着胆子走近齐奥默先生站着的石板，发现那年轻人正在偷看三楼窗户。店员朝街心走了两步，抬头一望，仿佛看见奥古丝汀小姐正慌忙从窗口缩回去。这领班伙计的眼睛太尖了，老板有点不高兴，瞪了他一眼。幸好，这不速之客在布商和多情的伙计心里引起的恐慌，倏忽之间便消弭于无了。原来陌生人喊住一辆朝附近广场驶去的出租马车，装着若无其事的样子，很快登上车不见了。他这一走，让另外两个伙计也好比吃了定心丸：刚才看到受他们捉弄的家伙一直站在原地不动，心里倒有点忐忑不安。

"唉，你们几位大爷，还待着不动，干吗哪？"齐奥默先生冲着三个伙计说，"妈的，咱早先可不是玩的！给老东家谢富乐干活的时候，到这会儿两匹布都验完了。"

"敢情那时候天亮得早？"职司有关的二伙计顶了一句。

老板也忍不住笑了。二伙计和三伙计的父亲，是卢维埃和色当地方的大厂主，把儿子领来拜齐奥默为师，只求到两人自立门户之日，能有十万法郎的资财。齐奥默遵照古训，认为对徒弟严加管教，是责无旁贷的事；这种独断独行的老派作风，在现代大公司里已全然

① 法国大革命时期，为了打击囤积居奇和投机倒把，国民公会于一七九三年五月二日对粮食等生活必需品规定合理价格，但最高限价法令并未取得预期效果，物价照常上涨，造成不少商人破产。至一七九四年底，撤销法令，市面重趋繁荣。

陌生，那类商行漂亮摩登，职员到三十岁上就想发财了。齐大老板逼手下伙计像黑奴般整天劳作不息，三个伙计干的活，叫十个员工来做还会忙得焦头烂额，而要开发十个好逸恶劳的员工，就是一笔不小的预算。铺面堂堂正正，没有什么嘈杂的声音来扰乱平静的气氛：门臼似乎时常上油，开阖无声；家具都擦得一干二净，显得既十分简朴，又有条不紊。有时吃中饭，老板分发他们一块奶酪，那个最调皮的伙计便会寻开心，刻上领到的日子，以示不胜尊崇之至！老板的小女儿，就是刚才出现在窗口，使过路人看入迷的那位俏丽少女，时常给这类调皮事儿逗笑。尽管每个徒弟，连来店最早的一个在内，付的包伙费很高，却没有一人敢跟老板一样安坐不动，等着吃最后一道甜食。齐奥默太太一讲到拌沙拉，这几个可怜小伙子想到她的手是那么紧，油倒得又那么抠，不免要打寒噤。外面过夜的事本就休想，除非对这桩出格的事，提前能拿出说得过去的理由。每星期天，齐奥默一家去圣乐教堂望弥撒和做晚祷，由两个徒弟轮流陪同。维吉妮小姐和奥古丝汀小姐，穿着朴素的花布衫，在母亲尖厉的目光下，每人挽着一个艺徒走在前面，由齐奥默夫妇殿后。齐奥默太太定下规矩，两厚本黑皮面祷告书向来归齐奥默先生执掌。在店里，第二伙计只干活，没薪水。至于那位兢兢业业、知趣懂事的大伙计，干了十二年，对铺子的底细已深有所知，一年有八百法郎工钱。逢时过节，还能到手两三件礼物，价值如何，看老板娘这双干瘪的手便可知道：如线织的钱包——里面塞满棉花，把镂花图案撑起来，蹩脚的背带，粗劣的丝袜之类。有时候——不过这种机会很少——这位第一大臣特准与全家共乐，一起到乡下度假，或者几个月才租个包厢，看一出巴黎人早已忘记的戏。至于其余徒弟，师徒之间壁垒森严，对老布商只有敬而远之的份儿，要他们冲破上尊下卑的礼数，还不如偷匹布容易。这种拘谨的态度，今天看来不免可笑；可是，这些老式的铺子，恰恰是敦励品行、培植正气的地方。师傅对徒弟，如同父子。徒弟的衣物由师娘照管，缝补，甚至换新。伙计病了，就会得到慈母般的照应；病情若有危险，老板会不惜破费，请名医来诊治。师傅不仅管徒弟的品行和技艺，在他们父母面前有个交代，而且，徒弟真的品行端正，只是时运不济，老板懂得爱惜自己一手培养起来的人才，会毫不犹豫以女儿的终身相托；其实，他们自己的产业也早已托付出去了。齐奥默就是这样一个老派人物，固然不无可笑的地方，但也有其难能可贵之处。所以，领班伙计约瑟·勒巴，这个贫苦无依的孤儿，在老板的心目中，早已是其大女儿维吉妮未来的夫婿。老板主张“长幼有序”，约瑟可不这样想。即使许以一个王国，齐奥默先生也不肯把小女儿嫁在大女儿之前。不幸，这伙计却倾心于小的一个，奥古丝汀小姐。要说明这份痴情是怎么潜滋暗长的，非得进一步看看老布商专权家庭的内幕。

齐奥默先生有两位千金。大女儿维吉妮，跟母亲活脱活像。齐奥默太太，是前老板谢富乐先生之女。她坐在账台旁，腰杆挺得笔直，不止一次，人家开她玩笑，打赌说她身体里准插了木桩。一副瘦长脸，显出过分虔敬的神情。既无风韵，也无动人的举止，看上去有六十来岁；头上总戴一顶软帽，样式从来不变，穗儿零当，跟寡妇的帽子一样。街坊管她叫“门房嬷嬷”。她话很短，手势像按电报键那样一颠一颠的。眼睛亮得像猫眼，好像因为自己长相丑而恨死了所有人。维吉妮小姐跟妹妹一样，受着母亲专制的管教，年纪已到二十八岁。脸相酷似乃母，时常有种令人不悦的神情，靠了青春年少，才略微冲淡了些。母亲管教严格，养成了她温柔与忍耐这两种德性，倒把其余的缺点抵消掉了。妹妹奥古丝汀，年方十八，长得既不像父亲，也不像母亲，跟父母的样子毫不相干，使人想起那规矩说法：“孩子是上帝给的！”奥古丝汀身材不高，美言之，则是娇小玲珑。模样绰约可爱，天真妩媚，对这样的天生佳丽，连上流社会中人想要吹毛求疵，也只能说她举止有点小家子气，风度不雅，时显拘谨。文静的脸上，时常掠过一丝忧愁，这在一般天性过于柔弱、不敢违抗母命的姑娘身上是常发生的。

两姐妹一向穿着朴素，女人生来爱打扮的心理，只得靠把自己收拾得十分整洁，得到些许满足。衣衫干净，显得芳洁可爱，也与擦得锃亮的柜台，纤尘不染的搁板，和周围古朴的一切，十分协调。奥古丝汀和维吉妮不得已而过这种生活，只能从不息的劳作里求得些许慰藉，所以母亲对她们一直很满意，为她们有这样的好性情而暗暗高兴。她们受到这种教育，后果是不难设想的。长于经商的环境，听到的无非是唯利是图的盘算，学到的不过是语法、簿记、一点儿犹太史，及勒·拉格瓦通俗不过的法国通史。看什么书，都要母亲点头，所以她们的思路不开阔。她们懂得怎么治家，晓得东西的价钱，知道攒钱之不易，所以十分省俭，对经商的本领不胜敬佩。父亲尽管有家当，但她们无论缝纫和刺绣，样样都拿得起来。母亲还常说，要教她们学学烹调，懂得请客配菜之道，万一抓到厨娘的错儿，可以老实不客气地教训一顿。交际应酬之类的乐趣，她们浑然不知，眼面前只有父母那种堪称楷模的生活，连老屋围墙之外都难得张望一下，因为对她们母亲来说，这座屋子就是整个的天地。于两姐妹，世间的全部乐事，就是盼望家庭的节庆聚会。那时，二楼的大客厅里，嘉宾济济，有：珠光宝气的罗甘太太，她也是谢富乐的女儿，比齐奥默太太小十五岁；年轻的拉蒲尔登，现任财政部副科长；殷实的花粉商赛查·皮罗多及其夫人；蒲陶南街最阔气的丝绸商加缪索先生，和他的老丈加陶先生；还有两三个老银行家，以及几位品行端方、无懈可击的女客。节前的准备，给母女三人枯索的生活带来一点儿变化，银餐具、蜡烛台、水晶杯盏、名窑瓷器平日都包好收起，这时全要取来摆好，她们来来回回，像修女迎接主教驾到一样忙碌。晚上席散，再把请客用过的器物洗净、擦干、包好、放回原处，忙得疲惫不堪。齐奥默太太由两个女儿服侍上床，一边叹气：

“哎哟，宝贝，今天真是白忙一场，什么正经事也没干！”

有时，逢到这类隆重的聚会，齐奥默太太把牌局移到自己卧室，腾出客厅来让大家跳舞，这种通融的做法，使两个女儿喜出望外，快活得像父亲带她们去参加狂欢节一样。此外，这位正派的布商，每年都要请一次客，大事铺张，在所不惜。凡是接到邀请的人，不管多么有钱，多么体面，俱各应约而来；因为哪怕是最大的商号，也有需要借重齐奥默先生的信誉、财产和经验的时候。但他的两位千金，并没有像一般所想的那样，在此类交际中得到什么教益。这类盛会，都上得家庭大事记，可惜她们戴的首饰，寒酸之至，自己都感到脸红。跳舞的姿势也平平而已，加上母亲在旁监视，对舞伴的攀谈，也只能唯唯诺诺应上一句半句。再说，照猫球商店的规矩，出门做客，十一点钟必须回家，而这时酒席和舞会正在兴头上。因此，她们的娱乐，表面看来跟父亲的财富还算相称，其实，由于拘守家法，往往变得索然寡味。至于她们的日常生活，三言两语就可说尽。齐奥默太太给两个女儿定下规矩：一大早就应穿扮整齐，每天按时下楼，起居习惯跟修道院一样刻板。

而奥古丝汀天生心高气傲，对这种生活不免感到空虚。她有时抬起蓝眼睛，似乎向黝黑的楼道和潮湿的店堂发出深邃的探询。这修道院般的幽静领略够了，隐隐约约之间仿佛听到远方有某种默示，泄露一种视感情重于一切的热烈人生。想到这里，她脸泛红光，停住了手，任白羽纱滑落到光洁的橡木柜台上；紧接着，便听到母亲一声喊，口气即使很柔和，嗓音听起来也依旧是那么尖利刺耳：

“奥古丝汀！你在想什么心事呢，我的宝贝？”

也许在想《伊波利特》和《郭明杰伯爵》这类伤感小说[①]——这两本小说她是在厨娘的衣柜里找到的；这厨娘新近已被她母亲辞退。去年冬天，长夜无事，她花了几个晚上，偷偷把两本书看完，不无所得，助长了她某些思绪。看奥古丝汀的神情，好似怀着朦胧的欲求，她温柔的声音，雪白的皮肤，天蓝的眼睛，都在可怜的勒巴心里燃起剧烈而敬慕的恋情。像奥古丝汀这样的姑娘，任性使气原是不难理解的，所以，她对眼前这个孤儿毫无意思，也许是对他的爱恋一无所知的缘故。相反，领班伙计的大手、长腿、粗脖子、栗色头发，却叫维吉妮小姐暗中爱慕不已。她空有二十五万陪嫁，却无人来求亲。这两股各不相涉的激情，在暗黑的柜台边，悄悄滋

① 分别为德·奥尔诺华夫人（1690）和唐辛侯爵夫人（1735）所作。

长起来，如同紫罗兰在密林深处径自开放一样，原是最自然不过的事。没头没脑地干活，修道院般的静谧，年轻人就格外感到需要有点消遣。这样，彼此暗地打量，日子一长，迟早会激发出爱意来。一张脸看惯之后，往往会忽略其缺陷，而渐渐发现品性上的优点。

“照那家伙大刀阔斧的做法，”齐奥默先生看到拿破仑颁布的第一号提前征兵令，心里暗忖，“我家女儿少不得碰到一个求婚者，就会跪下来的。”

打那天起，为长女红颜易衰而发愁的店老板，想起自己当年娶谢富乐小姐，与今日约瑟·勒巴和维吉妮的处境庶几相仿。把女儿嫁给勒巴，就是说，把自己过去得之于老东家的恩惠，施之于这个孤儿，了此夙愿，岂不是美事一桩！另一方面，约瑟·勒巴已经三十有三，自然会想到年龄障碍，他比奥古丝汀要大上十五岁。而且，以领班伙计的精明，不会猜不到齐奥默先生的意图，深知东家有一套古板的规矩，小女儿决不会嫁在大女儿之前。所以，可怜的伙计，尽管心地像他的长腿厚胸脯一样值得称道，也只得暗自苦恼。

这个小小的独立王国，虽然地处热闹的圣丹尼街中段，却无异于教规森严的苦修院。当时的内情，就如上所述。但是，要想对表面事件或是人物内情有个确切的了解，有必要追溯到故事开始前几个月的情景。

一天，日暮向晚的时分，有个年轻人路过黑洞洞的猫球商店，看到眼前的一幕，不由得立住了脚；这种画面，天底下无论哪位画家见到，都会流连忘返的。那时，店堂里还没点灯，黑乎乎的，宛如画面的底色；店堂深处是饭厅，吊灯洒下一片昏黄的灯光，这种色调，曾给荷兰画派的作品增添不少情韵。白色的台布，银亮的餐具，透明的水晶杯盘，像是辉煌的陪衬，在强烈的明暗对比下，显得格外光彩夺目。老板和老板娘的长相，几个伙计的脸容，奥古丝汀冰清玉洁的体态，和两步之外那个大胖丫头，构成一组大可玩味的群像。这些容颜颇具特色，每种性格都有真率的表情，不难猜到这个人家平和、安宁和简朴的生活。这类可遇而不可求的场景，即使是师法自然的丹青里手，也会觉得难以描摹。这过路人，是年轻画家，七年前得过绘画大奖，新近刚从罗马留学回来。他久住艺事昌盛的意大利，心里充满了诗意，两眼饱览拉斐尔和米开朗基罗杰作之余，倒渴望起真正的自然风物。不管是对是错，当时他的确是这样想的。于奔放热烈的意大利艺术浸润日久，内心却在寻求恬淡娴静的少女范本，但不幸，只有罗马绘画中才能找到。此刻，他得以一睹这幅天然图像，心情昂奋，赞赏的目光自然而然盯住画面上的中心人物：奥古丝汀。她似乎遐想出神，不饮不食，灯光正好照着脸部，所以头那部分轮廓特别分明，上身像置于光环之中，颇有超凡入圣的意味。画家不由得把她比作贬谪下界、回思天堂的仙人。一种从未领略过的感受，一股清澈如水、沸腾如汤的恋情，顿时洋溢在他心头。他思绪蹁跹，站了半天一动不动，才勉强从销魂境界脱身出来。回到家中，直抵废寝忘食的地步。第二天，他一头扎进画室，想起昨夜的情景，仍旧如醉似狂，直到把神奇的场面移诸画布，才走出画室。然而，还觉得意犹未尽，非把他的偶像也惟妙惟肖地描摹下来不可。为此，他特地又去猫球商店门前转了几次，有一两回还改装易服，大着胆子走进店堂，凑近去仔细瞧瞧齐奥默太太羽翼下的那绝色佳人。他沉溺于恋情，陶醉于绘事，忽忽八个月，连最好的朋友也不见。交游、诗歌、戏剧、音乐，以及日常生活习惯，他全都不顾。

一天早晨，奚罗台冲破挡驾的禁令，见到了艺术家，劈面问道：

“这届沙龙，你准备拿什么去应展？”

经这一问，才如梦初醒。画家抓住朋友的手，把他拉进画室，揭示画架上一幅小画和一幅人像。奚罗台把这两件杰作看个仔细，猛然勾住好友的脖子，紧紧抱住，不知说什么好。激奋的情绪，好像只有这样心贴着心，方能传达于万一。

“你坠入情网了？”奚罗台问。

两人都知道，提香、拉斐尔和达·芬奇辈的人像佳作，都是热情的产物；虽然情况各别，但可以说所有杰作，都是在兴来往神之际欣然命笔的。年轻画家只得点点头，代替全部回答。

“意大利刚回来，就在这里找到了爱情，真是好运气！”大画家奚罗台接着说，“不过，这样的作品，劝你还是不要拿到展会上去。你知道吗？画中的妙处，人家还体味不到。这种逼真翔实的色彩，这种工巧入神的画法，时下还不能欣赏。太有深度的作品，公众已不习惯看了。咱们的画，老弟，买家拿去无非当作炉挡和屏风。真的，还不如胡诌几句诗，翻两本古书。那个名气，哼，比咱们画倒霉的画要大多了。”

尽管是善意的，但劝告归劝告，两幅画还是送去参展。描绘室内景物的那件作品，在画坛里引起了一场革命。同类作品应运而生，画展上比比皆是，数量之多，简直使人以为是用机器批量生产出来的。至于那幅女像，气韵生动，很少有艺术家看后不留下深刻印象的。观众就其总体而论，有时也很公道，同意授桂冠予人像，由奚罗台亲自置于画上。这两幅画给观众围得水泄不通，照太太们的说法：“人在那里都要挤死了。”艺术掮客和达官贵人出的价钱，换成拿破仑金币，都可以把画面铺满；可是画家不但敬谢不敏，而且不准临摹复本。有人愿出重金，想把这两幅画刻成雕版。鉴赏家固然碰了钉子，经纪人也未必更走运。此事尽管在整个上流社会为之轰动，但是隔行如隔山，消息还传不到圣丹尼街这块隐蔽地。可巧有一天公证人夫人来看齐奥默太太，在奥古丝汀面前讲起画展，这位夫人很喜欢奥古丝汀，告诉她展览是怎么回事。罗甘太太的唠叨，自然引起奥古丝汀的兴趣，极想去看看这两张画，便鼓起勇气，暗中求姨妈陪她上罗浮宫。姨妈跟齐奥默太太商量，居然马到成功，准许奥古丝汀可放下烦闷的活计，脱身两个小时。穿过拥挤的人群，年轻姑娘径直走到那幅得奖作品之前。她一下子认出了自己，禁不住像桦树叶片那样一颤。她张皇四顾，想找罗甘太太，但她们给人群冲散了。这时，奥古丝汀惊惶的眼睛，突然看到年轻画家满面通红，猛然记起原来就是常在她家门前踯躅的那人；当时出于好奇，曾留意过他，还当是新来的高邻呢。

“请看，这就是爱情给我的灵感！”画家走近羞怯的姑娘，凑到她耳边说，姑娘听了一惊。

她不知哪里来的一股劲，劈开人群，走到姨妈跟前；姨妈一直给挤在人堆里出不来，还没走到画前。

“你会给憋得透不过气来的，”奥古丝汀嚷着说，“咱们走吧。”

然而，到了画廊，有时候并不是你想往哪里走就能朝那方向去的，如此这般，奥古丝汀和姨妈给人群推到离第二幅画只隔几步路的地方。机缘凑巧，两人竟轻轻易易走近这幅走红的画跟前，幸好这一回时尚知道宠爱天才画家。公证人太太一看，当即惊叫一声，亏得人声鼎沸，给嗡嗡之声掩盖了过去。至于奥古丝汀，一看到这美妙的场景，止不住流下泪来。这时，两步开外，站着那个青年画家，看到他出神的样子，她也说不清出于什么感情，用手指按按自己的嘴唇，示意对方不要声张；陌生人点了点头，表示心领神会，还指指罗甘太太，嫌她在旁煞风景。这幕哑剧，等于在姑娘身上扔去一团火。想到和画家的这一默契，觉得像犯了罪似的。令人窒息的闷热，争奇斗艳的打扮，眼花缭乱的色彩，一张张活人的面孔，一幅幅逼真的肖像，数不清的镀金画框，把奥古丝汀看得迷迷糊糊的，更加重了她的惶恐，感到从心底涌起一种前所未有的快意，身心振奋，否则早支撑不住会昏过去的。她相信自己给爱情的魔力控制住了，布道师言之在先，曾说她会坠入情网。是的，此时此刻，她到了疯魔的时刻。她看到那青年得到了爱，得到了幸福，容光焕发，一直陪她走到姨妈的车前。奥古丝汀感到一种簇新的冲动，一种任性适意的陶醉，她听从内心雄辩的呼声，对年轻画家瞧了几眼，掩饰不住自己烦乱的心情。她两颊绯红，皮肤雪白，红白对比，容颜从来没有如此鲜艳明媚。画家从花容玉貌中看到了美丽，从丰姿艳质中看到了娇羞。奥古丝汀想到自己的出现，予他那么大的快慰，感到惊喜交迸。而他的名字，正宣传于仕女众人之口；是他的才能，使瞬息即逝的景象得以传之永远。她有人爱！这已毋庸置疑。等看不到画家的身影，心里还回响着这句诚朴的话：“请看，这就是爱情给我的灵感。”她感到心跳得慌，有点难受似的，因为一腔热血在她身上激荡起前所未有的力量。姨妈问起展出的画，侄女佯装头痛，支吾了事。但是，回到家里，罗甘太太忍不住告诉齐奥默太太，说猫球商店这下子出了名。奥古丝汀听到母亲说要上画展去看自己的铺子，吓得浑身发抖。年轻姑娘连连推说身子不适，这才让她回房睡觉。

“这就是赶热闹的好处，弄得头痛脑热的！”齐奥默先生高声嚷道，“画上看到街上天天能见的东西，难道就那么有趣！这类画家，少说两句为好，跟写书的人一样，都是些穷得没饭吃的家伙。见鬼，好端端的铺子，画什么？糟蹋画布！”

“这样一来，倒能给店里招揽点生意，多卖几尺布。”约瑟·勒巴说。

这类实惠的想法，并未使艺术与想象在生意场所少受奚落。可想而知，听到这番议论，奥古丝汀不会再存多大希望了。那天夜里，她有生以来第一次思量起爱情。白天的种种，宛如一场梦，一幕幕重新给回想起来。疑惧，希望，愧疚，一颗像她这样纯朴而羞涩的少女之心所能感到的种种情绪波动，她都一一体验过来。在这黑黝黝的屋子，她感到有多空虚，而自己内心里又蕴有多么丰富的宝藏！嫁个才子，分享他的荣光，噢！对一个在这种家庭中长大的女孩子，怎能不神魂颠倒！对一个囿于俗见而向往高雅生活的姑娘，又该唤起怎样的希冀！如同一线阳光照进了黑牢，奥古丝汀突然萌发了爱。内心里各种美好感情一下子都激扬起来，她不及多思，任情之所至。一个年方十八的妙龄少女，带着爱情的眼光观察世界，还不把一切都幻成五光十色！她无从测知一个只知爱人的女子和一个充满幻想的男子，婚后会发生什么龃龉。她觉得自己的使命是造福于意中人，却看不到彼此之间的差异。对她来说，当下就是全部的未来。

第二天，父母看了画展回来，神情沮丧，大失所望。首先，两件作品被画家收回去了；其次，齐奥默太太挤丢了一条开司米披肩。听到自己看过之后画就不再展出，奥古丝汀体会到其中微妙的用心，这是所有女子，甚至光凭本能就十分赞赏的。

下一天早晨，戴奥陶·德·索默维安——这个声誉鹊起的姓名也传到了奥古丝汀心里——从舞会出来，站在猫球商店对面，等他天真烂漫的女友出现在窗口，不料给店里的伙计浇了一身水。姑娘当时不知道他等在那里。画展上再三致意之后，这是两个情人第四次相见。年轻画家奔放不羁的性格，给齐奥默府森严的家规一挫，更加激起他对奥古丝汀的痴情，这本是情理中之事。看见心上人坐在账台边，夹在齐奥默太太和维吉妮小姐之间，怎么才能接近呢？其母又寸步不离，怎么给她传递消息呢？像所有情人专会自找麻烦一样，戴奥陶在伙计中也树了个情敌，而别人又从旁帮忙，来跟他作对。即使能逃过许多明眼人，也逃不过老板夫妇严厉的目光呀！到处是障碍，遍地是绝望！大凡求自由的囚徒和热恋中的情人，穷思极想之下，总能想出办法，唯独这青年画家爱到如痴若狂的地步，竟会一筹莫展。戴奥陶像疯子般在街上转来转去，就像能转出法子来似的。他挖空心思，终于想出用重金收买胖丫头这一策。打那天早晨跟店老板不期而遇，相互打量以来，半个月里，两个情人如此这般已交换过几次书信。他们相约平日在一定的时刻见面，星期天则是趁上圣乐教堂望弥撒和做晚祷之便。奥古丝汀递给她亲爱的戴奥陶一份亲友名单，希望年轻画家去走动走动，在那些只知做买卖赚钞票的人中物色一下，是否有人肯为他俩的恋情出把力；当然，对此辈说来，两个人能真心相爱是异乎寻常的事，在投机活动中是闻所未闻的。除此之外，猫球商店依然恪守旧章，没有任何变更。要是奥古丝汀小姐心有旁骛，有时不顾家规，径自上楼进房在窗台上放一盆花做暗号，或唉声叹气，或含睇沉思，而竟无人注意，连娘老子也未察觉，一般了解她家作风的人一定颇感惊讶，因为在这份人家，任何带点诗意的想法都会与周围的一切显得格格不入，一瞥一视，一举手一投足，都会给人看在眼里而详加推敲的。然而，说起来也很平常：这艘平静的航船，打着猫球商店的旗号，行驶在巴黎汹涌的海面上，受到季风的影响，常会遇上倾盆大雨。半个月来，五个船员，加上齐奥默太太和维吉妮小姐，正忙于繁重的年度盘点。

整捆整捆的布，搬进搬出，重新量尺码，估定存货价。每匹布上的标牌也一一核实，查明进货日期，确定现行价格。齐奥默先生一直站着，手拿量尺，耳背后夹着铅笔，俨然像指挥航行的船长。他的尖嗓门，通过传声孔，向底层货栈问这问那，使用的商业行话简直像谜一样：

“还有多少 H–N–Z？”

“全完了。”

“Q–X，还剩多少？”

“两尺。”

“什么价钱的？”

“5–5–3。”

“所有 J–J，M–P，剩余的 V–D–O，要标 3A。”

其他许多话也同样费解，在柜台旁传来传去，像现代派诗，为炫新展奇之辈不时引上一句两句，以维持时人对诗歌不衰的热情。到了晚上，齐奥默和大伙计，外加老婆，三人关在房里，结算，登账，催款，开发票。身当重任，三人把结果登录在一大张方纸上，确认店里拥有现金、存货、证券和票据各多少，没有欠账，而人欠达十廿万之巨。证实资本有所增加，庄园有待扩展，房屋宜加修缮，岁收还能加倍，感到有必要再接再厉，积攒更多的钱，而这些勇敢的蚂蚁，脑子里都不曾想一想：“世事劳劳，所为何来？”

趁着一年一度这忙乱的当口，算奥古丝汀运气，逃过周围这些刺探的目光。终于，到某星期六晚上，财产清册编造完毕，资产总额里增加了好几个零，光景大好，齐奥默破例撤销禁令，让店员分享长年视若禁脔的甜食。城府很深的老板，搓着双手，特准伙计留在饭桌上。正餐之后，大家刚喝了一小杯家酿酒，便听到雇好的马车驶近来。于是全家出动，到多艺剧院去看《灰姑娘》；至于那两个小伙计，每人领到一枚六法郎的赏银，随他们爱上哪儿，但是午夜之前一定得回来。

尽管这样花天酒地，下一天星期天早晨，刚六点钟，老布商就刮好了脸，穿上栗色外套——还像新的，熠熠生辉，他颇满意，再套上宽大的绸料短裤，腰上用金搭扣扣住。快七点钟了，铺子里的一切还在沉睡，他走进紧挨底层店铺的密室。室内就靠一扇装有粗铁栅的窗子取光，窗子外面是一个四方形的小天井，四壁漆黑，倒真像一口井。店老板自己动手，打开铁皮挡板，把窗子顺着滑槽推上半截。这时天井里的空气，带着凉意侵入室内；这密室，像所有的公事房一样，有一股特殊的气味。老板站在那里，手搁在藤椅油腻的扶手上，椅子上包的摩洛哥皮也已褪色。他犹豫一下，不知要不要坐下来。他瞧着那张双人写字台，对面就是他女人的位子，埋在厚墙里挖进去的一个拱洞里，感慨万千。钱箱，线绳，器物，编号的纸夹，呢绒上打印记的烙铁，这些年代久远记不清来历的物件，他一一看过，自己仿佛又面对着老东家谢富乐的身影。他把高脚凳向前挪了挪，记得当年来见已故的东家，就是坐的这张凳子。凳面包了一层黑皮面，鬃毛早就从磨损的凳角往外散落而尚未掉完。他抖索着手，把凳子放在老东家从前放过的地位。心中的激奋，难以言述，他拉了一下铃，这铃直通约瑟·勒巴的床头。事关重大的信号发出之后，老头儿拿起三四张借据，眼睛虽然盯着，实际上视而不见，心里横亘着这些沉重的回忆。这时，约瑟·勒巴突然走到他面前。

“请那儿坐！”齐奥默指着那张高脚凳。

布店老板对伙计向来是不让坐的，所以约瑟·勒巴吃了一惊。

“这些借据，信用怎么样？”齐奥默问。

“兑不了现了。”

“怎么回事？”

“听说埃田纳公司前天已经在用黄金抵账了。”

“哦！哦！”老布商连连应道，“不到病入膏肓，是不会吐这口苦水的。好吧，咱们谈点别的。约瑟，账都查完了？”

“是的，先生，而且今年的利润也最可观。”

“‘利润’这种新名词，别用行吗！说‘进账’不行吗？孩子，你知道吗，咱们有这点成绩，也多少是靠了你。所以，我觉得对你不应该只付工钱。齐奥默太太提议送你一份股份。怎么样，约瑟！‘齐奥默与勒巴’，用我们这两个姓做店名，不是合乎社会常理常情吗？或者，再加上‘公司’两字，那就更像块招牌了！”

约瑟·勒巴眼里涌上了泪水，他竭力忍着。

“啊，先生，你这番好意，我怎配得上呢？！我不过做了点分内的事。你肯照应我这个可怜的孤儿，恩情就已够……”

大伙计不敢正眼看老板，用右手袖子揩着左手的袖饰。老板微微一笑，心里想，这老实后生，大概像自己当初一样，要别人给敲边鼓，才能把话说完。

“不过，”维吉妮的父亲接下去说，“我这番意思，看来你的确不配。约瑟！你对我，还不及我信任你。（听到这句话，伙计猛地抬起头来）钱柜的底细，你都一目了然。买卖上的事，这两年来几乎也全告诉了你。还让你跑作坊，了解生产。总之，没有瞒你的事，可你呢？心有所恋，对我就是不漏一句口风！（约瑟·勒巴涨红了脸）啊！”齐奥默得意起来，“你想瞒过我这老狐狸？我么，你不是亲眼见到的，我早就猜到勒戈克要倒！”

“那么，先生，”约瑟·勒巴瞧着东家那专注的神情，不亚于齐奥默对他的注视，“我喜欢谁，你怎么知道的？”

“我有什么不知道的，傻瓜！”这位受人尊敬的商人，自以为得计，拧了一下约瑟的耳朵，“这我都可以原谅，我当年也一样。”

“这么说来，你答应啦？”

“答应，答应，还给二十五万法郎陪嫁，再留下同样数目的一笔款子，咱们亮出新牌号，另起炉灶！孩子，还得大干一场，”老商人举起双臂，临空划动，直着嗓子嚷道，“知道吗，我的女婿，只有做买卖，才最有意思！有人问干这一行有啥乐趣，真是傻瓜！要做好买卖，要靠自己找。交易中得占上风，那才行。像赌博一样，不是眼睁睁瞧着埃田纳公司破产。要让过路的御林军，穿的制服都用上本店的呢料。而对隔壁店家，不妨脚下使绊，当然要做得冠冕堂皇。

要使我们制造的料子比别家便宜。开一爿店，从开始筹划，到扩大经营，历经艰险，而后才能办成。对每家商行的底细，要像警察局长一样摸得清清楚楚，免得吃倒账。而在倒闭风潮中，又要能站稳脚跟。凡是有制造业的城市，要写信去广交朋友。这玩意儿不是永无止境的吗？而这样，才是生活！我会像老东家谢富乐一样操心死的，但我觉得这样开心！”

齐奥默老头即兴说道，江河直下，都顾不上看一眼热泪满面的伙计。

“哎，约瑟，可怜的孩子，你怎么啦？”

“噢，齐奥默先生，你不知道我多爱她，心里一直悬悬不定，我想……”

“哎，孩子，”商人听了也心软，“你运气好得想不到哟！因为她也爱你。这我知道，我！”

他瞧着伙计，眨了眨绿色的小眼睛。

“啊！奥古丝汀小姐！奥古丝汀小姐！”约瑟·勒巴热情迸发之下，叫出声来。

他正要冲出密室，感到给一条铁臂攥住了。是老板听了一愣，使劲把他拉回来。

“这桩事里，奥古丝汀有什么相干？”一听老板的声音，苦恼的伙计心就凉了半截。

“我爱的，不……是……她吗？”伙计讷讷地说。

这一下可巧没看准，把齐奥默窘住了。他重新落座，双手捧着尖脑袋，考虑自己此刻所处的尴尬局面。约瑟·勒巴又是惶愧，又是绝望，直僵僵地站在一旁。

“约瑟，”老板口气凛然地说道，“我刚才跟你提的是维吉妮。当然，爱情不能强求，这我懂。你嘴巴紧，我知道，这桩事咱们都忘了吧。要知道，我断断不会把小女儿嫁在维吉妮之前的。你成功的希望只有一成。”

领班伙计在爱情的鼓动下，增长了胆量和口才，合着双手，对老板讲了刻把钟，说得那么热诚、动人，局面竟起了变化。谈的如果是生意经，老板自有法度，不难做出决定。然而，此事与做买卖风马牛不相及，在感情的海洋上，他没有罗盘指南；面对这桩特别事，他漂浮不定，一时没了主意。由于禀性忠厚，开始有点打退堂鼓了。

“噢，真见鬼，约瑟，你不是不知道，我两个女儿年纪差十岁！谢富乐小姐早年也不漂亮，做了我太太，不是也没有什么抱怨吗？你学学我的样吧。反正，别淌泪抹眼的，这多蠢！你想怎么办？事情终归能圆满解决，走着瞧吧。办法总会有的。咱们男子汉，可不能像赛拉东[①]整天围着女人转。明白吗？齐奥默太太是热心的教徒，而且……这样吧，哟！孩子，今天早上去望弥撒的路上，你让奥古丝汀挽着，你们两人一起走吧！”

这话，齐奥默是随口说的，但听者有意，可乐坏了热恋中的伙计。他握着未来岳翁的手，话中有因地说：“是的，一切都会圆满解决的。”等走出烟雾腾腾的密室，心里已为维吉妮小姐想到自己有位朋友倒很般配。

“齐奥默太太会怎么样想呢？”等到房里只剩他一人，敦厚的老布商为这个念头苦恼不已。

这桩失意事，他决定暂且不让老婆和女儿知道。吃午饭时，齐奥默太太和维吉妮小姐带着狡黠的神气，把约瑟·勒巴看得大为发窘。伙计这种羞涩之态，倒博得岳母大人的好感。师母意兴甚佳，望着丈夫眯眯笑，还说了几句风趣话，这在他们这般忠厚人家稀罕得像凤毛麟角。她怕约瑟和维吉妮高矮不相称，便要他们比一下。这类进入正题以前的痴话，使一家之主的老板额上，平添了几片愁云。他装得极重礼仪，吩咐等会上圣乐教堂，要奥古丝汀挽着领班伙计。齐奥默太太想不到丈夫考虑得这么周全，暗暗称奇，对丈夫点点头，表示赞许。一家老幼这样走出门去，街坊上才不致引起什

① 为杜尔菲（1568—1625）小说《阿丝特莱》里的男主人公，是个体贴入微、献媚输诚的男子。

么猜测。

“奥古丝汀小姐，”大伙计颤声说，“你不觉得吗，一个信誉很好的商人，比如齐奥默先生吧，他太太难道不该比令堂大人有更多的享用，不该戴钻戒、乘马车吗？噢，我么，要是结婚，宁可自己吃苦，也要让老婆过得称心如意。我才不让她去站柜台呢。你想到没有，在布店这一行里，柜台女郎已不像从前那样缺少不得。当然，齐奥默先生这样做，自有他的道理，而且，你母亲也觉得乐在其中。但是，一个女人能在账务、信函、零售、订货、家务方面帮得上忙，不至于闷得慌，也就可以了。七点一到，铺子打烊，我就出去萧散萧散，去看戏啦，去应酬啦……可是，我归我说，你没听？”

“我听着哪，约瑟先生。搞油画，你觉得怎么样？这很有身份吧。”

“嗯，我认识一个搞漆画墙的，叫卢德华师傅，就挺有几个子儿。”

一家人诸如此类地交谈闲聊，走到了圣乐教堂。于是，齐奥默太太重新行使职权，破题儿第一遭叫奥古丝汀坐在自己身边，维吉妮居第四位，紧挨勒巴。这时，戴奥陶躲在一根柱子后面，正热诚可嘉地求告他的“圣母”。讲经的时候，奥古丝汀和戴奥陶彼此眉目传情，尚无大碍。到举扬圣体之际，齐奥默太太才瞥见——可惜晚了一点儿——奥古丝汀倒拿着经书。她本想当场发作，却突然放下面网，经也顾不上念，只管朝女儿双眸流盼的方向望去。她透过老式的圆眼镜，看到一位少年艺术家，那身风流倜傥的打扮，决不会是本区的买卖人，倒像是个来此休假的骑兵上尉之流。齐奥默太太心里火暴得简直难以想象。她一向自诩为善于管教女儿，现在却发现奥古丝汀心里有股私情，其危险的程度，又因她的过于正经和昧于世事而显得格外严重。她认为女儿完全堕落了，坏到心眼里了。

“小姐，你先把书拿正了。”母亲声音虽低，却十分震怒。

接着，她把那本泄露女儿心思的经书，一把夺过来，将字母摆顺了。

“看着经文，眼睛不要瞧别处，”她加上一句，“否则，休想过我这一关！等做完弥撒，你爸和我有话跟你说。”

这几句话，对可怜的奥古丝汀犹如晴天霹雳，觉得简直要晕过去。她深感自己命苦，再加怕在教堂里闹出事来，人变得很疲软，但她还是鼓起勇气，掩饰自己的烦忧。然而，只要看她手中发颤的祷告书，和落在经文上的泪水，就不难猜出她剧烈的情绪。看到齐奥默太太射来火冒三丈的目光，艺术家明白自己的爱情遇到了风险，心里压着一股无名火，冲出门去，决计要为所欲为，不顾一切了。

回到家里，齐奥默太太对奥古丝汀说："你先回房吧，小姐。等会我们来叫你。你别离开房间。"

夫妻俩的谈话，机密透顶，滴水不漏。维吉妮先是打种种手势，给妹妹鼓气；这时就更殷勤，溜到母亲房门口，偷听里面的密谈。她第一次从三楼往下跑到二楼，听到父亲正高声在说：

"太太，你难道要女儿的命？"

"小可怜，"维吉妮回楼对伤心落泪的妹妹说，"爸爸在替你说话呢！"

"那么，他们准备怎么对付戴奥陶？"天真烂漫的姑娘马上追问道。

好奇的维吉妮又跑下楼去，这次，她在门口待的时间更长：得知勒巴爱的是奥古丝汀。书本上说，一个家庭，别看平时太平和顺，碰到这种难忘的日子，也会突然变成一座地狱。齐奥默先生告诉过勒巴，奥古丝汀爱了一个他们不认识的人，叫勒巴绝了这个念头。勒巴此前已要自己的一个朋友来向维吉妮小姐求婚，听到老板一言，感到自己的如意算盘落了空。维吉妮小姐明白，约瑟实际上等于拒绝自己，不胜抑屈，竟头痛起来。齐奥默夫妇俩彼此话不投机，争得很凶，这是他们这辈子第三次意见相左。临了，到下午四点，两眼哭得通红、浑身哆嗦的奥古丝汀，面无血色，给叫到父母跟前。可怜的姑娘好不天真地把这段短促的恋爱史讲了一遍。父亲先开导了几句，答应静静地听她把话说完，这样她心里略镇定了些，居然有了勇气，在父母面前说出戴奥陶·德·索默维安的名字，故意把标明贵族世家的"德"字念得特别响。她表白自己的感情，谈着谈着，感到一种从未有过的快意，胆量一壮，便又天真又坚决地宣布，她已经爱上了德·索默维安，而且给他写过信，还含泪加上一句：

“要我嫁给别个男人，只能造成我一辈子不幸。”

“哎哟，奥古丝汀，你难道不知道画家是什么东西吗？”母亲骇然嚷道。

“齐奥默太太！”布商喝住了老婆，对女儿说，“奥古丝汀，搞艺术的，通常都是些穷光蛋。他们花销太大，结果没有一个不穷愁潦倒。约瑟·韦尔内先生，勒坎先生，诺威尔先生[①]，他们生前，我都给他们办过货。啊！那位诺威尔先生，圣乔治骑士，尤其是斐利铎[②]先生，跟可怜的谢富乐老头调过多少枪花，你真该知道知道才好！都是些怪人，这我很清楚。说起话来，天花乱坠，而且派头十足……啊！休想，你那个素默……什么来着？”

“不，是德·索默维安。爸爸！”

“行，就算德·索默维安！他就算待你好，也好不过圣乔治骑士在官司输给我那天那种礼让客气！这类高等人物，只有过去才有。”

“但是，爸，戴奥陶先生可是出身阀阅世家呀，他信里告诉我，说他很有钱。大革命前那位叫德·索默维安骑士的，就是他父亲。”

听了这几句话，齐奥默先生望望脸色可怕的老婆，她正气呼呼地，用脚尖踹着地板，在一旁阴沉沉地一声不吭。她满目怒火，对奥古丝汀连看也不看。眼前这桩大事，她似乎把责任全推给了丈夫，谁叫他们不听她话的。不过，尽管表面装得很冷淡，看到丈夫没了做买卖的头脑，对这桩倒霉事儿要应承下来，便忍不住嚷道：

“老实说，先生，你对女儿，心也太软了……可是……”

这时，门口马车停下来的声音，打断了齐奥默太太的数落，说实在的，她丈夫也已听得怕了。不一会儿，罗甘太太已经进到房间中央，瞧着这场家庭戏里的三个角色：

---

① 上述三人，分别为法国画家（1712—1789）、悲剧演员（1728—1778）和芭蕾舞大师（1727—1810）。

② 圣乔治骑士（1745—1799）为剑术家，斐利铎（1726—1795）为作曲家。

“我全知道了，堂姐。”她老气横秋地说。

罗甘太太有个毛病，自从做了巴黎公证人的老婆，以为人家什么都得听她的。

“我全知道了，”她又说了一遍，“我像《圣经》里那只鸽子，衔着橄榄枝，给挪亚方舟来报喜啦。这个比喻，我是从夏朵布里昂的《基督教真谛》那本书里看来的。”她转身对齐奥默太太说，“你听了这个比方，该高兴才是，姐姐。”她又笑盈盈地对奥古丝汀说，“你知道吗？德·索默维安先生是个挺可爱的人。今天早晨，他为我画了一幅肖像，那正是大师手笔，还题赠给了我。这幅画，少说也值六千法郎。”

说到最后一句，她轻轻拍了一下齐奥默先生的手臂，老布商不由得噘了噘嘴，这是他特有的表情。

“我同德·索默维安先生很熟，”鸽子接着说，“这半个月来，凡我招待朋友，他都大驾光临，给晚会增色不少。他把内心的痛苦，统统告诉了我，要我替他做主。今天早上，我才知道，他看中了奥古丝汀，而且意在必得。啊！堂姐，别摇头不赞成。告诉你们吧，他就要晋封为男爵了，前不久皇帝亲自在画展上，特授他荣誉团五等勋章。罗甘已受聘做他的法律顾问，知道他的财产状况。就说地产一项吧，他的岁收就有一万两千法郎。而且要知道，做他这样一个人的岳丈，也就成个人物啦，当个区长之类还不容易！杜邦先生封了伯爵后，就当上议员啦，没听说吗？就是因为他以区长的身份，前去恭贺皇上攻入维也纳。噢！这门亲事一定成功。我就喜欢他，这小伙子心地多好。他对奥古丝汀的那种尽心竭意，只有小说里才有。行啦，小姑娘，你的运道来了，别人都恨不得能处在你的地位上呢！我家凡有晚会，德·加里里阿诺公爵夫人必到，她也风靡上了德·索默维安。有些嚼舌根的说，公爵夫人是为了年轻画家才到我家来的，难道一个明日黄花的公爵夫人跑到谢家出身的太太府上就有失体面啦，我们谢家也是殷实富户，有上百年历史了。”

“奥古丝汀，”罗甘太太停了一停又说，“那幅画像，我总算看到了。天哪，真绝！你知道吗，皇上还想看呢。他笑着对陆军部次长说，各国君主来朝觐见的时候，出入宫廷的贵妇要是个个都这么美，那欧洲可不就长治久安了。这还不够恭维吗？”

这天一早像要有暴风雨的样子，结果也像自然界一样，最后复归清朗宁静。罗甘太太巧言令色，即使枯索如齐奥默夫妇者，她也要设法拨动他们的心弦。而果然有一根弦给她拨动了。那是一个奇特的时代，商界和金融界特别热衷于联姻高门，拿破仑手下的军官利用这种风尚，就得到不少好处。齐奥默先生有点特别，一向反对这种可悲的时弊。他常爱说：女人嫁老公，不相上下才是福，爬得太高，报应迟早会到；爱情经不起家庭生活折腾，两口子你觉她好，她觉你好，才能和和顺顺；一个高明一个笨，不能了解不能长；丈夫讲东，妻子说西，话不投机，少不得挨饿受饥。以及诸如此类他自己发明的格言。他把这样撮合的婚姻，比作早先的丝毛混纺品，结果毛断丝不断，总有一方倒霉。然而，人心都是爱虚荣的。猫球商店的掌舵人，一向以谨小慎微见称，也在罗甘太太咄咄逼人的游说下败下阵来。想不到倒是严厉的齐奥默太太，先自认为女儿的抉择有其道理，不同凡例，同意在家里招待德·索默维安先生，以便把他细细盘问一番。

店老板找到约瑟·勒巴，告以事情的原委。傍晚六点半，饭厅的玻璃屋顶下，聚集着罗甘太太和罗甘先生，年轻有为的画家和娇艳秀曼的奥古丝汀，还有以运气当罪受的约瑟·勒巴和已经不再头痛的维吉妮小姐。画家的光临，使饭厅蓬荜生辉。齐奥默夫妇依稀看到了前景：两个女儿终身有靠，猫球商店也交由精明人接手。到上点心的时候，两老的兴致达于极点：画家把他那幅一鸣惊人而岳翁岳婆未能看到的画作送上当见面礼。这件作品，画的正是这爿老店的内景，是他们生平几多幸福所系的地方！

“你太客气了，”齐奥默大声说道，“听说有人出到三万法郎，就是这张……”

“哟，我帽边上的穗儿，画上也找得到呢！”齐奥默太太接过话头。

“还有，这几块摊开的料子，”勒巴也插口道，“好像伸手可以拿出来似的。”

“衣料服饰，容易画好，”画家答道，“处理衣褶方面，现代画家能达到古代画家的造诣，那才值得高兴呢。”

“啊，原来你也喜欢衣料服饰？”齐奥默老头嚷嚷道，“啊，那敢情好！来，咱们击掌为凭，小伙子！你看得上做买卖这一行，就好说话了。嘿！做买卖，有什么可瞧不起的？天下世界就是从做买卖开的头，亚当不就是为了区区一只苹果，把天堂出卖了？要说么，这买卖可划不来！”

店老板乘着酒兴，自得其乐地哈哈大笑。他拿出上好的香槟酒，斟酒劝杯，豪爽非凡。年轻画家被搅得目迷五色，觉得未来的岳父岳母和蔼可亲。他间或也说几句笑话，亦庄亦谐，引得他们一片欢欣。因此，颇得大家好感。

入夜，酒阑人散，这间摆满——照齐奥默先生的说法——豪华家什的客厅，顿时显得空旷寂寥。齐奥默太太从桌旁走近壁炉，从灯架走向烛台，忙个不迭，把蜡烛一一吹灭，而老练的商人，只要一涉及买卖或银钱上的事，便目光如炬，看得雪亮，这时，他把奥古丝汀拉到身边，让她坐在自己腿上，跟她讲了这一番话：

“我的小乖乖，你要嫁给索默维安，就随你的便，拿你终身的幸福去做冒险的资本。但是好好的布，涂涂抹抹，就能挣到三万法郎，我就不信。钱来得快，去得也快。今晚你没听到这浑小子说吗，银钱之所以是滚圆的，就是便于滚滚而去。对于挥金如土的人，固然是滚圆的，但对于克勤克俭的人，又是扁平的，可以一块块码起来。这花花公子还说要送马车、打钻戒给你呢。他有钱，花在你身上，bene sit[①]，我没话说。但是，我给你的钱，都是辛辛苦苦攒起来的，我可不愿意眼看着变成大马车、小摆设，滚滚而去。花钱大手大脚，

① 最好没有。

不会大富大有。就算你的陪嫁有十万银币，也不能把整个巴黎买下来呀；有朝一日，你名下还能领到几十万法郎，但是，对不起！我要叫你等够了才算。所以，刚才我把那个来求亲的家伙拉到一旁，对一个逼得勒戈克破产的人来说，要让艺术家同意在婚后与妻子财产分理，简直不用费什么唇舌。签订婚约的时候，我会特别留意遗赠条款的措辞。放心吧，孩子，我还等着做外公呢！我巴不得现在就有外孙可以照料照料。你此时此刻，就向我起誓：凡是银钱方面的事，不经我同意，就不要签字。我如果走早一步，去见谢富乐老板了，那你发誓：务必听从你姐夫勒巴的意见，这点你得答应我！”

“好吧，爸，我发誓一定照你的话办。”

听到这般依顺的口气，老头儿亲了亲女儿的面颊。这天夜里，几个恋人都跟齐奥默夫妇一样，安然入梦。

这个足堪纪念的星期日过后几个月，圣乐教堂的祭司同时为两对大不相同的新人证婚。奥古丝汀和戴奥陶站在祭台前，浑身喜气洋洋，两眼含情脉脉，衣着优雅入时，门外还停有华贵的轿车。维吉妮跟家人是乘出租马车来的，她穿得很朴素，挽着父亲的手臂，跟在妹妹后面，不胜谦卑，像阴影一般衬托整个和谐的画面。齐奥默先生说得唇干舌焦，才使教堂同意，先给维吉妮主婚，算是嫁在妹妹之前。但看到教堂里上上下下的人，不管什么场合，都趋奉那位体面的新娘，老头儿不禁愀然不乐。他听到邻居特别称颂维吉妮有见识，认为她的婚事最牢靠，矢忠于自己的街区；同时，出于妒嫉，对奥古丝汀嫁了一个画家，一个贵族，少不得挖苦几句；此外，也有人表示担心，说齐奥默家如果别有抱负，那他们的呢绒铺就后继无人了。一个扇子店老板说，那个吃光用尽的家伙过不了多久就会叫奥古丝汀睡稻草的。齐奥默老头听了，暗自庆幸自己在女儿的婚约上留了后步。当晚，先举行舞会，豪奢靡费，接着是晚宴，酒菜之丰盛，现今这代人已颇少这类回忆了。席散后，齐奥默夫妇留在举行婚礼的鸽棚街邸宅里，勒巴夫妇乘出租马车回到圣丹尼街的老屋，为猫球商店掌舵。其乐陶陶的艺术家，搂着他亲爱的奥古丝汀，等轿车一到三兄街，便抱起新娘，走进一套竭尽精致、分外华美的公寓。

戴奥陶欢恋若痴。差不多有一年光景，少年夫妻生活的蓝天里没有一丝云翳。两个恋人，逍遥度日，无忧无虑。戴奥陶天天都花样翻新，给欢娱增加点缀。他喜欢在颠鸾倒凤之后，软绵绵懒洋洋地休息休息，这时候神思飞越，似乎把两情欢好都忘了。奥古丝汀快活得想不到要考虑什么，在幸福的浪涛里载沉载浮。在婚姻的名分下，她整个身心都沉浸于夫妇之爱中，还觉得意犹未尽。以她的纯朴天真，既不懂欲迎故拒地撒娇，也不会发发小姐脾气来威慑丈夫。她爱得太深，想不到要计算未来，想不到这种轻怜蜜爱的生活会有尽期。她为自己能给丈夫带来如许快乐而高兴，觉得丈夫这种永不止熄的爱就是她最美的首饰，正像她的忠贞和依顺是一种永恒的魅力一样。总之，新婚燕尔，她出落得越发光艳明丽，她为自己的姿容感到骄傲，自恃永远能左右一个像索默维安那么容易冲动的男子。因此，身为人妻，除了更懂得爱，别无长进。身在福中，她依然故我，还是当年住在圣丹尼街一隅的无知小姑娘，根本想不到要学一点儿为她生活环境所必需的风度、教养和声气。说的无非是情话，尽管说得委婉细腻，但使用的不过是所有钟情女子的常用语，而钟情似乎就是女人的天性。她偶有一个想法，不合丈夫的意，艺术家便付之一笑，像笑外国人开头常用错字，但久久不改，也会令人厌烦。

这一年，越是欢悦，过得越是快。尽管有千般情爱，一天早上，索默维安也觉得应该重新开始画画，恢复往日的习惯。况且，夫人有喜了。他常出去访朋会友。少妇自己哺育孩子，就够她辛苦一年的；这一年里，画家无疑是在勤奋工作，不过，有时为了散散心，也上交际场所跑跑。他最乐意去的地方，是加里里阿诺公爵夫人府；公爵夫人也终于把大名鼎鼎的画家收在自己门下。等到奥古丝汀产后复原，儿子也不像早先那样叫人一步离不开、逼得母亲非放弃酬酢之乐不可，戴奥陶便想带漂亮的妻子到社交场去露露面，令人艳羡赞美，满足一下他立身社会的自尊心。对奥古丝汀来说，沾丈夫的光，出入沙龙，引起别的女人妒意，也别有一番情趣。不过，她的美满姻缘也已到了回光返照。她尽管刻意小心，仍不免露出自己平庸无知、不善辞令和思想偏狭的弱点，一开头便伤了丈夫的虚荣与自负。

开头两年半，新婚情浓，对索默维安的性格有所约束；弹指间，枝叶辞青，情弛意缓，丈夫一度改变的习惯与好尚，又故态复萌，率由旧章。追求诗情画意，陶醉在幻想之域，对高人雅士，自是一种不受时限约束的权利。这两年当中，为一颗强健的灵魂所渴望的这种需求，在戴奥陶心里并未泯灭，只不过找到新的养料罢了。艺术家在爱的原野上任意驰骋，像孩子摘玫瑰摘得手里拿不下时，情况就变了。画家有什么得意的构思，拿图稿给妻子鉴赏，听到的只是像齐奥默老头一样的惊叹："真好看呀！"这种毫无热情的赞誉，并不是真有所感，而是出于爱的笃诚。对奥古丝汀来说，丈夫深情的一瞥，远胜于最美的绘画。认为只有来自心灵的一切，才最高超。戴奥陶终于不得不承认这一惨痛的事实：妻子对诗情画意了无所感，她未能生活在他的天地里，他兴来神往，即席挥洒，妻子不能追随左右，也不能乐他之所乐，忧他之所忧。妻子脚踏实地，置身于现实之中；而画家却昂首天外，神驰在九霄之上。与另一人缔姻，虽情亲意密，却要时时压抑自己奔放的想象，消泯自己美妙的构思，这种绵绵无尽的苦痛，并非一般人所能理解。在画家，这种折磨更觉难忍，因为他对终身伴侣的感情，要求第一是彼此不应讳莫如深，而应敞开心扉，互诉衷肠。一个人违背了常理，就不会不受惩罚，而常理也跟生存需求一样是铁面无私的，当然，生存需求本身也是人类社会的一种常理。

索默维安躲进画室，想求个安静。希望妻子和艺术家辈交往之下，有裨于陶冶性情，开拓才智；一般高卓之士认为，每个人身上都有慧根，只是沉睡未醒而已。奥古丝汀的信教是出于至诚，听到画家们那种不经之谈，不免感到吃惊。戴奥陶第一次请客的宴席上，一位年轻的画家对她说：

“可是，太太，拉斐尔《耶稣显容》里的天堂，不会比你的天堂更美吧！况且，拉斐尔的画，我早就看腻了。”

那画家的插科打诨，奥古丝汀竟听不出顽童般的轻浮口气，其实只是句玩笑话，并没有取笑宗教的意思。于是，她对这群才智之士开始存有戒心，这是逃不过众人眼睛的。有她在场，大家觉得受窘，而艺术家们受了怠慢，当然也不客气：或是退避三舍，或是语带讥刺。而齐奥默老夫人确有可笑之处，尤其爱摆出一副俨然凛然的姿态，以为这是已婚妇女的特权；奥古丝汀虽然常揶揄母亲过分古板，自己却耳濡目染也学到了三分。规矩女人难免过于洁身自好，这就招来了几张漫画。对这种无伤大雅的玩笑，索默维安也不便发作。但这类玩笑即使再刻薄，说到底，也不过是朋友间的戏谑而已。而戴奥陶却容易受外界影响，这类事对他不会就风吹云散。所以，不知不觉间，他对妻子冷淡起来，而且程度有增无已。美满的婚姻可比之于爬山，山巅上是窄窄的一溜地，背坡却又陡又滑，画家的爱情已走上了下坡路。

画家对于妻子的乖张做法，按他的伦理道德，完全说得过去，只是妻子不会认可罢了。有些想法，他认为妻子未必理解，瞒瞒她，自以为可以问心无愧；有时他疏远妻子，并非情有可原，也照样我行我素。这样，奥古丝汀只好暗自痛苦，无可告慰。这类难言的情感，等于在夫妻之间加了一道越来越厚的帷幕。不能说丈夫亏待她，但奥古丝汀看到，他机智的谈锋，优雅的举止，以前都奉献于她脚下的，现在都施之于别人，不免感到寒心。更糟的是，她很快把社交场那些风雅的谈吐，都认为是男人用情不专。语言之间虽没什么抱怨，但整个态度无异于苛责。伉俪三年，出门有华贵的轿车，风头十足，生活在荣华富贵圈里，又叫多少不明世事的人看了眼红，却想不到这位年轻美貌的少妇正陷于极度的苦闷之中，脸容失去了早先的红润。她思前想后，人生是本大书的话，苦难就是最初的篇章。她决心硬着头皮，尽到为人妻的义务，希望以自己的宽宏大度，终能感动丈夫回心转意；可是事与愿违。有时，索默维安工作累了，走出画室，奥古丝汀也不马上收起手上的活计，画家看到妻子像个普通主妇，在一针一线缝补家人和自己的衣服。她自己的钱，慷慨拿出来供丈夫挥霍，毫无怨言；但为了保全丈夫的财产，无论是自己花销，还是日常用度，她都十分撙节。而这种精打细算，与艺术家大手大脚的派头，很不投合；艺术家但求享受人生，从来不问一问最后为什么会潦倒。至于蜜月的清辉，怎么逐渐暗淡，终于成为幽暗的一片，这里就不细叙了。

很久以来，奥古丝汀听到丈夫谈起加里里阿诺公爵夫人，其情绪之热烈常溢于言表。一天，她正很忧伤，有位女友来看她，说到索默维安对这位出入宫廷的妖娆女子甚为依恋，并把这种关系点明了，还给了她一些不无恶意的忠告。二十一岁，正值青春年少，花容月貌的年纪，而丈夫竟为一个三十六岁的半老佳人而欺骗自己！在社交场，在家宴上，奥古丝汀会陡感凄苦，弄不懂别人对她有什么可赞美、可妒羡的。面容也换了一副表情。她衷心郁悒，眉宇之间有种隐忍的雅致，失宠的娴静。不久，少不得有风流倜傥的男子来向她献媚输诚，但她还是孤芳自赏，安分守己。倒是丈夫漏出几句瞧不起她的话，加重了她的绝望情绪。她终于不得不看到，症结在于彼此难于沟通，由于自己教养不足，跟丈夫的心无法圆匀融洽。她还是很爱丈夫，只怪自己不是，对他的一切都原谅了事。这真是她伤心泣血的时刻。世上的错姻缘，有的固然因为习俗不同、门第不配，可也有是因为意气不投，等她认识到这点，已后悔莫及了。回想新婚时期春光旖旎，更对逝去的幸福觉得意义重大。她私心认为，这样圆满的爱情，抵得过人家整整的一生，现在只能用不幸作代价来补偿了。然而，真诚相爱之心未变，期望并未完全丧失。于是，她在二十一岁上，开始培植自己，希望自己的想象力至少配得上她所赞佩的人。

“如果成不了诗人，”她心里想，“至少可以懂点诗。”

德·索默维安太太拿出全部的意志和精力，那是所有钟情女子都具备的，试图改变自己的性情、好尚和习惯。大本大本的书，狼吞虎咽，苦学不辍，到头来也只是不那么无知而已。轻松自如的才调，优雅风趣的谈吐，原是天然的禀赋，或是早在摇篮时期就熏陶出来的。她能欣赏音乐，自己唱就谈不上有情韵。文学她懂，诗歌的美也能领略，就是年纪一大，记不得许多。上流社会的交谈，她听得津津有味，但自己说来就语不惊人。她的宗教观念和童稚偏见，影响才智得不到充分发展。最后，戴奥陶对她怀有的成见，更是她无法克服的。凡是人家称赞他夫人，戴奥陶就冷嘲热讽，看来貌似笑谈却也不无道理。艺术家盛气凌人，把个娇媚少妇镇住了。有他在场，或单独相见，奥古丝汀就感到发怵。她一心想取悦于他，结果反而弄得手足无措。她的聪敏，她的知识，统归无用。这个另有所欢的丈夫，甚至对妻子的忠诚也感到不快，反说她没有感情，好像存心要她失身似的。奥古丝汀竭力不去想，一味迎合丈夫的脾气与兴致，满足丈夫的自私与虚荣，作了种种牺牲，结果毫无成效。两颗心灵总会有某一最为投契的时刻，也许彼此都错失了这个时机。一天，少妇敏感的心灵，又受到沉重的一击，旁人以为他们的关系已趋破裂。奥古丝汀更孤独了。事过不久，她想到一个要不得的念头，预备回娘家去求点安慰，讨点主意。

一天清晨，她回到那座毫无气派、常年寂静的老屋，那是她度过少女时期的地方。她走近门面怪异的楼房，重睹那扇窗子，不禁触目伤怀，轻轻叹息一声，从这里的窗口，她曾给心上人送去第一个吻；而今，他给她生活带来的痛苦，不亚于当年的荣华。楼房依旧，呢绒生意好像有了起色。现在，安坐在其母当年账台旁那个位子的，是她的姐姐。愁眉苦脸的少妇，一进门先碰到姐夫，他耳背后夹着笔，忙得没工夫理她，因为正在进行年度盘点，周围是一大堆吓人的标签。姐夫说了声“抱歉”，便自顾自忙去了。姐姐对她也很冷淡，脸上还带几分愠怒之色。的确，奥古丝汀鲜衣艳服，车马煊赫，平时只有顺路才来看看姐姐。勒巴为人谨小慎微，他太太认为，奥古丝汀清早登门，一定是为银钱的事来伸手求援的，所以说话特别有分寸，叫奥古丝汀听了暗中好笑。画家的妻子发觉，除了帽旁没有穗儿外，维吉妮十足是她母亲的替身，把猫球商店历久不衰的盛誉赓续绵延下去。

吃中饭时，奥古丝汀发觉饭桌上的规矩也有了变化，这倒应归功于约瑟·勒巴的通达事理：上甜点心时，店员可不必退席；用餐时，也可随意交谈；再者，饭菜很足，看得出生活宽裕而不尚奢华。漂亮的少妇还看到几张法兰西剧院的戏票，想起在剧院里不时看到过姐姐。勒巴太太肩上披了一条开司米披肩，质地精良，足见丈夫对她很慷慨豪爽。总之，这对夫妻跟着时代在前进。奥古丝汀在店里消磨了大半天，看到他们夫妻相得，生活顺遂，固然没有豪情胜慨，但也没有风狂雨骤，不觉为之动心，生活对姐姐姐夫说来，就是这爿店，做买卖才是根本。姐夫对维吉妮谈不上宠爱逾分，姐姐就努力去培养情感。不知不觉间，丈夫对她开始尊重起来，疼爱起来，幸福之花终于绽放，这对约瑟和维吉妮是天长日久、白头偕老的保证。因此，听到奥古丝汀唉声叹气，谈起自己的苦况，姐姐就搬出一大套圣丹尼街的道德说教，滔滔不绝，像是洪水袭来。

“事情已经如此，”约瑟·勒巴对太太说，“应该给小姨子出出主意。”

精明的商人这时笨头呆脑地帮奥古丝汀分析，从法律和道德方面看小姨子具备哪些有利因素，可以帮她摆脱困境。约瑟作种种设想，一一列举，然后就像对待不同货物，分门别类，放在秤上，权衡轻重。根据小姨子的情况，他觉得有必要采取激烈手段。但这不称奥古丝汀的意，她对丈夫还颇有感情，尤其一听到约瑟·勒巴讲通过法律途径，她的情感全都觉醒了。奥古丝汀向两位朋友道了谢，回去的时候，比来请教之前，更加不得要领。

奥古丝汀又冒冒失失上鸽棚街的老宅，想向父母叹叹苦经，好像身患绝症的病人，急来乱投医，连偏方也不妨一试。两老把女儿接进门，不胜慈爱体恤，使奥古丝汀大为感动。女儿的来访，对他们生活是种调剂，弥足珍贵。他们这四年的生活，就像航海家失了罗盘指针，成了漫无目的的漂流。大家围坐在火炉旁，你一言我一语，讲讲限价时期的灾难，历次重大的趸批进货，避免倒闭的手段，对勒戈克破产案尤其津津乐道，不失为齐奥默老头的马伦哥战役[①]。等到陈年老话说完，就重温收益最好的几次资产盘点，以及圣丹尼街的掌故逸闻之类。下午两点光景，齐奥默老头照例到猫球商店去转一转；回来的时候，在沿路的店铺前停停站站，这些店铺从前都是他的对手，现在换了年轻的老板，他们想拉老头儿一起做风险做买卖，他照惯例，并不当场断然拒绝。两匹诺曼底良种马，养在邸宅的马棚里都胖得要死：齐奥默太太只在礼拜天上教堂参加正场弥撒，才坐车出门。这对体面的夫妻，一星期宴客三次。靠女婿索默维安的名声，齐奥默老头当上了军服咨询委员。丈夫在朝中做了大官之后，齐奥默太太决心炫耀一番：间间房间塞足金银摆设，堆满格调不高但价格不菲的家具，连最简朴的房间也成了琳琅满目的祭堂。宅中之物，即使是件小摆设，也体现出撙节和挥霍之争。小到买一只烛台，齐奥默老头好像也在投放巨资似的。屋里东西多得犹如杂货铺，而阔气的排场也足以说明二老的百无聊赖。杂乱无章之中，索默维安那幅出名的画占着尊荣的一席，成为老夫妻俩最大的安慰。两老每天都要戴上老花镜看上十来遍，过去生活尽在其中，那时是如此忙碌，又如此有趣！

这座邸宅和房间里面，是一派衰老和庸俗的气息，老夫老妻好像在黄金礁石上搁了浅，已经远离人世，远离一切活思想，奥古丝汀看了大为惊异。此刻看到的，是人生画卷的后半部，前半部在约瑟·勒巴那里已经寓目，那是一种忙忙碌碌而没有波澜的生活，像海狸一样按部就班，凭本能过日子。于是，她对自己的愁蹙困顿感到一种莫可名状的骄傲，因为这种忧戚是承一年半美满婚姻的余绪而来，而这一年半，在她眼里抵得过千百空虚可怕的人生。当然，她把这种有失厚道的感想藏在心里，父母面前则尽是显弄新学到的

---

① 一八零零年六月十四日，拿破仑军队与奥地利优势兵力会战于意大利北部的马伦哥，拿破仑转败为胜，击溃奥军。

优雅风趣，承欢撒娇，使他们乐意听她抱怨丈夫的话。这类私房话，上了年纪的人本来就特别爱听。齐奥默太太觉得女儿这种非同一般的生活，必定有其离奇古怪之处，连细枝末节都要打听明白。拉富丹男爵的游记，老太太拿起来看了好几遍，都没看完，比起女儿讲的事，加拿大野人的生活，简直是无所足道。

“怎么，女儿，你丈夫和一些脱得精光的女人关在房里，你倒老实得可以，相信他在画画？”

老太太说到这里，摘下眼镜，放在一张小针线桌上，然后整整裙子，两手合着搁在抬起的膝盖上，因为她的脚老搁在脚炉上，垫得很高。

“唉，妈，画家作画都要有模特儿。”

“可是他来提亲的时候，这件事瞒着我们没说。我要早知道，决计不会把女儿嫁给干这一行的人。这种无耻的事，宗教是禁止的。你刚才说，他晚上几点钟才回家？”

“也就是一两点吧……”

两老听了面面相觑，呆了半晌。

“那他是出去赌钱啦？”齐奥默先生过了半晌才问道，“想当年只有赌鬼才这么晚回家。”

奥古丝汀努了努嘴，分明排除这种责难。

“他让你等苦了吧，”齐奥默太太接过话茬，“没有，你自己先睡了，是不是？要是输了钱，这恶魔一定会弄醒你的。”

“倒也不是，妈，他有时倒兴致很高。夜色很好的时候，还时常叫我起来，一起到树林里走走。”

“到树林里走走，半夜三更的？是不是住处挤，房间、客厅都不够大，只好跑出去？这个坏蛋拉你出去走，不是存心让你着凉吗？他是想甩掉你吧。哪里见过一个成家立业、生意顺遂的人，还像夜游神那样东跑西颠的呢？”

“妈，你不知道，要才情飞扬，就得激发情绪。他很喜欢当场……”

“好啊，我倒要叫他当场出彩，你瞧我的！”齐奥默太太打断女儿的话头，“对这样一个男人，你还让他三分？首先，他光喝白开水，我就不喜欢，这对身体没好处。他看到女人吃东西就摇头，是什么道理？真是少见！简直是个疯子。你讲的那些事，叫人意想不到。男人家怎么能一声不吭，说走就走，过十天半月才回来？他跟你说，是到迪埃普画大海去了，难道真是画海？他在胡编乱造，你真是在白日做梦。”

奥古丝汀刚开口要为丈夫辩解，齐奥默太太就用手一拦，女儿依顺惯了，积习尚存，不敢违抗，只听得母亲冷冷地说道：

“得啦，别跟我再提这家伙啦，他从来没踏进教堂一步，除非为了去看你，去跟你结婚。一个人教都不信，还有什么事干不出来？难道你爸想过要对我隐瞒什么，哪有三天不说一句话，接着又像喜鹊一般叽叽喳喳说个没完没了？”

“哎哟，妈呀，对高超之士可不能这么严。要是他们跟大家一般想法，那就不成其为天才了。”

“那好呀，让天才孵在家里，不结婚好了。怎么？天才就可以让老婆受苦倒霉！他有天才，就无所不可了？天才、天才！没有像他那样信口雌黄，叫人不知怎么办才好。随便打断别人说话，在自己家里称王称霸，弄得你不知所措！他不高兴，老婆也不能快活；他要是伤心，老婆也得跟着发愁。”

“可是，妈，想象最要紧的……”

“什么想象？”齐奥默太太抢着说，“他的想象真叫奇妙，我的天！哪有一个人，也不听听医生的，忽然心血来潮，什么也不吃，只吃蔬菜，这算什么意思？要是信教，倒也罢了，吃素还有个好处，但他还不及胡格诺教徒，连一点儿信仰都没有。他倒好，喜欢起马来，超过喜欢邻人。头发烫得曲曲弯弯的，简直像个异教徒。再说，那些石头雕像，也用得着盖细洁的轻罗纱？白天工作，把窗关起来，而点着灯，哪里见过这样的人？哼，听我说，要是他不这么粗俗无礼，伤风败俗，疯人院还能收他呢。你去请教一下洛霍先生，就是那位圣·舒尔比斯教堂的助理司铎，问问他的意思看，他准会说，你丈夫这种行为，不像一个基督徒……”

“噢，妈，难道你相信……”

“不错，我相信！你爱他，所以这些事，你都看不见。可我记得，你们婚后不久，我在爱丽舍大街遇到过他，骑着马。你猜怎么着？他一忽儿让马没命地快跑，一忽儿又把马一勒，慢吞吞慢吞吞走，当时我心里就想：这个人做事真没准儿。”

“嗨！”齐奥默老头搓着手嚷道，“你出嫁时，我把你的财产跟这怪物的分开，真做对了。”

这时，奥古丝汀一时失口，说出与丈夫不甚相得的实话，两老听了气得说不出话来。齐奥默太太马上提出离婚。一听“离婚”两字，刚才还无所表示的店老板好像突然惊醒过来，那就只听到他说话了，一来因为爱女心切，更何况打一场官司，会给他的止水生活带来跌宕变化。他要出头去打离婚官司，差不多想自己出庭去替女儿辩护。他主动提出，一切诉讼费归他负担，并自告奋勇，由他去找诉讼代理人、律师、法官，搅他个天翻地覆！画家太太反倒害怕起来，谢绝父亲效劳的好意，声称哪怕再倒霉十倍，也不愿离开丈夫；之后，就再也不提自己的忧愁。两老为了宽慰女儿，小地方种种照应，弄得她疲惫不堪。奥古丝汀抽身告退之际，感到高超之辈很难为庸常者流所了解。她懂得，女人的有些烦恼，是很难得到人家同情的，应当对所有的人，甚至包括父母，都三缄其口。上层圈子里的风暴和苦难，只有上层圈子里的高尚之士才能理解。一切事上，唯惺惺才能相惜。

可怜的奥古丝汀回到冰清冷落的家里，瞻前顾后，不胜痛苦。用功对她已毫无意义，再学习也不能使丈夫回心转意。这类烈火般的心灵，她虽然得窥幽微，却束手无策；与他们为伍，快乐分享不到，苦恼却惹了不少。在感情的巨浪面前，社交场合显得那么偏狭渺小，她深感厌恶。总之，此生已是虚度。

一天晚上，她突然有个想法，仿佛一线天光洞烛她黑暗的苦难，而这种想法，也只有对像她这样单纯这样善良的心才会露出笑脸。

她决定亲自去见加里里阿诺公爵夫人，不是去兴师问罪，索回丈夫，而只想讨教讨教婉转作态的媚功，想使这位上流社会的娇娘看在密友的孩子面上，能关切她这个为人母的人，并想说动她来协力缔造自己日后的幸福，正像她已经铸成她眼前的不幸一样。于是选定日子，一向腼腆的奥古丝汀，拿出超乎寻常的勇气，在下午两点光景，踏上马车，想直接进到这位有名美人的客厅，可是为时尚早，不到她会客时间。

圣日耳曼区那些气象万千的华邸大宅，德·索默维安夫人尚未拜识过。她穿过堂皇典丽的前厅，踏上宏恢壮观的楼梯，走进轩朗宽敞的客厅，尽管时值隆冬，这里还摆满鲜花。陈设高雅，看得出女主人不是在富贵圈中长大，便是过惯养尊处优的贵族化生活的，奥古丝汀感到揪心的痛苦：这样的气派，她想都想不到，很愿探悉其中的奥妙。她嗅到了雍容华贵的气息，也明白了这座屋子为什么对她丈夫特具魅力。她走进公爵夫人的小厅，看到家具、窗帷和布幔，都布置得赏心悦目，她不单妒忌，而且感到绝望。在这儿，凌乱之中见出韵致；奢华之中含有对财富的鄙视。房内飘溢着好闻的气味，香而不腻。窗外的草坪和绿树，与室内的摆设，有珠联璧合之妙。一切都引人入胜，看不出丝毫人工痕迹。奥古丝汀等待接见的沙龙，更是集女主人全部才情之大成。她竭力想从四散的物件中，猜度自己这位情敌的品性，但是杂乱无章，正像井井有条一样，自有某种不易窥破的法度，在纯朴的奥古丝汀眼里，简直成了不解之谜。她所能见到的，就是公爵夫人不愧为女中翘楚。这个感想，对她来说，滋味当然不好受。

“唉，对一个艺术家，”她思忖道，“难道有颗心对他一往情深，还不够吗？要配得上这些强健的灵魂，难道女人也要同样心高气傲才行吗？我能有这个迷人精的教养，就不怕较量，还不旗鼓相当？”

“我不是不在家吗！”

这短短几个字，尽管是在隔壁上房里说的，声音很低，奥古丝汀还是一字不漏听到了，心里突突直跳。

“可是那位太太已经驾到。”贴身女仆答道。

“你真发疯，那就马上请她进来吧。”公爵夫人扬声说，声音顿时变得很甜美，口气也很亲切，显得礼数周全。显然，她是有意说得让人听到。

奥古丝汀虚怯地向前走去。这间上房清新宜人，她看见公爵夫人不胜娇慵的样子，斜倚在绿天鹅绒的长沙发上，背后是杏黄底子的半圆形帷幔。鎏金的青铜摆设，布置得高雅绝伦，把公爵夫人烘托得仿佛是华盖之下的一尊古典雕像。墨绿的天鹅绒，丝毫无损于她诱人的姿色。清浅的光线，不像阳光而像反光，映出她的娇姿美质。赛佛窑的名贵花瓶里，伸出几株珍奇的鲜花，香气四溢。奥古丝汀好像走进画里，惊诧不置，脚步走得那么轻，不意中看到公爵夫人美目流盼，对着画家夫人一时还看不到其人的方向，好像是说：“你耽着别走，你就会看到一个漂亮女人。有你作陪，我接见她就不会那么无聊了。”

这时，公爵夫人一眼看到奥古丝汀，款款站起身来，让她挨着自己坐下。

“啊，太太，承蒙大驾光临，有何见教啊？”说着嫣然一笑。

“干吗这么虚假？”奥古丝汀心里这么想，只是点了点头。

这阵沉默，真是求之不得。原来少妇发觉这场戏里多了一个角色。此人算得是最年轻、最潇洒、最体面的一位校官。一身既是戎装又是便装的衣着，更显得他风度优美。少年英俊，脸上十分富于表情，上唇蓄着乌黑的菱角髭，下颏是一把浓密的帝式须。两鬓修得很齐整，一头像密林一般乱蓬蓬的黑发，使脸容显得更加精神。他手中摆弄着马鞭，很是潇洒，得意于自己的仪表与修饰。绶带马马虎虎地挽在纽扣上，好像俊逸的风度比军人的英武更值得炫耀似的。奥古丝汀瞧着公爵夫人，同时瞟了一眼上校，含有恳求之意。

“那就再会了，德·艾格勒蒙。回头布洛涅森林见吧。”

听这妖娆女人说话的声气，像是奥古丝汀进来之前，两人就已约定的。她这时用威凌的目光，瞪了军官一眼；这位也是咎由自取，因为他带着不胜赞美的神情正欣赏着这素净的鲜花，觉得与高傲的公爵夫人大异其趣。花花公子此刻默默弯腰作别，用长筒靴的后跟一转身，风姿翩翩地走出客厅。奥古丝汀斜眼窥视自己的情敌，看到她正目送英俊的军官离去，即便是那飘瞥的一瞬，其中的脉脉情意，也决计逃不过一个女子的眼睛的。年轻的少妇感到深切的痛苦，眼看自己这次登门拜访只是白跑一趟；这位惺惺作态的公爵夫人，唯渴求人家的恭维奉承，对别人不会有多少体恤之情的。

“夫人，”奥古丝汀声音哽咽地说，“我现在跑来向你求情，你会觉得很奇特；但是，人到了走投无路的地步，不免异想天开，想必你能见谅。戴奥陶为什么喜欢来你公馆，你为什么对他那么举足轻重，我现在都明白了。唉！我只要反躬自问，就能找到许多理由。可是，夫人，我爱我的丈夫呀！两年来我流的眼泪，也没把他的身影从我心上抹去，虽然我已失去他的欢心。我在气头上，也想跟你争个短长；今天我特地前来拜访，就想来领教怎样才能在情场上取胜。噢！夫人。”少妇热切地抓起她情敌的手，公爵夫人任由她握着，“你要是能帮我重新获取我丈夫的……不说爱情，就算是友情吧，我就要拿出为自己都不曾有过的热诚来求上帝保佑你幸福终身。我的全部希望，都寄托于你身上了。啊！告诉我，你有何妙法，能博得他的欢心，使他连新婚燕尔那段日子也忘了……”

说到这里，奥古丝汀止不住抽泣起来，哽哽咽咽地语不成声。她为自己的软弱感到不好意思，便用手帕捂着脸，一下子把手帕都沾湿了。

“还那么孩子气呢，我的小美人儿。”公爵夫人觉得这场面很新异，很有趣，想到这位少妇或许是全巴黎最贤惠的女子，能得到她的敬意，不禁有点动心，她从画家妻子的手里拿过手绢，亲手替她揩拭泪珠，一边不胜怜爱地啧啧啧地哄她。

静默了一会，妖娆的公爵夫人伸出高贵的双手，攥住奥古丝汀的纤纤素手，用亲切柔和的口气对她说：

“我第一个忠告，就是劝你别这样哭哭啼啼的，哭相总是难看的。

应该善于克制悲伤，要知道忧能伤人，而且爱情在痛苦的床上，是睡不长的。再说，神情忧郁，开始固然能略增情韵，不无可爱之处；但老是一副愁容，会把脸上的线条拉长，哪怕最娇艳的脸蛋儿也会憔悴下去。还有一点，我们的暴君都很自负，希望看到他们的女奴成天都快快乐乐的！”

“啊！夫人，我不是没有察觉。看到自己的脸，以前因为得到了爱，得到欢乐，曾经容光焕发，如今却变得灰暗苍白，神情冷漠，怎么不万箭攒心呢！可是我控制不住自己的情绪啊！”

“那可不好，漂亮的太太。我觉得，你的全本故事，我都知道了。首先，你得明白，你丈夫如果变心，与我无关。如果说，我曾把他罗列到自己沙龙里，那我得承认，这完全是自尊心作怪：他这名流，不是哪里都不走动吗？我太喜欢你了，他为我做的那些疯疯癫癫的事，不便一一奉告。我只透露一桩，或许对我们有点用处，一则可以叫他回心转意，再则也可以治一治他对我的胆大妄为。他这样下去，迟早会坏我名声的。这个上流社会，亲爱的，我是深有了解的。我可不愿意受一个自视颇高的人任意摆布。你该明白，男人们愿意奉承讨好，大献殷勤，尽可听便；但嫁给他们，那可就错了。我们女人家，对才华横溢的男人，固然应该敬佩，像看戏一样加以赞赏，但跟他们一起过日子，对不起！那等于好好的包厢空着不坐，绚丽的幻景放着不看，却跑到后台去看什么机关装置。可怜的孩子，你府上出了点事，是不是？那你就得把自己武装起来，对付他的专横暴虐。”

“啊，夫人！在走进这客厅，见到你之前，我已经心有所悟，有些妙计我是从来都想不到的。”

“那么，有空可常来坐坐，不用多久，这门学问你就可以学到许多小关节。别看是小道，还相当重要哩。这类表面文章，对那些傻瓜，也有半条性命那么要紧；而且即使是天才，才智出众，在这种事上，也会傻得可以，而且这种人不是一个两个。我敢打赌，你对戴奥陶，一向是有求必应，从未加以拒绝的。”

“夫人，对一个倾心相与的人，还有什么可以拒绝的？”

“你真天真得可以，我就喜欢你这股傻劲儿。你得明白，我们越爱一个人，就越不能衷心太露，尤其是对丈夫。两人中间谁爱得深，谁就受罪，更糟的是，迟早会给遗弃。你想占上风，就该……”

“怎么，夫人？难道还要隐瞒、算计、作假、矫饰，而且要一直这样做下去？噢！这种日子怎么过法？请问，难道你……”说着说着就迟疑起来，公爵夫人爽然一笑。

“亲爱的，”这位贵夫人语重心长地说，“婚姻要想美满，就得用点心计，要慎之又慎。假如我跟你说婚姻，而你却说爱情，那我们就谈不拢了。你听我说，”她用推心置腹的口气往下说，“我有幸见过当代多位名流。凡是已经结婚的，除个别例外，娶的夫人都不甚足道。而想不到这些夫人倒能把丈夫镇住，就像皇帝君临天下一样，不说得到丈夫的宠爱，至少得到丈夫的尊重。我很喜欢知道这类秘密，特别是跟我们女人有关的秘密，能找出谜底，很有意思。你知道吗，我的宝贝，这些巾帼英雄的本事，就是把丈夫的性格摸透了，她们不像你，觉得丈夫高出一头，拜倒在他面前，而是卖乖弄巧，点出丈夫品性上的欠缺，而所欠缺的，不管她们自己是否真的具备，总之，在丈夫面前张张扬扬，最终把丈夫收服。再者，还应当知道，这些男人看上去很了不得，实际上都有点疯疯癫癫，就要善加利用。只要决意想收服他们，抱定宗旨，把我们所有的举措、想法、媚功，都用到这上面去，就不怕不能制服这些桀骜不驯的家伙，也正因为他们心猿意马，我们就不愁没办法左右他们。”

“噢，天哪，”年轻的少妇听后为之骇然，“生活原来如此。简直是搏斗……”

“可不是，得时时摆出咄咄逼人的架势，”公爵夫人笑道，“我们的功夫，全在似假非真之间。可不能给男人看扁了，不然，得使尽手段，才能重新抬头。你过来，”她加上一句，“我教你一招，包你能把丈夫拴住。”

公爵夫人站起身来，笑盈盈地领着这位来学御夫术的女弟子，穿过小小的迷宫，来到一座通向客房的暗梯旁。她转动门上的暗锁，略停一停，瞧了一眼奥古丝汀，那种精明和媚姿简直学都学不来。

“告诉你吧，加里里阿诺公爵就是喜欢我！可是，没有我的许可，他就不敢进这道门。他这人，惯于指挥千军万马，面对排炮毫无惧色，但是在我面前……他知道戒惧。”

奥古丝汀叹了口气。她们走进华美的画廊，公爵夫人把画家的妻子领到当年戴奥陶为齐奥默小姐所作的肖像前。一见这画，奥古丝汀不觉惊叫一声。

“这幅画，我早知道不在家里了，”她说，“但没想到……会在这儿……”

“我的小乖乖，我把这幅画要过来，无非想看看一个天才男子会荒唐到什么地步。画，我迟早会奉还的，而真迹会站在摹本之前，倒是我始料所不及的。趁这会儿说话的工夫，我叫下人把画送到你车上去。有了这件法宝，这辈子还管不住丈夫，真也不成其为女人了。再有倒霉事儿，只能怪你自己了！”

奥古丝汀俯身吻了一下公爵夫人的手，公爵夫人把她搂进怀里拥抱一阵，情意之缱绻，足以到第二天就把她忘个一干二净。这种场面，换了别人，不像奥古丝汀那么贤惠的，会把秉性的憨厚纯良彻底毁掉。公爵夫人揭示的奥秘，说有用也有用，说有害也有害，因为上层社会尔虞我诈的手段，对奥古丝汀无异方枘圆凿，正像约瑟·勒巴的器识狭隘和母亲大人的卑俗说教，对她不相宜一样。人生中只要稍有差池，就会陷我们于阴错阳差的境地，造成难言的后果！奥古丝汀的处境，就像阿尔卑斯山的牧人突然遇上雪崩：略一迟疑，或者听到同伴呼救声就跑过去，结局就不堪设想。处于这种危局，一个人不是为之心碎，就会变得心硬如铁。

德·索默维安太太在回家路上，情绪波动之大，非笔墨所能尽述。加里里阿诺夫人的一席话，把她心里搅得乱腾腾的。她像寓言中的小羊，各种想法互相抵牾，狼不在眼前，便勇气十足。她自言自语，设计划策，想装得千娇百媚，就像对着丈夫一样讲起话来，恢复了女人家能说会道的本领，可是一想到戴奥陶雪亮的眼睛会盯着她，先就战栗起来。她进门问先生在不在家，说话的声音低到几乎听不到。得知丈夫不回来吃饭，心里感到说不出的高兴，像死囚不服原判，上诉期间不管多短，也像有漫漫的一生似的。她把画像摆在自己房里，怀着希望，忐忑不安地等候丈夫回来。她预感到，今后的祸福穷通，就在此一举，所以听到一点儿声响，便心惊肉跳；甚至连挂钟的摆动，也像在推波助澜，加重她的疑惧。她东摸摸，西弄弄，挨延时光。她突然心生一计，想把自己打扮得跟画里一模一样。深知丈夫遇事踟蹰的性格，她叫下人把房里灯光点得通亮，非同寻常，相信丈夫回来，出于好奇，一定会到她房里来。

午夜刚过，马车夫一声吆喝，公馆的大门随即拉开。院子里静悄悄的，画家的马车辗过石板路面停了下来。

“灯光通明，是什么好兆头啊？”画家走进太太的房间，声音里透着高兴。

奥古丝汀灵机一动，抓住良机，奔过去勾住丈夫的脖子，手指着那张画。画家一瞧，顿时像石头似的呆住了，眼睛看看奥古丝汀，又看看指证罪证的画像。怯弱的妻子，吓了个半死，看见丈夫逐渐变脸，凶相毕露，额上的皱纹像乌云一般攒聚拢来，她觉得全身的血都凝住了。丈夫两眼冒火，声音低沉地质问道：

“这幅画，在哪里找到的？”

“是德·加里里阿诺公爵夫人还给我的。”

“是你讨来的？”

“我压根儿不知道画在她那儿。”

这个天使甜润的，或者说悦耳的嗓音，足以感化吃人生番，却不能打动一个自尊心受到伤害的艺术家。

“瞧她干的好事！”画家大吼一声，“这口气，我非出不可！”他大步踱来踱去，“我要把她画出来，叫她丢尽脸面，无地自容。对，我要把她画成放荡的梅煞灵（messaline），深更半夜从宫里逃出去跟人私奔！”

“戴奥陶！……”奥古丝汀的声音像要断气似的。

“我要她的命。”

“我的朋友！”

“她看上了骑兵上校，就因为那小子骑马骑得好。”

“戴奥陶！”

“哼，别管我！”画家的声音简直近乎号叫。

整个情景，描述下来只会叫人厌恶。总之，到了最后，画家发火发得忘乎所以，大吵大闹，换了一个比奥古丝汀年轻的女人，准以为他神经错乱了。

第二天早晨八点，齐奥默太太突然跑去看女儿，发觉奥古丝汀面无血色，两眼红肿，头发散乱，手中拿着一块哭湿的手绢，望着地上撕成碎片的画布和砸得不可收拾的镀金画框，呆呆地坐在那里出神。奥古丝汀悲痛得失去知觉，只用绝望的手势，指了指狼藉满地的布片碎屑。

“哟，这倒是一笔损失呢！”猫球商店的皇太后嚷道，“画是画得真像，的确不错。但我听说，街上有人代画肖像，张张讨人喜欢，才收五十个银币。”

“哎，妈！……”

“可怜的孩子，这才对啦！”女儿看了母亲一眼，其中的意思，齐奥默太太并没懂得，“算了吧，孩子，天底下的人，只有做母亲的才最知疼爱。我的心肝，我全猜到了。把你的伤心事统统说出来，我来安慰安慰你。我不是早就跟你说过吗，这家伙是个疯子！你的贴身女仆告诉我好些事，就更加不近人情了……这真是个恶魔！”

奥古丝汀用手指按着苍白的嘴唇，好像哀求母亲别说了。经过昨夜这个可怕的夜晚，苦难已教会她要逆来顺受，而这种隐忍功夫，在一般做母亲的和多情女子身上，远远超过常人的能耐，显示女子身上有些动人心弦的品性，上帝是拒绝恩赐给男人的。

蒙玛脱公墓里，现有一块不高的墓碑，据碑文记载，德·索默维安夫人终年二十七岁。这位娇弱的女人生前有位朋友，他从简朴的碑文里，得以窥到她戏剧性一生的临终一幕。年年岁岁，每逢十一月二日[①]这个庄重的日子，他走到这块新立的大理石墓碑前，心里总要想：是不是只有不像奥古丝汀那么脆弱的女性，才经得住天才强劲的拥抱？

“那些卑微朴野的鲜花，”他心里寻思道，“开在深山幽谷确是百般芳菲，一旦移栽到天际日边，那里烈日炎炎，更有风雨相摧，或许就更易凋谢。”

一八二九年十月，作于马弗里埃

罗新璋 译

① 亡人节。

高布赛克

一八二九年到一八三零年间冬天的一个晚上，深夜一点钟，在葛朗利厄子爵夫人的客厅里，还有两个客人没有走。一个眉清目秀的青年听到时钟敲响就告辞了。当他的车马声从院子里传来的时候，子爵夫人看见客厅里只剩下她哥哥和一个好朋友正在结束他们的牌戏，便朝她女儿走过去。她女儿站在壁炉前，好像端详着一只无釉瓷透明花纹灯罩，其实是倾听那部四轮马车的声音，那种凝神静听的样子，不能不使她的母亲担心。

"卡米叶，如果你以后还像今晚那样，跟雷斯托伯爵这么亲热，我只好不再让他上这里来了。好孩子，你听我说，如果你相信我疼爱你的话，就让我在生活中指引你吧。一个十七岁的女孩儿家，对未来，对过去，对某些人情世故，会捉摸不透的。我只想告诉你一句话。雷斯托先生有一个好挥霍的母亲，几百万家当她都会花光。她是一个出身微贱的女人，高里奥家的姑娘，早就声名狼藉。她从前对自己的父亲是那样不孝，实在不配有这么孝顺的儿子。年轻的伯爵热爱她，供养她，他的孝心的确值得大家称赞，他对弟弟妹妹照顾得尤其周到。"

"这种行为不管每样令人钦佩，"子爵夫人满脸精明的神气，接下去说，"只要他母亲在世一天，所有好人家都会害怕把女儿的前途和幸福托付给雷斯托这孩子的。"

"您和葛朗利厄小姐的谈话，我听到了几句，我真想插句嘴。"那好朋友高声说。

"我赢了，伯爵，"他和对手说，"少陪了，我要去给令甥女帮忙。"

"您那诉讼代理人的耳朵真灵啊，"子爵夫人高声说，"但维尔老朋友，我对卡米叶低声说话，您怎么能听得见呢？”

“我会看你们的眼色。”但维尔一边说，一边坐在壁炉角边的一把安乐椅上。

那舅父也走过来坐在外甥女身边，葛朗利厄夫人就在她女儿和但维尔中间的一把矮椅上坐下。

“子爵夫人，现在我想给您讲一个故事，这个故事会使您对爱乃斯德·德·雷斯托伯爵财产问题的看法有所改变。”

“讲故事吗！”卡米叶叫了起来，“先生，您快讲吧。”

但维尔向葛朗利厄夫人递了一个眼色，让她明白这个故事是会使她感兴趣的。

论家当和门第的古老，葛朗利厄子爵夫人是圣日耳曼区最显要的贵妇之一；一个巴黎的诉讼代理人对她讲话这样随便，在她的公馆里面举止行动这样不拘礼节，看来虽不很自然，可也很容易解释清楚。葛朗利厄夫人是跟王室一起回到法国的，她在巴黎住了下来，开始单靠路易十八从国家元首年俸里拨出的补助金过活，手头非常拮据。那诉讼代理人凑巧在共和国当年拍卖葛期利厄公馆的手续上发现了些破绽，便认为这座公馆应该归还子爵夫人。他把这个案件包揽下来，并且获得胜诉。这回胜利壮了他的胆，他又和一所不知什么救济院打官司，那所救济院终于把利斯内森林退还给子爵夫人。随后，他又帮子爵夫人收回了奥尔良运河的几份股票和拿破仑拨给公共机关使用的几处相当巨大的房产。仗着这个青年诉讼代理人的才干，葛朗利厄夫人的家业恢复了旧观，当《赔偿法》颁布的时候，她又得到一笔很大的款项，现在她每年有六万法郎进款。但维尔律师为人正直、博学、谦虚、随和，他成了这户人家的好朋友。他给葛朗利厄子爵夫人帮的这些忙，虽然使圣日耳曼区最显赫的门第都敬重他并且托他办事，但他并不是一个野心家，对别人的好意不存什么非分之想。子爵夫人劝他把事务所顶出去，投身司法界，靠子爵夫人的提拔，他定会一帆风顺，官运亨通，可是他没有接受这个建议。除了晚上偶尔到葛朗利厄公馆消遣之外，他到交际场中应酬，也只是想维持他的社会关系。他为葛朗利厄夫人效劳，使自己的才能得到施展，觉得十分庆幸；不然的话，他的事务所也许就门可罗雀了。但维尔其实并没有诉讼代理人的气质。

自从爱乃斯德·德·雷斯托伯爵成了子爵夫人公馆的座上客，但维尔又发觉了卡米叶对这个年轻人颇有好感以来，他便时常出入葛朗利厄夫人公馆，有如最近才被接受进入这个贵族区社交场的一个昂丹大道的公子哥儿。几天以前，他在一次舞会上凑巧站在卡米叶身边，他指着那年轻伯爵对卡米叶说：

“可惜这孩子没有两三百万家财，是不是？”

“您说这是一种不幸么？我可不这样想，”她答道，“雷斯托先生又能干，又有学问，并且得到他所追随的那个部长的器重。我相信他一定会出人头地。这孩子一朝当了权，他要有多少家财就有多少。”

“不错，可是如果他现在就很富有呢？”

“如果他现在就很富有的话，”卡米叶红着脸说，“这里的小姐们就都抢着要嫁给他了。”她指着跳四对舞的人群，补了一句。

“那个时候，”诉讼代理人答道，“葛朗利厄小姐就不是他垂青的唯一女子了。这就是您脸红的原因吧！您对他有点意思，是不是？您怎么不说话啦？”

卡米叶突然站了起来。

“她爱上他了。”但维尔想道。

从这一天起，卡米叶发现那诉讼代理人对她钟情爱乃斯德·德·雷斯托伯爵表示赞同，便对他显出异乎寻常的殷勤。在这之前，但维尔每次给她家里帮忙，她虽然都知道，可是她对但维尔只存着敬意，没有真正的友谊，只有礼貌，没有感情；她的行动举止、说话时的口气，都使但维尔时时刻刻感觉到贵族社会的礼法在他们之间设下的鸿沟。受恩莫忘，但儿女们往往不肯认这笔账。

“这场恋爱，”但维尔过了一会说，“使我想起我生平仅有的一段传奇般的遭遇。”

“听到一个诉讼代理人讲他生平的艳史，”他接着说，“您就已经笑起来啦！可是我像大家一样，也有过我的二十五岁，而在那个年纪，我已经见识过一些离奇古怪的事情了。我首先要给您讲一个您不可能见识的人物。那是一个放高利贷的人。那没有血色的、灰白的脸，您的脑海里能够对它有一个清楚的概念吗？我倒想请法兰西学院允许我把它叫作月白色的脸：它同褪了色的镀金器皿相似。我讲的这个高利贷者，他那平直的、深灰色的头发梳得整整齐齐。面部同塔莱朗一样，毫无表情，看上去像是用青铜铸成似的。两只小眼黄得像黄鼠狼的眼睛，差不多没有睫毛，怕见阳光；可是一顶旧鸭舌帽的遮檐替他把阳光挡住。他的尖鼻子顶端有很多痘斑，您会把它比作一个小螺丝钻。他的嘴唇很薄，像炼金术士或伦勃朗，梅兹[①]所画的矮小老人的那种嘴巴。这人讲话时声音很低，语调柔和，从来不发脾气。他的年纪很难确定：也不知他是未老先衰呢，还是保养得法、青春常在。屋子里从写字台上的绿绒直到床前的地毯，一切都是洁净而破旧的，很像老处女冷冰冰的闺房，她们一天到晚都在揩拭她们的家具。冬天，炉子里的柴火老是埋在一堆灰烬下面，只冒烟，没有火焰。从早晨下床的时候起，直到晚上咳嗽发作时为止，他的行动都和时钟一样有条不紊。他有几分像一个机器人，睡眠就等于上弦。一只甲虫在纸上爬行，你拨它一下，它便停下来装死；同样，这个人在讲话当中听到有车辆经过，就住口不作声，免得提高嗓门。他模仿封特奈尔[②]，节省有伤元气的动作，把人类感情都集中到自我上面。所以他的生活和古代计时的沙漏里的黄沙一样，不声不响地度过。吃了他亏的人有时乱嚷乱叫，大吵大闹；跟着便寂然无声，好像是一间刚宰了一只鸭子的厨房。到了晚上，这个钞票人便变成了凡夫俗子，他的金银财宝就化作一颗心。他一天的工作如果使他感到满意，他就搓着两手，脸上凹凸不平的皱纹泛起一丝笑意，因为他肌肉无声的颤动，带出一种可以同皮袜子[③]的皮笑肉不笑相比

---

① 梅兹（1629—1667）：荷兰画家。

② 封特奈尔（1657—1757）：法国作家。

③ 皮袜子：美国小说家库柏（1789—1851）的《皮袜子故事集》的主人公。

的感觉，是无法用别的语言来形容的。再说，即使在他感到万分高兴的时候，他的谈话还是使用单音节的词，举止行动也始终拒人于千里之外。

“这就是我住在砂岩街的时候偶然碰上的邻居，当时我还不过是一名二等帮办，一个快要修完三年级的法科学生。我们往的这所房屋没有院子，又潮湿又阴暗。各个寓所只有从街上透进来的光线。房舍的布局像一座修道院，全都隔成大小相等的屋子，一条过道就是唯一的出口，只有气窗给过道透进一些亮光，说明这所房子往日是属于一座修道院的。看见这所房子凄凉的外貌，一个富贵人家的子弟还没有踏进我邻居的屋子，他的快乐心情就烟消云散了。我的邻居和他的房子彼此很相像，正如牡蛎像它附着的岩石一样。

“就社交方面来说，唯一同他来往的人就是我；他来向我借火，借书，借报纸，晚上他允许我走进他的小屋，碰上他心情好的时候我们便聊聊天。这些信任的表示是我同他做了四年邻居和我循规蹈矩的行为带来的结果。我因为没有钱，所以我的行为跟他非常相似。他有亲人么？有朋友么？他富有呢，还是贫穷呢？谁也回答不了这些问题。我从来没有在他的屋里看见过银钱。他的家财一定是存放在法兰西银行的地窖里面。他迈着那像牝鹿一般枯瘦的腿在巴黎东奔西跑，亲自拿着期票去兑现。他这种小心谨慎也使他吃过一次亏。有一天，他身上偶然带着些钱；不知怎的，一个双拿破仑金币[①]从他裤子的小口袋掉了出来。一个房客跟在他后面上楼梯，把金币捡起来还给他。

“‘这个金币不是我的，’他做了一个吃惊的手势答道，‘我会有金币么！我有钱的话，还会像现在这样过日子么？’

“早上，他在一只铁皮炉子上亲自煮咖啡，那只炉子老是放在壁炉的黑暗角落里；一家烤肉店给他把饭送到家里。我们的看门老婆子每天在一定的时间上来给他收拾屋子。再说，这个人的名字叫高

① 双拿破仑金币值四十法郎。

布赛克[①]，像这样凑巧的事情，斯特恩[②]就会说是前生注定的了。后来我承办他的事务，才知道我们认识的时候，他大概七十六岁。他一七四零年左右诞生在安特卫普[③]近郊，母亲是犹太人，父亲是荷兰人，他的名字叫作若望－埃斯泰·冯·高布赛克。你们一定知道，一个叫作'荷兰美女'的女子的暗杀事件曾经如何轰动整个巴黎。当我同这个旧邻居偶然谈到这件事情的时候，他既没有表示一点儿关切，也没有表示丝毫惊异，只是对我说：

"'她是我的外甥孙女。'

"他的独一无二的继承人，他姐姐的外孙女的死，只引起他说了这么一句话。我在法庭的审讯中得知那个'荷兰美女'果然叫作莎拉·冯·高布赛克。当我问他怎么这样奇怪，他外甥孙女的姓竟同他的一样，他微笑着答道：

"'我们这个家族，女子是从来不结婚的。'

"他的家族四代都是女子，这个古怪的人从来一个也不愿意会见。他对他的继承人深恶痛绝，他无论如何不能想象，在他死后，他的家当有一天会不属于他，而归别人所有。他刚满十岁，他的母亲就把他送到船上当一名小水手，开到荷属东印度群岛去，在那里漂流了二十年。因此他那个半黄不黄的前额的皱纹中就埋藏着种种秘密：有可怕的事故，有突如其来的恐怖，有意想不到的巧遇，有悲欢离合的航海故事，有无穷无尽的欢乐。他挨过饿，爱情受过蹂躏，家当遭过风险，失而复得，他的性命有过多少次陷于绝境，也许因为他能当机立断，又庆生还，他使用的手段极其毒辣，只是出于急不暇择，才得到别人的原谅。他认识西默兹海军上将，认识德·拉利先生、德·凯嘉鲁埃先生、德·埃斯坦先生、德·絮弗朗法官、德·波唐杜埃先生、康华利勋爵、哈斯丁勋爵、蒂普－萨依勃的父

---

① 高布赛克有"一口吞下去"的意思。

② 斯特恩（1713—1768）：英国感伤主义小说家。

③ 安特卫普：比利时的港口城市。

亲和蒂普－萨依勃本人。[①]那个在德里国王玛阿达齐－辛迪阿朝上做过官并且对于建立玛哈塔王朝有过很大功劳的萨瓦人[②]，曾和他做过买卖。他跟维克托·休士[③]以及好几个出名的海盗有过来往，因为他在圣托马斯[④]岛住过很久。为了发财，他什么事情都干过，还曾试图探明布宜诺斯艾利斯附近著名的野人部落的黄金。此外，美洲独立战争中的各个事件，没有一件同他没有关系。他不曾跟任何人谈过印度或美洲，跟我谈到的时候也不多。当他谈到这些地方的时候，他就仿佛说走了嘴似的，显得有点后悔。假如人道精神、社交精神是一种宗教的话，他就可以算是一个无神论者。我虽然有意考查他的思想感情，可是惭愧得很，我应当承认一直到他生命的最后一刻，他的心还是莫测高深的。我有时心里想，他究竟是男性还是女性呢？如果所有放高利贷的人都像他的话，我相信他们全是没有性别的。他是否始终信奉他母亲信奉的宗教，把基督教徒看作他的俎上肉呢？还是他改奉了天主教、伊斯兰教、婆罗门教或路德的新教呢？我对他的宗教见解始终毫无所知。我觉得他只是对宗教淡漠，并非缺乏信心。

“这个人已经成为金钱的化身，吃过他亏的人，也就是他称之为主顾的，不知是故意说反话呢，还是存心嘲笑，管他叫高布赛克老爹。有一天晚上，我走进他屋里，他坐在自己的安乐椅上，像一尊塑像，动也不动，两只眼睛瞅着壁炉的架子，仿佛瞧着架子上面他放债的账目。一盏冒烟的灯，灯座从前是绿色的，投出微弱的光，

---

① 以上提到的，除西默兹、凯嘉鲁埃、波唐杜埃是《人间喜剧》中虚构的人物外，其他在历史上都实有其人。德·拉利－托朗达（1702—1766）：曾任法国驻印度殖民地长官；德·埃斯坦（1729—1794）：法国海军少将；德·絮弗朗（1726—1788）：法国地中海舰队大法官；康华利勋爵（1738—1805）：曾任印度驻军司令及总督；哈斯丁勋爵（1754—1826）：曾任印度总督；蒂普－萨依勃（1750—1799）：印度迈索尔邦最后一个苏丹。

② 指博瓦涅伯爵（1741—1830）。

③ 维克托·休士（1770—1826）：法国驻圭亚那专员、总督。

④ 圣托马斯岛：小安的列斯群岛中的一个。

没有给这张脸增添一点儿色彩，反而更衬托出脸的苍白。他一声不响地瞧着我，指着正等我去坐的那把椅子，让我坐下。‘这家伙在想什么呢？’我心里想，‘他知道世界上有上帝、有情感、有女人、有幸福吗？’我可怜他，像可怜一个病人一样。可是我也十分明白，虽然他有几百万现金存放在法兰西银行，他的脑子里很可能想占有整个地球呢！他曾走遍这个地球，探寻过它，估计过它的分量，计算过它的价值，开发过它的资源。

“‘您好，高布赛克老爹。’我对他说。

“他扭过头来望着我，他那又粗又黑的眉毛稍稍凑近了一下；对他来说，这种特殊的变化就等于南方人最欢畅的微笑了。

“‘您今天无精打采，和那天有人跑来通知您有一个书商吃倒账的时候一样，您很佩服这个书商的手段高明，虽然您吃了他的亏。’

“‘吃过他的亏？’他露出惊讶的神气说。

“‘他为了签订一个破产者与债权人之间的契约，不是曾用一家破产商号盖章的期票偿还您的债务么？等到这个商号复业的时候，他不是要您按照契约规定的折扣兑收期票么？’

“‘他很狡猾，’他答道，‘可是结果还是进了我的圈套。’

“‘您有期票要退吗？今天不是月底了吗？’

“我和他提到金钱，这还是头一次。他似笑非笑地抬起眼睛望着我；然后用一种温柔的声音对我说话，音调就像一个不会吹笛子的学生吹出的笛声。

“‘我寻开心。’他对我说。

“‘您有时候也寻开心么？’

“‘你以为只有出版了诗集的才是诗人么？’他耸耸肩膀向我问道，一面用怜悯的目光望着我。

“‘这个脑袋里面也有诗情哩！’我想道，因为我当时对他的生活依然一无所知。

“‘有什么人的生活能够像我的生活这样出色吗？’他继续说，眼睛闪闪发亮。‘你还年轻，你有你那个年纪的一套想法，你在你的炉火里面看见女人的面孔；我呢，在我的炉火里面只看见几块木炭。你什么都相信；我呢，我什么都不信。你尽管抱着幻想不放好了，如果能够做到的话。我现在要给你讲一讲人生的失意事。不管你是在旅途中，或是和你老婆一道待在炉火旁边，你总会活到这样一把年纪，那时候生活便只是我们在自己喜欢的某种环境中所遵循的一种习惯。那时候，能够把我们的才能使用到现实上面就是幸福。除了这两条规律，一切都是空话。我的原则像大家的原则一样有过变化，每到一个纬度我不得不改变一次。欧洲人钦佩的行为，要受到亚洲人的惩罚。某种行为在巴黎是一种恶习，过了亚速尔群岛便是非做不可的事。世界上没有一成不变的真理，只有一些因地制宜的公约。一个人被迫投入形形色色的社会模式以后，信念和道德对他说来就成了一些毫无价值的字眼。我们身上只剩下自然赋予我们的唯一真实情感：图存求生的本能。在你们欧洲社会里，这种本能叫作个人利害。如果你的阅历同我一样丰富的话，你就会懂得只有一种有形的东西具有相当实在的价值，值得我们操心。这种东西……就是金钱。金钱代表了人间一切的力量。我走过不少地方，到处都看见平原或高山：平原使人感到厌倦，高山使人感到疲乏；因此，地点是毫无意义的。讲到风俗，人到处都一样：到处都有穷人和富人的斗争，这种斗争到哪儿都避免不了；因此，剥削别人总比被人剥削好些，到处都看见筋骨强壮的人辛勤劳动，面无血色的人自寻烦恼；到处都是声色情欲，因为到处都是官能消耗，最后只剩下一种情感，就是虚荣心！虚荣心，说来说去还不是自我？虚荣心要有大量金钱才能得到满足。我们刁钻古怪的念头需要有空闲，需要有物质手段，或需要细心照顾。一点儿不错，黄金里面什么都有，不过还没有显出来罢了。事实上，它什么都可以给你。每天晚上打牌，琢磨着自己能不能赢几个铜子，只有疯子或病人才觉得这是一种乐趣。只有傻瓜才会浪费时间去打听发生了什么事情，某某太太是一个人睡在长沙发上呢，还是有人陪着她？她的血多呢，还是淋巴液多？她是欲火旺盛呢，还是有德行？只有受骗的人才会费心制定一些政治原则来控制变幻莫测的时局，以为替他们的同类做了一件有益的事。只有幼稚的人才喜欢谈论戏子，转述他们风趣的语句；只有幼稚的人才会每天散步，他们散步的空间不过比野兽的笼子稍微大些；只有幼稚的人才喜欢为了别人穿衣，为了别人吃饭；只有这种人才因为自己比邻人早三天买到一匹马或一辆马车而扬扬得意。这几句话不是说明了你们巴黎人的生活吗？我们看生活，要比他们站得高些。幸福要么是强烈的感情，它会损耗生命；要么是有条不紊的事务，会把人生变成一部英国机器，准时运转。在这两种幸福之上，还有所谓高尚的好奇，想窥探自然的奥秘，或者模仿自然的效果。用两句话来说，不就是科学或艺术，情欲或宁静吗？我本来在宁静中生活，可是你们的社会利欲使各种各样的人类激情都耀武扬威地在我面前经过。再说，我没有你们那种对科学的求知欲，这种求知欲是使人类永远处于失败地位的一场斗争，不过我用窥测推动人类的种种动机来代替你们那种求知欲。一句话，我毫不费力就控制了社会，社会却奈何我不得。'

"'你听我讲吧，'他又说，'等我把今天早晨发生的事情讲给你听，你就会猜到我的乐趣了。'

"他站起来，走过去上了门闩，拉上那幅用旧壁毯改做的窗帘，铜环在窗帘横杆上发出吱吱的声音。他又走回来坐下。

"'今天早晨，'他对我说，'我只有两张期票要兑，别的期票我都在昨天当作现金给了我的主顾了。我可赚了！因为在贴现的时候，我扣掉两法郎作为去兑款时雇用一部四轮马车的车费。我是什么都不管的，我只缴纳七法郎的税，可是一个主顾却要我为了六法郎的贴现走遍巴黎，那不是很可笑么？今天早晨这两张期票，第一张价值一千法郎，是一个身穿镂金背心、鼻架眼镜、乘坐英国马拉的二轮轻马车等的公子哥儿拿来给我的。开这张期票的是巴黎一位最俏丽的妇人，她的丈夫是富有的业主：一位伯爵。伯爵夫人为什么要开出这张期票呢？这张期票在法律上是无效的，但实际上却非常可靠；因为这些可怜的妇人害怕退票会在夫妇之间引起风波，她们宁愿拿自己作为抵押也不敢不付款。我很想知道这张期票的秘密价值，是不懂事、不小心呢，还是出于爱情或者善心？第二张期票，数目相等，署名：法妮·马尔沃，是一个快要破产的布商拿来的。一个人只要能够在法兰西银行借到一点儿款子，他就不会上我的门。他从我的房门走近我的办公桌，刚迈了头一步，就可以看出他已经陷于绝境，他正在面临倒盘，特别是各家银行都不肯贷款给他了。因此我看到的都是被债主围猎逼得走投无路的牝鹿。那伯爵夫人住在海尔德街，法妮住在蒙马特尔街。今天早晨我从这里出门的时候，我的脑子里转过多少念头啊！如果这两个妇人拿不出钱来的话，她们招待我就会比招待亲生父母还要恭敬。伯爵夫人为这一千法郎，什么丑态做不出来呢？她要装出一副亲密的样子，用对那个在期票后面画押的人讲话的那种娇声娇气对我讲话，对我说出多少甜言蜜语，也许她还要哀求我，而我呢……'

"说到这里，那老头儿用他的冷冰冰的目光盯着我。

"'而我呢，毫不容情！'他又说，'我要像一个报仇雪恨的人走到那里，我的出现要使她感到悔恨。这些臆测的话不必提了。我到了那里。"伯爵夫人还没有起床。"一个贴身侍女对我说。"她什么时候会客呢？""中午。""伯爵夫人生病了么？""不是的，先生；她昨天晚上参加了一个舞会，早上三点才回家。""我叫高布赛克，请你把我的名字告诉伯爵夫人，我中午再来。"

"'我说完就走了，把我的脚印留在覆盖着楼梯的地毯上。我喜欢用脚下的污泥弄脏有钱人的地毯，倒不是因为我下作，而是想让他们尝尝"匮乏"的利爪。我到了蒙马特尔街，找到一间外表寒酸的房子，我推开一扇旧大门，看见一个终年不见阳光的阴暗的院子。门房的屋子黑洞洞的，玻璃窗仿佛一件穿得太久的棉大衣袖子，满是油污，黯然无光，到处有裂缝。"法妮·马尔沃小姐在家吗？""她出门了。如果您是来兑期票的，钱就在这儿。""我回头再来。"

"'她既然把钱留在看门人那里，我倒想认识认识这个姑娘；我想她一定长得很漂亮。整个上午我浏览着沿马路画摊上的木刻。随后，十二点整，我就走进伯爵夫人卧室前面的客厅。“太太刚刚按铃叫我，我看她不一定会客。”那贴身侍女对我说。“我等一会儿。”我一面回答，一面在一张安乐椅上坐下。

“‘百叶窗打开了，那贴身侍女跑过来对我说：“请进来吧，先生。”

“‘她的声音很温柔，我一听就猜到她的女主人一定拿不出钱来。我走进去。眼前的那个妇人，她是多么俏丽啊！她急急忙忙拿起一条羊毛披肩搭在赤裸的双肩上，裹得紧紧的，两个肩膀的轮廓隐隐约约看得出来。她穿一件便装，镶着雪一样白的绉边，看样子她每年要付两千法郎左右给洗细布衣服的女人。她的黑头发像安的列斯群岛的女子那样，用一条马德拉斯绸巾漫不经心地束起来，大个大个发卷露在外面。她的卧榻乱七八糟，不用说这是睡眠不宁的结果。画家一定愿出代价，只要准许他在这个场面中间待一会儿。幔帐张挂得撩人心绪，幔帐底下，一只枕头掖在蓝绸被子里面，齿形花边衬着浅蓝底子，特别显着鲜艳，枕上保留着的一些捉摸不定的形态使人想入非非。雕成狮足的桃花心木床脚下，铺着一张宽大的熊皮，女主人舞罢疲乏，不经意地把一双白缎鞋扔在上面，闪闪有光。一张椅子上放着一件弄皱了的长袍，袖子垂到地面。一股微风就可以吹走的长袜，在安乐椅的脚上绕了几圈。白色袜带随便扔在聊天的长椅上。一把珍贵的扇子打开了一半，在壁炉上闪闪发光。衣橱的抽屉依然开着。鲜花、钻石、手套、花束、腰带，到处乱放。我嗅到一股香水的微香。一切都是奢侈和紊乱，不谐和的美。可是蹲伏在底下的贫困之神已经抬起头来，让伯爵夫人或那个拜倒在她石榴裙下的人感到它的尖牙利齿。伯爵夫人那张疲乏的脸和这个房间里到处都是歌残舞罢的衣物十分相似。这些横七竖八的废物连我见了都可怜；它们前一天夜里穿戴在一个人身上，曾经引得人眼花缭乱。这些被后悔的心情毁掉了的爱情的残迹，这个放荡、奢侈和喧嚣的生活的形象，泄露了坦塔罗斯怎样不遗余力想抓住那正在逝去的快乐。那少妇脸上泛起红晕，衬托出皮肤的白嫩，但她的线条却仿佛显得粗糙，眼睛底下现出来的黑圈似乎比平常更加触目。不过天生的精力在她身上似乎很强，这些疯狂的痕迹并没有减损她的姿色。她的眼睛还炯炯有光。她同达·芬奇（我做过绘画的买卖）笔下的希罗底亚[①]一样，真是生气勃勃，精力饱满；她的身段和脸蛋不带一点儿俗气；她使人见而生爱，而且似乎比爱情还要强烈。我喜欢她。我的心很久没有跳过了。我的账已经收回来了！我愿意花一千法郎买得这种感觉，使我忆起我的青春。"先生，您能通融一下，再等几天吗？"她一边说，一边指着一把椅子请我坐下。"我将等到明天中午，夫人，那个时候我才有权利退票。"我回答，一面把拿出来给她看的期票重新叠好。我心想：这是你的奢侈、你的地位、你的幸福、你所享受的特权的现世报。有钱人为了保护他们的财产，发明了法庭、法官以至断头台，这是无知的人烧毁自己的一种蜡烛。但是你们，尽管睡觉的时候上是绫罗下是绸缎，微笑的后面却隐藏着悔恨和咬牙切齿，还有那神怪的狮子的血盆大嘴，它们会朝你们心上狠咬一口。"退票！您真要这样做么？您难道对我这样不客气吗？"她瞧着我嚷道。"即使法国国王欠了我的钱，夫人，他不还给我的话，我也要控告他，而且比控告别的债务人还要快些。"

"'这时我们听到有人轻轻敲着房门。"我不见客。"那少妇盛气凌人地说。"阿娜斯塔齐，可我很想见你啊。""现在不能见，亲爱的。"她答道，口气没有刚才严峻，可是也并不温和。"你开什么玩笑！你正在跟人说话。"一个人一边走进来一边说，这是伯爵无疑了。

"'伯爵夫人瞧了瞧我，我明白了她的意思，她变成了我的奴隶。从前我还年轻的时候，我大概傻得可以，不会退票。一七六三年，在本地治里[②]，我放过了一个妇人，上了她的大当。我这是活该，我为什么相信她呢？"先生来干什么？"伯爵向我问道。我瞧见那妇人从头到脚浑身直打哆嗦，脖子上白皙细嫩的皮肤变得粗糙了，用一句家常话说，起了鸡皮疙瘩。我呢，我在笑，没有一条肌肉抖颤。

① 这里提到的实际上是意大利画家贝纳提诺·吕依尼（1480—1522）画的莎乐美（希罗底亚的女儿）。

② 本地治里是印度一城市。

“这位先生是个买卖人。”她说。伯爵这时把身子背着我，我把期票拿出来，露出一半在口袋外面。那少妇看见我这种铁石心肠的举动，便走到我跟前，递给我一颗钻石。“拿去，走吧！”她说。

“‘我拿了钻石，把期票还给她，对她点一点头就出来了。我估计，这颗钻石的确值一千二百法郎左右。我看见院子里奴仆如云，他们正在刷制服、擦皮靴，或者在揩拭华贵的马车。“这就是这些家伙上我家里来的原因了，”我心想，“这就是使他们干净的手脚盗窃大量金钱，出卖祖国的原因。那王公大人，或那个假装王公大人的人，不愿意步行，恐怕玷污衣履，却索性在泥淖里洗一个澡！”就在这时候，大门打开了，进来的四轮马车上，坐着那个送期票给我的青年。“先生，”我等他下了车，对他说，“这是两百法郎，请您转交伯爵夫人。请您告诉她，她上午给我的那件抵押品，可以在一星期内赎回。”

“‘他拿了那两百法郎，含讥带讽地微微一笑，仿佛在说：嘿！她把款子付清了。真的，好得很！我从这张脸上的表情看见了伯爵夫人的前途。这个金黄头发、冷酷无情、翩翩年少的先生，这个没心没肝的赌徒，将使自己倾家荡产，使她倾家荡产，使她的丈夫倾家荡产，使孩子们不名一文，把他们的妆奁散尽。他在各个客厅里造成的损失，比一排大炮在一团军队里造成的损失还要严重。

“我走到蒙马特尔街，上法妮小姐家。我走上一道很陡的小楼梯。到了六楼，我被领进一个有两间屋子的寓所，里面一切都干干净净，像一枚崭新的金币。法妮小姐在第一间屋子里接待我，室内家具上看不见一点儿尘土。法妮小姐是一个地道的巴黎女子，服装朴素，容貌清秀，和蔼可亲，栗色头发梳得十分整齐。贴着太阳穴抿了两个弧形的鬓角，一双水晶般明亮的蓝眼睛因此更显得机灵。日光透过玻璃窗上的小窗帘一道柔和的光线照着她贞静的脸庞。在她周围有许多块裁开的麻布，使我晓得她平常的工作：她是一个女裁缝。她在那里好像是一个孤独女神。我将期票递给她，对她说我早晨来过，没有遇到她。“可是，”她说，“我已经把款子放在门房那里了。”我装作没有听见她的话。“小姐大概很早就出门吧？”“我很少到外面去；可是晚上工作的人，有时总得洗个澡。”

“‘我瞧了瞧她。只看一眼，便全猜到了。这个女子家道贫寒，不工作不行，她是生长在一个正直的农民家庭里的，因为她的脸上有几颗生在乡间的人特有的红痣。她的容貌有一种说不出的高尚气派。我仿佛置身在一个诚实、坦率的气氛里，两肺呼吸到清新的空气。可怜的清白女子啊！她是信神的，她那质朴的油漆木床上面挂着一个十字架，用两枝黄杨树枝点缀着。我几乎受到感动。我觉得自己已经准备好，只算一分二利钱借钱给她，帮助她顶一家好店铺。“可是，”我心里想，“她也许有一个堂兄弟，会利用她的名字借款，欺骗这个好心肠的女子。”想到这里我就走了，我提醒自己不要上了自己侠义心肠的当，因为我时常有机会注意到，行善即使对施主没有害处，却会使受惠的人倒霉。你刚才走进来的时候，我正在想着，法妮·马尔沃也许可以做一个贤淑的妻子；我把她那纯洁孤独的生活同伯爵夫人的生活比较了一下，伯爵夫人现在已经堕落到开期票借款的地步，将来一定要陷入罪恶的深渊。’

“他沉默了一会儿，我在寂静中端详着他，然后他又说下去：

“‘你觉得我这样深入人心最隐秘的缝隙，体会别人的生活，没遮掩地看见这种生活，算不了什么吗？我看到许多时刻变化的活剧：奇丑的伤口，致命的忧伤，恋爱的场面，即将投河自尽的穷窘无告的人，把人引向断头台的年轻人的享乐，绝望的笑声，灯红酒绿的盛会。前些日子，我看见一出悲剧：一个老好人父亲开煤气自杀，因为他无法养活自己的孩子。紧接着，又看见一出喜剧：一个青年试着扮演迪芒许先生[①]的那场戏给我看，仅仅按照当代的情况略微改动一下。你准听到过有人称赞当代教堂里布道人的口才，我有时也浪费我的时间去听他们演讲，他们使我改变了看法。可是，借用不知道什么人说过的话来说，从来没有使我改变我的行为。好家伙，跟

① 迪芒许：莫里哀喜剧《唐璜》中的人物，一个被债务人的假殷勤所愚弄的胆怯的债主。

我刚才提起的演说家一比，你那些善良的布道人，像米拉波、韦尼奥[①]，以及其他的人，就不过是会结结巴巴说两句话的人罢了。一个痴心的女子，一个快要破产的老商人，一个想替她的儿子隐瞒过失的母亲，一个没有饭吃的艺术家，一个因为没有钱而弄得从前的努力都要付诸东流的正要失宠的贵人，他们说话的力量使我直打寒噤。这些不可多得的演员为我一个人演唱，可是骗不了我。我的目光如同上帝的目光一样，我看得见他们心里正在想什么。什么都瞒不了我。对于能够把钱袋的绳子打开或拉紧的人，人们总是俯首听命的。我的财力足以收买那些能够左右大臣的人——从办公室的听差直至他们的情妇——的良心，这不是权力么？我可以得到最美丽的妇人和她们最温柔的抚慰，这不是享乐么？权力和享乐，这不就把你们的社会秩序全部概括了么？在巴黎，我们一共有十个人，都是无声无息、无人知晓的国王，你们命运的主宰。生活不是一部由金钱开动的机器么？你要晓得，手段总是和结果混在一起的：你永远无法将灵魂和感官分开，将精神和物质分开。金钱是你们当前社会的灵性。共同的利害将我们这些人联结在一起，一个星期有几天我们聚集在新桥附近的忒弥斯咖啡馆里，互相透露金融界的秘密。哪一个人的家产都瞒不了我们，每个家庭的秘密我们都了如指掌。我们有一种“黑皮书”，载有关于政府信用、法国银行、商业等的重要记录。我们是交易所的裁判，我们组成一个裁判所，只要是有钱的人，不管家财大小，他的最无关紧要的行动，我们都要在内部加以判断、分析，而我们的猜度总是对的。你监视司法界，他监视金融界；这个人监视行政部门，那个人监视商业部门。至于我呢！我的眼睛盯着大户人家子弟、艺术家、社交家和赌徒；这是巴黎最使人惊心动魄的一部分。每一个人都要把他身旁人的秘密讲给我们听。上当受骗的激情和遭人白眼的虚荣心是爱说话的。恶习、失意、仇恨是最勤快的

① 米拉波（1749—1791）：法国大革命时期著名的演说家，三级会议中第三等级的代表。韦尼奥（1753—1793）：法国大革命时期的国民公会议员，属吉伦特派，一七九三年被处绞刑。

警察。所有我的同业都像我一样，什么都享受过了，什么都尝遍了，到头来就只为了权力和金钱本身而爱权力，爱金钱。

"'气焰最高的情人，'他一面说，一面把他的空无所有的、冷冰冰的屋子指给我看，'他在别的地方可以因一句话而生气，因一句话而拔出剑来，在这里，只能双手合十地哀求我！在这儿，最骄傲的大商人，最看重自己姿色的妇人，自视最高的军人，都要哀求我，或者由于愤怒，或者由于痛苦而眼泪盈眶。在这儿，最有名的艺术家，名姓要流传后代的作家，都要哀求我。

"'总之，在这儿，'他又接着说，一面把手放在前额上，'有一架天平，整个巴黎城里的遗产和利害关系都要放在上面称一称。我这个白色面具木然不动，过去往往使您惊奇，现在您还以为在它底下没有快感么？'

"他一边说，一边把他那张散发着金钱气味的苍白的脸凑到我跟前。

"我回到自己房中，目瞪口呆。这个干瘪的小老头高大起来了。他在我的眼中变为一个稀奇古怪的形象，成为金钱势力的化身。生活、人类，使我感到害怕。'一切都要凭金钱解决么？'我反问自己。我记得我很晚才睡着。我看见我的周围放着一堆一堆的黄金。我念念不忘美丽的伯爵夫人。说来惭愧，我必须承认，伯爵夫人完全掩盖了那个命中注定要干活和过清寒生活的质朴、纯洁的少女的形象；可是第二天早晨，透过我惺忪的睡眼，那温柔的法妮又仪态万方地出现在我面前，我的心里又只有她了。"

"您要喝一杯糖水么？"子爵夫人打断了但维尔的话说。

"好的。"他答道。

"可是您所讲的事情，我看不出来和我们有什么关系。"子爵夫人一边打铃，一边说。

"岂有此理！"但维尔咒骂了一声，"我这就可以叫卡米叶小姐醒过来，告诉她说，她的幸福以前确实操在高布赛克老爹的手上；但这个老家伙活了八十九岁死了，因此雷斯托先生不久就要接受一笔很可观的财产。这一点需要解释明白。至于法妮·马尔沃呢，您是认识的，她就是内人！”

“这个叫人疼爱的孩子，”子爵夫人应声说，“他一向坦率直言，哪怕在大庭广众中，也要提这件事的！”

“我还要把这件事高声对全世界说呢。”那诉讼代理人说。

“喝吧！喝吧！但维尔老朋友。您永远只能是最幸福、最善良的人。”

“我刚才听您讲到海尔德街，您到了一个伯爵夫人家里。”那舅父抬起睡眼惺忪的头来高声说，“那伯爵夫人后来怎样了？”

“我和那个老荷兰人谈话之后，过了几天工夫，我的毕业论文通过了，”但维尔接着说，“我获得法学士学位，跟着就当了诉讼代理人。那守财奴对我更加信任。他遇到难于处理的生意，就不花一文，找我商量，他要有一些稳妥的材料才做这些生意，但在所有行家看来，那些材料都是不可靠的。这个人，无论谁的话他都不愿意听，对我的意见却可以说言听计从。不错，我的意见对他也一向是非常合适的。后来，在我工作了三年的事务所，我终于升任首席帮办，离开了砂岩街那所房子，住到我的老板那里。他供膳宿，每个月还给我一百五十法郎。这是一个开心的日子！当我向那个放高利贷的人告辞的时候，他没有对我表示友好，没有表示惜别，也没有叫我去看他；他只是这样望了我一眼，在他身上，这目光仿佛透露出他有先见之明。一星期后，我的老邻居前来看我，他带给我一个相当难办的案件，一个没收产权的案件；他继续一毛不拔，要我提供咨询，一点儿不难为情，如同已经付过手续费一样。我的老板本是一个挥金如土的酒色之徒，手头十分拮据，第二年年底，一八一八到一八一九年之间，不得不出盘他的事务所。当时，诉讼事务所的出盘费虽然不像现在涨得这么高，我的老板依然把他的事务所出盘，索价不过十五万法郎，一个又勤恳、又有学问、又聪明的人，支付了这笔款子的利息还可以生活得很体面。只要他赢得别人的信任，在十年之内就能偿还这笔款子。我呢，我不过是努瓦荣[①]一个小市民的第七个孩子，一个铜子也没有，在社会上只认识高布赛克老爹一个财主。一种野心勃勃的思想，和一线难以明言的希望，鼓励我去找他。因此，一天晚上，我便缓缓地朝砂岩街走去。当我敲着这间黑屋子的房门时，我的心跳得非常厉害。我记起了以前老守财奴对我说过的种种话，我当时绝没想到踏进这个门槛就感觉到的忧虑竟这样厉害。我就要像许多别的人一样哀求他了。'不，不，'我心想，'一个正直的人在无论什么地方都应该知道自重。犯不上为了一份家产而卑躬屈节，我要像他那样一是一、二是二。'

"我迁出砂岩街后，高布赛克老爹不愿意有人住在他的隔壁，便把我的屋子租了下来；他那房门的正中又开了一个装有铁栅的小窗洞。他看清楚了我的面孔之后才给我开门。

"'怎么样，'他低声细气对我说，'你的老板把他的事务所出盘啦。'

"'您怎么会知道？他只对我一个人提到过这件事情。'

"那老头儿的嘴向两旁一咧，完全像拉开了帘子一样。这无声的微笑又伴以冷酷的目光。他停了一会儿，这时我真不知道说什么好。随后他用一种冷淡的口气说：

"'否则你就不会上我这里来了。'

"'高布赛克先生，您听我说。'我接着说，面对着这个用毫无表情的眼睛盯着我的老头儿，他那眼睛射出的青光使我方寸扰乱，我强作镇静。

"他做了一个手势，仿佛对我说：'你说吧！'

"'我知道要打动您的心是很困难的。因此我不想枉费口舌，把一个身无分文的事务所帮办的处境详细讲给您听。我的全部希望都寄托在您身上，在这世上也只有您的心才能理解我的前途。咱们不讲什么心吧。事情该怎么办就怎么办，不要当作写小说，无病呻吟。

① 努瓦荣：法国贡比涅地区瓦兹省一地名。

我把事实讲一讲：我老板的事务所在他手里每年约莫有两万法郎收入；可我相信到了我手里会挣到四万。他想盘进十五万法郎。我觉得，’我敲敲我的前额说，‘如果您能够把这个事务所需要的款子借给我的话，十年之内我就可以把债务还清。’

“‘这才算是会说话。’高布赛克答道，他把手伸过来，握了握我的手。‘我做这项生意很久了，’他接着说，‘可是从来还没有人把来访的动机对我说得这样清楚明白。有没有保证？’他一边说，一边从头到脚打量着我。‘没有，’他停了一会儿补充说，‘你今年二十几了？’

“‘再过十天就是二十五岁了，’我答道，‘不然的话，我便无权做这桩交易。’

“‘对！’

“‘怎么样？’

“‘也许行。’

“‘说真的，得赶快办；否则就会有人抬高价钱了。’

“‘明天早晨把你的出生证明拿来，我们再谈你的事情；我给你想办法。’

“第二天早上八点钟，我到了老头那里。他拿了那份证明书，戴上眼镜，咳嗽一声，吐一口痰，披上他的黑大氅，把区公所开的证明书全部看完。跟着他将那证明书翻过来掉过去又看了半天，瞧了瞧我，再咳嗽一声，在椅子上折腾了一下，最后他对我说：

“‘这桩买卖咱们要设法做成它。’我打了一个寒噤。‘我放款要五分利息，’他又说，‘有的时候要十分、二十分，五十分。’听了这句话，我的脸都白了。‘可是，咱们是熟人，我只要一分二厘半……’他犹豫了一下，‘好的，我只要你一分三的年息。你觉得合适吗？’

“‘可以。’我答道。

“‘可是如果你觉得太高的话，’他又说，‘你就说话啊，格罗蒂斯[①]！（他时常跟我打趣，管我叫格罗蒂斯。）要你一分三的年息，因为我是一个做买卖的人；你要考虑付得出付不出。我不喜欢一个人碰到什么都点头，是不是太高了？'

"'不太高，'我说，'我多咬咬牙就对付过去了。'

"'我明白！'他一边说，一边用狡猾的目光斜视着，'你的主顾会替你付这笔利息的。'

"'不，您说到哪儿去了！'我大声说，'我自己来付。我宁愿砍掉我的手，也不能敲诈别人！'

"'听便吧！'高布赛克老爹说。

"'手续费是明文规定的。'我接着说。

"'业务协商、延缓付款、诉讼、和解等案件的手续费可没有明文规定，'他继续说，'到时候你可以看事情的大小，为你所做的谈判、奔走、起草文件、诉讼书，以及你所说的废话，收取别人一千法郎，甚至六千法郎。你要懂得找这样的事情办理。我要向别人推荐你，说你是最博学、最精明的诉讼代理人，我要把这类案件多多介绍给你，让你的同业眼红得要死。我的同业韦布律斯特、帕尔马、羊腿子，会把没收产权的案件都交给你承办；天晓得他们有多少这样的案件！这样你就有两批主顾，一批是你出钱盘进的主顾，一批是我介绍给你的主顾。这样，我借给你的十五万法郎，你就差不多应该给我一分五利息啦。'

"'就依你的，可是不能再添了。'我说，像一个不肯多让一步的人那样坚决。

"高布赛克老爹的态度变得温和了，他似乎对我感到满意。

"'我要把受盘费亲自交给你的老板，'他又说，'这样可以在价钱和保证上面得到一种十分可靠的优先权。'

"'噢！保证上面，您要怎么办就怎么办。'

"'还有，你给我开十五张空白背书的期票，每张票一万法郎。'

---

① 格罗蒂斯（1583—1645）：荷兰法学家及外交家。

"'只要这两项价值有保证就成。'

"'不！'高布赛克没有等我说完，就抢着叫道，'你不相信我，为什么要我相信你呢？'我不吭声。'还有，'他用一种好好先生的口气说，'只要我在世一天，你就替我办事，不收手续费，行吗？'

"'可以，只要不用替您垫款。'

"'对！'他说，'还有一件，'那老头儿接着说，他的脸上好不容易露出一派好好先生的神气。'你让我来看你吗？'

"'我随时都欢迎您。'

"'很好，可是早上来也不容易。你有你的事儿，我也有我的。'

"'晚上来好了。'

"'噢，不！'他急忙地答道，'你该到交际场里走走，看看你的主顾，我也有我的朋友，在我常去的咖啡店里。'

"'他也有朋友！'我想道。'那么，'我说，'为什么不在用晚饭的时候来呢？'

"'你说得对，'高布赛克说，'五点钟，从交易所回来的时候。好的，每逢星期三和星期六，我来看你。我们像一对朋友那样聊聊我们的生意经。哈！哈！有的时候我也很快活的。你给我准备一只鹧鸪翅膀和一盅香槟酒，我们就可以聊天了。我晓得不少事情，现在我们可以谈谈了，这些话能使你认识男人，特别是女人。'

"'就给您准备鹧鸪和香槟酒。'

"'别乱花钱，不然的话我就不信任你了。家里不要搞大排场。雇一个上年纪的女用人，一个就够了。我要去看你，看你的身体怎么样。我在你的身上投了资，咦！咦！我必须打听打听你的买卖好不好。好吧，今天晚上同你的老板一起来吧。'

"'您能不能告诉我，假如这样问不太冒昧的话。'我们走到门口的时候，我对那个矮小的老头说，'在这桩交易上面，我的出生年月有什么关系吗？'

"高布赛克耸耸肩膀，狡黠地微微一笑，回答我说：'年轻人多么傻啊！你听我说吧，诉讼代理人先生，因为你也得知道这件事情，

免得让自己吃亏。一个人在三十岁以前，正直和才干还可以算是一项保证。过了这个年纪，就再不能相信一个人了。’

“他说完把门关上。三个月后，我当了诉讼代理人。

“不久我就很幸运，能够替您，夫人，办理收回您的几处产业的案件。这几桩案件的胜诉使我出了名。我虽然要付给高布赛克很高的利息，但不到五年工夫我便把债务还清了。我一心一意爱法妮·马尔沃，我和她结了婚。我们的命运、我们的工作、我们的成就都很一致，这更增加了我们彼此间的感情。她的一个叔叔，是一个发了财的农户，死后遗下七万法郎给她，这笔遗产帮助我还清了债务。从这时起，我的生活便一帆风顺，得心应手了。别再讲我啦，一个幸运的人是最讨厌不过的。让我们再回过来谈谈上面讲到的人物吧。我盘下事务所一年之后，有一次几乎硬被人拉去参加一次单身汉午餐。这顿饭是我的一个同学和一个当时在高等社会里风头十足的青年打赌，他赌输了受罚请的。特拉伊先生是当时的纨绔子弟之花，名气很大……”

“他现在依然很有名气，”德·博恩伯爵打断诉讼代理人的话说，“说到服饰讲究、驾二轮敞篷马车，谁也不及他。马克西姆的本领就是能赌、能吃、能喝，比世界上任何人都做得漂亮。他善于相马、选帽、评画。所有女人都想他想得发疯。他每年都要花十万法郎左右，可是谁也没有看见他有一片房产，或者持有一张公债息票。马克西姆·德·特拉伊伯爵是我们客厅里、闺房里、马路上的游方骑士的典型，一种半男半女的雌雄两性动物。他是一个奇怪的人物：什么都能做，什么都做不好；让人害怕，又让人瞧不起；什么都懂，又什么都一窍不通；既能行善，也能作恶；有时卑鄙，有时高尚；说他的身上血迹斑斑，还不如说是遍体污泥；挂虑多而悔恨少；只忙着消化吃下去的东西，却不肯开动脑筋；装出对什么都很热情，其实什么都感觉不到。他是一只光彩夺目的环，可以把苦工狱和上流社会扣结在一起。马克西姆·德·特拉伊属于一个十分聪明的阶级，从那个阶级里有时可以跳出一个米拉波、一个皮特、一个黎塞留，但在更多的时候，它给社会送来德·豪亨伯爵[①]、富基埃－丹维尔[②]、柯瓦涅尔[③]之流的人。”

但维尔听完了子爵夫人哥哥的这番话之后，便接着说：“我有一个主顾，那倒霉的高老头，时常对我提到这个人物。有好几次我在社交界碰到他，我都躲开了，免得和这样危险的人物交朋友。可是我的同学苦苦央求我，要我参加他们的午餐，我若不去呢，就难免叫人说我假正经。夫人，您很难想象单身汉的午餐是怎么一回事。这是少有的阔绰和讲究，真是吝啬鬼的豪举，这个吝啬鬼想挣面子，要当一天阔佬。进门的时候，看见餐桌上摆得整整齐齐，什么银器啦，水晶餐具啦，麻布餐巾啦，光彩夺目，令你惊异。这里生命正在全盛时期：年轻人个个风流潇洒，他们微笑着，低声说着话，好像妙龄的新妇；他们周围的一切都是那么纯洁无瑕。两小时后，这里却仿佛变成激战之后的战场了：到处都是打碎的玻璃杯，脚下踩过的、弄皱了的餐巾；动用过的菜叫人看了作呕；接着，又听到使人头痛的叫嚷，打情骂俏的干杯，连续不断的讥讽和恶俗的玩笑；红得发紫的脸庞、燃烧着火焰的眼睛再也没有一点儿表情，无意中吐露的知心话却什么都说出来了。在这人声鼎沸中间，有人打破酒瓶，有人哼着小调；彼此拌嘴挑衅，不是搂成一团，便是动手厮打；鼻子嗅到杂有百样气息的难堪的气味，耳畔听到杂有百种声音的叫嚷；每个人都再也不知道吃的什么，喝的什么，说的什么了；有些人愁眉不展，有些人信口开河；这一个害了偏执狂，把一句话反复念叨，像一口有人摇动的钟；那一个想控制住混乱；最谨慎的人建议大吃大喝。倘有一个头脑清醒的走进来，他一定以为撞见了一次酒神的狂宴。

“就在这样的一场混乱当中，特拉伊先生想用甜言蜜语博取我的欢心。我的头脑还相当清醒，防备着他。他呢？虽然装出醉得可以

---

① 德·豪亨伯爵（1763—1823）：曾于一七九二年派人暗杀瑞典国王古斯塔夫三世。

② 富基埃－丹维尔（1746—1795）：法国大革命时的检查官，后死于断头台上。

③ 柯瓦涅尔（1779—1831）：法国著名的大骗子，后被判终身苦役。

的样子，其实非常清醒，一心盘算着他自己的事儿。果然，不知道怎么回事，晚上九点钟左右从格里尼翁酒家的厅堂走出来的时候，他把我完全迷住了，我答应第二天领他到高布赛克老爹那里去。荣誉、德行、伯爵夫人、正直妇人、不幸等词儿，亏了他那张涂了蜜的嘴，在他的话里仿佛有一种魔力。第二天早晨醒来，想追忆一下前一天夜里我干了什么事情，我的思想怎么也连贯不起来。最后，我似乎明白了，我的一个主顾的女儿，要是她不能够在当天上午找到约莫五万法郎的话，就可能名誉扫地，受到她丈夫的轻视，失去她丈夫的爱情，这里面有欠下的赌债、马车行的账，还有不知道花费在什么上的钱。我那个风流倜傥的同席青年向我保证，她很富有，只要节约一下，几年工夫便可以把她的财产就要受到的亏损弥补过来。这时我才开始猜到我的同学苦苦求我的原因。说来惭愧，我全没想到高布赛克老爹十分需要和这个纨绔子弟言归于好。我正在起床的时候，特拉伊伯爵走进来了。

"'伯爵先生，'我们寒暄几句之后，我说，'我不明白您为什么需要我把您介绍给高布赛克，这个最有礼貌、最和气的资本家。假如他有钱的话，或者不如说，假如您能够给他相当的保证的话，他一定会借钱给您的。'

"'先生，'他答道，'虽然您曾经答应过我，可我没有这个意思，认为您非帮我的忙不可。'

"'岂有此理！'我心里想，'莫非我要让这个家伙说我讲话不算数么？'

"'我昨天对您说过，很不凑巧，我跟高布赛克老爹闹翻了，'他继续说，'可是，现在刚刚过了月底，在巴黎只有他一个人可以一下子拿出十万法郎来，因此昨天晚上，我烦您代我向他说情。不过现在别再提这件事了……'

"特拉伊伯爵用一种客气中带侮辱的神情瞧了瞧我，准备离去。

"'我马上可以带您去。'我对他说。

"我们来到砂岩街的时候，这个花花公子东张西望，他那种聚精会神、焦躁不安的样子很使我惊奇。他的脸色一会儿灰白，一会儿红，一会儿黄，而当他望见高布赛克住的那所房子的大门的时候，竟有几滴汗珠儿从他的前额上沁出来。我们走下四轮马车的当儿，一部出租马车进了砂岩街。那年轻人苍鹰一般的眼睛看出马车里头坐着一个妇人。一种近乎野性的快乐表情顿时使他脸上生光，他招呼一个过路的小孩，让他牵着他的马。我们就上楼到放高利贷的老头那里去。

"'高布赛克先生，'我对他说，'我给您介绍我的一个最亲密的朋友，(我随即附着老头儿的耳朵说：我防备着他，跟防备魔鬼一样)请您看我的面子，再帮帮他的忙（按照一般的利息），解救解救他吧！（只要这件事情对您合适）'

"特拉伊先生对那个高利贷者鞠了一躬，坐下来，摆出一副奉承的态度听他说话，您看见他那种风流潇洒的卑躬屈节也会受感动的；但是那高布赛克始终坐在炉火边他的椅子上，一动不动，没有一点儿表情。高布赛克的模样和晚上在法兰西剧院的列柱中间看见的伏尔泰雕像很相似；他微微掀起头上戴着的破旧鸭舌帽，仿佛还礼的样子，露出一点点黄色的脑门，更显得和那座大理石像逼肖。

"'我的钱只借给我的主顾。'他说。

"'您因为我把家产在别处花光，而不花在您这里，觉得很生气吗？'伯爵笑着回答。

"'把家产花光！'高布赛克用一种讽刺口吻说。

"'您要说一个一无所有的人就没有家产可花了么？可是我敢说在巴黎，您决不能找到一份比我更雄厚的资本。'那个服饰讲究的人一面说，一面站起来，就地转了一个圈儿。这种有几分严肃的打诨却没有力量感动高布赛克。

"'我不是龙克罗尔、德·玛尔赛、弗朗舍西尼、旺德奈斯弟兄、阿瞿达－潘托式的人物，一句话，不是巴黎城中风头最足的大人物的知心朋友么？我在赌场中跟您认识的一个王子和一个大使合伙。

我在伦敦、在卡尔斯巴德、在巴登、在巴斯[①]都有收入。这不就是最辉煌的事业么？'

"'不错。'

"'您拿我当作一块海绵，天杀的！您鼓励我在社交界里把自己吹胀，好在我拮据的时候挤干我；可是您也是海绵，死神也要挤干您。'

"'可能。'

"'没有喜欢挥霍的人，您会成为什么人呢？咱们两个就像灵魂和肉体一样，谁也离不开谁。'

"'对！'

"'来，咱们握一握手，好高布赛克老爹，如果我说得不错、正确而且可能的话，您就大方点吧。'

"'您上我这儿来，'那高利贷者冷冷地答道，'是因为吉拉尔、帕尔马、韦布律斯特和羊腿子他们的肚子里都填满了您的期票，他们拿着您的期票到处去兑现，宁愿赔上百分之五十；但是，他们大概只拿出了票面价值的一半，这些票面值不了百分之二十五。办不了啊！一个负了三万法郎的债而连一个铜板都没有的人，'高布赛克接着说，'我就是借给他一个子儿，不也叫人家笑话么？前天晚上在纽沁根男爵家的舞会上，您又输了一万法郎。'

"'先生，'伯爵答道，大模大样地瞪着那老头儿，'我的事情您甭管。没有到期的债，不能算欠。'

"'不错！'

"'我的期票准能兑现。'

"'可能！'

"'而现在呢，您我之间的问题很简单，就是只要知道我来问您借的款子有没有充分的保证。'

"'对！'

"出租马车在门口停下的声音传到了屋里。

① 卡尔斯巴德在美国，巴登在德国，巴斯在英国。

“‘我去找一件东西来，也许能使您满意。’那年轻人嚷道。

“‘我的孩子！’等那个借债的人走出去之后，高布赛克嚷道，一面站起来，向我张开两只胳膊，‘要是他有值钱的抵押品拿来的话，你就救了我的命了！我真要高兴死了。韦布律斯特和羊腿子以为耍了我一下。幸亏你，今天晚上，我可以痛痛快快地取笑他们一番了。’

“那老头儿的开心有几分叫人害怕。他在我面前流露感情仅有这一次。这种欢乐虽说稍纵即逝，却永远留在我的记忆里。

“‘请你别走，’他补充说，‘我虽然带着武器，弹无虚发，不愧是一个当年打过老虎，在甲板上拼过你死我活的人，可是我还得防备这个文雅的浑蛋。’

“他走去重新坐下，这次他坐在写字台前面的安乐椅上。他的脸色又变得苍白和安静了。

“‘噢！噢！’他朝我转过身来，又说，‘你大概就要看见我从前和你提到过的那个美人儿了，我听见过道上有贵族气派的脚步声。’

“那青年果然挽着一个妇人回来。我认出这位伯爵夫人是高里奥老头的两个女儿之一，高布赛克以前曾给我描摹过她起床的情景。伯爵夫人起先没有看见我，我站在窗口，脸朝着玻璃。她走进高利贷者潮湿阴暗的屋子时，带着一种疑惑的神气瞧了一下马克西姆。她长得十分俏丽，虽然她犯了过失，我还是怜惜她。极度的忧虑扰乱了她的心，她的高贵和自负的容貌流露出一种掩饰不住的痉挛的表情。这个青年已成了她的丧门神。我佩服高布赛克，他在四年前凭着一张期票就看出了这两个人的命运。‘大概，’我心里想，‘这个长着天使面孔的魔星正用一切可能的办法支配着她，撩动她的虚荣心、忌妒心，引诱她在交际场中寻欢作乐。’”

“这个妇人的德行，”子爵夫人高声说，“恰巧变成了他的武器；他叫她流过多少相思的眼泪，他晓得怎样在她心里激起女子慷慨的天性，他又利用她的痴心，要她出高价来买得罪恶的欢笑。”

“我得坦白告诉您，”但维尔说，他并没有明白子爵夫人给他使的眼色，“我对这个不幸人儿的命运并不感到难过，不管她在众人眼中是如何出色，在知道她的心事的人眼中是如何可怕；不，我不觉得难过，可是当我端详着杀害她的凶手的时候，我却感到万分厌恶，这个青年的前额是多么纯净，那张嘴又多么鲜妍，微笑多么文雅，牙齿多么洁白，他就像一位天使。此刻他们两人站在裁判官面前，这个裁判官打量着他们，仿佛十六世纪一个多明我会修士，在异教裁判所的地下室里窥视两个摩尔人被拷打的情形一样。

"'先生，有没有办法拿这些钻石变换现款呢？我可要保留将来赎回的权利。'她用颤抖的声音说，同时把盒子递给高布赛克。

"'可以的，夫人。'我走出来插嘴回答她说。

"她瞧了我一眼，认出是我，不觉打了一个寒噤。她扫了我一眼，无论在哪个国度，那意思都是说：'住嘴！'

"'这种买卖，'我继续说，'我们叫作活卖，就是将动产或不动产在议定的时期内转让给别人，期满后物主可以用商定的代价将原物赎回。'

"她的呼吸比较自如了。马克西姆伯爵皱了皱眉头，他预料这么一来，那高利贷者就会给这些钻石少出一点儿价钱，因为钻石正在落价。高布赛克声色不动，拿起他的放大镜，默默地打量着这盒钻石。即使我活到一百岁，我也不会忘记在他的脸上看见的情景。他那苍白的两颊顿时红润起来；他那双仿佛反射出钻石的闪烁的眼睛光芒四射。他站起来，走到亮处，把钻石凑近他那牙齿脱落的嘴，好像要将它们吞下去似的。他嘟嘟哝哝，把手镯、坠子、项链、发环，逐一拾起，在日光底下看清楚它们的色泽、白净程度、大小；将它们从盒子里拿出来，放回去，又拿出来，翻来覆去，让它们从各个角度放射光芒；他再也不像老人，却像个小孩，或者不如说，同时又像孩子又像老人。

"'漂亮的钻石！大革命前，大概可以值到三十万法郎。色泽多么匀净！戈尔康达或维萨蒲耳[①]出产的地道的亚洲钻石！你们知道这

① 戈尔康达和维萨蒲耳都是印度著名的钻石产地。

些钻石的价值吗？你们不知道，不知道，在巴黎，只有高布赛克会鉴别这些东西。在帝国时代，要打一件这样的首饰，也得花二十万法郎。’他做了一个表示不屑的手势，接着说：‘现在钻石一天天落价，停战以后巴西贩来很多钻石，市场上充斥着比印度钻石色泽较次的货色。女人现在在宫廷里才佩戴钻石首饰。夫人进宫去吗？’

“他一面说出这些令人胆寒的话，一面却怀着说不出的快活心情将钻石一颗一颗加以审视：

“‘没有毛病，’他说，‘这儿有一点儿毛病。这儿有一个瑕疵。漂亮的钻石。’

“他那张灰白色的脸让这些宝石的光芒照得这样清晰，我要把它比作外省小客店里那些发绿的旧镜子，它们承受白昼的光辉，却反射不出来。胆敢对镜自照的旅客一看，却是一个脑溢血患者的脸。

“‘怎么样？’伯爵一面说，一面拍拍高布赛克的肩膀。老小孩打了一个寒噤。他把他的玩意儿放下，搁在办公室桌上，坐下来，他又变成了高利贷者，又硬，又冷，又滑，活像一根大理石柱子。

“‘您要多少钱呢？’

“十万法郎，三年为期。’伯爵说。

“‘行！’高布赛克一面说，一面从一只桃花心木盒子——这是他的珠宝盒子——中拿出一座毫厘不爽的天平来。他约莫估量一下（天知道他怎么个估量法！）金托儿的重量，就称起宝石来了。在称宝石的时候，那放债人脸上又喜又狠，两种表情相持不下。伯爵夫人惊惶不安，我觉得她还算不错，她似乎估量到她跌下去的深渊有多深。在这个妇人的灵魂里还存有悔恨的心情；也许只要使一下劲，大发慈悲拉她一把，就可以把她救出迷途。我试了一试。

“‘这些钻石是您的么，夫人？’我用一种清晰的声音问她。

“‘是的，先生。’她答道，用傲慢的目光看了我一眼。

“‘快写活卖字据吧，多嘴的家伙！’高布赛克对我说，一面站起来指着他的办公桌叫我坐到那里。

“‘夫人一定是结了婚的吧？’我追问一句。

“她使劲点点头。

“‘我不写活卖字据了！’我高声说。

“‘那又是为什么？’高布赛克说。

“‘为什么？’我接着说，一面把老头儿拉到窗口，低声对他说话，‘这个妇人没有得到丈夫允许不能够签订契约，活卖字据将来无效，文件上已经写得明明白白的事实，您不能够推说不知道。因此将来您只好把存放在您那里的钻石拿出来，它们的重量、价值、大小都是填写得清清楚楚的。’

“高布赛克点一点头，打断了我的话，转身朝那两个有罪的人走去。‘他说得对，’他说，‘办法完全改变了，我给你们八万法郎，你们把钻石给我留下。’他用一种低沉而温柔的声音说，‘作为动产，拿在手中才算自己的东西。’

“‘可是……’那年轻人争辩道。

“‘卖不卖听便，’高布赛克一边说，一边把珠宝盒子交还伯爵夫人，‘我要冒的风险太大了。’

“‘您还是求求您丈夫吧。’我欠身凑到她的耳边对她说。

“不用说，那高利贷者瞧见我嘴唇的动作，明白我说了些什么，狠狠地瞪了我一眼。那年轻人的脸变成土色。伯爵夫人犹豫不决，这是显然的。伯爵走到她的身边，他说话的声音虽然很低，可是我还是听到了：‘永别啦，亲爱的阿娜斯塔齐，但愿你快活过日子！我呢，到了明天，我就再也没有任何忧虑了。’

“‘先生，’那少妇高声对高布赛克说，‘我把钻石卖给您吧。’

“‘决定了么！’那老头儿接着说，‘您的买卖真不容易做啊，漂亮的夫人。’

“他签了一张五万法郎的法兰西银行支票交给伯爵夫人。

“‘现在，’他带着微笑说，这微笑同伏尔泰的微笑非常相似，‘我拿三万法郎的期票补足这个数目，这些期票的信用是不成问题的。这是金条。这位先生刚才还对我说：我的期票准能兑现。’他补充说，同时把伯爵开的一束期票递给伯爵夫人。这些期票都是在前一天，

他的一个同业兑票时退回来的，这同业一定用很低的价钱卖给了他。那年轻人吼叫一声，其中有一句话听得清清楚楚：‘老浑蛋！’

“高布赛克老爹连眉头都不皱一皱，他从一只纸盒里拿出一对手枪，冷冷地说：‘作为受到侮辱的一方，我有权先开枪。’

“‘马克西姆，你应该向这位先生道歉。’伯爵夫人浑身发抖，轻轻地说。

“‘我没有侮辱您的意思。’那年轻人结结巴巴地说。

“‘我很明白，’高布赛克安静地说，‘您的意思只是不想兑您的期票。’

“伯爵夫人站起来，施过礼就走了，不用说心里非常难过。特拉伊伯爵不得不跟随着她；但是在出门之前，他又说道：

‘假如有一句话走漏出去，两位先生，我就要你们的命，或者把我的命送给你们。’

“‘阿门，’高布赛克回答，一面把手枪放好，‘你要流血，也得有血啊，我的孩子，可是你的血管里只有烂泥。’

“当房门关上，那两部马车开走的时候，高布赛克站起来，手舞足蹈，反复说着：

“‘钻石是我的了！钻石是我的了！漂亮的钻石！宝贵的钻石！还很便宜呢。哈！哈！韦布律斯特和羊腿子，你们以为高布赛克老爹上了你们的当！Ego sum papa！[①]我是你们众人的老师啦！全部兑现！今天晚上，当我在斗骨牌休息的当儿，把这桩买卖告诉他们的时候，看他们的傻样子吧！’

“将几块白石子捞到手，便产生了这种阴暗的快乐，这种野蛮人的凶残，真是使我毛骨悚然。我说不出话来，愣住了。

“‘哈！哈！你在这儿，我的孩子，’他说，‘我们一起吃晚饭。咱们上你家里吃，我没有家。所有这些饭馆老板，他们的汤汁、他们的酱油、他们的葡萄酒，鬼吃了也要中毒的。’

---

① 拉丁文：我是教皇！也可解释为：我是爹爹！

“我脸上的表情使他突然恢复了原来冷淡无情的态度。

“‘你无法理解这种事情，’他对我说，一面在火炉旁边坐下，将他盛满牛奶的小白铁锅放在暖炉上面，‘你和我一起吃早点吗？’他接着说，‘也许够咱们两个人吃的。’

“‘谢谢，’我答道，‘我要到中午才吃饭。’

“这时候，过道上响起了急促的脚步声。一个陌生的不速之客在高布赛克屋子前面的楼梯口停下来，在房门上敲了几下，显得气势汹汹的样子。高利贷者走到小窗口去望了一下，开门让一个三十五岁上下的人进来，不用说他觉得这个人是不会伤害他的，虽然他正在生气。不速之客服装很朴素，有几分像已故的黎塞留公爵；这就是伯爵，你们和他一定碰过面，他有（请恕我无礼）你们圣日耳曼区政治家的那种贵族派头。

“‘先生，’他镇静过来之后对高布赛克说，‘我的妻子是从这儿出去的吗？’

“‘可能。’

“‘真是，先生，您听不懂我的话么？’

“‘我无缘和您太太相识，’那高利贷者答道，‘今天早晨这里来过很多客人：有女的，有男的，有很像少爷的小姐，有很像小姐的少爷。很不容易……’

“‘少开玩笑，先生，我说的是刚刚从您这里走出去的那个女人。’

“‘我怎么晓得她是您的妻子呢？’那高利贷者问道，‘我还不曾有幸会见您。’

“‘您弄错了，高布赛克先生，’伯爵带着一种浓重的讽刺语调说，‘有一天早晨，在我妻子的卧室里，我们会过面。您来兑一张用她的名字开的期票，钱可不是她借的。’

“‘我没有工夫去打听她是怎样收下这笔款的，’高布赛克反驳说，狡猾地看了伯爵一眼，‘我给我的一个同业将这张期票贴了现。而且，先生，’那个资本家一点儿也不激动，不慌不忙地说，一面将咖啡倒在牛奶罐里面，‘请您允许我告诉您，没有什么东西可以证明，您有

权利上我这里来教训我：我从上个世纪六一年起就成人了。'

"'先生，您刚刚用贱价购买了我们家传的钻石，这些钻石的所有权不属于我妻子。'

"'我虽然觉得没有义务让您知道我的买卖的秘密，可是我不妨对您说，伯爵先生，假如您的钻石让伯爵夫人拿走了的话，您应该发一个通告，通知珠宝商别收买它们，她可能把这些钻石拆散变卖。'

"'先生！'伯爵嚷道，'您认识我的妻子。'

"'确实。'

"'她应该听从丈夫支配。'

"'可能。'

"'她没有权利出卖这些钻石……'

"'对。'

"'那么，怎么样，先生？'

"'怎么样，先生，我认识您的太太，她应该听从丈夫支配，我不反对，她听从好些人支配呢；不过，我——没有——见过——您的钻石。伯爵夫人既然会签发期票，她自然也会做买卖，购买钻石，买进来又卖出去，这事并不稀奇。'

"再会，先生，'伯爵气得脸色煞白，嚷道，'还有法庭呢！'

"'对。'

"'这位先生，'他指着我说，'就是这桩买卖的见证人。'

"'可能。'

"伯爵正要出去。我突然感到这件事情非同小可，于是挺身出来替这两个针锋相对的人调处。

"'伯爵先生，'我说，'您的话很有道理，高布赛克先生也一点儿没有错。您要对收买钻石的人提出控诉，就不能不牵涉到您的太太，这件事情宣扬出去，丑名就不仅落在她一个人身上。我是诉讼代理人，不仅我的职务，尤其是我本人，要我对您声明，您所说的钻石是高布赛克先生当着我的面买下来的；但我认为您如果否认这桩买卖的合法性，那就错了，再说，这些钻石也不大容易辨认。讲公平合理，道理是在您这方面；讲法律，您就要吃亏了。高布赛克先生是一个正直的人，他不会否认他在这桩买卖里占了便宜，尤其是良心和责任都不容许我不把实情说出来。可是您要提起诉讼呢，伯爵先生，谁胜谁负，那就不能预料了。因此我奉劝您和高布赛克先生和解，他可能违反一次惯例，将原物退还给您，可是您总应该把货价还给他。我奉劝您签订一张七八个月为期，甚至一年为期的活卖字据，在这段时间内，您可以设法筹还伯爵夫人借用的那笔款项；不过，如果您愿意现在就提出付款的保证把钻石赎回去，那当然更好了。'

"那个高利贷者把面包浸在牛奶咖啡里，不理不睬地吃着；可是听到和解这两个字的时候，他瞧了瞧我，仿佛说：'好小子！我倒没有白教他。'

"我也给他回送了一个眼色，我的意思他十分明白。这件事是毫无把握的，并且卑鄙可耻；非赶快调解不可。高布赛克没有办法否认他买了钻石，我会把事情真相说出来的。伯爵用一个友好的微笑向我表示感谢。他们开始谈判，在谈判中，高布赛克的手段和贪婪，可能使全体折冲樽俎的外交家都穷于应付。谈判之后，我拟了一个借据，上面写明伯爵借到高利贷八万五千法郎，利息在内，此款归还后高布赛克即将钻石退回伯爵。

"'这么挥霍无度！'那丈夫在签字时高声说，'这个深坑怎样去填呢？'

"'先生，'高布赛克严肃地说，'您有很多孩子吗？'

"这一问使伯爵打了一个寒噤，那高利贷者仿佛是一个精通医道的大夫，指头一按就按中了要害。那丈夫没有回答。

"'不用说了，'高布赛克接着说，他理解伯爵有说不出的苦衷，'您的经历我都背得出来。这个妇人是一个魔道，您也许还爱她；这我可明白，她也打动过我的心。您也许想挽救您的家产，把它留给您的一两个孩子。那好，我劝您到社交界去花天酒地，赌博，把家财花掉，常常来找高布赛克。大家会骂我是犹太人、阿拉伯人、放高利贷的、海盗，骂我害得您倾家荡产！让他们说去好了！假如有人侮辱我，我就把这人打死，打枪击剑，谁都不及在下。这一点大家知道。此外，您得结交一个朋友，假如您能够碰到一个的话，把您的财产假装卖给他。你们不是管这种买卖叫作委托吗？’他掉过头来问我。

“伯爵似乎一心想着自己的心事，他离开我们的时候说：‘款子明天送来，先生，请您把钻石准备好。’

“‘这家伙看来傻乎乎的，像个忠厚人。’伯爵走后，高布赛克冷冷地说。

“‘还不如说他傻乎乎像个痴情汉。’

“‘伯爵还欠你的手续费呢！’见我向他告辞，他高声说道。

“这一幕戏使我知道一个摩登女性生活中可怕的秘密。几天之后的一个早上，伯爵走进我的办公室。

“‘先生，’他说，‘我有些重要的事务向您请教，同时我要对您声明，我完全信任您，而且希望现在就向您证实。您给葛朗利厄夫人帮的忙，’伯爵说，‘怎么称道都是不过分的。’

“您瞧，夫人，”那诉讼代理人对子爵夫人说，“我不过替您办了一件很平常的事，但我已经从您那里得到一千倍的报酬了。……我恭恭敬敬地鞠了一躬，答道：‘我不过是尽了一个正直人应该尽的本分罢了。’

“‘您知道，先生，我向各方面打听过那个怪人的情况了，’伯爵对我说，‘您能有今日的地位，就是靠他的帮助。根据我打听得来的情况，我认为高布赛克是一个犬儒派哲学家。您看他的为人究竟可靠不可靠？’

“‘伯爵先生，’我答道，‘高布赛克是我的恩人……要我付一分五年息的恩人，’我笑着补充说，‘但是他的吝啬不允许我向一个陌生人如实描绘他的形象。’

“‘您说好了，先生，您的坦率对高布赛克和对您自己都不会有什么害处的。我也不会指望一个凭抵押品放债的人是个天使。’

“‘高布赛克老爹，’我接着说，‘在心坎里面相信一种原则，他的行为都受到这种原则的支配。他觉得金钱是一种商品，他可以根据不同的情况，将它以高价或贱价出卖，而问心无愧。在他看来，一个资本家对进款锱铢必较、毫不放松，就是以股东的身份预先加入了一切牟利的经营或经济行为。这些金融上的原则和他对于人性的哲学见解，使他表面上一举一动都像一个高利贷者，除开这个原则和这种见解之外，我深深相信，他不做买卖的时候，他是巴黎市内最毫厘不爽和最诚实可靠的人。他身上有两个不同的人：他又是守财奴又是哲学家，又渺小又伟大。假如我死后留下几个孩子的话，我要请他做他们的保护人。以上说的，先生，就是我的经验使我认识到的高布赛克的面目。他过去的生活我一点儿都不知道。他也许当过海盗，他也许走遍了世界，贩卖过钻石或男女，出卖过国家机密，但我坚信，没有一个人的心灵受过像他那样严格的锻炼，也没有受过像他那样重大的考验。在我给他送去最后一笔欠款的那一天，我曾用有几分委婉的口气问他，他要我付出这么大的利息，究竟出自一种什么情感，而且既然我是他的朋友，他想帮我忙，但又没有把好事做到底，究竟是什么缘故呢。'‘我的孩子，让你相信你并没有得到我的任何恩惠，你便无须感激我。所以我们现在才是世界上最亲密的朋友。’先生，我无论对您说什么话，都不如这句话能教您懂得这个人。

"‘我的主意已经打定，决不反悔，’伯爵对我说，‘我要将我财产的所有权转移给高布赛克，请您替我准备好一切必要的文件。我只信任您一个人，先生，请您起草一个附件，在附件上高布赛克声明，这种出售行为是假的，等到我的长子成年的时候，他把按照他自己的意思经管的我的财产交还我的长子。现在，先生，我要告诉您一件事情：我害怕把这份宝贵的文件放在家里。我儿子对他母亲很孝顺，我不敢把附件交给他保存。我能不能请您保管这个文件呢？如果高布赛克不幸去世的话，他就把您立为我的财产的承继人。这样，一切都顾到了。’

"伯爵沉默了一会儿，似乎十分激动。

“请您多多原谅，先生，’他过了一会说，‘我很痛苦，我的健康使我十分忧虑。我最近遇到的烦恼事情严重干扰了我的生活，因此我必须采取上面这一重大措施。’

“‘先生，’我对他说，‘我首先要感谢您对我的信任，但愿不辜负这种好意，因此我必须让您知道，您这样做就把您的……其他儿女的继承权完全剥夺了。他们也是您家的人，即使他们是您从前爱过而现在失宠的妇人所生养的，他们，也应该有一定的社会地位。我向您声明，您托我办的事情，我感到万分荣幸，可是，如果他们的前途没有保障的话，我是不能接受的。’

“这几句话使伯爵颤抖得很厉害。他的眼泪夺眶而出，紧握着我的手说：

“‘我以前还没有深知您。您刚才的话使我感到又高兴又难过。我们在附件的条文里把这些孩子应得的遗产定下来吧。’

“我把他一直送到事务所门口，这种正义行为使他感到满意，我似乎看见他露出喜悦的神情。

“你看哪，卡米叶，年轻女人家就是这样坠入深渊的。有时只要跳一回对舞，在钢琴旁边唱一支歌，或作一次郊游，就会酿成天大的祸事。受了虚荣、傲慢的鼓动，轻信人家一个微笑，或者由于疯狂，或者由于糊涂，就弄到身败名裂。羞耻、悔恨和贫穷，这是地狱里面的三个女神，只要妇女们一旦有了过失，就一定马上落在这三个女神的手里……”

“可怜的卡米叶瞌睡得要死了，”子爵夫人打断诉讼代理人的话说，“去吧，好孩子，去睡觉吧，用不着看到这些叫人毛骨悚然的情景，你的心也会保持纯洁和德行的。”

卡米叶·德·葛朗利厄明白了她母亲的意思，走出去了。

“您的话有点过分，亲爱的但维尔先生，”子爵夫人说，“诉讼代理人既不是母亲，也不是说教者。”

“可是报上的新闻还要……”

“可怜的但维尔！”子爵夫人打断了诉讼代理人的话说，“想不到您会讲这样的话。您以为我会让我的女儿看报么？请您讲下去吧。”她停了一会儿又说。

“伯爵把他的产业转移给高布赛克的手续办妥之后，过了三个月……”

“我的女儿不在这里了，您可以把雷斯托伯爵的名字说出来了。”子爵夫人说。

“好吧！”诉讼代理人说，“这一幕戏过后很久，我还没有收到那个要我保管的附件。在巴黎，诉讼代理人整天忙于应付川流不息的事务，对于主顾们的案子，也只能按照主顾们本人关心这些案子的程度来加以注意，当然，我们特别照顾的案子不在此例。可是，有一天，那高利贷者在我家吃晚饭，吃完饭的时候，我说很久没有听到雷斯托先生的消息了，问他知不知道什么原因。

“‘原因倒非常清楚，’他回答我说，‘这个绅士快要死了。他是一个多愁善感的人，他不知道怎样消愁解闷，最后必然让愁闷憋死。生活是一种劳动，一门手艺，要学会它就非费点劲儿不可。只有一个人尝尽了苦头，懂得什么叫作生活的时候，他的神经就坚强起来，获得一定的韧性，能控制自己的感受性；他把自己的神经锻炼成为钢制弹簧，虽然屈曲却不致折断；肠胃好的话，受过这种锻炼的人就会和著名的黎巴嫩柏树一般长寿。’

“伯爵快死了？’我说。

“‘可能，’高布赛克说，‘他的继承案件够你做的了。’

“我瞧着这个家伙，想试探他一下，就对他说：‘伯爵和我，我们是您所关心的仅有的两个人，请您给我解释一下什么原因。’

“‘因为只有你们才真心信赖我，不耍花样。’他回答我说。

“虽然听了这个答复，我能够相信，即使那个附件失落了，高布赛克也不会利用他的地位吞没伯爵的财产，我还是决定去看伯爵。我借口要办案子，就出门了。我很快到了海尔德街。我被领进一间客厅，伯爵夫人正在客厅里和孩子们玩耍。她听到仆人通报我的名字，便急急忙忙站起来迎接我，然后坐下来，一句话也没有说，用手指着炉火旁边一张空着的安乐椅请我坐。她装出一副莫测高深的假面孔，上流社会的妇女惯于用这种假面孔掩饰她们的真情感。忧愁已经使这张脸变得憔悴了，这张脸，现在只剩下往日最动人的秀美轮廓作为她的姿色的见证。

“夫人，我非和伯爵先生说句话不可……’

“‘您以为您比我面子更大么？’伯爵夫人打断了我的话答道，‘雷斯托伯爵什么人都不愿意见，几乎连他的大夫都不让进去，也不要人服侍，连我也不要。病人的性情真古怪！好比孩子一样，连自己想要什么都不知道。’

“他们也许跟孩子一样，非常明白自己想要什么。’

“伯爵夫人的脸红了。我回答的这句话是只有高布赛克才说得出口的，我几乎有点后悔了。

“‘但是，’我接着说，想改变一下话题，‘夫人，您怎么可以让伯爵先生老是一个人待着呢？’

“‘他的大儿子陪着他呢。’她说。

“我尽管凝视着伯爵夫人，这一次她不再脸红了，我觉得她已经下了决心，不让我识破她的秘密。

“‘您大概明白，夫人，我决不是贸然前来，’我接着说，‘我此行关系重大……’

“我咬了咬嘴唇，觉得我的言语有失。伯爵夫人趁着我说话造次，马上说：

“‘我的利益和我丈夫的利益并没有分开，先生，’她说，‘您跟我说还不是一样……’

“‘我来谈的事情只和伯爵先生有关。’我坚决地答道。

“‘我叫人通知伯爵说您想见他。’

“这种客气的语调，她说这句话时装出来的那副神气瞒不过我，我猜到她永远不会让我见到她的丈夫。我聊了一会工夫，聊些无关痛痒的事情，想观察一下伯爵夫人的动静；但是，像所有胸有成竹的妇人那样，她会装得一点儿破绽都没有，在你们女性身上，这是最险诈的行为了。我敢说，我相信她什么都干得出来，即使杀人也不怕。我这种感觉是由于看到她的前途才产生的，从她的手势、她的眼色、她的态度，直至她说话的声调，都看出这个前途。我离开了她。现在我要给你们讲讲这个不平常的故事的最后几个场面，附带提到那些我在事后才知道的情况，以及高布赛克或我自己的精明使我猜到的细节。

"当雷斯托伯爵似乎在欢乐场中流连忘返，想把他的家财花光的时候，在这对夫妇之间发生了一些争吵，争吵的内容无人能够知道，但伯爵对于他妻子的看法却比以前任何时候都更坏了。待他一病不起时，他对伯爵夫人和他两个最小的孩子的憎厌就马上暴露出来；他不许他们进他的屋子，而当他们找个借口走进他屋里的时候，他们这种忤逆行为使雷斯托先生的病势突然恶化，因此大夫再三央求伯爵夫人不要违背她丈夫的意志。雷斯托夫人看见家里的田地、房产，甚至她当时住的公馆，都先后落入高布赛克的手里，对他们的财产来说，高布赛克竟变成了童话里面吃小孩的怪物，她一定明白了丈夫的计划。特拉伊先生被债主们逼得太紧，当时正在英国旅行。高布赛克给雷斯托先生出的主意，对付伯爵夫人的谨慎措施，只有特拉伊伯爵会给她点破。根据我们的法律条文，雷斯托伯爵出卖家产需要有伯爵夫人连署才能生效，据说伯爵夫人拖延了很久，不肯签字，但最后还是签了。伯爵夫人以为她丈夫要把他的财产变成现款，拿这份财产换来的那一小包钞票，也许放在一间密室中，或者交给一个公证人保管，或者存放在法兰西银行。根据她的计算，雷斯托先生必然有一份什么文件，使他的大儿子便于收回他要保留的那些财产，因此她决定把她丈夫屋子周围严密看管起来。她在家里一意孤行，全家都受到这种妇道间谍行为的监视。她整天坐在贴近丈夫卧室的客厅里，从客厅可以听到丈夫的一言一动。夜里，她在客厅里搭一个铺，而且大部分时间都不睡觉。大夫完全倒在她这一边。她这样尽心尽力显得高尚无比。她有那种阴险的人天生的狡诈，善于把雷斯托先生对她所表示的憎厌遮盖起来，假装悲痛装得惟妙惟肖，因此博得大家的称许。有几个假正经的女人，竟然认为她这种行为把她的过失都弥补过来了。不过她眼前总是出现贫苦生活的景象，假如她缺少机智，伯爵一死她就要过这种生活。所以，这个妇人被她丈夫从他辗转呻吟的病榻旁边赶走，却在病榻四周布置了一个玄妙的包围圈。她离他很远，却又很接近他；她失了宠，却又很有势力，表面上她是个忠于丈夫的妻室，实际上却盼望丈夫快死，好把家产抓到手。她好像田里那种小虫，把流沙堆成螺旋状的圆丘，伏在流沙底下，静听着每一粒沙土落下来，等待着无法逃脱的牺牲者。考察风俗最严厉的官吏也不得不承认，伯爵夫人有深厚的母爱。有人说，她父亲的死对她是一个教训。她舐犊情深，对儿女绝口不提自己淫乱的生活；他们年纪幼小，因此她得以达到目的，儿女们很爱她；她也使儿女们受到了最良好、最出色的教育。我得承认，我情不自禁地对这个妇人抱着钦佩与同情的心情，高布赛克时常因此而取笑我。那时候，伯爵夫人认清了马克西姆的卑鄙下流，用和着血的泪水补赎自己的过失。这一点我是相信的。她为了夺回丈夫的财产而采取的措施尽管可憎可耻，但难道那不是出自疼爱儿女和想弥补自己对儿女的过错之心吗？再说，像好些受过激情风暴袭击的妇人那样，她也许感到需要敦品励行，重新做人。也许当她收割她的过错播下的庄稼的时候，她才认识到德行的可贵。年幼的爱乃斯特每次从父亲的屋里走出来，都要受到一次严格的审问，问他伯爵做过什么，说过什么。那孩子认为这是母亲关心丈夫的表示，便尽量满足母亲的愿望，并且不等问他就什么都说出来。我的访问使伯爵夫人受到启发，她把我看作一个代伯爵施行报复的人，便决计不让我接近那个垂死者。我有一种不祥的预感，非常盼望能和雷斯托先生谈一次话，因为我对于附件的下落很不放心；万一落到伯爵夫人手里，她就会加以利用，这样，在她和高布赛克之间，便会掀起永远打不完的官司。我深知那高利贷者的为人，知道他永远不会把财产交还伯爵夫人，在这些附件的措辞方面有许多可以挑剔的地方，只能够由我承办。我想消除这种种不幸，便再度去拜访伯爵夫人。”

“我发觉，夫人，”但维尔用一种推心置腹的口吻对葛朗利厄子爵夫人说，“社会上有一些精神现象，我们注意得还不够。我生性喜欢观察，在我承办的金钱关系诉讼中，激情起着很大的作用，不由得要对这些案件加以分析。我发觉两者的秘密意图和内心的想法几乎总是互相猜测得到的，我每次看到这种情形都惊叹不已。在两个敌手中间，有时双方都有同样清明的理性，同样透辟的智力，跟两个互相看透了心灵的情人一样。因此伯爵夫人和我两个人面对面的时候，虽然伯爵夫人的情感全用最动人的礼貌与和蔼掩饰起来，我却突然明白了她对我反感的原因。因为她必须在我面前把心事都说出来，而一个妇人在一个男人面前不得不脸红的时候，要她不憎恨这个男人是不可能的。至于她呢，她却猜到我虽说是她丈夫所信任的人，她丈夫可还没有把家产交给我。恕我不把我们的谈话全都对您重述一遍，在我的记忆中，这次谈话是我一生中最凶险的斗争之一。伯爵夫人禀性聪慧，她的媚态叫你无法抵御，她有时柔顺，有时高傲，有时百般温存，有时推心置腹；她甚至还想挑动我的心，唤醒我心中的爱情，好来支配我；但她失败了。我向她告别时，突然看见她那双眼睛里有一种憎恨和愤怒的表情，令我不寒而栗。我们不欢而散。她恨不得消灭我，而我呢，我却对她存着怜悯之心，对于某些个性很强的人说来，这种感情就等于最大的侮辱。我最后提出的供她考虑的意见，便流露出这种感情。我告诉她，不管她对这件事情怎样处理，她还是非破产不可，我相信这句话在她心里一定引起极大的恐怖。

“‘如果我能见到伯爵先生，至少您的孩子们的财产……’

“‘这么一来，我就要完全任凭您摆布了。’她说，用一个厌恶的手势打断了我的话。

“我们之间的问题既然说得这么露骨，我就决定挽救这一家人，使他们不至于在不久以后就忍饥受寒。如果为了达到目的非采取某些触犯法律的手段不可，我也下了决心那么办。于是我做了下面几项准备工作。我对雷斯托伯爵提出控告，追讨一笔伪称他欠高布赛克的款项，我获得了胜诉。伯爵夫人当然把控诉状藏起来，但是在伯爵死后，我却有权查封他的产业了。我买通了伯爵家里一个仆人，他答应我在他主人快要断气的时候，哪怕是在深夜，也赶来通知我，使我能够突然走到伯爵家里，吓唬伯爵夫人说要马上查封伯爵的产业，这样就可以保存那个附件。我事后知道，伯爵夫人一面听着她垂危的丈夫呻吟，一面研究《民法》。如果在病人卧榻周围的人的思想可以形诸笔墨的话，他们的灵魂会使人看见一幅多么触目惊心的图画！策划阴谋、商讨计划、布置圈套，其动机都是为了争财夺利！这些从本质上来说相当乏味的细节，现在且撇下不谈，可是它们可以使您设想这个妇人的痛苦、她丈夫的痛苦，并且把类似的家庭隐私向您揭露出来。最近两个月来，雷斯托伯爵预料自己必死，始终一个人躺在他的卧室里。一种致命的疾病使他身体和脑力都慢慢地衰弱下去。病人的古怪念头老是在他脑子里转悠，其不近人情之处似乎难以解释。他不让人收拾他的屋子，拒绝一切照顾，甚至不要人给他铺床叠被。这种极端的麻木不仁的感觉在他的四周留下很深的痕迹；他屋里的家具横七竖八；最精致的器物上都封满尘土，结了蛛网。往日他的一器一物都富丽考究，现在他对着屋子里乱七八糟的景象却安之若素。壁炉上、写字台上、椅子上，都堆满了病人需用的东西：空的或满的药瓶，几乎全是脏的；到处乱放的衣服，打碎了的盘子，壁炉前面有一只没有盖好的汤婆子，装满了矿泉水的浴缸。毁灭的感觉在这一片混乱不堪的景象的每一个细节里都表现出来。在死神侵入人身之前，已经在物件里出现。伯爵非常害怕阳光，百叶窗关闭了，黑暗使这个凄凉的地方更显得悲惨。病人近来消瘦得厉害。只有一双眼睛依旧炯炯发光，似乎生命就蕴藏在那里。他面色惨白，令人望而生畏，加之他始终不肯让人替他理发，平直的头发长得非常长，一绺一绺地紧贴在两颊上，使他的脸色更加显得苍白。他活像一个荒山野岭出家修行的隐士。他不过五十岁[①]，往日整个巴

① 前面描写一八二零年时伯爵三十五岁，这里却说他一八二四年有五十岁了，巴尔扎克的作品中常出现类似的疏忽。

黎城都艳羡他的风流倜傥、生活美满，忧思却扑灭了他身上一切人类的情感。一八二四年十二月初，一天早晨，爱乃斯特坐在他的床尾，满面愁容地望着他。他看了儿子一眼。

“‘您难受吗？’年轻的子爵问他。

“‘不难受！’他带着令人害怕的微笑说，‘一切都在这里，都在这颗心的周围！’

“他对爱乃斯特指了指他自己的脑袋，然后又用他那只剩下一把骨头的手指紧按着他凹下去的胸部，这个手势使爱乃斯特掉下了眼泪。

“为什么但维尔先生不来找我呢？’他问他的贴身仆人。他以为这仆人对他非常忠心，其实这人已完全站在伯爵夫人一边，‘这是怎么回事，莫里斯？’那个垂死的人高声叫道，他突然在床上坐起来，仿佛神志完全清醒了，‘你看，半个月之内，我已有七八次派你到我的诉讼代理人那里去，可是他还没有来，你以为你们可以捉弄我吗？你马上去找他，把他接来。如果你不按照我的话去办，我就起来，自己去……’

“‘夫人，’那仆人走进客厅说，‘您听见伯爵大人的话了，我该怎么办呢？’

“‘你假装到诉讼代理人那里去，回来告诉老爷说，给他办事的那个人为了一件重要的案子，到离巴黎四十里以外的地方去了。你还可以说，他会在本星期末回到巴黎。’

“‘病人往往弄不清自己的病情，’伯爵夫人想道，‘他一定会等这个人回来。’

“大夫在前一天曾经说过，伯爵大概熬不过这个白天。两小时后，当那随身仆役走来给他主人作这个令他失望的答复时，那个垂死的人似乎十分焦急不安。

“‘我的天呀！我的天呀！’他反复说了几遍，‘我只有依靠你了。’

“他久久地望着儿子，最后用有气无力的声音对他说：

“‘爱乃斯特，好孩子，你很年轻，可是你心地好，你一定明白，答应过一个快要死的人，答应过父亲的事情是神圣的。你觉得你能够保守秘密，把它埋藏在你的心里，连你妈都意想不到吗？现在，好儿子，这个家里，我能够信赖的人只有你了。你不会辜负我的信任吧？'

"'不会的，父亲。'

"'好的，爱乃斯特，一会儿我把一个封好的包裹交给你，那是但维尔先生的东西，你把它好好地保存起来，不要让任何人知道你藏有这包东西，你找个机会溜出公馆，把这包东西投送到街口的邮政分局去。'

"'好的，父亲。'

"'你能替我办这件事吗？'

"'能办，父亲。'

"'来亲亲我吧。你能这样，我死也死得舒服一点儿，好孩子。六七年后，你就会明白这个秘密多么重要，那时候你的机智和忠心就会得到很好的报答，那时候你就会知道我是多么爱你。让我一个人待一会，谁也不要放进来。'

"爱乃斯特走出去，看见他的母亲站在客厅里面。

"'爱乃斯特，'她对他说，'你来！'

"她坐下来，把她的儿子夹在两膝中间，紧搂在自己胸口上，亲吻他。

"'爱乃斯特，你父亲刚才对你讲过话？'

"'是的，妈妈。'

"'他对你说什么了？'

"'我不能说出来，妈妈。'

"'噢！亲爱的孩子，'伯爵夫人高声说道，热烈地把她的儿子拥在怀里，'你能守口如瓶使我多么高兴啊！永远不撒谎，说话守信用，你永远不要忘记这两个原则。'

"'噢！你多么高尚啊！妈妈！你从来没有撒过谎，你！我知道你一定没有。'

"'有些时候，亲爱的爱乃斯特，我也撒谎。不错，遇到有些情形，法律也无能为力，我也就不守信用。你听我说，我的爱乃斯特，你不小了，也相当明白事理，你一定会注意到你父亲把我赶开，不要我服侍他，这种事情是不自然的，因为你知道我多么爱他。’

“‘是的，妈妈。’

“‘可怜的孩子，’伯爵夫人一边哭，一边说，‘这场祸是你父亲听信奸人的话闯下的。有一批坏人想将我和你父亲拆开，以便满足他们的贪欲。他们想夺走我们的家产。你父亲要是身体健康的话，我们两个人的不和不久就会消除，他会听我的话；他心地好，性情和善，会承认自己的错误；可是现在他神志不清了，他对我的偏见变成了一个冥顽的念头，变成了一种疯狂，这是他的病引出来的。你父亲对你的偏爱又是他神经失常的一个证据。在他害病之前，你却从来没有注意到他喜欢你胜过喜欢波利娜和乔治。他的一举一动都是反常的。他对你的疼爱也许使他想到要把一些事情交给你去办。如果你不想使你的家人破产，我的乖乖，如果你不想让你母亲有一天像叫花子一样去讨饭的话，你就要把什么话都告诉她……’

“‘嘿！嘿！’伯爵大声叫道，他把门打开，几乎赤身露体地跑了出来，他已经像骷髅一样干瘪，只剩下一层皮了。这一声叫喊在伯爵夫人身上产生了可怕的效果，她一动不动，仿佛惊呆了一样。她的丈夫是多么虚弱，多么苍白啊，似乎是从坟墓里走出来的。

“‘你使我一生烦恼，现在又使我死不瞑目，你败坏我儿子的理性，教唆他做一个缺德的人。’他用沙哑的声音大声说。

“伯爵夫人走去俯伏在那个垂死的人脚下，一生最后的激动几乎使他变得狰狞可怕，她伏在他脚下泪如泉涌。

“‘开恩吧！开恩吧！’她高声叫道。

“‘你过去可怜过我么？’他问道，‘我任凭你把你自己的财产吃光，你现在还要吞吃我的，使我的儿子倾家荡产吗？’

“‘好吧，别可怜我，不要心软，’她说，‘可是孩子呢！罚您的妻在您死后到修道院过活吧，我一定依您的话去做；我有许多对不起您的地方，我要抵这些罪，您叫我干什么我便干什么，可是请您让

孩子们幸福快乐！噢！孩子们呀！孩子们呀！’

“‘我只有一个儿子。’伯爵答道，一面用一个绝望的手势，把他那只剩下一把骨头的胳膊朝他儿子伸过去。

“‘饶了我吧！我悔过了，我悔过了！’伯爵夫人高声叫道，同时吻着她丈夫湿漉漉的脚。她泣不成声，含糊不清的话从她灼热的喉咙里断断续续地吐出来。

“‘你刚才还和爱乃斯特说那些话，现在竟敢说悔过么！’那个垂死的人说，他一脚把伯爵夫人踢翻在地。‘你真使我寒心！’他又说，他的冷淡使人觉得可怕，‘你当女儿就不孝顺，当妻子又不守妇道，当母亲一定也不会教育儿女。’

“那不幸的妇人晕了过去，倒在地上。那个垂死的人回到床上，躺卧下来，几个钟头后就失去了知觉。教士来给他做了圣礼。他断气的时候正在午夜。早上那一场吵闹把他最后的力气都用尽了。我在午夜和高布赛克老爹赶到。我们趁着家里乱作一团，一直闯进通往死者卧室的小客厅，我们看见三个孩子满面泪痕，两个要在夜里守灵的教士把他们夹在中间。爱乃斯特迎上前来，对我说他母亲要单独待在伯爵屋里。

“‘请您别进去，’他说，他的语调和手势都十分动人，‘她正在屋里祈祷！’

“高布赛克笑了，这种皮笑肉不笑是他特有的。爱乃斯特那张年轻的脸上露出来的感情实在使我感动，因此我对于那守财奴的讽刺没有同感。那孩子看见我们朝房门走去，便走到门口用身体靠在门上，高声叫道：

“‘妈妈，两位穿黑衣的先生要找您哪！’

“高布赛克把孩子推开，仿佛拿掉一根羽毛一样，随即把门打开。骇人的景象映入我们的眼帘！屋里一片可怕的混乱。伯爵夫人在绝望中弄得披头散发，眼睛炯炯有光，在翻得乱七八糟的衣物、文件、碎纸中间站着，惊惶失措。在这具死尸面前，这种混乱看来尤其可怕。伯爵刚刚断气，他的妻子就把所有的抽屉和写字台撬开，在她的周围，地毯上撒满了破碎的东西，几件家具、几个皮包都弄破了，一切都印上她两只胆大妄为的手的痕迹。她的搜索起先虽然毫无所获，可是从她的态度、她的惊悸看来，我可以猜测到她终于发现了那个秘密文件。我看了看那张床，由于经常办案赋予我们的本能，我已经猜到了发生的事情。伯爵的尸体就在卧榻和墙壁之间的空隙里，几乎是横放着的，鼻子向着卧褥，像一只扔在地下的纸封套那样被人毫不经意地扔在那里；伯爵本人原也不过是一个封套罢了。他那僵硬不能屈曲的四肢看起来又可怕又滑稽。垂死的人一定把那个附件藏在了枕头底下，仿佛为了要在他死前不让任何人拿走。伯爵夫人猜中了她丈夫的想法，伯爵最后那个手势，他弯曲的指头的痉挛，也似乎说明了这种想法。枕头给扔到地下，伯爵夫人的脚印还留在枕头上面；在她的脚下，在她面前，我瞧见一个有几处盖了伯爵纹章的封套，我急忙把它捡起来，封套上面写着一个地址，指明封套内的东西要交给我。我目不转睛地瞧着伯爵夫人，像一个眼光锐利的严厉的裁判官审讯一名犯人。壁炉的火焰正在吞噬着那些文件。当伯爵夫人读了我为她的孩子们着想请伯爵添上的最初几项条款，听到我们进门的时候，她便把这个文件投进火中，以为消灭了一个剥夺她的孩子们财产的遗嘱。良心的谴责以及罪恶在犯人心里引起的不由自主的恐怖，使她失去了思索的能力。眼看自己被人当场捉住，她也许已经看见断头台，已经感到刽子手烧红的烙铁的滋味。她上气不接下气，等着我们先张口，两眼恶狠狠地瞅着我们。

"'呀！夫人，'我说，同时从壁炉里捡起一块没有烧完的纸片，'您叫您的子女倾家荡产了！这个文件是他们财产所有权的证件！'

"她的嘴动了一下，仿佛就要中风了。

"'咦！咦！'高布赛克嚷道，他的喊声好像使我们听到在大理石上面推一座铜烛台的铄铄之声。过了一会，那老头儿用镇静的口吻对我说：

"'你想叫伯爵夫人相信，我不是伯爵先生出卖给我的那些产业的合法主人吗？从现在起，这所房子是属于我的了。'

“一根大棒在我头上猛击一下，也不会使我感到这样的惊讶和这样的痛苦。伯爵夫人注意到了我投在那高利贷者身上的犹豫不决的眼色。

“‘先生！先生！’她对他说，然后再说不出一句话了。

“‘您有委托书么？’我问他。

“‘可能。’

“‘您想利用夫人所犯的罪行从中取利么？’

“‘对的。’

“我走出去，留下伯爵夫人坐在她丈夫的床旁痛哭。高布赛克跟着我走出来。我们走到街上的时候，我和他分了手；但是他走到我的面前，深沉地望了我一眼，他就是用这种目光探测人心的。他对我说，柔和的声音带上一种尖锐的语调：

“‘你居然想要审判我？’

“从那一次起，我们便不大见面。高布赛克把伯爵的公馆租了出去，夏天住在乡间伯爵的领地上，当起大地主来了，兴建田庄，修理磨坊、道路，种植树木。有一天，我在杜伊勒里花园的一条小径上遇到他。

“‘伯爵夫人现在过着清苦的生活，’我对他说，‘她把精力都放在孩子的教育上面，她的孩子都教养得很好。那大儿子已经是一个翩翩少年……’

“‘可能。’

“‘可是，’我接着说，‘您难道不应该给爱乃斯特帮帮忙吗？’

“‘帮帮忙！’高布赛克高声说，‘不！不！厄运是我们最好的老师，厄运会教他认识金钱的价值、男人的价值和女人的价值。让他在巴黎的海洋上航行吧！等到他变成一个能干的舵手的时候，我们再送他一条船。’

“我离开了他，也不想琢磨他这番话的意义，虽然雷斯托先生（他母亲一定使他讨厌我了）是绝不会请教我的，上星期我却走到高布赛克那里，让他知道爱乃斯特钟情卡米叶小姐，同时催促他把伯爵委托他的事办好，因为年轻的伯爵已经成年。那放债的老头儿卧病已经很久，后来终于因这场病而一命呜呼。他说要等到他能够起床办事的时候才给我答复，不用说只要他还有一口气，他是什么都不愿意放弃的；他迟迟不复没有别的动机。我觉得他的病比他本人所设想的更严重些，我在他身边待的时间相当久，因此我看出了一种欲望的进展，他的高龄更使这种欲望变成一种疯狂行为。为了不让任何人住在他住的那栋房子里，他把这栋房子全租下来，让所有的房间都空着。他居住的那间屋子什么都没有改变。屋里的家具，十六年来我天天都看见它们，似乎是放在玻璃橱里保存起来的，因为它们跟从前完全一模一样。给他看门的那个忠实的老婆子，嫁了一个残废军人。她上楼到她主人屋里干活的时候，就由这个残废军人看门，她始终既是给高布赛克收拾屋子的女人，又是他的心腹。谁来看他，她就上楼通报，并且在他身边执行照顾病人的职务。高布赛克虽然身体衰弱，但是依然亲自接见他的主顾，收纳账款，并且把事务简化到这个程度，他只要让那残废军人出门跑几趟，就可以把外面的事情办好。当法国签订承认海地共和国①的条约的时候，因为高布赛克对于圣多明各旧日的财产情况以及应该领受津贴的殖民者或关系人都很熟识，他被聘为清理他们的产权和分配海地赔款委员会的委员。高布赛克的才干使他怂恿韦布律斯特和羊腿子出面成立一个代理行，给殖民者或他们的继承人的债权贴现，获利与韦布律斯特和羊腿子均分，可是他用不着拿出钱来，因为他的知识就是资本。这个代理行就像一座蒸馏器，愚昧无知的人，认为赔款未必可靠的人，或者产权可能引起争执的人，他们的债权都在这里被榨出汁来。高布赛克善于利用财产清理人的身份与大地主商谈，这些地主或者想把自己产权的价值估高，或者想使自己的产权迅速获得批准，都给他送一些礼物，数目多寡看财产大小而定。因此这些礼物就是他无法据为己有的款子的一种回扣；此外，他的代理行又把

---

① 海地位于圣多明各岛西部，原为西班牙属地，十七世纪末又沦为法国殖民地，一八零四年一月一日海地共和国宣布独立。

那些数目小的、有问题的产权，以及那些宁愿马上拿到现款，不管数目怎样微小，也不愿意等待海地共和国的不可靠的赔款的人的产权，以很低的代价转让给他。这样，高布赛克就是这一巨额买卖中一条贪得无厌的巨蟒。每天早晨，他收受别人的贡品，把它们反复观看，犹如一个印度王公的大臣签署赦罪书之前反复斟酌一样。高布赛克什么东西都要，小至穷鬼的提篮，大至害怕死后入地狱的人的整磅整磅的蜡烛，不论有钱人的金银器皿，或是投机商人的金鼻烟壶……这些送给那个放高利贷的老头的礼物，谁也不知道它们的下落。在他那里，一切都只有进，没有出。

"'说句老实话，'我的老相识，那个女门房对我说，'我相信他把什么都吞下去了，他可没有长胖，您看他又干又瘦，就像我的时钟上面那只小鸟一样。'

"上星期一，高布赛克终于打发那个残废军人来找我，他走进我的办公室对我说：'您快点来吧，但维尔先生，老板快要断气了；他的脸黄得像柠檬一样，他急于要和您说话；死亡折磨着他，他的最后一口气在他的喉咙里直响呢。'

"我走进那垂死者屋里，看见他正跪在壁炉前面，壁炉里虽然没有火，却堆着一大堆灰。高布赛克从床上爬到那里，可是没有力气回去躺上床，也呻吟不出声音来了。

"'我的老朋友，'我对他说，一面扶起他来，帮他回到床上，'您觉得冷吧，怎么不生火呢？'

"'我一点儿也不冷，'他说，'不要生火！不要生火！我要到不知什么地方去了，孩子，'他又说，用他冷冰冰的目光最后看了我一眼，'我可真要离开这里了！我得了个抓空病，'他说，他会使用这个名词，可见他的神志仍是清醒的。'我仿佛看见我的屋里满地都是活的金子，我走下床去捡金子。我的金子将来归谁呢？我不送给政府。我立了一个遗嘱，你把遗嘱找出来吧，格罗蒂斯。那个荷兰美女生了一个女儿，一天晚上，我在维维安讷街不知道哪个地方看见过她。她好像有一个外号叫作鱼雷；她真是标致哪，你去找一找她吧，格罗蒂斯。你是我的遗嘱执行人，你要拿什么就拿吧，吃吧：这里有肥肝酱，有一包包的咖啡，有糖，有金汤匙。把那套奥迪欧[1]打的餐具送给你老婆吧。但是那些钻石给谁好呢？你闻鼻烟吗，孩子？我有一些烟草，你拿到汉堡去出卖吧，可以净赚一半。总之，我什么都有，而又什么都得放下！别嚷，高布赛克老爹，'他对自己说，'挺直腰板，保持冷静。'

"他在床上坐起，他的面容在枕头上清晰地勾画出来，玲珑浮凸，仿佛青铜铸的一样；他把他那干瘪的胳膊和瘦骨嶙峋的手伸直放在被子上，抓住被子，好像不让自己被人拉走一样。他望着壁炉，壁炉跟他金属般的眼睛一样冰冷。他死的时候神志完全清醒，在女门房、残废军人和我自己的脑海里面，仿佛浮现出勒蒂埃的名画《布鲁图斯的孩子之死》[2]上的那些老罗马人，他们聚精会神，站在执政官后面。

"'这老家伙真行！'那残废军人用老兵的惯用语对我说。

"我呢，我仿佛还在倾听那个垂死的人莫名其妙地一项一项列举他的财富，我的目光刚才循着他的目光朝一个方向转，停留在那一堆灰上面。这一堆灰是那么多，引起了我的注意。我拿起火钳，插到灰里，触到了一堆金银，不用说这是在他生病的时候收到的款项，身体衰弱使他无法收藏起来，不然便是因为他不信任别人，所以没有把它送到法兰西银行去。

"'你马上跑到民事法官那里去，'我对那个老残废军人说，'叫他给这里的东西赶快贴上封条。'

"我想起高布赛克临终的话，以及那女门房最近告诉我的事情，我拿了二楼和三楼房间的钥匙，要去检查一下。我打开第一间屋子，看见吝啬行为的种种后果。我往常认为荒诞不经的话，现在总算弄明白了，这种吝啬行为只剩下一种不顾情理的本能，我们在外省的

---

① 奥迪欧系当时王家金银器店。

② 勒蒂埃（1760—1832）：法国画家。这里提到的那幅画题名应是《布鲁图斯判处儿子们死刑》。

守财奴身上看见不少实例。在紧贴着高布赛克断气的屋子的那间屋里，放着一些腐烂发臭的肉酱，数不尽的各种各类的食物，甚至还有长了毛的蛤蜊和鱼类，臭气冲天，几乎使我窒息。到处都是蛆和虫。这些新近收到的礼物和各种形状的盒子、一箱一箱的茶叶、一包一包的咖啡胡乱堆在一起。壁炉上，在一只银质的汤碗里，放着好些货物已运到勒阿弗尔的提货通知单，收货人的名字都是他，一包包的棉花，一桶桶的糖、甜酒，咖啡、蓝靛、烟草，都是海外运来的五光十色的货物！这间屋子堆满了家具、银器、烛台、绘画、瓶子、书籍、没有框架的卷起来的精致版画和古董。这一大堆值钱的东西也许不全是馈赠之物，有一部分恐怕是赎不出去留在他手里的抵押品。我看见一些刻上纹章或编了号码的首饰盒、细布餐巾、珍贵的武器，可是都没有牌子。有一本似乎不应该放在那里的书，打开一看，里面都是一千法郎一张的钞票。我决定将最琐碎的东西也细瞧一下，把地板、天花板、屋檐、墙壁搜索一遍，好把全部金子都找出来，这个爱财如命的荷兰人，叫伦勃朗给他画一张像是够资格的。在我从事司法生涯过程中，从来没见过吝啬和怪癖产生出这样的结果。我回到他屋里的时候，在他的写字台上找出了这些财物愈积愈多、愈堆愈乱的原因。在一个文件夹子里放着高布赛克和一些商人的来往信件，他大约经常把他收到的礼物卖给这些商人。可是，也许这些商人已经吃过诡计多端的高布赛克的亏，也许高布赛克对于他的食物或制成品索价过高，每一桩买卖都没有成交。他没有把食品卖给舍韦，因为舍韦要打一个七折才愿意接受这些食品，高布赛克为了几个法郎也要斤斤计较，而在讨价还价的当儿货物就腐烂了。他出售银器，拒绝出脚力。卖咖啡不肯扣除损耗。总之，每样货品都掀起一场争论，这说明高布赛克身上开始出现稚气和莫名其妙的固执，当老头儿的智力已经衰退，而又还有一种强烈的欲望留下来的时候，都会产生这种情形。我心里想，正如他自己早已想到的一样：

"'这里的财物将来都归谁来继承呢？'

“他只有一个继承人，想起他给我的有关这个女子的奇怪的指示，我不得不搜遍巴黎各个藏垢纳污的地方，把一笔巨大的财产白送给一个不正当的女人。但首先，我要告诉你们，几天之后，爱乃斯德·德·雷斯托伯爵就要按照正当的手续得到一笔财产，使他可以娶卡米叶小姐为妻，同时还给他的母亲雷斯托伯爵夫人、他的弟弟和妹妹适当的财产，并给他们各办一份妆奁。”

“好的，亲爱的但维尔先生，我们将会考虑这件事情，”葛朗利厄夫人答道，“爱乃斯特先生一定要很有钱，像我们这样的家庭才不会嫌弃他的母亲。您想想看，我的儿子有一天要成为葛朗利厄公爵；他将得到葛朗利厄两个支系的财产，我要给他找一个合他心意的妹夫。”

“可是，”博恩伯爵说，“雷斯托佩戴一个红色珐琅嵌银条的纹章，银条上有四个金框，每一个都有一个黑珐琅十字，这是一个非常古老的家族的纹章。”

“不错，”子爵夫人说，“再说，卡米叶的婆婆违背了他们家族的铭言 Res tuta[①]，卡米叶可以不见她嘛！”

“鲍赛昂夫人也接待雷斯托夫人呢！”那年老的舅父说。

“唉！那是在她大宴宾客的时候。”子爵夫人辩解道。

一八三零年一月于巴黎

陈占元　译

① 拉丁文：保护财产。

双重家庭

第一部分

前不久，杜尼盖—圣约翰街还是市政府周围那个古老地区中最曲折、最阴暗的街道之一。这条街顺着巴黎警察局的几个小花园蜿蜒而去，巷尾与马多瓦街相接，那地方正好在一堵如今已被推倒的老墙的拐角。角落上原先有个回转栏，杜尼盖[①]街因此得名。一八二三年，巴黎为了庆祝安古兰末[②]公爵从西班牙班师回朝，在市府的小花园旧址上盖了一座舞厅，这时回转栏才被拆除。杜尼盖街最宽的一段是与狄克塞朗德里街的交叉处，那里也只有五尺宽。因此，每逢下雨，黑乎乎的雨水不一忽儿便淹没了街道两侧的老房子的房基，把家家户户堆放在墙角石边上的垃圾冲走。垃圾车根本进不了街，居民们只有靠暴雨冲刷这长年泥泞的街道，哪里谈得上干净呢？这些黑幽幽、静悄悄的屋子，从底层到二楼，长年阴湿不堪，即使夏天，太阳直射在巴黎上空，一片刀刃般锋利的金色光芒暂时照亮这条暗巷，也无法使屋内干爽。六月份，家家户户一到傍晚五点光景就得点灯；至于冬季，灯只有成天亮着才行。今天仍然如此，倘若哪位勇敢的步行者，想从玛莱区走到滨河路，由肖姆街的尽头，取道武人街、比莱特街和双门街，走进杜尼盖街，他简直要以为只是在地窖里穿出穿进了。历代编年史家吹嘘当年如何繁华的巴黎街道，其实几乎全都同这片阴暗潮湿的迷魂阵一样，考古学家们倒是

① 回转栏的法语译音。

② 安古兰末（1775—1844）：法国最后一个王储。一八二三年去西班牙援助国王斐迪南七世。一八三零年七月革命后放弃王位。

可以在那些地方欣赏到几件有历史特点的文物。例如，杜尼盖街和狄克塞朗德里街交叉角上的那幢房子还在的时候，行家们就曾注意到墙上有两个固定死的大铁环，那是当年区警卫官为治安的目的每晚必拉上铁链的遗迹。那幢颇堪注目的古老建筑在当初盖的时候就采取了一些有备无患的措施，足以印证这类老房子对健康有百害而无一益；为了保持底层的清洁，地窖的顶棚提高到离地面两尺左右，所以进那幢房子不得不登三级台阶。独扇大门的门框上方呈全拱形，拱顶的装饰是一幅妇女头像和一束束阿拉伯式的图案，都已经被无情岁月磨蚀得不成模样了。窗台齐人高的三个窗户里是底层的一个小套间，面向杜尼盖街的这个底层，照明全从街上采光。年久失修的窗户外装有稀疏的粗铁条做护栏，铁条在下面窝成圆鼓鼓的一团，跟面包店装栅栏的凸炉相仿。大白天倘若哪位好奇的过路人朝这两间一套的房内瞥上一眼，决不可能把里面看得一清二楚，因为要发现第二个房间里老式凹室的木护壁板下并排放着的那两张绿哔叽铺盖的床，需要有七月的阳光，但是下午三点来钟，房内一点亮蜡烛，路人便可以从第一个房间的窗户，瞅见里面有位老妇人，坐在壁炉角前的矮凳上，拨弄着小炉灶里的炭火，炉子上炖的是荤素杂烩，跟一般女门房的拿手菜一样。半明半暗中，只见为数不多的几件炊具和家常用品挂在房间那一面的墙上。这时一张旧桌面已放到×形的活络架上，桌面没有铺台布，只有几副锡制的餐具和一盘老妇人已经烧好的菜。在这间既是厨房又是餐室的屋子里，还有三把摇晃不稳的椅子。壁炉架上放着半片残剩的镜子、一块火石、三只玻璃杯、几根引火捻子和一口开裂的大白罐。这个阴冷的住所处处都显得整洁、俭朴，房内的方砖地、日常用具和壁炉架，一切都还让人看着喜欢。老妇人苍白起皱的面孔倒跟幽暗的街道、发霉的房屋和谐一致。看到她坐在椅子里休息的那模样，真要有人说她依恋这间屋子跟蜗牛依恋自己黄褐色的外壳一样了。她脸上隐约有种难以形容的狡猾表情，尽管装得很单纯，总不免露出破绽，那顶扁塌塌的圆形罗纱便帽，也难盖住她满头的白发。灰色的大眼睛像街道一样宁静，脸上皱纹之多可以跟墙上的裂缝相比。也许她生来就受穷，也许她过去也曾饮甘餍肥，后来才家道中落，反正她看上去对这种悲惨日子逆来顺受为时已久了。从早到晚，除了做饭和挎只篮子外出采购食品，她整天在另一间房间、第三个窗户跟前待着，跟一位姑娘面面相对。过路人总能瞥见这位做着活计的姑娘，她坐在一张红丝绒面子的旧交椅里，埋头在绣花绷架上，勤奋地绣个不停。她母亲膝上放着一只绿颜色的小绷子专心织罗纱，不过老太太的手指拨动线轴相当费劲；她到底六十开外，目力已经不济，鼻子上架的那副老古董花镜，紧紧地压住了鼻尖。到了夜里，不辞劳苦的母女俩把灯端到当中，那盏灯透过两个盛满水的玻璃球，将一股强光射到她们各自的活计上，母亲能看清绷子上由线轴抽来的细而又细的丝线，女儿能看清描在绣布上的精致又精致的图案。窗外的护栏下面朝里弯曲，使姑娘有可能在窗台上放一只盛满泥土的长木箱，里面种了些香豌豆、旱金莲、一株瘦弱矮小的忍冬和几茎牵牛花，牵牛花的细藤攀缠在护栏的铁条上。这些蔫萎的植物尽开些色泽惨淡的花，跟窗户里的画面倒更显得般配，都有一种既凄凉又亲切的意味，窗洞把母女俩的形象衬托得恰到好处，连最不管闲事的过路人偶然看到这室内的景象，也都会对巴黎工人阶级的生活得到一个完整的印象，因为那个绣花女显然全靠她的针线活糊口。不少到过这里来的人都不免纳闷，一个在这地窖般的房子里度日的少女，怎么居然还能保持几分姿色？一个回拉丁区的大学生打那里经过，他活跃的想象力使他把这种阴暗单调的生活比作爬满冷冰冰外墙的青藤，或比作埋头耕耘的农民，农民们自出娘胎劳碌到死，养活了世人却不为世人所知。一位靠吃利息过日子的人用财主的眼光把屋子打量了一番，自言自语道："一旦绣花不时兴了，这两个女人该怎么活呀？"在市政府或宫廷里任一官半职的人，上班或回家不得已定时经过这里，他们当中或许有个把善心人。或许有哪位中年丧偶的鳏夫，四十来岁的风流情种[1]，由于摸透这种不幸生活的底细，指望利用母女俩的贫困来讨个便宜，把这清白的女工弄到手，因为姑娘的那双灵巧、丰满的手，还有娇嫩的脖子和白净的皮色——这想必是住在这条没有阳光的小巷而得到的好处——都能引动人家的爱慕之情。更或许有哪位奉公守法的小职员，年薪不过一千二百法郎，但他每天见这姑娘勤奋工作，对她纯洁的品行十分器重，只等加薪晋级之后，便把自己卑微的生活同她的卑微的生活结合在一起，使自己的勤奋同她的勤奋拧成一股劲儿，这样姑娘家起码可以有个男人分担生活的重压，还能享受到一种恬适的爱情，虽然这爱情像窗前的花朵那样颜色惨淡。模糊的希望给老妇人灰暗呆滞的目光带来一点儿生气。每天早晨，吃罢俭省至极的早饭，她便回到房内拿起绷子，与其说出于必要不如说装装样子，因为她把老花镜放在一张跟她一样老的红漆小木案上，从上午八点半到十点前后，对常来常往的行人一一看遍：她注意他们的目光，对他们的举止、穿着和神态细心观察，似乎就女儿身价问题在同他们讲条件，因为她那双眼睛赛过喋喋不休的嘴巴，竭力想通过幕后活动的撮合，使对方同自己的女儿建立起缘分。不难看出，这种检视对她无异看戏，说不定是她唯一的乐趣。女儿难得抬头，也许是过于腼腆，也许是羞于贫贱，她那张面孔好像跟绷架贴到了一起，只有当她的母亲发出一声惊叹，才能够使她向行人露出倦容。于是，穿着一件新礼服的职员，或者臂上挽着一个女人的常客，能看到绣花女微微上翘的鼻子和她粉红色的樱桃小口，灰色的眼睛尽管疲惫不堪，却总是闪烁着光芒，只是眼睛下面的颧骨上那片娇嫩的皮肤，隐约显出一圈暗晕，才泄露出她熬夜干活的苦辛。可怜的孩子似乎生来是为了爱情和快乐的：爱情在她那双丹凤眼的上方画出两道美妙绝伦的弯眉，还赐给她一头浓密的栗色头发，好让她像躲在情人看不透的帐篷里似的隐身在头发底下，而快乐则翕动着她灵巧的鼻孔，并在她娇嫩的脸蛋上点下

① 原文为阿多尼斯，希腊神话中的美少年，爱神阿佛洛狄忒的心上人。

两个酒窝，使她顿时忘掉身受的劳苦；快活是一朵希望的花，使她有力量在望到自己的生活道路一片荒凉的时候并不心寒。她的脑袋向来梳理得很仔细。头发平平整整，脑门两边的小股头发向上拢成弧形，好与她白净的皮肤界线分明；按照巴黎女工的习惯，这种打扮算是很到家的了。头发的边缘楚楚有致，在后颈清晰地形成一条茶褐色的曲线，更给她的青春妩媚增添一种迷人的意味，乃至于注意到她的人见她俯身在女红上，即使听见声响也不抬头的做派，要硬说她在故弄风情。这种好似有意的情景太诱人了，惹得不止一位青年心痒好奇，他们怀着一睹芳容的希望，枉然回顾，却总不见姑娘抬起羞怯的面庞。

“卡罗利娜，咱们又多了一位过客，老过客里谁都比不上他。”

这是一八一五年八月的一个早晨，母亲悄声说出的话。冷若冰霜的绣花女不禁动心，抬头向街上看去，竟一无所见，陌生人走远了。

“他朝哪儿飞了？”她问道。

“他下午四点钟准得再来。我一见到他会踢你的脚通知你的。我肯定他还得经过这里，他走咱们这条街已经三天了，只是总不按时，第一天他下午六点经过，前天是四点钟，昨天是三点钟。我记得以前也不时见到过他，他大概是警察局的职员，八成搬到玛莱区住去了。”说着，她朝街上一瞥，又找补了一句，“瞧，穿栗壳色衣服的那位先生戴上假发了，这下他可是大变样！”

穿栗壳色衣服的那位先生显然可算得过往常客队伍的收尾者，因为老妈妈这时重新戴上花镜，吁了口气，拿起活计，同时朝女儿瞟了一眼，那一眼真非同寻常，就连拉瓦特[①]恐怕也难分析：赞美，感激，对美好前途抱有希望，中间还掺杂着骄傲，为自己竟有这样一个美丽的女儿而骄傲。下午四点钟光景，老妈妈踢踢卡罗利娜的脚，卡罗利娜相当及时地抬眼看到了这位一出场便使满台增色的新角儿。这人瘦高个儿，气色惨淡，上下一身黑，年纪四十上下，步

① 拉瓦特（1741—1801）：瑞士作家、思想家、神学家，擅长分析。

履和仪态自有一派端庄稳重。当他锐利的、浅黄色的眼睛同老妇人黯然无神的目光相遇时，老妇人顿时打了个寒噤，她觉得他具有识破人心的本领或习惯，而他的待人接物大概同街上的气氛一样冷得彻骨。令人生畏的面孔黄里泛青，是劳碌过度的结果呢，还是身体本来就单薄，老妈妈给这个问题作了种种不同的解答。但是第二天，卡罗利娜从那人动辄起皱的前额，看出了心灵长期受苦的痕迹。陌生人的腮帮有点塌，这是时运不济留下的记号，算是给这号人一点儿安慰，好让同病相怜的难兄难弟一眼便能相认，从而团结在一起合力抵御不幸。那时天气燠热，再加这位仁兄过于大大咧咧，明明要穿过这样一条不卫生的小巷，出门时偏偏不戴帽子。多亏这样，卡罗利娜才能够注意到他额上刷子一般的头发，在面部散布的严肃神情。如果说姑娘起初目光顿时活跃完全出于一片天真的好奇，那么随着过路人远去，她的眼神流露出的那种亲切的同情也就类似目送送殡行列里的最后一名亲戚了。卡罗利娜一见那人所感受到的印象固然很强烈，却并不怡然销魂，也跟其他过客给她留下的印象全不一样：生平头一回，她把同情心用在她自己和她母亲之外的第三者身上。稀奇古怪的猜测给老太太令人生厌的絮叨增加了话题，卡罗利娜只不搭理，默默地用长针在绷架的罗纱上刺来挑去，她可惜没有把那人看个够，只待来日对他作出明确判断了。这也是生平头一回，她为一个街上常来常往的行人费这么多心思。通常，她对巴望在过路人当中为女儿找个靠山的母亲提出的种种假设，只是惨然一笑作为回答。那些轻率提出的主意居然没有引动任何邪念，卡罗利娜毫不在意的原因应该归结为她出于无奈的日夜操劳，这样拼命干活迟早会耗尽她宝贵的青春活力，免不了要糟蹋坏那样明澈的眼睛，并夺去她双颊上依然白里透红的柔和的皮色。

在足足两个月的期间，“黑先生”（这是她们给他起的绰号）行径变化无常，他并不总从杜尼盖街经过，老妇人常在傍晚时见到他，却未见他上午来过，他也不像其他被克鲁夏太太当报时钟看待的职员们那样在固定时刻出现，最后，除头一回照面时他的目光曾吓得老妈妈心惊肉跳之外，他似乎从没有注意到这幅别致的图画里的这两位女精灵。当时杜尼盖街除去一家阴暗的废钢烂铁铺有两扇大门之外，余下的只有一溜装着铁栏的街户，这些窗户透过与隔壁相通的气窗，照亮了邻屋的楼梯；眼前这位先生目不斜视，究其原因，用怕招惹是非来解释是讲不通的。因此克鲁夏夫人见他一直心事重重，两眼不是朝下便是向前，仿佛要在杜尼盖街的尘雾里捏算出前途似的，不免大为扫兴。虽如此，临近九月末的一天早晨，卡罗利娜·克鲁夏的俏丽的头被她房间的黑幽幽的背景衬托得光彩照人，在迟来的花朵和缠绕着窗栏的蔫蔫耷耷的叶片间显得格外娇嫩水灵，这幅日常的图景终于呈现出光和影的对比，洁白和粉红的衬映，同讨俏的绣花女绷架上的透明纱，以及椅子套的深褐、艳红的色调相得益彰，引得陌生人着实注意地把这幅生动场景的效果端详了半晌。黑先生的无动于衷早已使老妈妈心灰意懒，确实，她有心把线轴弄得噼啪响，使得这个忧郁和不安的过路人很可能是由于这种不寻常的声音，不由自主地朝室内瞧了瞧。陌生人仅仅跟卡罗利娜交换了一个眼色，诚然是迅速的，但通过这眼色双方的心灵有了轻微的接触，他们俩都有预感，即彼此想到了对方。傍晚四时陌生人返回时，卡罗利娜听出了他踩在石板路面上的脚步声，当他们互相端详的时候，双方都是经过考虑的，过路人的眼睛由于一种善意的感情而有了生气，他微微一笑，卡罗利娜红了脸。老母亲用满意的神态观察了他们俩。从这个值得纪念的早晨起，这位黑先生每天两次穿过杜尼盖街，只有几次例外，这种情况两个妇女都注意到了。她们按照他回来时刻的不规律性，判断他不像一个低级职员那样说下班就下班，到时候不差分秒地走过这里。在冬天的头三个月，每天两次，当陌生人走过她家大门和三扇窗子前的人行道时，卡罗利娜和陌生人就这样互相见面。日复一日，这种短暂的会见具有一种善意的亲密性质，从而建立了某种友好关系。卡罗利娜和陌生人起初显得互相了解，然后由于经常彼此观察面孔，他们就加深了认识。这样的会晤不久成为陌生人应该对卡罗利娜进行的一种访问，如果偶尔她的黑先生经过时没有给她微微一笑，这微笑一半是由他富有表情的嘴或褐色眼睛里的亲切目光形成的，她就会觉得这一天若有所失，就跟把读报当成一种乐趣的老人那样，天天少不了，以致在盛大节日的第二天，往往不记得当天无报，或者实在不看不行，到处乱转去讨一份报纸，借以欺骗一会儿自己的空虚生活。这样的天天照照面，尽管时间很短，对陌生人和对卡罗利娜，却具有类似亲朋好友交谈的乐趣。少女在她沉默的朋友的聪明眼光前，掩盖不住内心的悲伤、不安和苦恼，而他在卡罗利娜的面前，也隐瞒不了内心的惆怅。

“昨天他遇上不痛快的事了。”这是女工凝视黑先生的变了样的面孔时经常油然而生的念头。——“啊！他可是太辛苦了！”这是卡罗利娜善于从其他一些细小差别中觉察出来而发出的一声惊叹。陌生人也猜出姑娘把星期天花在绣完一条连衣裙上，他对这连衣裙的花样感到兴趣，他看到随着房租交付日期的接近，这美丽的面孔由于不安而变得阴沉了，他猜出卡罗利娜什么时候熬了夜，但他尤其注意到使这姑娘的快活和娇嫩的面容失去光彩的悲观思想怎样随着他们相识日渐消退。冬天到了，花盆中的枝叶干枯了，一向以花朵装饰的窗子关上了，陌生人看到，卡罗利娜露出脑袋的那扇窗户的玻璃擦得特别明净，不由得会心地笑了。炉子里微弱的火光和两个女人鼻尖冻得通红，向他揭示了这个小家庭的贫困，如果这时他眼睛里表示出一点儿怜悯之情，卡罗利娜马上就高傲地假装快活。然而，他们俩的心底，刚诞生的种种感情依然被埋藏着，没有任何事件告诉他们彼此感情的力量和深度，他们甚至不知道对方的嗓音。这两位无言的朋友，像提防不幸似的，避免投身到更密切的结合中去。他们彼此都似乎生怕带给对方一个比自己想分担的不幸更为沉重的不幸。是不是这种与人为善的顾虑打住了他们的步子？是自私的畏惧呢，还是残酷的怀疑，使同一座城市里的熙熙攘攘的居民老死不相往来？莫非他们意识中的潜在声音警告他们临近的危险？究竟是什么感情使他们既各怀戒心又彼此相安，既互不关心又有千丝万缕的联系，既在本能上息息相通又在事实上天各一方？这恐怕说不清楚。也许他们人人都想抱住自己的幻想。有时黑先生仿佛生怕听到那鲜花一般娇艳、纯洁的口中，说出一些粗俗不堪的话来，而卡罗利娜又似乎自惭形秽，怕配不上这位浑身透出有财有势的气派的神秘人物。至于克鲁夏夫人这位慈母，见女儿如此犹犹豫豫，可以说大为扫兴，从前她总是对黑先生堆起一脸殷勤的、讨好的微笑，如今却绷起了面皮。从前她没有为自己到了这把年纪还不得不下厨做饭而埋怨过女儿半句；无论什么季节，风湿痛也罢，重伤风也罢，她都没有这样唉声叹气；总之，那年冬天，她没法如卡罗利娜一直指望的那样，做出那么多的绢网。事情偏偏都凑到了一起，到了年底光景，面包价格涨到最高峰，一八一六年粮价猛涨，弄得穷人走投无路的严酷局面，那时已初见端倪。陌路人在这位他不知姓甚名谁的少女的脸上，注意到一种隐蔽思想的可怕迹象，那是她善意的微笑也驱散不了的。不久，他在卡罗利娜的眼睛里，看出熬夜留下的憔悴的痕迹。在那个月月底的某天晚上，陌生人跟往常相反，凌晨一点钟光景才返回杜尼盖—圣约翰街。夜深人静，他还没有走到卡罗利娜家的窗前，便远远地听到老母亲的哭声和年轻女工的更加悲戚的哀吟，一声声在沙沙的雨雪中回响。他尽量放慢了脚步，然后他冒着被人捉住的危险，伏在窗下，偷听母女俩的讲话，同时从发黄的纱布窗帘上的最大的那个窟窿，朝里面张望。窗帘上，满是大大小小的破洞，像一张被毛虫啃遍的白菜叶。好奇的过路人看到桌上有一张贴了印花的公文纸，放在两个绣花绷架的中间，桌上还有一盏灯，灯的两边是两个盛满水的球形玻璃瓶。不难看出，那是一张传票。克鲁夏夫人在哭，卡罗利娜的嗓子里有一种喉音，使本来甜美宜人的音色变了声调。

“为什么这样伤心，母亲？在我做完这身连衣裙之前，毛利纳先生不会卖掉咱们的家具，把咱们赶走的；再熬上两夜，我就可以把裙子送到罗甘太太家去了。”

“万一她跟往常一样，迟迟不付工钱呢？再说，这身连衣裙的工钱还得付面包店赊的账呀。”

这一场面的目击者，有那么一种察言观色的习惯，他认为他从母亲的痛苦里，看到了虚假的成分，正如在女儿的悲哀中，看到了真情一样；他拔脚便走，不多一会儿，他又回到窗下。当他再从窗帘破洞朝里看时，母亲已睡下；年轻的女工伏在绷架上，不辞劳苦地拼命绣花，在桌上那传票的旁边，放着一块切成三角形的面包，想必是给她夜里充饥的，同时作为对她的勇气的奖励。黑先生又感动，又难过，不禁心头战栗，他从窗上一块破玻璃的裂口，把钱包扔了进去，让它掉在少女的脚边；然后不等看到她的惊奇，便急忙逃走了，只觉得心儿乱跳、脸皮发烧。第二天，忧郁和孤僻的陌生人假装急于赶路，从窗下走过，但他躲不过卡罗利娜的感激，那姑娘早已打开窗户，用一把刀子在盖满积雪的方木箱里心不在焉地翻着土，这当然是个幌子，虽然想得巧妙，但明眼人一看便明白，她要让人知道，今天她不愿隔着窗子看他了。绣花女工的眼中充满泪水，朝她的保护人点了点头，等于对他说："我只能用情意来报答您了。"但是黑先生好似对这种真心感激的表示毫不领会。傍晚，当他重新走过的时候，卡罗利娜正忙着用一张纸把玻璃窗的裂缝糊上，她总算趁机对他一笑，像表示一种许诺似的露出她满口洁白闪光的牙齿。从此，黑先生来去走另一条路，不再在杜尼盖街露面。

第二年五月初，一个星期六的早上，卡罗利娜在两排黑魆魆的房子中间瞥见一小条没有云彩的天空，她一面用玻璃杯给忍冬根浇水，一面对母亲说："妈妈，明儿咱们该上蒙莫朗西去郊游啦！"她刚用快活的神气讲完这句话，黑先生就走了过来，比以往更悲哀、更抑郁了；卡罗利娜向他投去的纯洁而温柔的目光，可算作一种邀请。因而，第二天，克鲁夏夫人穿着一件酱色美利奴毛料小腰身外衣，头戴绸帽，身披一条同开司米大围巾式样相仿的长条纹披肩，来到圣丹尼关厢街和昂坚街交叉的拐角[1]，选乘一辆俗称"杜鹃鸟"

---

[1] 一八二二年前后，那里有一家"银狮旅店"，店门口云集着大批双轮公共马车，当时俗称"杜鹃鸟"，车主们同专营郊区客运的杜塞尔父子运输公司展开了激烈的竞争。在《人间喜剧》"私生活场景"的《人生的开端》中对这方面有极为生动的描写。

的双轮公共马车的时候，发现黑先生像等候妻子一般伫立在那里。陌生人瞥见卡罗利娜，顿时笑逐颜开。卡罗利娜娇小的脚面，裹着棕褐色薄斜纹呢的鞋罩，一股迎面扑来的风，把裙子吹得贴在身上，换上身材欠佳的女人，难免露丑，可是卡罗利娜却更显得风姿绰约。粉红色绸子衬里的草帽下面，她容光焕发，好像反射出圣洁的光芒；棕褐色的宽腰带使两手能捏起来的细腰更显得细溜，茶色的头发在额上平分成两股，紧贴在两鬓，衬着雪白的脸蛋儿，使她看上去有一种千真万确的天真的神情。愉快的卡罗利娜像她帽子上的稻草一样轻盈，她一见黑先生，脸上顿时现出希望的光芒，这光芒比她的一身打扮和天生丽质更加辉煌。黑先生原先显得犹豫不决的，现在，也许是因为看到自己的在场引起女工突然流露出幸福的心情，才决定陪她郊游。他租了一辆有篷的双轮轻便马车去圣勒·塔凡尼，驾车的马看上去相当精壮；他请克鲁夏夫人和她的女儿就座。母亲欣然接受了，但当车子驶在去圣丹尼的路上时，她发觉自己过于拘谨，便有一搭无一搭地说些客套话，说她们母女俩会给这位男旅伴造成不便。

“先生本来也许想独自去圣勒的吧？”她假装天真地问道。但她紧接着就抱怨天气炎热，对自己得了重伤风更是怨天怨地。她说，鼻塞头痛，使她彻夜不能合眼，所以，车子刚到圣丹尼，克鲁夏夫人就好像已经昏昏入睡了。她有几声鼻鼾，黑先生觉得掺了假，他皱皱眉头，瞅着老太太，那神情特别流露着怀疑。

“啊！她睡着了，”卡罗利娜天真地说，“她昨晚上整整咳了一夜，这会儿想必是困极了。”

这位旅伴只向少女狡猾地笑了笑，作为回答，似乎对她说：“天真无邪的人儿，你不了解你的母亲。”然而，虽然他疑心重重，当车子在通往奥搏纳的漫长的杨树林荫道上行驶时，黑先生也相信克鲁夏夫人当真睡着了。也许他不愿再观察这种睡眠的真假程度吧，也许晴朗的天空，田野间纯净的空气，杨树的新芽，柳花和野蔷薇的白花散发出的熏人的芳香，使他的心像欣欣向荣的大自然一样，格外开朗，也许他觉得再拘束下去实属多余，也许卡罗利娜闪闪发亮的眼睛已经对他不安的眼神做出了反应，黑先生终于同她聊起来。东说一句，西说一句，就像微风摇曳着树枝；海阔天空，就像蓝天里蝴蝶翩翩飞舞；谈得很随意，就像田野里轻柔悦耳的声音，同时也像大自然一样，打上了神秘的爱情的印记。这时节，原野不正像一位穿着结婚礼服的新娘一样激动吗？它不正在引诱最冷漠的人来品享快乐吗？从去年秋天以来，他第一次离开玛莱区的黑暗街道，置身在和谐、秀丽的蒙莫朗西山谷的怀抱里，早晨驰过这条山谷，满目青山，一望无际，能转眼望到同样流露出无限爱情的眼睛，什么样的心还能无动于衷？什么样的嘴还能保守秘密？陌生人觉得卡罗利娜与其说风趣倒不如说快活，与其说懂事倒不如说钟情，即使她的笑带有嬉闹的成分，她的言谈也透出一种真情实意。少女对旅伴得体的问话，作出热情洋溢的回答，这种热情下层阶级是并不吝惜的，不像上流社会的人那么矜持，黑先生听了不禁动容，简直像获得新生一般。他脸上僵硬的愁容逐渐消退，接着他的气色越来越显得年轻，表现出一种美好的性格，使卡罗利娜既高兴又自豪。俊俏的绣花姑娘猜出她的保护人长期以来得不到温存和爱情，不再相信女人的忠诚。后来，卡罗利娜的悄声细语终于以意想不到的俏皮话，揭去了陌生人脸上的最后一层面纱，使他显出了真正的青春和本来的性格。他仿佛同讨厌的念头从此决绝，把一板正经的外貌下掩盖着的心灵的生气统统发挥了出来。谈话不知不觉变得那么亲密，当车子抵达狭长的圣勒村的村头时，卡罗利娜已经称呼陌生人为罗歇先生了。老太太直到那时才苏醒过来。

“卡罗利娜，她可能都听到了。”罗歇悄悄在少女的耳旁说道，话音中透出怀疑。

卡罗利娜嫣然一笑，表示她才不信呢，那一笑驱散了这多疑男子额上的乌云，不再担心做母亲的有什么心计。克鲁夏夫人毫不大惊小怪，上哪儿都同意，跟着女儿和罗歇先生在圣勒公园里漫步。两个年轻人商量好要去看看明媚的草坪和芳香扑鼻的小树林，这些地方由于霍唐丝王后[①]的高雅的布置而遐迩闻名。

“天哪，多美呀！”卡罗利娜叫道，这时她已登上一个绿色小圆丘，蒙莫朗西森林就是从这儿开始的。她瞥见脚下是个大山谷，蜿蜒曲折地伸展而去，谷中布满村落，蓝幽幽的地平线上，是青山、钟楼、草地、田野，从那里传来的悄悄的声响，像沙沙的涛声，在少女的耳边消失。三位游客沿着人工河的河岸走着，一直走到那个瑞士式的山谷，山谷里那座水屋式的别墅，曾不止一次地接待过霍唐丝王后和拿破仑。卡罗利娜怀着神圣的敬意，在一条长满苔藓的长凳上坐下，当年拿破仑皇帝，还有王公、王妃们也曾经在那儿休息过。这时克鲁夏夫人表示想走近瞧瞧远处就见到的那座飞架在峭壁间的悬索桥，她便把她女儿留给罗歇先生照料，径自向那个村野奇景走去，但她说，她不会走得看不见他们的。

“哎！怎么，可怜的姑娘，”罗歇大声说，“您从来没有向往过财富和奢侈的享受吗？您不希望有时候穿穿您绣的那些美丽的衣裙吗？”

“罗歇先生，如果我说，我不向往富人享受的幸福，那我就是撒谎了。啊！是的，我经常，尤其当我入睡的时候，巴望有朝一日会有这样的快乐，能看到我可怜的母亲，不用在她那样的年纪，无论刮风下雨也要上街去采购我们少量的食物。我希望有个女佣，早晨当我母亲还在床上的时候，给她端来很甜的，加了白糖的咖啡。唉！可怜的老太太，她喜欢读小说，我倒是情愿她的眼睛用来读她最喜爱的书，而不是从早到晚盯着转动的线轴。她也需要喝一点儿好酒。总之，我但愿看到她能幸福，她是那样慈祥！”

“她已向您证明了她的慈爱么？”

“啊！是的。”少女用低沉的嗓音回答。接着沉默了片刻，两个年轻人默默地瞧着克鲁夏夫人走到农村风味的悬桥中间，用手指点点他们。卡罗利娜接着说：“啊，是的，她已向我证明了。我小的时

---

① 霍唐丝·德·博阿内（1783—1837）：拿破仑一世的继女，嫁给路易·波拿巴，一八零六年为荷兰王后。法国王朝复辟时期，路易十八封她为圣勒公爵夫人。她是拿破仑三世的母亲。

候，她对我哪一点没有照顾到？她卖掉了最后几套银餐具，供我去一个老姑娘家学绣花。而我可怜的父亲，为了使他度过幸福的晚年，我母亲什么苦没吃过？”想到这些，少女颤抖了，用两手蒙住了脸。“啊！咱们永远别回想不幸的过去。”她一面说，一面竭力恢复高兴的神气。她见罗歇深受感动，不禁涨红了脸，不敢看他。

“您父亲过去是做什么的？”他问。

“我父亲革命前是歌剧院的舞蹈演员，”她说，那表情极其自然，“我母亲在合唱队演唱。我父亲一向在舞台上调兵遣将，攻打巴士底狱时，他赶巧在场。有几个进攻者认出他来，问他：既然他在舞台上能扮演指挥官，能不能指挥一场真正的进攻？我父亲是勇敢的，他同意了，带领义民进攻，因而在桑布默斯部队里，得到上尉的军衔。他干得很出色，连连晋级，最后升为上校，但是他在吕桑[①]受了重伤，回到巴黎后，病病歪歪拖了一年才去世。波旁王朝来了，母亲领不到抚恤金，我们又一贫如洗，只得做工才勉强糊口。近来，慈祥的母亲已经疾病缠身。我从没见过她这么受不起委屈，她怨天尤人，我能理解，她尝到过美满生活的甜头。至于我呢，生来就不知道幸福，也就不会遗憾，我只求上天一件事……”

“什么事？”罗歇忙问道，他简直像在做梦似的。

“但愿妇女们永远穿戴绣花的罗纱，好让我的活计不断。”

这一番自白说得如此坦率，年轻人动了恻隐之心，当克鲁夏夫人慢腾腾地向他们走来时，他的目光里的对立情绪已减弱许多。

“好呀，孩子们，你们聊够了吧？”她问话的口气既仁慈又有点挖苦。沉默了片刻之后，她接着说：“罗歇先生，想当初‘小伍长’[②]就在您现在坐着的地方坐过！可怜哪！”她又说道，“我丈夫当年多爱他！啊！克鲁夏死了倒也好，因为他若知道‘他们’把他爱戴的人弄到什么地步，他会受不了的。”

---

① 吕桑在莱比锡附近，一八一三年五月拿破仑一世在这儿打败了俄普联军，这是他的最后几次大胜仗之一。

② 拿破仑一世的绰号。

罗歇赶紧把手指放到嘴唇上。善良的老妇人点点头，一本正经地说："够了，人人都会钳口结舌的。"她撩开上衣一角，露出用黑缎带挂在脖子上的一颗十字勋章和红绶带，补充说，"但是'他们'阻止不了我戴'那一位'赏给亡夫克鲁夏的这件东西，我要带它进坟墓……"

听到这些当时被看作煽动性的话，罗歇猛然站了起来，打断老妈妈的话；他们从公园小径折回村里，年轻人稍离片刻，到塔凡尼的头等菜馆订了一桌便餐，然后回来领两位妇女沿林间小道到菜馆就餐。晚饭吃得很开心，罗歇同不久前在杜尼盖街飘然而过的那个不祥的幽灵，已判若两人，他已经不像"黑先生"，倒更像信心十足的青年，似乎有心同这两位虽然朝不保夕却无忧无虑、埋头苦干的妇女一样，准备投身到生活的洪流中去闯一闯。他看上去像初出茅庐的小伙子那样兴致勃勃，笑得天真，笑得甜润。五点钟光景，他们喝罢最后几盅香槟酒，结束了这顿晚餐。罗歇先提议，到栗树林下去参加村里的舞会。舞会上，卡罗利娜和他一起跳了舞。他们两情相通，手紧紧地握在一起，心怀着同样的希望而怦怦跳动，他们的眼睛，在蓝天下，在夕阳艳红的斜照中，放出一种光芒，这光芒在他们看来，足使天光暗淡。一种想法和一个愿望竟有这般奇异的能量！对这两个人来说，似乎天下没有办不到的事。此时此刻，有如魔幻一般，欢乐的反光一直照射到未来，心灵只预见到幸福。这美丽的一天已经为他们两人创造了一些回忆，在他们过去的生活中，没有任何东西可以与之相比。莫非水源比河流更优美，愿望比享受更可爱，人们希望得到的东西比已经到手的东西更诱人？

"唉！这一天结束了！"听到舞会终止时年轻人发出的这声感叹，卡罗利娜用同情的目光望着他，看到他脸上现出一丝淡淡的哀愁。

"为什么您在巴黎不能像今天这样快活呢？"她问，"难道幸福只在圣勒才有吗？现在我觉得，我无论在哪里，都不会不幸的。"

罗歇听到这些出自温存和信赖的话，不禁打了个寒战，这种信赖总是把女人引到她们自己并不想去的极端，正如假正经往往使她们显得比实际更冷酷无情。自从开始交换友谊的目光以来，卡罗利娜和罗歇第一次有了同样的思想；即使他们没有说出口，他们也在同一时刻通过彼此的印象感觉到了，就像暖人心怀的火炉，使他们在寒冬的侵袭中得到温暖。接着，他们似乎对彼此默默相对感到害怕，于是向车子停放的地方走去，但上车前，他们友好地手牵着手，赶在克鲁夏夫人前面跑进一条幽暗的小径。待他们看不到克鲁夏夫人的那顶白色罗纱帽时——那帽子原是叶丛中的一个白点，为他们指示老母亲所在的方位的——罗歇用激动的声音叫了声："卡罗利娜！"他的心突突地跳着，少女一时间也慌了神，退后几步。她明白了这声呼唤所显示出的愿望，但她仍伸出手去，手立即受到热烈的吻，她忙把手抽了回来，因为她踮起脚板，看到她母亲正走过来。克鲁夏夫人假装什么都没有看见，好像想起她从前扮演过跑龙套的角色，她只应待在一边。

这两位年轻人的奇遇不再在杜尼盖街继续，为了重新找到卡罗利娜和罗歇，必须前往现代巴黎的市中心，那儿新盖了一批住宅，里面有一些似乎特意为新婚夫妇度蜜月布置的套间：油漆和糊墙纸跟这些夫妇一样鲜艳，装饰跟他们的爱情一样花团锦簇，一切都跟年轻人的思想、沸腾的愿望显得十分和谐。在泰布街中段，有座房子的基石还是雪白的，前厅和门上的柱子还没有任何污迹，墙上涂着色泽娇艳的油漆，油光滑亮，打从我们同英国恢复交往之后，这种油漆款式便流行开了。在这座房子的三楼有个小套间，那格局，似乎是建筑师预见到它日后的用途，专门安排出来的。一间朴素的、崭新的前厅，下半截墙上镶着人造云石，同一间客厅和一间小餐厅相通。客厅又与一间精致的卧室相通，卧室连着一间浴室。几个壁炉上都装着又高又大的镜子，镜框很讲究。门上的装饰是精致的阿拉伯图案，门框的格调清雅不俗。懂行的人在这些地方会比在别处更能看出我们当代建筑师们的作品，在布局和装饰方面独具的匠心。卡罗利娜搬进这套由艺术家设计、室内装饰商配置家具的套间里，已经将近一个月了。只须把主要的那一间作个扼要的描写，便可想象出卡罗利娜当初随罗歇走进这套房间的时候，是怎样惊叹不已的。卧室的墙壁，裱上灰色的墙布，点缀着绿绸，显得色调活泼，家具上覆盖着淡色的薄毛呢，款式轻盈而大方，是新近流行的式样。一个用本色木料做成的多屉柜，镶嵌着棕色的线条，用来存放珠宝首饰；一张用料一样的写字台，专供写情书使用，信笺都是熏得香喷喷的。床上的铺盖古色古香，几层细布床单柔软宜人，一看便勾人心魂；灰色的绸窗帘配上绿色的流苏，成天拉着，挡住了外面射来的阳光；挂钟上面的青铜塑像，是爱神在给普赛克[①]戴花环；最后，一幅红底子上有哥特式图案的地毯，把这间充满情趣的卧室里的各种器具衬托得更加鲜明。挂钟对面是一个小巧的梳妆台。眼下，从前的绣花女工坐在梳妆台前，由赫赫有名的理发师普莱齐尔精心打扮，她被摆弄得不耐烦了。

“您打算今天梳好我的头发吗？”她问。

“夫人的头发又长又密。”普莱齐尔回答。

卡罗利娜不禁微笑了，艺术家的奉承无疑在她心中唤起了回忆，使她想起了她的朋友对她头发之美，曾热烈地赞美过，简直崇拜至极。理发师一走，侍女便来同她商量，怎么打扮最讨罗歇喜欢。这时是一八一六年九月初，气候已冷，一件用灰鼠皮滚边的绿色厚料套裙被选中了。她很快打扮停当，便奔到客厅，打开一扇落地窗，走上一个装饰楼房正面的优美的阳台，风姿楚楚地交叉着双臂。她倒并非想招路人艳羡，回头向她表示赞美，而是为了远望泰布街尽头的大马路。这个阳台是可以向外远眺的空隙，人们很自然地把它同舞台的幕上为演员们所开的洞相比，它使卡罗利娜能够看到许多像皮影戏那样迅速消失的车子和人群。不知道罗歇这次来，是徒步还是乘车，这位从前住在杜尼盖街的女工一会儿在行人中寻觅，一会儿又观察来往的轻便马车，这是最近从英国人那里引进的一种马

---

① 普赛克：希腊神话中的少女，和爱神厄洛斯相恋。但爱神不许她看他的面容。一夜，她趁厄洛斯睡着时，点了一支蜡烛偷看，不慎一滴蜡油落到厄洛斯脸上，使他惊醒逃走。她到处寻找，经历种种苦难，终于和厄洛斯重聚，二人结为夫妻。

车。空等了一刻钟之后，她敏锐的目光和心灵都没发现那位她明知今天该来的人，这时她年轻的脸上不禁泛出无可奈何、情思绵绵的表情。对于脚下蚁蝼般蠢蠢蠕动的过往行人，她美丽俊俏的脸上流露出多大的轻蔑，多深的冷漠！那双灰色眼睛亮晶晶地闪烁出狡黠的光芒。她爱情专一，对别的男人的巴结，极力躲避，其用心之苦正等于最骄傲的女人在巴黎街头散步时招揽男人致意一样。今天对她艳羡不已的过往行人，明天还记不记得她那低头张望的白皙的面孔和伸出阳台的小巧的脚；自己这双水灵灵的眼睛，翘得讨俏的鼻子，形象这样惹人爱怜，可是明天会不会在那些人的心目中被遗忘干净，她当然全不在乎，因为她只想看到一张面孔，她只有一个念头。当一匹红棕色马的带有花斑的头超出下面一排房子的屋顶奔来时，卡罗利娜激动得哆嗦了，踮起脚尖极力想辨认出白色的马缰绳和轻便双轮马车的颜色。正是他！罗歇转过街角，看到了阳台，便鞭打他的马，那匹马冲过来，直到这扇古铜色的门前停下，它对这扇门和主人一样熟悉。套间的门已被侍女提前打开，她早已听到女主人发出的欢乐的叫声。罗歇冲向客厅，把卡罗利娜紧紧地搂在怀里，感情冲动地亲吻她，这种感情是两个相爱的人很少相聚而激起的。他扶着她，或者不如说两人步调一致地，朝那间藏娇的香闺走去，虽然你拥着我，我搂住你，并未松手；两人一直走到壁炉前，坐进双人沙发，默默地互相凝视了一会儿，用紧握双手来表达他们的幸福，用长久的对视沟通彼此的思念。

“对，是他，”她终于说，“对，是你。你知道不知道，我已有整整三天没见到你了，这三天好比一百年！但是你怎么了？你有心事。”

“我可怜的卡罗利娜……”

“哦，废话！我可怜的卡罗利娜……”

“不，别笑，我的天使，我们今晚不能去费多[①]了。”

卡罗利娜噘了噘嘴，这个表情很快就消失了。

---

① 即歌剧院，当时在费多街十九号，一八三零年老剧院被拆。

“我真傻！见到你，我怎么可以想到看戏呢？瞧你，这不是我唯一爱看的戏吗？”她大声说着，同时把手指伸进罗歇的头发里抚摩。

“我不得不去拜访总检察长，眼下我们碰到一桩棘手的案子。他在大厅里跟我碰过头。因为由我提出公诉，他邀我去跟他吃晚饭，但是，亲爱的，你可以陪你母亲一起去费多，如果谈话结束得早，我就去那儿找你们。”

“没有你陪伴去看戏，”她带着惊讶的表情大声说，“去领略一种你不能分享的乐趣！……哦！罗歇，我真不该吻你。”她加了一句，同时以一种既天真又热情的动作，搂住他的脖子。

“卡罗利娜，我必须回去穿礼服。玛莱区很远，我还有几件事要办完。”

“先生，”卡罗利娜打断他的话说，“说话留点后路！母亲跟我说过，男人要是跟女人谈论自己的事务，就说明他们不再爱我们了。”

“卡罗利娜，我不是来了吗？我不是从我无情的事务中抽出一小时跑来看你吗？”

“嘘，”她把一个手指放到罗歇嘴上说，“哦！你没有看到我并不在乎吗？”

这时候他们俩已回到客厅里，罗歇在那儿瞥见一件当天早晨由木器工人送来的家具：一个粉红色木质的旧绷架，卡罗利娜和她母亲在杜尼盖一圣约翰街居住时曾靠它为生，现在它已被修饰一新，一件有华丽图案的连衣裙已经绷在上面了。

“是啊，我的好朋友，今天晚上我要工作。我一定会一边绣花，一边以为自己还跟当初一样。那时你打我面前经过，尽管一声不吭，可并不是不看我，当初回想起你的那种眼光，我整夜整夜睡不着。哦！我亲爱的绷架，我客厅里最美的家具，尽管它不是从你那儿来的！——你不知道，”她说着，坐到罗歇的膝上，他抵制不住这种激情，早已跌坐在一张扶手椅里了……“你在听我说吗？我要把用刺绣挣来的钱全部施舍给穷人。你已让我那么富有！我多么喜欢白尔弗叶这片美丽的产业！倒不是为了它本身，而是因为这是你送给我的。但是，告诉我，罗歇，我想改名叫卡罗利娜·德·白尔弗叶，行吗？你应该知道，这合不合法？或者容许不容许？”

罗歇对克鲁夏这个姓厌恶之极，故而努了努嘴表示赞同。卡罗利娜看见他这个动作，便轻轻地跳起来，拍着双手。

“我觉得，”她大声说，“我这样做就更属于你了，通常姑娘家总是放弃自己的姓氏，改姓丈夫的姓……”一个尴尬的念头使她涨红了脸，但她马上把那念头赶走；她牵着罗歇的手，把他拉到一架打开的钢琴前。“告诉你，”她说，“现在我弹起奏鸣曲来比得上心灵手巧的天使。”说着她的手指便在象牙琴键上迅速移动起来，这时她感到罗歇搂住她的腰，把她举了起来。

“卡罗利娜，我早该走了。”

“你要动身吗？唉，好吧！你走，”她赌气说，但是她看了看挂钟后微笑起来，快活地叫道，“我总有办法多留你一刻钟的。”

“再见！德·白尔弗叶小姐。”他用一种出自爱情的、取笑的温存态度说。

她得到了一个吻，把罗歇送到门口。当他的脚步声不再在楼梯上震响时，她奔上阳台，想看他登上两轮马车，想看他拿起缰绳，想接受他最后一个目光，想听到车轮在石板路上滚动，想目送那匹光亮的马、主人的帽子、骑师服装上的金色饰带。末了，眼前这些景象被黑乎乎的街角挡住以后，她还想长久地观望。

卡罗利娜·德·白尔弗叶小姐在泰布街漂亮的屋子里定居以后五年，第二次发生了这样一幕家庭场面，它使得两个相爱的人之间的感情联系更加紧密了。在蓝客厅的中央，朝阳台打开的窗子前面，有个四岁半的小男孩拍打着他的摇木马，又叫又嚷闹得不得了。支撑木马的两根弓形杠杆没有合他的意愿走得那么快。他漂亮的小脸蛋，像小天使的面孔一样可爱，对着母亲微笑着，金黄色的卷发一绺绺地披散在绣花的细布绉领上。这时他母亲坐在一张安乐椅里对他说：“别那么闹，查理，你要吵醒你的妹妹了。”于是好奇的孩子猛地从马上跳下，仿佛害怕踏在地毯上的脚步发出声响似的，踮着脚尖走过来，将一个手指放在两排小牙齿中间，在这样一种出于自然才显得那么优美的稚气姿势中，他撩开盖在母亲怀里的那个女婴娇嫩面孔上的白色面纱。

“唔，她睡了，欧也妮？”他非常惊讶地问，“干吗我们醒着的时候她倒睡觉？”他又问了一句，睁着一双黑幽幽、水汪汪的大眼睛。

“只有上帝知道。”卡罗利娜笑眯眯地回答。

母亲和孩子凝视着这个当天早上才受了洗礼的小女孩。卡罗利娜当时年约二十四岁，一种没有乌云的幸福和持久的欢乐使她具有鲜花盛开时的全部美丽。她是完美的妇女形象。她陶醉在服从她亲爱的罗歇的愿望中，早已获得了她所缺乏的知识，她钢琴弹得相当好，唱得也很动人。她不知道这个也许会拒绝她的社会的习俗，即使人们在那里欢迎她，她也绝不会踏入这个社会，因为幸福的妇女是不进社交界的。她既不会摆弄风雅的姿态，也没学过当时沙龙里非常流行的那种充满辞令但缺乏思想的空洞谈吐；但相反，她勤奋地掌握了一个母亲必不可少的知识，她的全部抱负在于好好教养她的孩子。她从不离开她的儿子，从他摇篮时代起就时刻给他教育，在他幼小的心灵里刻下对善与美的爱好，使他免遭坏影响。既担任女仆的繁重职务，又尽到做母亲的甜蜜责任，这就是她唯一的乐趣。从第一天起，这个审慎而温存的人儿是那样的顺从，一步也不跨出她欣悦的领域，对她来说，那儿是她的全部欢乐，以致在最温柔多情的结合六年之后，她只知她的朋友名叫罗歇。那个普赛克不顾爱神的禁令，举灯来看爱神的雕塑，就放在她的卧室里，使她想起幸福的条件。六年期间，她的适度的欢乐，从没有由于不合时宜的奢望而使得罗歇那颗真正充满善意的心感到厌倦。她从不渴望钻石和首饰，多次拒绝可以满足虚荣心的豪华车辆。站在阳台上等候罗歇驾车到来，跟他去看戏，或者在晴朗的日子里一起去巴黎郊外散步，盼望他，看见他，再盼望他，这就是她平凡的但充满爱情的生活史。她把几个月前才来到人世的女儿放在膝上摇晃着，嘴里哼着歌，愉快地回想起过去的时光。她尤其愿意细想九月份，每年这个时节她的罗歇都带她上白尔弗叶去度过那些美好的日子，仿佛现在她一年四季都生活在这种快乐之中。当时大自然慷慨地献出它的鲜花和果实，夜晚是温暖的，早晨是甜蜜的，光辉的夏天必然迎来忧郁的秋天。在恋爱的最初几年，卡罗利娜见罗歇一再表现出心绪稳定和性格随和，心想这是因为他们会面的机会太少，而且每次见面都苦苦盼望很久的缘故，这是由他们的特殊的生活方式造成的，他们不像正式夫妻那样朝夕相处。她甜蜜地回忆起当初她也曾担惊受怕地暗中窥探过他的虚实，那时他们第一次去加蒂内小庄园小住。她空担心了一场：那次爱情的侦察纯属多余！那几个月过得真幸福，月月都过得像做梦一样，她始终置身于快乐之中，从来没有停止过。她看到这个善良的人嘴角上始终挂着温柔的微笑，这微笑似乎是她微笑的回报。此情此景想起来太令人神往，她不禁泪水濡湿眼眶。她认为自己爱得还不够深，一心想要在她身份不明的、不称心的处境中，看到命运对她爱情征收的捐税。终于一种不可克制的好奇心，使她成千次地寻思，究竟发生过什么样的事情，使得罗歇那样多情的男子甘心只享受这种金屋藏娇的不合法的幸福。她编造了无数传奇故事，为的是避开那个真正的理由，那是她长期以来已经猜到，但极力不让自己相信的。她抱着睡在怀里的孩子站起来，到餐厅去主持晚饭的准备工作。这天是一八二二年五月六日，就是去圣勒花园郊游的纪念日，在这次散步中，决定了她的生活，因此每年这一天带来了一个爱情的节日。卡罗利娜选定吃饭时用的餐巾、台布，又安排了餐后点心。在幸福地做了会感动罗歇的照料之后，她把小女孩放进美丽的婴儿吊床里，来到阳台上，不久就看到一辆带篷的双轮马车出现了，她的朋友进入壮年之后，早已用这种庄重的马车取代了他早期漂亮的马车。在领受了卡罗利娜和叫他爸爸的小淘气鬼最初火样的热情表示之后，罗歇来到吊床前，凝视睡眠中的女儿，亲了亲她的额头，从他衣袋中掏出一张写着几行黑字的长条彩色纸片。

“卡罗利娜，”他说，“这是欧也妮·德·白尔弗叶小姐的嫁妆。”

母亲感激地接过这张载入国家债权人名册的公产证书。

“干吗给欧也妮三千法郎年金，而你给查理只有一千五百法郎？”

“我的天使，查理将是一个男子汉，”他回答，“一千五百法郎对他来讲够了。有了这份收入，一个勇敢的男人可以摆脱贫困。假如赶巧你儿子是个无能之辈，我不愿他大肆挥霍。如果他有抱负，这笔微薄的财产将引起他对工作的兴趣。欧也妮是女人，她需要一份嫁妆。”

父亲开始同查理玩耍，孩子活泼的表现说明了他是在独立和自由中受的教育。孩子对父亲没有任何敬畏心理，他保持了天真可爱的魅力，这是对他父亲恩情的报答；这个小家庭的快乐既是甜蜜的也是真实的。傍晚，幻灯在白色的幕布上映出一些神秘的场景和画面，使查理大为惊奇。不止一次，这天真的孩子天使般的快乐引起卡罗利娜和罗歇开怀大笑。更晚些时候，小男孩睡了，小女孩醒来要吃奶。此时在一盏灯光下，罗歇坐在这间宁静和充满欢乐的房间的火炉边，其乐融融地忘情于端详这幅意境甜美的图画。只见小女孩伏在卡罗利娜的胸前，那酥胸雪白娇嫩，像一朵乍放的百合。褐色的卷发密密地垂下来，几乎把脖子全挡住了。灯光使这位年轻母亲的妩媚的仪态显得更加鲜明，使明暗的搭配所造成的动人的效果，在她身上，在她周围，在她的衣服上和她的孩子的身上，更增色几倍。罗歇觉得，这张宁静、沉默的妇女面孔，比以往更甜蜜千倍，他温柔地看着那两片娇慵而红润的嘴唇，从那儿从来没有吐出过任何不受听的话。同样的思想闪耀在卡罗利娜的眼睛里，她用眼角瞟着罗歇的动静，或者是为了品尝她在他身上产生的效果，或者是为了猜测今晚能否把他留住。

罗歇明知这微妙的目光中的挑逗意味，便假装无可奈何地说：“我必须走了。我有一件非常重要的事要完成，有人在我家里等我。职责先于一切，不是吗，我亲爱的？”

卡罗利娜脸上现出既难过又温存的表情，窥探他的虚实，但她顺从答话的语气中让他知道她所作的牺牲有多痛苦：“好，再见。你走吧！你要是再多待一小时，我就可能不轻易放你走了。”

“我的天使，”这时他微笑着回答，“我有三天的假期，人家以为我在巴黎以外八十里的地方呢！”

这个五月六日周年纪念日的几天以后，德·白尔弗叶小姐一天早晨赶到玛莱区圣路易街上，心里希望不要太迟地到达她通常每周都要来一次的屋子里。一个信使刚刚通知她，她母亲克鲁夏夫人由于重伤风和风湿病的并发症而病倒了，非常痛苦。当出租马车夫在卡罗利娜恳切的催促和答应付给丰厚的小费之后，快马加鞭地赶路时，克鲁夏寡妇晚年期间经常聚会的三个胆小怕事的老妇人把一个教士带到这栋屋子的三层楼上，这个老母亲所住的舒适而干净的套间里。克鲁夏夫人的女佣不知道女主人经常去吃晚饭的那个人家的漂亮小姐就是老妇人的亲生女儿，她第一个提出要请一个听忏悔的神父来，心里希望这个教士对她至少跟对病人一样有用。在两局波士顿牌之间，或者在土耳其式花园散步的时候，天天跟克鲁夏夫人嚼舌的三个老妇人成功地在她们朋友冷漠的心中唤醒了对她过去生活的某些顾虑，对未来的某些观念，对地狱的某种恐惧和真心皈依宗教后赎罪的某种希望。在这个庄严的早晨，圣弗朗索瓦街和老教堂街的三位老妇人早已在克鲁夏夫人每星期三接待她们的客厅里坐定了。她们轮流离开座椅，去床头陪伴可怜的老太太，给她说些有希望之类的瞎话，用来抚慰垂死者。然而，当病情急转直下，眼看要有危险，连昨夜请来的医生都不肯再下药的时候，三个老妇人商议要不要通知德·白尔弗叶小姐。她们与女佣弗朗索瓦丝预先说好，决定派个人去泰布街送信，通知那位年轻的亲属，在这四个女人的眼里，她是位非同小可的人物；但是，她们希望，派去的奥弗涅人最好在克鲁夏夫人咽气之后才把她领到，因为她在克鲁夏夫人感情中，占去的份额太大了。明摆着这位寡妇一年有千把埃居的进账，她之所以受到三位老太太的曲意奉承，只是因为这几位好心人，包括弗朗索瓦丝在内，没有一个知道她还有继承人。跟老式歌剧里司空见惯的习惯一样，克鲁夏夫人禁止自己亲昵地叫女儿的娘家姓，而德·白尔弗叶小姐所享有的富裕，几乎使这四个女人所盘算的计划合法化，那就是由她们来瓜分垂死者的财产。

很快，三个女预言者中看守病人的那位来向两个不安的人摇了摇头，说道："该派人去请丰塔农神父了。再过两个小时，她就既没有心思，也没有力气签字了。"

老得掉了牙的女佣连忙动身，回来时带进一位穿黑教服的男人。狭窄的脑门说明这位教士智力贫乏，长相更是平庸不堪：腮帮挺宽，往下耷拉着，再加上那个双下巴，证明他日子过得挺自得其乐，他只要不抬眼皮，那扑了粉的头发倒使他自有一派温馨肉麻的风度，因为他那双眼睛又黑又小，鼓鼓溜溜，本该长在鞑靼人的眉毛底下才算得其所哉的。

"神父先生，"弗朗索瓦丝对他说，"我很感谢您的劝告，但是也请您考虑一下，我对这个亲爱的女人曾照料得无微不至。"

拖着步子和哭丧着脸的女佣看见套间门打开着，便住了口，三个老婆子中最会奉承的一个已站在楼梯的平台上，以便抢先跟神父攀谈。教士好意地听完寡妇的朋友们像三尊连珠炮似的向他说罢虔诚而谄媚的话以后，走去坐到克鲁夏夫人的床头。出于体面和某种分寸，三位太太和老女佣弗朗索瓦丝，不得不待在客厅里装得愁眉苦脸，也只有皱皱巴巴的老脸才能表演得如此出色。

"啊！这真叫不幸！"弗朗索瓦丝叹息道，"我就要伤心送终的是我的第四个女东家了。头一个给我一百法郎的终身年金，第二个东家给了五十埃居，第三个给了一千埃居的现金。瞧我帮佣帮了三十年，就攒下这么点家底！"

女佣利用她可以走来走去的权利跑进一个小房间，从那儿，她可以听见教士的谈话。

"我很高兴地看到，"丰塔农说，"我的女儿，您有虔诚的感情，您在身上佩戴着一个神圣的物品……"

克鲁夏夫人茫然地比画了一下，说明她当时神志不完全清醒，因为她出示了皇帝恩赐的荣誉军团的十字勋章。教士看到皇帝的像，倒退了一步，接着他很快靠近他的忏悔的女信徒，用一种很低的声音和她交谈，以致在一段时间内，弗朗索瓦丝什么也听不到。

“我厄运当头！”老妇人突然叫起来，“别抛弃我，神父先生，您怎么认为我要对女儿的灵魂负责？”

教士说得太低了，隔墙又太厚，弗朗索瓦丝无法听见一切。

“唉！”寡妇哭着叫道，“那个坏蛋没有给我留下任何我能支配的东西。在占有了我可怜的卡罗利娜之后，他又把我和她分开，只给我开了个三千法郎年金的户头，本金属于我的女儿。”

“夫人有一个女儿，只有终身年金！”弗朗索瓦丝叫着跑进客厅。

三个老妇人大吃一惊，面面相觑。她们中间那个鼻尖和下巴几乎连在一起的老女人，在虚伪和精明上表现出高人一等，她眨了眨眼睛，等弗朗索瓦丝一转过脸，就忙向两位朋友使了一个眼色，意思是说：“这个娘儿们，心眼多得很，她已经稳稳当当地有三张遗嘱当靠山了。”三人于是稳住气纹丝不动；神父倒很快就出来了，待他交代了一句话之后，三个老婆子忙跟着他一起冲下楼梯，撇下弗朗索瓦丝单独跟她女主人在一起。克鲁夏夫人的痛苦难以忍受地大大加剧，这时徒然打铃叫她的女佣，后者只是高声答道：“哎！来啦！待一会儿！”大衣柜及五斗橱的门开开关关，好像弗朗索瓦丝正在寻找一张忘了放在何处的彩票。正当老妇人病情发作达到最后阶段时，德·白尔弗叶小姐赶到她母亲的床边，向她倾吐大量温存体贴的话。

“哦，我可怜的母亲，我多么有罪！你在忍受痛苦，我都不知道，我的心没有告诉我！你瞧，我现在来了……”

“卡罗利娜……”

“什么？”

“她们给我领来了一位神父……”

“那么，医生呢？”白尔弗叶小姐接口道，“弗朗索瓦丝，找个医生来！那些太太们怎么没有去请过大夫呀？”

“她们给我领来了一位神父。”老妈妈叹了口气，说道。

“她疼成这样！居然没有止痛药，桌子上什么都没有。”

母亲使了个含糊的眼色，卡罗利娜猜到她什么意思，忙停下等她说。

“她们给我领来一位神父……说是给我做忏悔——你可得留神呀，卡罗利娜，”这年迈的小角色，使尽最后一点儿力气，气急败坏地大声说道，“那神父硬是让我说出了你的恩人的姓名。”

“你怎么能打听到他姓名的呢，我可怜的母亲？”

老妇人正想摆出一副狡黠的神态，却忽然咽了气。如果德·白尔弗叶小姐能注意到她母亲脸上的表情，她就会看到旁人看不到的东西，看到死神的笑。

为了弄清这场戏的序幕所包藏的利害关系，应暂时忘记戏中人物，而准备把从前发生过的事，作个交代，其中最后一件事与克鲁夏夫人的死有关。这两个部分将组成同一个故事，然而由于巴黎生活的特殊法则，竟产生了两个断然有别的情节。

第二部分

一八零五年十一月底，凌晨三点钟光景，有个二十六岁左右的年轻律师走下帝国司法大臣府邸的大楼梯。他穿着夜礼服抵达院子里，发现地上结了一层薄冰，不禁叫苦，因为他从府内的铁栅栏里往外望，看不见一辆出租马车，也听不到远方有马蹄声或巴黎马夫沙哑的吆喝声，不过他的叫苦声中仍透露出一个法国人很少丧失的愉快心情。在车灯勉强照亮的府邸院子里，年轻的律师看见刚才和康巴塞雷斯[①]一起打牌的大法官的几匹马不时地用脚跺地，发出响声。突然，年轻人的肩被人友好地拍了拍，他回过头来，认出大法官，便向他致意。仆人放下车厢踏脚板的那当口，前国民公会[②]的立法者猜出了律师的窘态，高兴地对他说：“夜晚所有的猫都是灰色的，

① 康巴塞雷斯（1703—1824）：法国著名法学家和政治家，他曾由拿破仑提名任第二执政，参加起草民法典。一八零四年任帝国司法大臣。

② 国民公会：法国大革命时期中一七九二至一七九五年的政府。

大法官顺路带个律师同车回家，不至于使自己的名誉受到连累的！”他又加了一句，“尤其是因为这律师是从前一个老同事的外甥，这老同事在给法国制定拿破仑法典的最高行政法院当中是一个出类拔萃的人。”步行者遵照皇家法院最高领袖的手势上了车。

“你住在哪儿？”在车门被等候命令的跟班关上以前，大臣向律师问道。“奥古斯坦码头，大人。”马车出发了，年轻人跟一位大臣面对面地待在一起，在康巴塞雷斯宴请的豪华的晚餐前后，他曾徒然企图跟这位大臣搭话，而大法官却整整一晚上都显然避开他。

“好啊；德·格兰维尔先生，你现在正是处在春风得意、万事顺遂的当口上？”

“哦，还得凭大人多多栽培……”

“我不开玩笑，”大臣说，“你的见习期已结束两年了；你在齐默兹和奥特塞诉讼案件的辩护中获得了很高的声誉。”

“我一直认为我当初对那些不幸的流亡者一心一意，实在是害苦了我。”

“你还很年轻，”大臣用庄严的语调说，“但是，”他歇了一会儿又说，“今晚你深得司法大臣的欢心。你来检察院做检察官吧，我们缺少有才能的人。康巴塞雷斯和我最关心的一个人的外甥，不应当继续是没有靠山的律师。令舅帮助我们度过了狂风暴雨的年代，这样的功劳是不会被忘掉的。”大臣沉默了一会儿又说，“不久，我在初审法庭和巴黎上诉法院将有三个空位子，到时你来看我吧。你可以挑选你感到合适的职位。在此之前，好好干吧！但是，目前你不要来求见我。首先我被工作累垮了，再说，你的竞争者们会猜出你的意图，可能在雇主面前损害你。康巴塞雷斯和我今晚没有跟你说一句话，我们已经给你免去了这种宠爱的危险。”

大臣说完最后几句话的时候，马车已停在奥古斯坦码头上，年轻的律师相当激动地感谢了他的慷慨的保护者答应给他的职位，然后他开始使劲地敲门，因为凛冽的北风猛烈地吹在他腿肚子上。终于一个年老的看门人拉了拉开门绳，当律师从门房前面经过时，看门人用沙哑的声音说道："格兰维尔先生，有您一封信。"年轻人取了信，虽然天气寒冷，他仍凑着灯芯快烧完的路灯的微光，想看看是谁的笔迹。

"我父亲写来的！"他一边说，一边拿起看门人终于点着了的蜡烛盘，迅速上楼，走进他的套间，阅读下面这封信：

> "搭上班车，如果你能迅速到达这儿，你就发财了。昂热丽克·邦唐小姐的姐姐死了，她成了独女；我们知道她不讨厌你。现在，邦唐夫人除了将给她一笔嫁妆之外，还能给她留下将近四万法郎的年金。我已为你铺平道路。朋友们将会惊奇地看到，从前的贵族世家竟同邦唐家联姻。邦唐老头在革命时期戴过深红色帽子，他拥有大笔贱价买进的充公财产。但首先，他有的只是永远不会回来的僧侣的牧场；再说，如果你在使自己成为律师时已经有失身份，那么我就看不出，我们有什么必要不对当今的思想再作一次让步。小姑娘将到手三十万法郎，我再给你十万，你母亲的财产也该值五万埃居左右，所以我认为，亲爱的儿子，假如你愿意投身到司法界中去，你就完全能像别人一样当上参议员的。我的身为国务参事的内兄，不会为诸如此类的事助你一臂之力，但是，由于他没结婚，他的遗产总有一天会归你所有：即使你没主动地做参议员，你也会享有他的世袭权。从此你将身栖高位来应付日后的变化。再见，我拥抱你。"

于是，青年德·格兰维尔上床去睡觉，心里盘算着一个比一个更美好的计划。他受到司法大臣、大法官，以及他舅舅——法典起草者之一的强有力的保护，他就要在一个令人羡慕的位置上，在皇家初审法庭初露头角。他看到自己成为检察院的一员，而拿破仑就是在这个检察院里挑选他的帝国高级官员的。加上还有一份相当引人注目的财富来帮助维持他的地位，只靠继承他母亲的田产所得五千法郎的微薄收入是不够的。为了用幸福来补充他这些野心勃勃的梦想，他回忆起童年时与他一起游戏的女伴昂热丽克·邦唐小姐天真的面容。在他不懂事的年龄，父母并不反对他跟农村邻居的漂亮女儿亲近，但当他的很在乎自己贵族身份的父母，在他到贝耶来度假的短暂逗留期间，发觉了他对这位少女的友情，他们便不许他想到她。因此，十年以来，格兰维尔只能够偶尔看见他算作“小妻子”的少女。在这段期间，他们避开双方家庭的严密监视，仅仅在教堂里或在街上相遇时，悄悄地交谈几句。他们最美好的日子就是在诺曼底叫作“节日市集”的乡村节日中聚会，彼此偷偷地、远远地互相端详。在最近一次假期中，格兰维尔见过昂热丽克两次，他的“小妻子”的低垂的目光、悲伤的姿态，使他判断出，她正屈从于某种他所不知的暴虐之下。

这天早上七点钟，年轻的律师赶到胜利圣母街的马车站，很幸运地在这个时候开往冈市的车子中找到了一个座位。

实习律师重新见到贝耶大教堂的钟楼时，不由得不深感激动。他生活中的任何希望还没落空过，他的心向着一切使青年心灵激荡的美好感情开放。他的父亲和几位朋友欢天喜地地为他接风扫尘，待拖得很长的宴会一结束，不耐烦的年轻人便由父亲领着来到坦蒂街一幢他很熟悉的住宅。他的父亲——在贝耶大家继续称他为德·格兰维尔伯爵——使劲地敲一扇绿漆成片剥落的、能通车辆的大门，这时他的心猛烈地跳动起来。正是傍晚四点光景。一个戴着棉帽子的年轻女佣向两位先生微微行礼，回答说，夫人们做晚祷去了，就要回来的。伯爵和他儿子走进一间天花板很低的大房间，那是他们的客厅，看上去像修道院的会客室。一些光滑的胡桃木护壁板弄得屋子里更加阴暗，屋子四周几张绒绣椅和古老的安乐椅对称地排成行。石砌壁炉的唯一装饰品只有一面绿幽幽的镜子，镜子两边放着《乌德勒支和约》[①]时期制造的、现已弯曲变形的枝形大烛台。在这个壁炉对面的细木护壁板上，年轻的格兰维尔瞥见一个乌木和象牙制

① 《乌德勒支和约》缔结于一七一三年，从而结束了西班牙王位继承战争。

成的巨大十字架，周围环绕着圣枝。三个窗户外是乡气十足的花园，黄杨木的窗格把花园隔成了一个个对称的四方形；尽管有三个窗户采光，室内却仍然光线不充足，很难看清窗户对面墙上挂着的三幅出自名家手笔的宗教画，不用说，这大概是邦唐老头在革命时期买来的，他当时身为区长，却从不忘记自己的利益。从仔细打蜡的地板，直到绿方格的布窗帘，一切都像修道院一样干净、发亮。走进昂热丽克隐居的这幢幽静的住宅，年轻人的心不由得一阵阵发紧。经常出入巴黎华丽的沙龙，过惯了吃喝玩乐的热闹日子，很容易让格兰维尔把沉闷而宁静的外省生活忘得一干二净；他这才觉得两下的对比如此强烈，不由得感到一种内心的战栗。在康巴塞雷斯府的集会上，生活显得如此开阔，才智显得如此广博，帝国的荣华反映得如此鲜明，现在突然落入平庸的思想圈子里，简直像是从意大利给送到了格陵兰！他一面审视这坚理会教徒的客厅，一面暗自思忖：“在这儿过日子，可算不上生活。”年老的伯爵发觉他儿子面露惊讶，便过来抓起他的手，把他拉到好歹透进一点儿光亮的窗子前，趁女佣点燃烛台上的旧蜡烛的当口，他要想法子驱散儿子脸上的愁云。

“听我说，孩子，”他开言道，“邦唐老爷子的遗孀虔诚得不得了。魔鬼一上了年纪……你知道怎么回事！我看得出来，这间屋子像宗教事务所，教你寒心得直撇嘴。咳，我跟你实话实说吧，老太太给那班神父们纠缠得昏了头，他们对她说，要进天堂总是来得及的，说得她服服帖帖，为了更有把握使圣彼得开启天国之门，她不惜大下本钱。她天天去望弥撒，堂堂功德课都听，每个星期日都领圣体，那是上帝制定的，她还乐于捐钱修教堂。她给教堂捐赠了那么多的祭服、白罩袍和大披肩，又用那么多的羽毛，装饰神像上的华盖，以致上次举行庙会的时候，引得人山人海的群众像看绞刑似的，赶来观看穿戴得漂漂亮亮的僧侣和金光闪亮的供器。所以，她的这个住宅，也弄得像圣地似的。是我，劝阻了疯婆子把这三幅油画捐赠给教会，这三幅画，一幅是多米尼坎画的，一幅是科雷热画的，一幅是萨尔托[①]画的，都值很多钱。”

“但是昂热丽克呢？”年轻人急切地问。

“如果你不娶她，她就完了，”伯爵说，“我们的好教士们劝她过处女和殉教者的生活。当我看见她成为独女的时候，我煞费苦心，用跟她谈你的方式，唤醒了她小小的心灵，但是你很明白，一旦你们结了婚，你就要把她带到巴黎去。那儿各种节日、婚礼、喜剧、巴黎生活的锻炼，将不难使她忘记这里的一些人赖以为生的忏悔室、斋戒、苦行和弥撒。”

“但是，从教会财产得来的五万法郎的年金会不会归还？……”

“我们谈到点子上了，”伯爵用狡黠的神态大声说，“谈到婚姻，邦唐夫人一想到把邦唐家的姓嫁接到格兰维尔家的族谱树上，她的虚荣心就获得了不小的满足；这位母亲把她财产的全部所有权给了女儿，只为自己保留了用益权。因此，僧侣团体反对你的婚姻；但我已经把风放出去了，如今人人皆知，万事俱备，不出一星期，你将逃出这位母亲和那些教士的魔掌。你将娶上贝耶最美丽的姑娘，这小娘子决不会叫你伤心的，因为她守规矩。用他们的话来说，她受过苦行训练，整天吃素念经。”他又低声补充说，“再加上她母亲的折磨。”

有人在门上审慎地敲了一下，使伯爵忙闭上嘴。他以为两位女主人来了。其实进来的是一名显得忙忙乱乱的小听差，一见到两位外人，他不免发毛，便向女佣做了个手势，女佣走到他跟前。这个仆人穿着一件蓝呢背心，背心上的两个小垂尾在他臀上飘荡，还穿着一条蓝白条纹的裤子，头发剪成圆形，模样像唱诗班里的孩子，表现出一种不自然的、一本正经的样子，这是一个虔诚的家庭所有成员都沾染上的习气。

“加蒂埃娜小姐，您知道为圣母做祭礼的经文放在哪儿？圣心会的夫人们今晚上要在教堂里做一场功德。”

---

① 多米尼坎（1581—1641）、科雷热（1489—1534）、萨尔托（1486—1530），均为意大利画家，以宗教题材的绘画著称。

加蒂埃娜去找经文了。

“还要很长时间吗？我的小家伙？”伯爵问。

“啊，顶多不超过半小时。”

“咱们也去看看，那儿有不少漂亮女人，”父亲对儿子说，“何况参观一下大教堂对我们也不会有害。”

年轻的律师犹豫不决地跟他父亲走了。

“你怎么啦？”伯爵问他。

“我……父亲，我……我自有道理。”

“你可什么话都没说呢。”

“不错，但是我想过，您保存着从老产业得来的一万法郎的年金；我希望您尽可能晚地把它留给我。然而，您既然肯给我十万法郎来缔结一次愚蠢的婚姻，您就会允许我只向您要五万法郎来避开这样的不幸，让我继续过我单身汉的生活，享受您的邦唐小姐可能带给我的同样多的财富。”

“你疯了吗？”

“不，父亲。听我告诉您事实。大法官前天答应给我在巴黎检察院弄个职位。五万法郎，加上我手头的财产和我职位的薪俸，我将有一万二千法郎的收入。那时我肯定会有发财机会，这总比一次财产丰富、幸福贫乏的联姻所带来的机会要可取得多。”

“明眼人一看就明白，”父亲微笑着回答，“你没有在旧制度下生活过。我们堂堂男子汉什么时候受到妻子的拖累？……”

“但是，父亲，今天这婚姻已变成……”

“啊！”伯爵打断儿子的话说，“我流亡中的老伙伴们对我喋喋不休说的那些话，难道都是真的？革命当真给我们遗留下了没有欢笑的风气，当真让年轻人中了那些莫名其妙的原则的毒吗？你打算像你的雅各宾党人的舅舅那样，给我大讲民族、公共道德、大公无私之类的话吗？哦，我的天！要是没有皇帝的姐姐妹妹，我们会变成什么样？”

这个被他的田庄上的农民一直称作“德·格兰维尔老爷”的人，

还真是人老心不老。他一面说完这些话，一面走进大教堂。他不顾这个地方的神圣性，一边取着圣水，一边哼着歌剧《罗丝和高拉》中的曲调，然后领着儿子沿着中堂的甬道往里走，每走过一根柱子都停下来，看看教堂里一行行的人头，人们在那儿排列成行，就像士兵们接受检阅一样。圣心会的特别祭礼就要开始了。参加这个修会的妇女们站在唱诗班附近，伯爵和他的儿子就向教堂的这部分走去，靠在一个最幽暗的柱子上，从那儿，他们能够瞥见所有人头，宛如一片被鲜花点缀得五彩缤纷的草地。突然，在距年轻的格兰维尔不远的地方，有种人类似乎不可能拥有的悦耳的嗓音，像冬天过后第一只歌唱的夜莺似的，放声唱了起来。虽然有无数妇女的嗓子伴唱和管风琴的声音伴奏，这个嗓音仍然震动了他的神经，就像听到了异常丰富、异常轻快的口琴声一样。巴黎人转过头去，看见一位少女，由于她低垂着头，面孔完全埋在宽大的白布帽子里，他想只有她才能发出这种清脆、悦耳的音调。尽管她穿着一件美利奴羊皮袄，他仍相信认出了昂热丽克，于是他推了推父亲的胳臂。

“不错，正是她们俩！”伯爵朝儿子指给他的方向瞧了瞧说。年老的贵族用手势指了指一个面容苍白的老妇人，她带有黑眼圈的眼睛早已看见两个外来人，但虚假的目光并没显得离开她拿着的经文。香烟缭绕，一直飘到两个妇女身边，昂热丽克朝祭坛抬起头来，似乎想吸口沁人心脾的香气。祭台上的大蜡烛、中堂的灯和柱子上点燃的几支蜡烛，在这个幽暗的厅堂中散发出神秘的光，年轻人凭借这种微光瞥见一张动摇了他决心的面孔。一顶白色波纹帽子由丝带做椭圆形系在有酒窝的小下巴底下，正好勾勒出一张非常端正的脸庞。狭窄而非常娇美的额头上，淡黄色的头发从中间分开，紧贴着两鬓垂落在面颊周围，有如叶丛的阴影罩在花束上。两道弯弯的眉毛这样端正，只有中国仕女图上才能观赏得到。鼻子挺突，轮廓具有一种稀有的坚定沉着。双唇仿佛是用精细的画笔热心地画出来的两道玫瑰色线条，淡蓝色眼睛表现出天真坦率。即便格兰维尔注意到这张脸上有一种沉默和严峻，他也可以归之于这时激动着昂热丽克的虔诚感情。神圣的经文从两排洁白的牙齿中间念出来，由于寒冷可以看到有股香雾从她口中飘出，年轻人不由得想俯身吸一口这绝妙的气息。这个动作吸引了少女的注意力，她把朝祭台凝视的目光转到格兰维尔的身上。她在黑暗中只能依稀看到他，可她认出了自己童年时的伙伴；一个比祈祷更强有力的回忆使她的脸上浮现出神奇的光辉，她涨红了脸。律师看到她对爱情的希冀战胜了对来世的希望，人间的回忆遮盖了圣地的光荣，不禁高兴得战栗了；但是，他的胜利维持不久：昂热丽克放下面纱，恢复了安详的神态，重新颂唱起来，她的音色没显出丝毫的激动。格兰维尔受到唯一的愿望的强行控制，他的谨小慎微的念头统统消失了。祭礼结束时，他变得那么焦躁不安，他不让两个妇女无人陪伴地回家，迫不及待地走上前去，向他的“小妻子”致意。在大教堂的门厅内，信徒们的面前，他们彼此羞答答地相认了。邦唐夫人挽着德·格兰维尔伯爵的胳臂，骄傲得发抖。他迫不得已地当着那么多人的面把胳臂献给邦唐夫人，心中对他儿子如此不得体的急躁表现很是恼火。从年轻的德·格兰维尔子爵作为邦唐小姐的未婚夫正式露面之时，到他结婚的庄严日子，这期间大约半个来月，他天天来同女友见面，那间阴暗的会客室，他倒逐渐习惯了。他的长时间的拜访，目的在于观察昂热丽克的性格，因为他的谨慎心在他们会见的第二天幸而觉醒了。他几乎总是发现他的未婚妻坐在一张圣吕西香木的小桌前，亲自忙着在她的嫁妆衣服上做标记。昂热丽克从不首先谈到宗教。如果年轻的律师喜欢玩弄装在一个绿丝绒小袋中的华贵的念珠，如果他笑着凝视总是伴随这虔诚用具的圣牌，昂热丽克就温柔地从他手中拿走念珠，用恳求的眼神瞥他一眼，一言不发地把它重新放回袋里，立即把袋口拉紧。如果格兰维尔偶尔故意使坏，大声攻击某些宗教活动，美丽的诺曼底姑娘总由他说完，然后以充满信念的微笑回答他说：“要么什么都不信，要么完全相信教会的教导。您难道要娶个不信教的姑娘来做您的孩子们的母亲吗？不。哪个人敢于当这样的裁判，断定究竟是不信宗教的人有理还是上帝有理？哎，我怎么能对教会认可的东西说三道四呢？”昂热丽克好像被一股热忱的善意打动了心田，年轻的律师见她一再把目光转到他身上，那目光又这样充实，使他有时也真想虔诚地相信他未婚妻的宗教；她深信自己走的路子是对头的，这样的信念，倒在未来的法官心中引起了一连串的动摇，那是她要加以利用的。这时格兰维尔犯了一个大错，他把欲望的魅力错当成爱情的魅力。昂热丽克完全沉醉于她童年时期就怀有的感情之中，她非常乐于爱情的呼声和天职的呼声结合在一起，以至于犯错误的律师无法看清这两种声音哪一种占了上风。年轻人不都是对漂亮面孔一百个信任，都认准了相貌美必定心灵也美吗？一种无法说清的感情，促使他们相信精神的完美总是同肉体的完美谐调一致的。如果宗教当真不允许昂热丽克沉湎于自己的感情，那么这些感情早就会在她心中枯竭，就像一株植物被浇上致命的酸性液体一样。一个热恋中的被人爱慕的情人，能够看出隐藏得很深的宗教狂热吗？这便是年轻的格兰维尔在十五天期间的感情史，这些日子过得就像贪婪地读一本结尾有趣的书。昂热丽克被留心地观察着，在他眼里显得是所有女人中最温柔的一个。他甚至突然发现自己感谢邦唐夫人，她曾如此有力地向她女儿反复灌输宗教道德准则，可以说已使昂热丽克习惯于生活的苦难。在选定签署命中注定的婚约的日子，邦唐夫人让她女婿庄严地起誓，要他尊重她女儿的宗教修行，给她完全的信仰自由，让她随心所欲地领圣体，去做礼拜、做忏悔，绝不在选择神师方面阻挠她。在这个庄严的时刻，昂热丽克用一种如此纯洁、如此天真的神态凝视她的未婚夫，以致格兰维尔毫不迟疑地按照要求发了誓。一丝微笑掠过了丰塔农神父的嘴唇，他是一个指导家庭信仰的面色苍白的人。邦唐小姐略微点点头，答应她的朋友绝不滥用这种信仰自由。至于老伯爵，他低声用口哨吹着一首歌曲：《去看他们来了没有！》。

在外省如此著名的持续几天的婚礼过后，格兰维尔和他的妻子回到了巴黎。在那儿，年轻的律师被任命担任塞纳省上诉法院的代理检察长。当这对新婚夫妇在法院附近寻找一处房子时，昂热丽克施展了每个新娘在蜜月期间拥有的影响，叫格兰维尔下决心租下老教堂街和圣弗朗索瓦新街拐角一幢大楼底层的一套大房间。她选择的主要理由是这幢房子处在距奥尔良街两步远的地方。那儿有一座教堂，并靠近圣路易街的一个小教堂。

“采购食物才是一个好主妇的事。”她丈夫笑着回答。昂热丽克极有分寸地提醒他注意，玛莱区与法院毗邻，他们刚刚拜访过的法官们也都住在那里。一个相当宽阔的花园对于一对年轻夫妇来说，增加了这套房间的价值：他们的孩子们，如果上天赐给他们的话，可以在那儿呼吸新鲜空气，庭院是宽敞的，马厩也是令人满意的。代理检察长本来希望住在昂丹大街的一座大楼里，那儿一切都是朝气蓬勃的，风尚显得时髦，大街上的居民打扮入时，而且上戏院，去娱乐场所也可少走些路，但是他不得不迁就年轻的妻子的第一次请求，为了讨她的喜欢，他只好隐居在玛莱区。格兰维尔的职务，对他来说是项新工作，尤其需要勤奋，因此他首先忙于给他的工作室和书房添置新家具，不久他便在一个装满案卷的房间里迅速安顿下来，而让他年轻的妻子指导其余的室内装饰。购置家用器具原是年轻的妻子无限欢乐和回忆的源泉，他很愿意昂热丽克陷入初次购置的困惑之中，尤其因为他违反了蜜月的惯例，很少和她在一起而感到惭愧。有一次做完工作后，代理检察长允许他的妻子把他拉出工作室，指给他看那些他还只是零星和局部见过的室内家具和装饰品的效果。

有句谚语说：要知妻子是什么人，只消看看她家的门。如果这是确实的，那些房间就应该更忠实地表达她的思想。要么德·格兰维尔夫人信任了一些没有鉴赏力的室内装饰商，要么她把自己的性格铭刻在她安排的众多东西上去了，年轻的法官对他新居中冷淡、庄重和乏味的气氛感到吃惊：他看不到什么优美的东西，一切都不协调，没有任何东西能使人赏心悦目。宽大的天花板四周雕饰着阿拉伯式图案，图案中扭曲面细长的线条情趣十分庸俗，在这样的天花板下面，贝耶会客室中特有的呆板、小家子气在他家里重新出现了。

怀着原谅他妻子的意愿，年轻人转身再去看一次套间外的高大而狭长的前厅。他妻子要求漆匠涂在细木护壁板上的颜色太暗了，蒙在软垫长椅上的绿色天鹅绒太深了，给前厅增加了严肃的气氛。诚然，这不是主要房间，但就像我们根据一个人的第一句话便可判断这个人的思想境界一样，前厅总是给整个家提供了一个大致的概念，它像一篇序言，应当预告一切，而不打任何包票。这前厅的地上铺的是黑白相间的大理石，糊墙纸上的图案模仿着石头墙基，上面到处画着绿色青苔条纹。年轻的代理检察长心想，如果他妻子能选用一盏灯，而不是那只挂在光秃秃前厅中央的古式灯笼就好了。一支贵重但古老的晴雨表挂在一面墙壁的中部，好像专门为了让人家更感觉到四壁的空虚。面对这幅景象，年轻人瞧了瞧他的妻子，看见她对薄纱窗帘四周的大红滚边是那样地满意，对晴雨表和放在哥特式大炉子上的端庄的塑像也是那样满意，他真没有残忍的勇气去摧毁她如此强烈的错觉。格兰维尔非但没有谴责妻子，反而责怪自己没有尽到他最初的责任，没有引导在贝耶长大的少女在巴黎走好最初的几步。看到这种样品，谁猜不出其他房间该是什么样的摆设？看见一个女像柱雕光着大腿，就大惊小怪，看见枝形大烛台，大蜡钎、家具上有埃及裸体半身像，就赶紧避之犹恐不及，对这样的少女，能有什么指望呢？那时大卫[①]画派正达到光荣顶点，在法国一切都受到他正派的画风和他对古典形式爱好的影响；对古典形式的爱好，使他的画在某种程度上成为上了颜色的雕刻品。表现出帝国时期奢华的种种创新，在德·格兰维尔夫人的家里，没有一样得到采纳。她的公馆的正方形的大客厅仍保持着路易十五时代的白色和淡黄色，那里，建筑家滥用菱形的图案和令人难以忍受的花饰，这些花样出自这个时代的枯燥无味的各种画法。即使调和的色彩曾盛行一时，即使由于布谢[②]堕落的口味才流行的扭曲的形式用在了现代的桃花

① 大卫（1748—1825）：法国新古典主义代表画家。

② 布谢（1703—1770）：法旧路易十五统治时期（1715—1774）的代表画家，善画精致的洛可可式绘画，采用艳情的和田园诗般的题材，追求优美和华丽。

心木家具上，昂热丽克的家也只能提供出年轻人滑稽的对照，他们生活在十九世纪，却好像属于十八世纪；许多东西在那儿都产生了这种可笑的时代错误。蜗形脚桌子、挂钟、大烛台，代表着战斗精神，由于帝国的胜利在巴黎成为非常宝贵。希腊头盔、罗马交叉宝剑，以及那些体现战斗热情的盾牌，它们装饰着充满和平气氛的家具，这与纤巧、冗长的阿拉伯式图案和蓬巴杜夫人[①]的情趣很不协调。虔诚导致某种令人厌倦的谦卑，可它并不排斥骄傲。或者出于稳重，或者出于习性，格兰维尔夫人似乎厌恶柔和与明朗的色彩。也许她以为紫红和褐色符合检察官的尊严。一个少女习惯于严肃刻苦的生活，怎么能设想引人起淫念的舒服的沙发床，以及成为罪恶渊薮的雅致而暧昧的闺房呢？可怜的检察官万分扫兴。他附和妻子的自我欣赏，但说话的语气使她觉察到丈夫没有一样看得入眼，她对自己的失败显得那么难过，以致多情的格兰维尔把妻子的深刻痛苦，看成一种爱情的明证，而不是出于自尊心受伤。一位少女从充满平庸观念的外省突然被拉出来，对卖弄风情和巴黎的风雅生活都还不习惯，难道她还能做得更好吗？检察官宁可相信他妻子的选择是受商人们支配的，而不愿向自己承认真相。如果他不那么多情，他就会觉察到那些商人迅速猜到他们主顾的心理，早已感谢上天，给他们送来了一个没有鉴赏力的虔诚的少妇，帮助他们脱手过时东西。于是他安慰美丽的诺曼底女人：

"我亲爱的昂热丽克，幸福并不来自一件多么雅致的家具；它取决于一个妻子的温柔、体贴和爱情。"

"爱您是我的责任，从来没有哪一种责任会使我那么乐于完成的。"昂热丽克温存地回答。

大自然放在女人心中这样一种取悦的愿望，这样一种爱情的需要，甚至在一个虔诚的少妇身上，对来世和得救的观念也被结婚的初欢压倒了。因此，从四月份他们结婚的时候开始，直到初冬，两

① 蓬巴杜夫人（1721—1764）：法国国王路易十五的宠妃。

夫妻生活在一种完美的结合中。爱情和工作使得一个男人对外部的事物相当不关心。格兰维尔不得不在法院度过半天时间，辩论生活中的重大利益或人们的命运，他不像别人那样能看出他的家庭内部发生的某些事情。如果星期五[①]他的饭菜端上来是素的，他偶然要求一盘肉菜却得不到，那么尽管《福音书》禁止他妻子说谎，她还是会耍一些为了教会的利益而被允许的小手腕。她把事先策划好的计划归咎于不经心或市场缺货，她经常用损害厨师的方法替自己辩解，有时甚至去责怪他们。那时候，年轻的司法官员还不像今天这样守斋，过四季大斋日，在瞻礼日前守夜，因此格兰维尔最初没有注意到斋日吃素的周期性，何况他的妻子会用心计使饭菜做得可口，用两栖动物野鸭、黑水鸡及鱼肉糜加上调味品欺骗他的胃口。因此检察官过着正教徒式的生活而自己并不知道，不自觉地拯救着自己的灵魂。平时，他不知道他妻子去不去望弥撒；星期天出于相当自然的迁就，他陪她去教堂，似乎为了感谢她有时为他牺牲了晚祷，他一开始认不出他妻子严格的宗教生活习惯。夏天，由于炎热，戏剧是无法忍受的，格兰维尔甚至没有机会向他妻子提议去看一出好戏，因此戏剧的严重问题还没引起纠纷。最后，在新婚燕尔，一个男人被少女的美所左右，很难在娱乐消遣方面表现苛求。青春时期贪吃，但不会品味，再说，占有本身就是一种魅力，当男人把自己感到的激情传达给妻子，使她的脸颊因受到鼓舞而发红时，他怎能认出妻子的冷漠、庄严、持重？必须等到夫妻生活出现某种稳定时，才能看清一个虔诚的少女在袖手等待着爱情。因此格兰维尔一直以为自己相当幸福，直到一个必然带来不幸的事件出现才影响到他们婚姻的命运。一八零八年十一月，从前指导邦唐母女俩神修的贝耶大教堂的议事司铎来到了巴黎。他野心勃勃地想谋取首都一个本堂神父的职位，这个职位也许是他看作当主教的进身之阶的。当他重新控制住这位女教徒时，他不寒而栗地发现她已经受到巴黎气氛的

① 天主教一般规定于每星期五不食肉，这是虔修方式之一。

影响而改变了，他想引她重走正路。从前的议事司铎年约三十八岁，在巴黎如此宽容和如此开明的教职人员中，他带来了这种外省天主教的严峻和不可动摇的偏执，其中名目繁多的苛求对于谨小慎微的人来说无异都是束缚。德·格兰维尔夫人以苦行赎罪，回到了詹森教派[①]的教义上来。精确地描绘将不幸不知不觉地带入这个家庭内部的种种事件，那会令人厌倦的，也许不必严格按照年代的次序，只消讲讲主要的事实就够了。然而这对年轻夫妇首次意见不合是给人相当强烈印象的。当格兰维尔将他妻子引入社交界时，她不拒绝去严肃的场合，赴晚宴，听音乐会，参加职位比他丈夫高的法官们的聚会，但是在某段时间内，每次一遇到参加舞会，她都借口偏头痛而谢绝了。有一天，格兰维尔对她装出来的这些病痛不耐烦了。他隐瞒了一封国家参事府上的舞会请帖，用口头邀请欺骗他的妻子，在一个她健康不成问题的晚间，把她带到一场豪华的舞会之中。

“我亲爱的，”回来后，他看见妻子忧郁的神态，便不高兴地对她说，“您作为妻子的身份，您在上流社会的地位和您享有的财富，迫使您尽一些义务，那是任何教会的法典都不能废除的。您不是您丈夫的光荣吗？因此您应该参加我去的舞会，并在那儿表现得体。”

“但是，亲爱的，我的打扮怎么不适当啦？”

“问题在于您的态度，亲爱的。当一个年轻人过来和您攀谈时，您变得那样严肃，一个爱取笑的人可能以为您道德脆弱呢？您似乎怕笑一笑会损害自己。当时您那副神态确实像在请求上帝原谅可能在您周围犯下的罪过。亲爱的天使，社交界不是修道院。既然你[②]谈到了打扮，不瞒你说，遵循时尚和人情世故也是你的责任。”

“您要我露出我的身形，就像那些不知害臊的女人似的袒胸露臂，让下流的目光看到她们赤裸的肩膀，看到……”

---

① 詹森（1585—1638）：为荷兰天主教神学家，詹森教派崇尚虔诚和恪守教会法规。

② 原文在此句改用第二人称单数。

“亲爱的，”代理检察长打断她的话头，“裸露整个胸部和使上衣美观之间是有区别的。您用三层罗纱绉领把脖子一直包到下巴。似乎您曾恳求女裁缝掩盖您双肩的一切美感和您胸部的轮廓，所花的心思，就像一个卖弄风情的女人使她的衣衫显露出她最隐秘的体形一样。您的上半身藏在那么多的绉褶下，大家都在讥笑您故作持重。要是我重复人们讲到您的那些荒唐话，您会痛苦的。”

“喜欢这些下流事物的人是不会对我们的过错负责的。”少妇淡淡地回答。

“您没跳过舞吧？”格兰维尔问。

“我永远不跳舞。”她回答。

“如果我对您说，您应该跳舞呢？”法官激动地又说，“是的，您应当随潮流，在您头发上插花，戴钻石首饰。您想想，我的美人儿，像我们这样富有的人，在国内不得不维持奢侈豪华！使手工作场繁荣，不比通过神职人员的手将钱施舍出去更值得吗？”

“您说话的口气像政治家。”昂热丽克说。

“而您呢？像教士。”他激动地回答。

争论变得非常激烈了。德·格兰维尔夫人回答的口气尽管总是温柔，而且嗓音像教堂的铃声那样清脆，但在她的答复里带有一种固执，透露出司铎对她的影响。她一边要求格兰维尔兑现他曾经答应给她的权利，一边说听她忏悔的神父专门禁止她去舞会。这时，检察官努力向她证明这个教士超越了教会的规章范围。当格兰维尔想把他妻子带到剧院看戏时，这种令人不快的有关神学的争论，就更加激烈、更加尖锐地重新爆发了。最后，检察官投入论战的唯一目的是要突破前司铎向他妻子施展的有害影响，以致德·格兰维尔夫人在他的挑动下竟写信给罗马教廷，询问一个女人为了取悦她的丈夫而袒胸露臂地参加舞会和去戏院看戏，能否不损害自己的得救。可敬的罗马教皇庇护七世很快就复了信，明确地谴责了妻子对爱情的拒绝，并指责了那个听她忏悔的神父。这封信是夫妇的真正数理课本，它仿佛是由费奈隆[①]亲切地口授的，他的深情厚谊在信中表现了出来。“一个妻子不管她丈夫带她去什么地方，都可以去。如果在丈夫的命令下，她犯了罪，有朝一日也不由她负责。”教皇的这两段说教，使他被德·格兰维尔夫人和她的忏悔神父谴责为无视宗教教义。教皇的敕书到来之前，检察官看出他妻子在斋戒日硬要他严格遵守教会法规，便命令手下人一年到头给他吃荤。不管这道命令会引起他妻子怎样不高兴，对吃荤或吃素本来不大在乎的格兰维尔，现在用一种男子气概坚持这样做。最脆弱的、有思维能力的人，当他不是出于自己的意志而是在别人的指使下完成一件他本来会很自然地去做的事，这不是在他最宝贵的地方受到了伤害吗？在所有的专制中，最可恶的就是对一个人经常不断地剥夺他的行动和思想的价值，使他失去当家做主的权利。即使是最温存地说出的话，最温存地表达的感情，当我们相信它们是受别人支配的，就全都失去了意义。不久，年轻的检察官终于放弃接待朋友，举办晚会或者请人吃饭：他的家似乎被蒙上了一层黑纱。一个女主人笃信宗教的家，具有一种特别的面貌，仆人们总处在女主人的监督之下，他们是从那些自称虔诚，并且跟女主人同一类型的人中挑选的。进入警察局的最开朗的小伙子，将会有警察的面容，同样，那些一心从事虔诚活动的人，也会染上一成不变的脸部表情，低垂眼皮、保持负疚的态度，使他们具有一种虚伪的外貌，那是狡猾的人会装得惟妙惟肖的。再说，女虔徒们形成一种团体，她们互相了解，彼此介绍用人，这些用人是被她们特地保存的一批人，就像业余爱好养马的人，在他们的厩里决不会接纳一匹出生证不符合规定的马一样。所谓不信宗教的人越是来观察一个虔诚的家庭，便越能看出里面一切都打上了难以形容的粗俗的印记：他们在那儿会发现一种有如高利贷者的吝啬或者神秘的表象，还有那种使小教堂气氛变得阴冷的潮湿的香火味。处处透露出来的平庸的整齐，贫乏的思想，只能用一个

① 费奈隆（1651—1715）：法国康布雷大主教，作家、教育家。十八世纪启蒙运动先驱之一。

词表达，那就是：过分虔诚。在这种阴森和无情的家里，过分虔诚表现在家具上、图画上、雕刻物上；说话的腔调是过分虔诚的，沉默是过分虔诚的，面孔是过分虔诚的。人和物变得过分虔诚是一种无法解释的奥秘。但事实俱在。每个人都能观察到过分虔诚的女人走路、坐下、说话都与众不同，在她们家中，人们被束缚着，在她们家中，人们没有笑容，呆板和对称笼罩着一切，从女主妇的便帽直到针插，全都如此，在那儿，目光不是坦率的，人们似乎是幽灵，家庭主妇好像高踞在冰座之上。一天早晨，可怜的格兰维尔痛苦而悲伤地注意到他家中一切过分虔诚的征象。世界上可以找到某些社会领域，那儿同样的效果存在着，却产生于不同的原因。忧郁在这些不幸的家庭周围画出一个不可逾越的圈，它包含着可怕的荒漠和无穷的空虚。这时家庭不是一座坟墓，而是某种更糟的东西，一座修道院。在这个冰冷的圈子内部，检察官居然不带激情地观察他的妻子：他不无强烈痛苦地注意到，她的头发生长在低矮和略微凹进去的前额上，这显示出她的思想狭隘，他在这张端正的脸上看出一种难以描绘的固执和严峻的神态，它很快使得曾经诱惑过他的那种虚假的温柔变得可憎了。他猜想，有朝一日，当不幸降临时，这两片薄薄的嘴唇会对他说："这是为你好，亲爱的。"德·格兰维尔夫人的脸呈现出灰白色，严肃的表情使得接近她的人们兴趣索然。这种变化是由于一种迷信的苦行习惯造成的，还是由于过分虔诚的心灵自然憔悴产生的呢？迷信并不是虔诚，正像吝啬不是节约一样。很难说，没有感情的美也许是一种欺骗。少妇看见格兰维尔时脸上呈现的那种沉着的微笑，在她仿佛是教会的一个幸福的公式，通过这种微笑，她相信满足了婚姻的一切要求，她的仁慈使人不快，她的没有激情的美，对于了解她的人似乎是那样的可怕，而她最温存的话语，使人感到不耐烦，因为她不听从感情，而是服从义务。一个女人身上的有些错误，可以在她丈夫的影响或经验给予的深刻教训面前放弃，但是什么也不能制止错误的宗教思想的束缚。要获得永恒的幸福，拿这种幸福与世俗的欢乐相比，总是前者取胜，它可以教人忍受一切。为了坟墓那边的“我”，难道不是神化的个人主义吗？因此，在年轻的女虔徒和她的不会犯错误的忏悔神父的法庭中，教皇也受到了谴责。在这些专横的人身上，没有错误是取代其他一切的感情。一段时间以来，两夫妻的思想中存在着秘密的对抗，年轻的检察官很快对这种永无休止的斗争感到厌倦。什么样的男人，什么样的性格，才能经得起一张伪善的多情面孔，经得起反对他任何意志的，不容置疑的告诫？一个女人利用丈夫的激情来保护她的冷漠，她似乎决心要逐渐成为无动于衷的人，准备愉快地扮演牺牲者的角色，她把丈夫看作上帝的工具——一个恶人，而恶人的鞭打能使她免除炼狱里的鞭打，对这样的女人，有什么办法呢？圣·约翰把宗教最温和的箴言归结为：“你们彼此相爱吧！”这些女人却用歪曲这种箴言的方式让人憎恨道德，怎样描绘才能使人得到有关她们的概念呢？只要女帽商店里有一顶注定要留在货架上或者报废的帽子，格兰维尔肯定会看见他妻子用它来装饰自己，如果生产出一种颜色或者图案不受欢迎的布，她就拿来把自己打扮得怪里怪气。这些可怜的女虔徒，在服饰方面总是使人不快。缺乏审美观和过分虔诚是分不开的缺点。因此，在这种最简要表露感情的私生活中，格兰维尔是没有女伴的：他独自去社交界、赴宴会、看戏。家中什么都和他格格不入。放在他妻子的床和他的床之间的一个带耶稣像的大十字架，好像是他命运的象征。它不是代表着一个被处死的神，一个在青春和生命的美好时期中被活活弄死的神人吗？昂热丽克以道德的名义把她丈夫钉在十字架上，比起这个象牙十字架还要冷漠得多。正是在他们两张床之间，产生了不幸：这位少妇在结婚的欢乐中只看到义务。在一个行圣灰礼仪的星期三，斋戒开始，昂热丽克铁青着脸，用生硬的口气命令守个完整的四旬斋，格兰维尔这回觉得没有必要写信给教皇，了解红衣主教会议对守四旬斋、守四季大斋日和在重大节日前守夜的意见。年轻检察官的不幸是巨大的，他甚至无法抱怨：有什么好说的呢？他拥有一个年轻、漂亮、尽职、有道德的妻子——一切德行的模范！她每年生一个小孩，全都由她亲自抚育，并用最好的道德准则教育他们。慈祥的昂热丽克被别人捧为天使。老妇人们赞美德·格兰维尔夫人的忠诚，把她看作即使不是圣女，至少也是一个殉教者。她们组成了一个社交圈子，昂热丽克就在这个圈子里生活着（因为在那个时代，年轻的夫人还不敢挑头投入高度的虔诚中去）。老妇人们谴责的不是妻子的种种顾虑，而是丈夫的粗野生殖力。格兰维尔不知不觉地被工作压倒了，丧失了愉快的心情，对他独自在社交界游荡感到厌倦，在近三十二岁时陷入可怕的萎靡不振之中。生活在他看来是可憎的。他有一种由他的地位带给他的很高尚的义务观念，不能给人做出生活不规矩的榜样，他试着用工作麻醉自己，于是着手撰写一部有关法律的鸿篇巨著。他指望在这种修道院式的宁静中求解脱，但他享受不了多久便希望落空。当敬神的昂热丽克看到他抛弃社交界的宴会，在家里或勤恳恳地著述时，就又极力劝他信奉宗教。只有一件事使她真正伤心，这就是知道丈夫的有些见解不大符合基督徒观点，有时她哭着想，万一她丈夫身遭不测，就会成为死不悔改的罪人，她也永远不能希望把他从地狱的永恒的火焰中拯救出来了。于是，格兰维尔成为许多肤浅观念、空洞推理、狭隘思想的目标，他妻子认为既然已经取得初步的胜利，还想通过这些获得第二个成就，即把他领回教会的怀抱。这对他是最后的一击。顽固的女虔徒想取胜雄辩的检察官，还有什么比这种不声不响的斗争更令人痛苦呢？还有什么比描写这些尖锐的无谓的争吵更吓人的呢？富于感情的人们宁可挨一刀也不愿忍受这种争吵。于是格兰维尔逃避他的家，那儿一切对他都变得不可忍受，他的孩子们屈从于母亲冷酷的专制，不敢追随父亲去看戏，格兰维尔也无法使孩子们得到任何乐趣，而不给他们招来可怕的母亲的惩罚。这个如此多情的人变得无动于衷，导致了一种比死亡更糟糕的自私自利。他至少把他的儿子们从这个地狱中救了出来，这就是使他们早早地进学校，并为自己保留着指导他们的权利。他很少管母亲和女儿们之间的事；但他已决意等女儿们一到婚龄，就立即把她们嫁出去。如果他硬顶，那他就会理亏得无法申辩：她妻子得到那帮可怕的老妇人的支持，会弄得格兰维尔受到人人的谴责。格兰维尔因此没有其他办法，只好生活在完全的孤独之中；他屈服于不幸的专制，被忧伤和工作弄得未老先衰，这模样连他自己都看了讨厌。最后，他不敢再跟别人联系，尤其怕同上流社会的女人们交往，他已放弃从她们身上找到安慰的希望。

一八零六至一八二一年的十五年期间，这个不幸的家庭有教育意义的故事没有提供任何值得报道的场面。德·格兰维尔夫人从失去她丈夫欢心的时刻起，直到她说自己幸福的那些日子，始终一成不变。她念九日经，祈求上帝和圣徒的指教：究竟哪些方面出了毛病，她丈夫这样不高兴，她用什么办法才能把迷途的羔羊领回正道；但是，她的祈祷越是热忱，格兰维尔就越少在家中露面。将近五年以来，王朝复辟时期在司法界得到很高职务的代理检察长，为了避免和德·格兰维尔伯爵夫人共同生活，一直在他府邸的底层和二层间的夹楼中住宿。每天早晨都要出现一个场面，如果社交界中的流言蜚语可信的话，这类场面不止在一个家庭中重演，由于双方脾气的不和，由于精神和身体的疾病，或者由于怪癖，许多婚姻都落到这故事所描绘的不幸境地。早上八点钟，一个颇像修女的贴身女仆来拉德·格兰维尔伯爵套间的门铃。她被引进检察官的小房间前面的客厅中，向伯爵的随身男仆复述前一天的话，并且总是用同样的声调：

“夫人问伯爵先生夜里睡得好吗？他有没有兴趣跟她一起吃早饭？”

随身男仆进去问过他的主人之后回答说：

“先生向伯爵夫人致意，请她接受他的歉意；一件重要的公务使他不得不去法院。”

过一会儿，女仆又重新出现，并以夫人的名义问，夫人有没有荣幸在伯爵动身之前见到他。

“他走了。”男仆回答说。这时经常带篷的双轮马车还停在院子里。

这种通过使者的对话变成日常的礼节。格兰维尔的随身男仆很受主人喜爱，由于他不信宗教和品行不端，在家中不止一次引起争吵。有时候他甚至形式上走进主人早已不在的小房间，出来后仍按照惯例作出答复。苦恼的妻子经常守候她丈夫的归来，处在他必经之路的台阶上，迎上前去，好像要唤醒他的内疚。这种无聊的怄气原是僧侣的作为，却构成德·格兰维尔夫人的性格特征。尽管她当时只有三十五岁，看上去却像四十岁了。只要格兰维尔迫于体统跟他的妻子讲话，或者留在家中吃晚饭，她就乐于把她的存在强加给他，把她的动听而带刺的言论强加给他，把她的过分虔诚的圈子中令人无法忍受的烦恼强加给他，并极力在她手下人以及她仁慈的女友们面前指摘他的错误。这时德·格兰维尔伯爵很受国王宠爱，一个外省王家法院请他担任院长；他却请求内阁让他留在巴黎，这种拒绝的理由只有掌玺大臣知道，在伯爵夫人的亲密的朋友和忏悔神父心中引起了最荒谬的猜测。格兰维尔拥有十万法郎年金，属于诺曼底最高贵的名门世家之一，他被任命为院长是升到贵族院议员的阶梯，他怎么会那么没有抱负呢？他怎么会放弃从事关于法律的大部头著作呢？他怎么会那么不正常呢？将近六年了，他对他的屋子、家庭、工作，以及一切对他应是宝贵的东西，都变得如此淡漠。伯爵夫人的忏悔神父为了爬上主教的职位，既依靠他控制的家庭的支持，也依靠对一个修会的效力，他是这个修会最热情的宣教者。他对格兰维尔的拒绝感到失望，极力想方设法诬蔑他："伯爵先生之所以对外省那么厌恶，也许他害怕在那儿必须过一种规矩的生活。在那里他必须做出品行端正的榜样，他得跟伯爵夫人一起生活，只有不正当的私情才能使他跟她疏远，他怕的也许正是这个？像德·格兰维尔夫人这样纯洁的女子，能看出她丈夫品行中突然发生的、有失常态的变化吗？……"昂热丽克的好朋友们把这些话传得活灵活现，可惜并不是捕风捉影，德·格兰维尔夫人听后像遭到五雷轰顶。昂热丽克对上流社会的习俗毫无概念，不知道爱情和它的疯狂性，她万万没有想到婚姻中除了她失去格兰维尔的欢心外，还能包含其他灾难。她相信格兰维尔不会犯这种错误，这对所有的女人来说都是罪行。当伯爵不再向她要求什么时，她曾经认为他表面享有的安宁是合乎自然的，但听到她忏悔神父的猜测，就完全摧毁了直到这时她仍沉浸在其中的幻想。由于她已把自己的心可能给一个男人的全部感情都给予了他，她仍为自己的丈夫辩护，却没法消除钻入她心中的疑团。这些恐惧损害了她脆弱的头脑，她病倒了，长时间发着低烧。这些事情发生在一八二二年的四旬斋期间，她仍不肯停止苦修，渐渐消瘦下来，使人对她的生命感到忧虑。她看到格兰维尔的冷若冰霜的目光，心碎欲绝。检察官的关心和照料就像侄子对年老的叔父尽力服侍一样。虽然伯爵夫人放弃了斋戒和规劝，并试着用温柔的话语接待她的丈夫，但是女虔徒的乖戾仍有时暴露出来，常常一句话就使她前功尽弃。

五月来了，春天温暖的气息和比四旬斋时较为丰富的食物使德·格兰维尔夫人恢复了一些体力。一天早晨，望完弥撒回来，她坐在小花园的石凳上，晒着太阳回想起结婚初期的日子；她一下子回顾了自己的一生，想弄明白到底什么地方没尽到做母亲和妻子的责任。这时丰塔农神父来了，激动得难以描绘。

"出了什么事了，神父？"她带着一种子女的关切问道。

"啊！"诺曼底神父回答说，"我真想使上帝给予您的所有不幸转移到我身上。但是我可敬的朋友，这是您必须经受的考验。"

"唉！上帝把我丈夫当作他愤怒的工具，给了我难以忍受的惩罚，还能有什么比这更厉害的惩罚落在我身上吗？"

"我的女儿，您准备承担比我和您虔诚的女友们从前所假设的更坏的事情吧！"

"那么我应该感谢上帝，肯任用您来向我传达他的意志。"伯爵夫人回答，"这就像以往那样，上帝虽愤怒地降祸于人，但仍把仁慈赐给他，有如从前放逐夏甲[①]的时候，又让她在旷野中发现一眼水井。"

---

① 夏甲：《圣经》传说中的人物，亚伯拉罕的埃及女奴，生下一子以实玛利。亚伯拉罕在其妻撒拉的要求下把她打发走。母子俩在旷野迷了路，水也用尽了。神使夏的眼睛明亮，她于是发现一眼水井。据说以实玛利是阿拉伯人的祖先。

“上帝会按照您过失的轻重和您容忍的程度来给您量刑。”

“您说吧，我准备听一切事情。”说完这句话，伯爵夫人举目望天，又加了一句，“您说吧！丰塔农先生。”

“七年以来，德·格兰维尔先生跟一个姘妇犯下了通奸的罪行；那个姘妇给他生了两个孩子。他为这个违法的家庭花了属于合法家庭的五十万法郎。”

“我必须亲眼看看。”伯爵夫人说。

“您可别这么做。”神父教导说，“我的女儿，您应当宽恕，在祈祷中等待上帝开导您的丈夫，除非用人间法律给您提供的方法对付他。”

丰塔农神父这时和他的女忏悔者的长时间谈话，在伯爵夫人身上产生了强烈的变化。她把神父打发走了，在用人们面前出现时脸颊发红。他们对她疯狂的活动感到惊骇：她一会儿下令套马，一会儿又撤销命令，在一小时之内竟改变了许多次意见；但是最后，她好像做出了重大决定，三点钟时动身了，家里人对她如此突然的行动感到吃惊。

“先生回来吃晚饭吧？”她动身前问丈夫的随身男仆，她从未和他讲过话。

“不回来，夫人。”

“你今天早晨陪他到法院去的吗？”

“是的，夫人。”

“今天不是星期一吗？”

“是的，夫人。”

“那么如今法院星期一也开庭喽？”

“你见鬼去吧！”男仆看着女主人动身，心里这样想，只听得女主人对马车夫说了一句：“上泰布街。”

德·白尔弗叶小姐在哭泣，罗歇待在她身边，把她的一只手握在自己的双手中间，保持着沉默。他轮流看着小查理、欧也妮和卡罗利娜。小查理丝毫不了解母亲的悲伤，一声不响地瞧着她。欧也妮睡在摇篮里。卡罗利娜脸上的泪水有如透过明媚阳光落下的雨。

“唉，是啊，我的天使，”罗歇在长时间的沉默之后说，“这就是重大秘密，我结过婚。但是有朝一日，我希望只由我们组成一个家庭。我的妻子三月份以来，健康状况极差，我不盼望她死，但是上帝若喜欢把她召去，我相信她在天堂比在尘世更为幸福，因为她对世上的苦难和欢乐都无动于衷。”

“我多么恨这个女人！她怎么能使你这样不愉快？然而正是出于这种不幸，我才能得到我的快乐。”

她的眼泪突然干了。

“卡罗利娜，咱们抱希望吧！”罗歇一边亲她一边说道，“别怕那个神父会说出什么。尽管我妻子的忏悔神父在修会有影响，是个可怕的人，如果他试图扰乱我们的幸福，我就作出决定……”

“你要做什么？”

“带你去意大利，我要逃……”

一声叫喊从隔壁客厅里发出，使得罗歇和德·白尔弗叶小姐同时吓了一跳，他们冲进客厅，在那儿发现伯爵夫人晕倒了。德·格兰维尔夫人恢复知觉后，看见自己处在伯爵和她的对手之间，深深地叹了口气，她不由自主地用一个充满轻蔑的动作，推开她的情敌。

德·白尔弗叶小姐站起来，想退出去。

“您在自己家中，夫人，留下吧！”罗歇用胳臂拦住卡罗利娜说。

检察官把他有气无力的妻子扶起，一直抱到车内，上去坐到她身边。

“究竟是什么导致您希望我死，逃避我？”伯爵夫人用衰弱的声音问，既愤怒又痛苦地望着她的丈夫，“我不曾年轻吗？您不曾觉得我漂亮吗？您有什么好责怪我的？我欺骗过您吗？我不是一个既有道德又贤惠的妻子吗？我的心里只有您的形象，我的耳朵只听到您的声音。我什么地方不尽职了？我拒绝您什么啦？”

“拒绝幸福！”伯爵用坚定的声音回答，“您知道，夫人，有两种方式侍奉上帝。某些基督徒以为在固定的时刻走进教堂，去念主祷文，定期望弥撒，避免犯任何罪过，他们就能进入天堂，这些人哪，夫人，要下地狱。他们根本不是为了上帝本身而爱上帝，他们不像他愿意的那样崇敬他，他们没有为他做出任何牺牲。尽管表面上温和，他们对周围的人是苛刻的，他们只看教规的字面，而不看精神。这就是您对您尘世的丈夫所做的一切。为了您的得救，您牺牲了我的幸福。当我满心欢喜地来到您身边时，您却在祈祷，当您应该使我工作愉快时，您却在哭泣。您从来就不知道在我的乐趣方面满足我的任何要求。”

“如果这些要求是罪恶的，”伯爵夫人激动地大声说，“那么难道应当为了讨您喜欢而毁掉我的灵魂吗？”

“另一个更为多情的女人有勇气为我做出了这种牺牲。”格兰维尔冷冷地说。

“哦，上帝！”她哭着叫道，“你听他说什么！为了赎回他的罪过和我自己的罪过，值得我做这些把我消耗尽了的祈祷和苦修吗？德行又有什么用？”

“用在升天，我亲爱的。您不能既做凡人的妻子，又做耶稣基督的妻子，这是重婚，您应当知道要在丈夫和修院中间做出选择。为了未来的得救，您把爱情和忠诚全部从心中剥夺了，这正是上帝命令您为我所有的，您在世上只保留了仇恨的感情……”

“难道我一点儿没有爱过您吗？”

“没有，夫人。”

“那么，什么是爱情呢？”伯爵夫人不由自主地问道。

“爱情，我亲爱的，”格兰维尔用一种含讥带讽的惊奇神气说，“您还不能理解它。诺曼底冰冷的天空决不是西班牙的天堂。大概气候问题是造成我们不幸的秘密。屈从于对方的爱好和厌恶，猜出它们，在痛苦中找到乐趣，为对方牺牲世上的舆论、自尊心，甚至宗教，把这些祭品看作献给偶像所烧的香，这便是爱情……”

“哼，歌剧院舞女的爱情，”伯爵夫人反感地说，“这样的激情必定维持不久，很快留给您的只是灰和炭，悔恨和绝望。先生，依我看，妻子应当献给您真正的友谊，恒温的热情，而……”

“您谈论热情，就像黑人谈论冰一样。”伯爵回答，嘲弄地微微一笑，“您想一想，所有雏菊中，即使最卑贱的，也要比最骄傲最卓越的带刺的玫瑰更迷人，尽管玫瑰在春天里用浓郁的芳香和鲜艳的色彩吸引我们。”他又补充说，“不过，我给予您正确的评价，您对法律规定的、表面的义务完成得很好，以致为了向您指出您对我什么地方没尽职，就必须进入您的尊严不能忍受的某些细节中去，把在您看来似乎是与一切道德背道而驰的事情告诉您。”

“您在这个堕落的地方，从您挥霍掉儿女们财产的屋子里出来时，竟敢谈论道德？”伯爵夫人叫道。她丈夫卖关子，使她生气极了。

“夫人，我在这儿制止您。”伯爵打断他妻子的话，冷静地说道，“即使德·白尔弗叶小姐是有钱的，她也没有损害任何人才成为这样。我舅舅有自己的产业，他有好几个遗产继承者，他生前把这位少女视为侄女，纯粹出于对她的友谊，将他的白尔弗叶田产给了她。至于我的，则得自他的慷慨大方……”

“这种行动无愧于一个雅各宾党人。”虔诚的昂热丽克叫道。

“夫人，您忘记了，您父亲也曾是雅各宾党的一员，那是您这个女人那么不仁慈地谴责的。”伯爵严厉地说，“在我舅舅一心为法兰西效劳的时候，邦唐公民却签署了一些死刑判决书。”

德·格兰维尔夫人不响了。但是，沉默了一会儿之后，想起刚才见到的景象，她的忌妒心又苏醒了，那是任何东西也不能在一个女人心中扑灭的。她低声嘀咕，似乎在自言自语：

“一个人能这样毁掉自己的灵魂和别人的灵魂吗？”

“啊，夫人，”伯爵对这种谈话已感到厌倦，“也许有朝一日您得对所有这些负责呢！”这句话使伯爵夫人不寒而栗。他又补充说，“由于您造成我的不幸是出于善意，在判断我们过错的宽容的法官眼里大概会受到宽恕。我并不恨您；我恨使您的心变形的人。您曾为我祈祷，就像德·白尔弗叶小姐把她的心给了我而使我在爱情上得到充分满足一样。您应当轮流着做我的情人和跪在祭坛下祈祷的圣女。请给我正确评价，承认我既不邪恶也不堕落，我的品德是纯洁的。唉！在七年的痛苦之后，由于对幸福的需要，我不知不觉地爱上了另一个女人而不爱您，在我的家庭之外，又建立了另一个家庭。而且您别以为我是独一无二的，在巴黎城内，由于各种各样的原因，存在着无数过双重生活的丈夫。”

“哦，上帝！”伯爵夫人叫道，“我要背负的十字架有多沉重啊！如果你在愤怒中强加给我的丈夫在尘世只能通过我的死亡才能找到快乐，那么你就把我召回到你的怀抱吧！”

“如果您早就具有如此值得赞美的感情和这种忠诚，我们还能幸福。”伯爵冷冷地说。

“好，那么，”昂热丽克泪如泉涌，“如果我真的犯了过错，请原谅我吧！是啊，先生，我准备在一切方面服从您，深信您只会希求正当和合乎情理的东西，今后我将完全按照您对一个妻子的要求去做。”

“夫人，如果您的意图是迫使我说出我不再爱您，我会有足够的勇气来向您说明。我能命令我的心吗？我能在顷刻抹去十五年痛苦的回忆吗？我不再爱了。这句话包含着的奥秘就跟‘我爱’这句话所包含的同样深刻。尊敬、器重、推崇，人们得到了，丧失后还可重新获得，至于爱情，我即使向自己说教一千年，也不能使它再现，尤其是对一个恣意使自己变老的女人。”

“啊！伯爵先生，我真诚地希望这些话有朝一日不会从您所爱的女人口中，用您今天所用的腔调和语气说出来……”

“您愿意今晚穿上希腊式衣裙到歌剧院来吗？”

这句问话在伯爵夫人身上突然引起的战栗就是无声的回答。

一八三三年十二月初的一天，有个男人半夜经过卡雍街，他的完全雪白的头发和面容似乎说明他是由于忧郁而不是由于年岁变老的，因为他看来六十岁上下。他走到一座外表不起眼的三层楼房前，停下来观察阁楼屋顶上等距排列的窗子中的一个。一道暗淡的微光从这简陋的窗子里透出来，窗上有些玻璃已被纸张所代替。过路人用闲逛的巴黎人难以描述的好奇心观看那摇曳的灯光，这时一个年轻人突然从楼里出来。由于街灯惨淡的光线照在老人的脸上，尽管是夜里，年轻人以巴黎人生怕弄错熟人时所惯用的谨慎的步子向他走来，他并没有显出惊奇。

“喂！怎么，”年轻人招呼说，“是您，院长先生，这么晚了，您独自徒步走在离圣拉扎尔街这样远的地方！请允许我有幸搀扶您。今天凌晨石板路面非常滑，如果咱们不彼此扶着点，就很难避免摔跤。”他为了照顾老人的自尊心这样说。

“但是，亲爱的先生，这对我来说是不幸的，我还只有五十五岁。”德·格兰维尔伯爵回答，“像您这样著名的医生应该知道，一个人在这种年纪还是年富力强的。”

“那么您正交好运？”霍拉斯·皮安训又问，“我想您没有在巴黎徒步走的习惯吧。当一个人拥有您那些骏马……”

“但是，大部分时间，”德·格兰维尔伯爵回答，“当我不去社交场合的时候，我就从王宫或外国人俱乐部走回来。”

“您身上必定带着大量的钱，”大夫说，“这不是招歹徒的匕首吗？”

“我不怕这些人。”德·格兰维尔伯爵神态既悲哀又不在乎地回答。

“但至少别停在这儿啊。”医生扶着检察官走向林荫道，“再说，我以为您要剥夺我给您看病的最后机会，想通过另一只手而不是我的手死去。”

“啊！您在我窥测时撞见我了。”伯爵说，“不管我徒步还是乘车经过，不管在夜晚什么时刻，一段时间以来，我总是瞥见您出来的那座房子的阁楼窗户里有一个人影，似在用大无畏的勇气工作着。”说到这儿，伯爵停了一会，似乎感到某种突然的痛苦。他继续说：“我对这个阁楼具有一种兴趣，就像巴黎的一个市民可能对王宫的竣工所具有的兴趣一样。”

“好吧，”霍拉斯热切地插嘴说，“我能告诉您……”

“什么都别告诉我，”格兰维尔打断医生的话，“我不知道在这些破窗帘上活动的人影是男人的还是女人的，这个阁楼的居民是幸福的还是不幸的，也不会为了解这个付出一文钱！如果今晚上我不再看见有人在工作而感到惊奇，如果我停了下来，这仅仅是为了乐于做许多笨拙的推测，就像闲逛者看到一座建筑物被突然放弃营造而胡思乱猜一样。九年以来，我年轻的……”伯爵似乎在某种表达方式上犹豫，然后他做了一个手势，大声说，“不，我将不把您叫作我的朋友，我憎恨一切可能和感情相似的东西。因此九年以来，我对老人们那么爱种花、植树不再觉得奇怪，生活中的种种事件教会了他们不再相信人类的爱。我在不长的日子里变老了。我只愿依恋不会思考的动物，依恋植物，依恋一切外在的东西。跟人类的一切感情相比，我更尊重托格利奥尼①的舞蹈动作，我痛恨生活和我孑然一身所处的世界。什么，”伯爵用一种使年轻人战栗的表情说，“什么，不，什么也不使我感动，什么也不使我感兴趣。”

“您有孩子吗？”

“我的孩子们！”他用一种奇特的辛酸声调回答，“唉！是的，我的大女儿不就是德·旺德内斯伯爵夫人吗？至于小女儿，姐姐的婚姻给她的婚事开辟了一个美好的前景。至于我的两个儿子，他们不都获得了很大成就吗？在利摩日担任总检察长的子爵，升为了奥尔良的第一院长；小儿子是这儿的王家检察官。我的孩子们有自己操心、忧虑、挂念的事，如果他们之中有一个完全为我献出自己，如果他试着用他的爱来填满我在这儿感到的空虚，”他说着，拍拍自己的心口，“唉！好吧！这个人将毁掉他的生活，他将为我牺牲自己。归根结底，这又为什么呢！为了美化我的风烛残年？他能做到这一点吗！难道我不会把他慷慨的照料看作是欠他的情分吗！但是……”说到这儿，老人开始含讥带讽地微笑了，“但是，大夫，我们没有白教他们数学，他们学会了算术，这会儿，他们可能正计算着我的遗

① 菲利普·托格利奥尼（1777—1871）：意大利著名舞蹈家，一八三零至一八三六年在巴黎演出。他的女儿玛丽·托格利奥尼（1804—1884）也是著名的舞蹈演员。

产呢！”

“哦！伯爵先生，您是那样善良，那样乐于助人，那样仁慈，这种思想怎么可能进入您的头脑？事实上，我要不是您如此崇高、如此宽厚地乐善好施的活证明……”

“那是为了我自己的乐趣。”伯爵急忙回答说，“我为体验一种感觉付钱，就像明天我为一种动我心弦的最幼稚的幻想付大量金币一样。出于我去赌博的同样理由，我为自己救济我的同胞，因此我不打算得到任何人的报答。就是眼看您死去，我也会连眉头都不皱一下，我要求您对我也是同样的感情。啊！年轻人，生活中的种种事件在我心中经历过，有如维苏威火山的熔岩倾泻在赫库兰尼姆[1]城上面：城市存在着，但它已经死了。”

“那些把您一向如此热烈、如此活跃的心灵引导到这样冷漠地步的人是罪大恶极的。”

“别多说了。”伯爵不胜厌恶地回答。

“您有病，应该允许我治疗。”皮安训语气非常激动地说。

“但是您知道有什么药能治死亡？”不耐烦的伯爵叫道。

“唉！好吧，伯爵先生，我打赌使您以为如此冰凉的这颗心恢复活力。”

“您比得上塔尔马[2]吗？”第一院长嘲讽地问。

“比不上，伯爵先生。但是大自然比塔尔马高明，就像塔尔马比我高明一样。您听着，您感兴趣的那个阁楼上住着一个三十来岁的女人，在她身上，爱情发展到了入迷的程度；她崇拜的对象是一个有漂亮脸蛋的年轻人，但是坏仙女赋予他所有可能的恶习。这个小伙子是赌棍。我不知他最喜欢什么，女人还是美酒。据我了解，他干了够得上送轻罪法庭的一些卑鄙的事。唉！好吧，这个不幸的女人为他牺牲了非常舒适的生活，一个疼爱过她，跟她生过两个孩子的

---

① 赫库兰尼姆：意大利古城。位于维苏威火山西麓，公元七十九年与庞贝城一起为维苏威火山大喷发所埋没。发现于一七零九年。

② 塔尔马（1763—1826）：法国著名演员。

男人。但是，伯爵先生，您怎么啦？”

“没什么，往下说吧！”

“她让他吞没了全部财产，如果她拥有世界的话，我想她也会给他的。她夜以继日地工作，她经常毫无怨言地看见她宠爱的魔鬼把准备给她孩子们购买衣服的钱，甚至第二天的伙食费都掠走。三天以前，她卖掉了自己的头发，我从未见过的最美丽的头发。他来了，她没来得及藏起金币，他向她索取；为了一个微笑，为了一次抚爱，她交出了能维持十五天安宁生活的费用。这不是既可怕又崇高吗？但工作开始使她的两颊下陷，孩子们的喊叫声使她心碎，她病倒了。这会儿，她在破床上呻吟。今晚上她没有任何东西可吃，她的孩子们没有力气喊叫，当我到达时，他们已一声不响。”

霍拉斯·皮安训停住脚步。这当儿，格兰维尔伯爵好像不由自主地把手伸进背心的口袋。

“我早知道了，年轻的朋友，”老人说，“如果您治疗她，她还能继续生活。”

“啊！可怜的女人，”医生叫道，“谁会不援助她呢？但愿我更富有些，因为我希望把她从爱情中治好。”

医生没有看到伯爵把手伸进口袋；伯爵似乎在口袋里找了一下，将手抽出来时，拿着大把钞票。他说：“可您怎么要我同情这样一个穷苦的女人，在我看来她的欢乐比我的全部财产还更有价值！她有感觉，她生活着，这个女人！路易十五难道不愿为了他能从棺材里复活，哪怕只有三天的青春和生命，而交出他整个的王国？这不是无数死人、无数病人、无数老人的经历吗？”

“可怜的卡罗利娜！”医生叫道。

听到这个名字，德·格兰维尔伯爵浑身哆嗦，一把抓住医生的胳臂。医生以为自己被老虎钳夹紧了。

“她叫卡罗利娜·克鲁夏？”院长用显然变了样的嗓音问。

“那么您认识她喽？”大夫惊奇地说。

“那个坏蛋叫索尔韦……啊！您对我遵守了诺言，”第一院长高声说，“您用最耸人听闻的事激动了我的心，即使我化为灰烬也不会忘记的。这种激情又是地狱的礼物，可我知道怎样偿还这笔债务。”

这当儿，伯爵和医生走到了唐打街的拐角。一个夜游神背着一只柳条筐，手里拿着捡破烂用的带柄铁钩走着。他们在革命期间被人取笑为“搜查委员会委员”。这时他走到一块墙角石旁边，院长也刚好在它前面站住。这个捡破烂的人有一张衰老的脸，无愧于夏莱[①]在他描绘清道夫的漫画中使之不朽的面孔。

“你经常捡得到票面为一千法郎的钞票吗？”伯爵问他。

“有时候捡得到，老板。”

“你交还它们吗？”

“那得看给多少奖励……”

“这就是我要找的人，”伯爵叫道，同时把一张一千法郎的钞票递给捡破烂的。“拿着这个，但是要记住，我给你这张钞票的条件是你要把它在小酒馆中花掉，在那儿喝醉，在那儿吵架，打你的老婆，弄破你朋友的眼睛。这将使女护士、外科医生、药剂师，也许还有警察、王家检察官、法官和狱卒行动起来。不要对这个程序表有任何改变，否则魔鬼迟早会向你报复。”

一个艺术家必须同时拥有夏莱、卡洛、泰尼埃和伦勃朗[②]的画笔才能真正传神地表现出这幅夜景。

“我已跟地狱结了账；我用金钱换来了欢乐，”伯爵用低沉的声调说，同时向惊得发呆的医生指着捡破烂的张口结舌、难以描述的面孔。“至于卡罗利娜·克鲁夏，”他继续说，“她可以边听她垂死的儿女凄厉的叫声，边认识到她所爱的男人的卑鄙，边在饥寒交迫的惨状中死去：我不会掏一个子儿减少她的痛苦，我再不愿见您，只是由于您救过她……”

伯爵丢下泥塑木雕般的皮安训，像年轻人那样迅速地朝圣拉扎

① 夏莱（1702—1845）：法国画家。

② 卡洛（1592—1635）：法国画家，泰尼埃（1610—1690），弗拉芒画家。伦勃朗（1606—1669），荷兰画家。

尔街走去，很快就抵达他居住的小府邸；他在门口不无惊讶地看见停着一辆车子。

男仆对他主人说："王家检察官先生一个小时以前来了，要跟先生谈话，他正在卧室等着。"

格兰维尔示意他的仆人走开。

"什么重要的理由使你违反我给孩子们的命令，在我没召唤的情况下到这儿来？"老人边进屋边问他的儿子。

"父亲，"检察官用战栗的嗓音和恭敬的神态回答说，"我斗胆希望您听完我的话之后会原谅我。"

"你的回答是得体的，"伯爵说，"请坐。"他指给年轻人一个座位。接着又说："但是，不管我走动还是坐着，你都不要管我。"

"父亲，"男爵接着说，"今天傍晚四点钟，一个小青年在我的一位朋友家被捕了。他在那儿犯下了相当重大的盗窃罪。他自称受您的保护，并说是您的儿子。"

"他叫什么名字？"伯爵打了一个寒战。

"查理·克鲁夏。"

"够了。"父亲说着做了一个命令的手势。格兰维尔在房中踱来踱去，周围是一片深深的寂静，他的儿子小心翼翼地避免打破它。

"我的儿子……"伯爵用如此温和、如此慈祥的声调说，年轻的检察官发抖了。"查理·克鲁夏对你说的是实话。我很满意你今天晚上来了，我的好欧仁，"老人补充说，"喏，这儿是一笔相当多的钱，"他说着递过去一叠钞票，"在这个案件中，只要你认为合适就可以使用这笔款子。我信任你，不管目前还是将来，我预先同意你的一切措施。欧仁，我亲爱的孩子，来拥抱我吧！我们也许是最后一次相见。明天我要向国王请假，动身去意大利。如果一个父亲不必向孩子们汇报自己的生活，他也应该留给他们命运带给他的经验，这不是他们遗产的一部分吗？当你将来结婚的时候，"伯爵说到这儿，不由得颤抖了一下，"别草率行事，这是社会迫使我们采取的最重要的行动。记住，要长期研究将和你结合的女人的性格，征求我的意见。

我愿亲自评价她。两夫妻之间的错误结合，不管产生于什么原因，总是带来可怕的不幸：我们早晚要受到不服从社会法规的惩罚。我将从佛罗伦萨就这个问题写信给你，一个父亲，尤其当他有幸主持最高法院的时候，不该在自己的儿子面前脸红。别了。”

一八三零年二月至一八四二年一月，巴黎

金志平 译

第二辑

夏倍上校

献给夏特莱·依达·德博卡尔梅伯爵夫人

"哎呀！咱们的老卡里克又来了[①]。"

这样叫嚷的是一个见习小文书，在法律咨询所里通通被称为跨水沟的[②]。他正倚着窗子津津有味地嚼着一块面包；从面包里面抠出一块瓤儿，搓成一个面团儿，从窗子的通风口扔出去闹着玩；扔得很准，恰恰打中一个正在穿过院子的陌生人的帽子，又反弹起来，直跳到窗棂那么高。这所房子位于维维安纳街，德维尔先生就住在这里，他是诉讼代办人[③]。

"算了，西莫南，不要傻呵呵地拿人家逗乐子，不然我把你轰出门去。不管顾客多么穷，总还是个人。你这讨厌鬼！"领班文书停下手头正在算的一笔账，斥责说。

在所有的法律咨询所，跑外的小厮一般都是像西莫南这样十三四岁的孩子，受一位专职领班文书的管辖，负责给书记官传送文书档案，把申诉书递交到法院，顺便还要为上司传递情书，跑腿打杂。他的习性行为就像巴黎的小混混，但命中注定指望着打官司

① 卡里克：英国人卡里克设计的一种大衣，带有三重披肩。露天防寒很是相宜。但法国人看不上这种古板累赘的衣服，穿这种服装的人一定是过了时、倒了运的。于是人们以这种服装的名字给这种人当绰号。

② 当时的巴黎市容又脏又乱，街道上泥水满地，各家店铺里负责上街办事的店伙小厮不得不在淌着污水的阳沟上跨来跨去，所以有这样的称呼。在这里解释清楚了，为使译文通畅，以后径自译为"跑外的"。

③ 代人撰写诉讼文书，解答一切有关法律的咨询。但并不像律师那样代表委托人去申诉或辩护。类乎我国旧时的讼师。

吃饭。这个孩子差不多从来没有恻隐之心，无拘无束，油嘴滑舌，尖酸刻薄，又贪又懒。然而差不多每一个小见习文书都有一个年老的妈妈，住在五层楼上，母子俩靠着每月挣三四十法郎，艰难度日。

“如果他是个人，你们为什么把他叫作卡里克大衣？”西莫南说，那模样像小学生抓住了老师的错处。

他又吃起面包和奶酪来。肩膀靠在窗框上，像公共马车的辕马似的站着休息，还缩起一条腿，皮靴尖顶在另一条腿上。

“咱们该怎么耍弄一下这个老怪物呢？”第三名文书轻轻地说。这人名叫戈德夏，正在拟定一份申诉状，由第四名文书写定，再由两名从外省新来的人抄写留底。那人说完，又继续他的构思。

“……以路易十八陛下之仁德睿智……嗨，写正本的德克鲁什学士，‘十八’不可写阿拉伯数码，要写正体字……重掌大政以还，即洞悉……‘洞悉’什么呢，这大滑头？上帝所赋予之使命！……加惊叹号，后边加六点。法院里还有一定的宗教信仰，大概‘上帝’一词还看得下去吧，故圣虑所及，欲对蒙难于惨绝人寰的大革命之人，优先予以补偿——此点鉴辨颁诏之日期可证也，众多忠诚臣子——‘众多’两字一定让法院里的人看了满意——之产业，充公而尚未标卖者，不论归为国有产业与否，抑或划为王上之普通产业与否，或视为特殊产业、拨归公共机构与否，一律发还；我侪不揣冒昧、胆敢断言，此乃颁布于一八 ×× 年圣谕真谛之所在也……”

戈德夏对三名文书说：“等一等，这讨厌的句子把我的纸写满了。”他用舌头舔湿纸角，把有印记的公文纸翻过来。

“嘿，如果你们要跟他闹着玩的话，只要告诉他，咱们的老板偏偏在半夜两三点钟才接待顾客，看他来不来，这个老坏蛋！”

接着，戈德夏继续读已经开始写出的句子：“颁布于一八……”

“那个时候有你们了吗？”

“有了。”三个抄写员一起回答。

写状子，闲聊天，斗心眼，一切都同时进行。

“‘颁布于一八……’——嘿，布卡尔老爷子，那份诏书是哪一年颁布的？这点必须一丝不苟，真烦人！耗费了不少纸张。”

领班文书还没有回答，一个抄写员重复一声他的话“真烦人”！

“怎么，你把‘真烦人’也写上了吗？”戈德夏看着新来的那个人，又严厉又奚落地嚷了出来。

第四位文书俯过身看了邻座的抄件一眼，高声说道：“是啊，必须一丝不苟，真烦人，‘苟’字还写成‘狗’了。”

几个文书齐声哈哈大笑起来。

西莫南说：“怎么，于雷先生，你把‘真烦人’当成法律术语了，你还说过你是莫尔塔涅人哩！”

“快点删掉，”领班文书说，“若是计算诉讼费的法官看见这种东西，他还会说我们拿耍笔杆儿不当一回事哩！你们就要给老板惹出大麻烦了。好了，于雷先生，不要再糊里糊涂的，一个诺曼底人写出的状子应当无懈可击，这是你活命的饭碗[①]。”

戈德夏继续问：“‘颁布于……布于……’——布卡尔告诉我，是哪一年？”

“一八一四年六月。”领班文书回答一句，仍然没有停止工作。

有人在敲咨询所的大门，文书们笔下申诉状里冗长繁复的套话被打断。五个胃口大开、闪动着犀利的眼光、连讥讽带嘲笑、脑袋上都长着蓬松卷发的文书，像唱赞美诗似的同时叫道：“进来！”随即一齐抬起了头。

布卡尔仍然把头埋在公文堆里，继续缮写账单；按照法院的说法，那些都是废纸。

咨询事务所是个大房间，安装着别的办事处都有的那种老式火炉，炉筒子斜着穿过房间，通到炉膛堵严了的壁炉烟筒里。壁炉台面的大理石上，摆着大小不一的面包块，三角形的布里牌奶酪，新鲜的猪排骨，玻璃杯，酒瓶子，还有领班文书喝巧克力用的杯子。这些食品的气味、烧得过热的炉子的焦煳味和办公室里纸张、文件

① 莫尔塔涅属于诺曼底省，这一地区盛产法律方面的通才。诺曼底人笔下的法律文书出了纰漏是很丢人的。

特有的发霉气味混成一体，即便有一只狐狸，人们也闻不到那畜生的骚臭气了。地板上布满了职员们带进来的泥土和雪块。

靠窗放着带班文书用的办公桌，上边装着可以转动的圆柱形的文件架。办公桌背后，是第二名文书的小桌子，当时那人正在跑法院。已是上午八九点钟的光景。一张黄色大布告牌算是室内的装饰。上面有扣押不动产的告示，出卖告示，拍卖成年人与未成年人共有财产的告示，准备审判和正式审判的告示。这些都是各个法律咨询所的光辉业绩。带班文书的座位后边有一个巨大的文件柜，从上到下遮严了一面墙。每一格都塞满了卷宗，从里边垂下来无数的纸签和红线绳，使打官司的文件在一切档案中显出一种特殊的外观。底下几格装着老旧泛黄的文件夹，边上贴着蓝纸，上边写着大客户的姓名。这些人的案子膏足肉厚，目前正在烹调之中。肮脏的窗玻璃射入的天光不多，况且在巴黎的二月份上午十点钟以前，不点灯的办公事务所十分稀少。可以想象这种地方没有任何人关心管理：大家到这里来，没有人停留很久，这里的平俗、肮脏跟谁都没有个人关系，不管是诉讼代理人还是那些文书，谁都不刻意要求把这个地方整理得高雅宜人。对于受雇的职员，这里是课堂；对于打官司的，这里是暂时驻足之地；而对于代办处的老板，这里则是个实验室。污秽油腻的家具从一个代办人转手给另一个代办人，转手的时候像宗教仪式那么小心谨慎，一件不丢，所以某些代办所还保留着字纸篓、切纸用的刀具和从沙莱官府传下来的档案袋。这个旧时代的司法结构相当于今日的初级法院。这个光线昏暗、遍布尘土的法律代办所跟别的办公地点相同，很有些使人却步的模样，成了巴黎最可怕的魔窟之一。在潮湿的放着圣器的密室里，神父们为信众的祈祷，锱铢掂量，按货收钱，如同售卖厨房的调料；在估衣铺里摆着破衣烂衫，这些是生活中凋谢的花朵，也向我们表明当年的锦裙绣袄到达了最后的归宿。如果没有这两处富有诗意的丑陋的洞窟，那么法律事务代办所便是社会上最使人触目惊心的店铺了。不过，还有赌场、法院、彩票发售处和妓院。为什么？也许在灵魂扮演人生戏文的主角时，就把附属的零碎浮华抛开不顾了，伟大的思想家和野心勃勃的大人物生活都很简朴，原因或许就在此处。

“我的刀子在哪？”

“我正吃饭呢！”

“快拿开，馅饼放到起诉状上了！”

“消停点吧先生们！”

在大家七嘴八舌一起叫嚷的时候，那位告状的老人走进来，转身关上房门。不幸的人十分谦卑，举止很不自然。他尽量露出笑脸，但是在六个文书冷漠的脸上找不到任何善意的表示。老人脸上的肌肉松弛下来。大概他阅人多矣，所以彬彬有礼地找那跑外的小厮说话，希望这个受气包对他能客气一点儿。

“先生，您的老板能接见我吗？”

一肚子坏水的跑外小厮用左手的指头一下一下地拨弄耳朵，好像回答说“我耳聋”。

“先生，你要干什么？”戈德夏一边问，一边吞下一口面包，这一口足够四个人吃的分量。他挥动着刀子，跷起二郎腿，一只脚举到眼睛那么高。

这个倒霉蛋说:“先生，我到这里来五次了。我希望见德维尔先生。”

“是打官司吗？”

“是的。不过我只能对德维尔先生说……”

“老板睡觉了，如果你有什么困难要向他咨询，他只在半夜才上班。如果你愿意把案情对我们说说，我们都跟他一样可以对你……”

陌生人不动声色，开始惴惴地四下张望，好像一条狗溜进别人家的厨房，生怕在那里挨一顿打。文书们由于地位优越，从来不怕小偷，并不怀疑这个穿着卡里克大衣的男人，任凭他观察这个处所。显然他很疲乏，但找不到一个座位容他休息一下。按照惯例，代办人在事务所里准备的椅子很少。一般的客户站累了，就会嘟嘟囔囔地走开，不会浪费他们的时间。按照一位老资格讼师的说法，这里是论时计价的。

“先生”，那老人回答说，“我有幸预先告诉你，我的案子只能对德维尔先生说，我要等他起床。”

布卡尔算完了账，闻一闻巧克力的香味，从藤椅上站起来，走到壁炉旁边，仔细打量那个老人。他看了看那件卡里克大衣，做出个难以形容的鬼脸。心里也许在想，无论把这个顾客怎么拧怎么挤，也得不到一分钱。便要说句干脆利落的话，为办事处推掉一个没有油水的主顾。

“先生，他们说的是实话，老板只在夜里办公。如果你的案情重大，我建议你清晨一点钟再来一趟。”

申诉人呆呆地看着主任文书，一动不动地待了一会儿。一般爱打官司的人常有想入非非迟疑不决的天性，只因灵机一动，脸上就出现变化，文书们早已见惯不惊了。他们不再理会那老头儿，继续吃东西，牙床骨发出咯吱咯吱的研磨声，就像马在吃草料一样。

最后那老人说：“先生，我今天晚上一定来。”如同所有遭受痛苦的人，老人的性格特别坚韧，他要揭露这些人的恶意耍笑。

贫穷困顿的人唯一能做的抗争就是迫使司法和慈善机构去纠正人世的不公。当这些可怜人清清楚楚地看到社会上布满了谎言和欺骗时，他们便更急切地投身于上帝的怀抱。

“你们看，这不是个冤大头吗？”还没等那老人关上门，西莫南就说。

“他那样子像是从坟里钻出来的。”小文书又加了一句。

“大概是个什么上校来追讨拖欠的军饷。”主任文书说。

戈德夏接上嘴：“不对，他从前准是个看门的。”

“我打赌他是个贵族。”布卡尔叫道。

“我打赌他当过门房，”戈德夏反驳说，“只有门房才天生会穿那种油腻腻的卡里克旧大衣。就像个老流氓似的，下摆都撕破了！你们没有看见吗？他的靴子开绽了，灌进了水；光脖子系条领带，假装有件衬衣。他是在桥底下睡觉的。”

“他可能又是贵族，又当拉门闩的门房，”德鲁什嚷道，“这样的人有的是！”

“不对，”在一片哄笑中布卡尔又说，“我认为他在一七八九年卖过啤酒，共和时代又当过上校。”

“嘿，我打赌说他没有当过兵，赌输了就请大家看演出。”

“好啊！”布卡尔说。

“先生！先生！”小文书一边喊，一边打开窗子。

“西莫南，你要干什么？”布卡尔问。

“我叫他回来问问，他到底是上校还是门房，这个人自己总该知道。”

所有的文书一齐哈哈大笑。这时那老人已经登上了楼梯。

“咱们对他说什么呢？”戈德夏说。

“包在我身上！”布卡尔回答。

可怜的人小心翼翼进了屋，垂下眼睛，也许是怕看到食物露出贪婪的饿相。

“先生，”布卡尔说，“请您费心告诉我们您的姓名，好让我们的老板……”

“我姓夏倍。”

直到这时，于雷还一直没有开过口，便迫不及待地要给众人添加一个笑料：“就是那位在埃洛战役中阵亡的夏倍上校[①]？”

“先生，正是本人。”那人像前朝军人一样，回答得简洁干脆，说完转身就走了。

“哎呀！”

“妙啊！”

“哈哈！”

“有好戏了！”

“要命，要命！”

“天呀，天呀！”

---

① 埃洛：当时是东普鲁士的一个村镇。现在是俄国的巴格拉迪奥诺夫城。1807年2月7日到8日，拿破仑率军在此与普俄联军血战。法军伏尸四万。

“精彩绝伦！”

“噢！”

“啊！”

“德鲁什先生，你可以不花钱去看演出了！”于雷在第四名文书的肩上狠狠地拍了一下，那力量可以打死一头犀牛。

大家又笑又叫，夹杂着许多毫无意思的欢呼起哄。

“咱们去哪家戏院？”

“去歌剧院！”主任说。

戈德夏接过话头：“我先说下，当初没有指定要看歌剧。我一高兴就领你们去看女明星萨基。”

“萨基那一套，不够格。”

“怎么不够格？”戈德夏回嘴，“咱们先要确定事实。我打的是什么赌，请大家看演出，什么叫作演出？就是可以看的东西……”

西莫南打断他的话：“照这个说法，你把我们领到新桥去，看看大河流水就算清账了？”

戈德夏继续说：“必须是花了钱才看的。”

德鲁什说道：“花钱看的不一定都是演出。这个定义不准确。”

“咳，你们听我说。”

“伙计，”布卡尔说，“你在胡搅蛮缠。”

“居尔丢斯展览馆怎么样？”戈德夏问。

“不行，”主任文书回答，“那里只有陈列的蜡像。”

戈德夏说：“我拿一百法郎打赌，蜡像馆的东西值得一看。门票贵贱不等，随你占据的位置而定。”

“一派胡言。”西莫南说了一句。

戈德夏呵斥道：“你小心点我扇你耳光。”

文书们都耸了耸肩膀。

“再说，还没有弄清楚这个老猴儿精是不是跟我们开玩笑呢。”文书们的笑声让戈德夏不能再巧言申辩，“老实说，夏倍上校确实死了，他的老婆已经再醮，嫁给了参议员费罗伯爵。费罗夫人还是咱们事务所的客户哩！”

“这个案子推到明天再办吧，”布卡尔说，“干活吧，诸位先生！拿出档案袋！怎么能不干活！把你们的申诉状写完，第四审判庭开庭之前就要呈报。今天就开审了。快点儿动手啊！”

“如果他真是夏倍上校，淘气鬼西莫南对他装聋的时候，他怎么不踢他后腚一脚呢？”德鲁什说，他觉得这观点比戈德夏的话更有说服力。

布卡尔又说：“既然情况还无法确定，咱们就到喜剧院去定个二等包厢吧，去看看塔尔玛演尼禄。给西莫南买张池座票。”

说到这里，主任文书便坐到办公桌旁，每人也各自坐下。

“‘颁布于一八一四年六月’，要写正体字”，戈德夏说，“那时候有你们了吗？”

“有了。”两个抄写员和一个写正文的回答。他们的笔尖在公文纸上沙沙地响着，好像小学生把上百只笼养的虫儿放在办公室的纸盒里了。

撰稿人又念道：“恳请法院诸位先生。—— 哎呀！这句话得再念一遍，我自己都弄不清了。”

布卡尔在算账说：“四十六……对了，自己常常弄不清！……加三等于四十九……”

戈德夏把底稿又看一遍，读道：“恳请法院诸位大人，仰体圣意，从速纠正荣誉勋位秘书处之行政措施，采用吾侪如上陈述之广义观点予以判决……”

小文书说：“戈德夏先生，您要不要一杯水？”

布卡尔说：“西莫南小淘气儿，好吧，快马加鞭，把这包文件送到荣军院去。”

戈德夏继续念文书：“……以保障格朗利厄子爵夫人之权益……”

主任文书叫了起来：“怎么！你打算为格朗利厄夫人写状子，控告荣誉骑士团吗？我们的事务所对这个案子是承包收费的。咳！你这个傻瓜，把你的正本和副本都放到一边，给我留着，在纳瓦兰控告收容所的时候再用吧。天已晚了，我要写一份申请书，加上几个有鉴于此，然后亲自跑一趟法院……”

这种场景代表着人生千百种赏心乐事，多年以后，想起青年时代就可以说：“啊！那时真是锦绣年华呀！”

将近午夜一点钟，自称夏倍上校的老头儿来敲德维尔先生的门。这位法律代办与塞纳省初级法院来往密切。门房回答他说：德维尔先生还没有回家。老人说已经约定时间了，就上楼走到法学专家的屋子。这位大师，虽然年轻，却已成为法院圈子里出类拔萃的人才。忐忑不安的告状人按过了门铃，看见主任文书正忙着在老板家饭厅的桌子上整理一大堆卷宗，很是惊奇。那文书也很惊讶，他向上校致意，让他坐下。

“说实话，先生，你把咨询的时间定在清晨一点，我还以为是开玩笑哩。”那老头儿就像潦倒落魄的人，强作欢颜一样，尽力装出笑脸。

“文书们的确在开玩笑，但也说的是实话，”主任一面工作一面说，“德维尔先生选择这个时间来审查他的案子，作出案情摘要，制定办案程序，选择辩护的方法。这个时候，才能发挥他那惊人的智慧，只有这个时候，他才能安安静静、平平稳稳地谋划出锦囊妙计。自从他开业以来，您是第三例在半夜的这个时分前来咨询的。我们老板回家以后要研讨每个案子，阅读所有的文档，也许要用四五个小时来工作；然后他打铃叫我，向我说明他的意图。早晨从十点到下午两点他听客户的申诉，用一天的其余时间去赴约会。晚上他去交际应酬，维系他的人脉。只在夜里他才深入钻研各个案情，在法律条文中发掘武器来制订战斗计划。他一桩官司都不愿意输。他热爱这行技艺。他不像那些同行什么案子都接。他的生活就是这样，有条不紊，内容充实，所以挣了许多钱。”

老人静静地听着这些介绍，他那古怪的脸上没有丝毫智慧的表情，文书看他一眼，便不再理会他。过了一会儿，德维尔回到家来，穿着参加舞会的礼服。主任文书给他开了门，继续把文件整理好。在昏暗的光线中，看到等待他的奇怪的主顾，年轻的诉讼代理人愣了一下。夏倍上校仍然一动不动，就像居尔丢斯展览馆的蜡像，戈德夏就是要带他的同事们到那里参观的。他那样纹丝不动原本不至于让人惊奇，不过整个的人显出一种极不自然的模样。这位老兵又干又瘦，特意用一种光滑的假发遮住额头，显得有点神秘。仿佛有块透明的薄膜蒙着眼睛，似乎是块污秽的螺钿，由蜡烛光照着反射出蓝幽幽的光。一张俗话说的那种刀棱脸，又青又白，像个死人。脖子上系着一条劣质的黑绸领带。破烂的深棕色衣领以下，整个身体都淹没在阴影中，富有想象力的人可能把这个老人的头当作偶然出现的一个剪影，或是伦勃朗笔下一幅没有加画框的肖像。帽檐儿在老人的额头投下一条黑影，遮住了上半个脸。光和影本是自然现象，但却产生了奇特效果，由于强烈的对比，凸显出寒气森森的弯弯的白色皱纹，使人觉得那是一副失去血色的尸体的面目。身体僵硬，眼光冷漠，以及白痴所特有的麻木颓唐，一起构成悲恸欲绝的表情，使这副面貌显露出不可言状的死亡气息。善于观察的人，特别是一位法律代办，会在这个受过严重打击的人身上找到深刻痛苦的印记，以及摧残了他面容的贫困印痕，就像从天而降的滴滴雨水，天长日久，损伤了美丽的大理石像。一位医生、作家或是法官，看见这副奇丑的面貌就会想到整个的悲剧。他的面目类似画家一面跟朋友聊天一面在石基上随手乱画的图像。看到法律代办人，那位生客浑身一颤，仿佛诗人在静寂的深夜被突如其来的声音打断了遐思一般，老人慌忙摘下帽子，站起来，向那年轻人行礼。但是帽子的皮里子显然过于油腻，黏住了他的假发，他还没有发现，一下子露出了他的秃脑壳，上边有一道伤疤，从后脑勺一直划到右眼，到处是一条条的疤痕。这可怜的人戴着肮脏的假发，原来是为遮盖伤疤的。假发突然掉了，并没有让两个吃法律饭的人想笑，看到这可怕的伤疤，他们的第一个想法就是："他的智慧都从那里漏走了。"

布卡尔心里想："即使他不是夏倍上校，也准是个自尊自重的军人。"

德维尔说："先生，您贵姓？"

“我是夏倍上校。”

“哪位夏倍上校？”

“在埃洛战役阵亡的那个。”老人回答。

听到这奇怪的回答，文书和代办人彼此对看了一眼，意思是说：“他是个疯子！”

上校又说：“先生，我只想把我的情况告诉您一个人。”

所有的法律代理人最突出的特点就是天生无所畏惧。也许是惯于接待很多各式各样的人，也许是深刻地感觉到法律给他们的保护，所以他们也像教士和医生一样，到处行走，不会心怀恐惧。德维尔向布卡尔使了个眼色，布卡尔就走开了。

“先生，”代办人说，“白天的时间我并不太吝惜，但在子夜，每分钟对我都是宝贵的。所以你讲话要简单明确，只讲事实，不要闲扯。如果我认为必要，我自会要求你详细说明。你说吧。”

年轻人让那古怪的顾客坐下，自己也坐到办公桌后面，准备注意倾听这位前上校的陈述，一面还翻阅卷宗。

“先生，”那个“已死的人”说，“您也许知道，在埃洛战役中我指挥着一个骑兵联队，在米拉组织的那次起决定作用的突击中[①]，我的战功显赫。不幸的是，我的‘阵亡’已经成了一桩历史事实，并记载在《胜利与征服》中[②]。当时我们把俄罗斯的三股军队截成两段，但是他们又很快合拢了，我们不得不返身突围，击溃了一批俄国兵，正当我们向皇帝靠拢时，我遇到了敌人的主力骑兵。我向这批顽敌冲去。两个铁塔似的俄国军官同时向我冲过来，其中一个用马刀直向我的头颅劈下，以致砍破了我头上的黑绸小帽，深深地划开了我的头盖骨。我从马上翻下来。米拉赶来支援，他和他的属下一千五百号人马，从我身上驰骋而过。又有什么用呢！他们禀报皇

---

① 米拉（1767—1815）：法国元帅，曾随拿破仑身经百战，是拿破仑的妹夫，获那不勒斯亲王的称号。帝国倾覆之后，于1815年10月13日被枪决。

② 《胜利与征服》：由法国政府编撰的战争公报及作战计划的总汇。记录了自1817年至1829年法国全部的军事活动。

帝，说我已‘阵亡’。我的主子对我还很恩宠，很赞赏我率领的那次突击。为谨慎起见，他要知道还有没有救活我的机会。他派了两名军医去找我，若找到就把我抬到救护站。皇上对他们说：‘去看看我那可怜的夏倍是不是还活着？’也许他的口气有点随便，因为他太忙了。这两个该死的兵油子曾眼见我被两队战马践踏在蹄下，连我的脉搏都没有摸，就说我已经死了。于是按照军队的法规，正式记录我已‘阵亡’。”

年轻的代办人，听着他的顾客明晰而完整地叙述这个离奇而又似乎是真的故事，终于放下卷宗，他左臂拄着桌子，手托着腮，定睛看着上校。

“您知道吗，先生，”他说道，“我就是夏倍上校的遗孀、如今的费罗伯爵夫人的法律顾问。”

“那就是我的妻子！对了，先生。就为这个，我曾经找了百十个法律界人士商量办理这件事，毫无结果，他们把我当成疯子，我才决定来找您。我的不幸以后再说，让我对您先讲事实，不如说我要解释这些事情是怎么发生的，有什么样的过程。有些细节大概只有永恒的上帝知道，关于这些我不得不做些假设。先生，我受的伤大概引起了一种痉挛，或叫僵直症，变得又僵又硬。否则，怎么会按照打仗的惯例把我的衣服剥光，由负责埋葬死人的士兵扔到沟里呢？在这里，我要说明一个有关我死亡的细节，那是我事后才知道的。一八一四年，我在斯图加特遇到了我那联队的一个中士。这个大好人，只有他才肯承认我的身份。关于他的事，以后再对您说。他向我解释我是怎么保住性命的。我本人受伤时，我的马也中了一颗子弹。牲口和人就像纸糊的花灯一样，翻倒在地。无论是在马的左边还是右边，显然我被马的身子掩住了，才让我避过了践踏和流弹。我醒过来的时候，先生，当时的处境和四周的气氛，就是对您讲一晚上也讲不清楚。我吸入的一点儿空气恶臭不堪、令人窒息。我想动一动，但是没有活动的余地。睁开眼睛，什么也看不到。空气稀薄是对我最大的威胁，让我清楚地了解到自己的处境。我明白，我待的这个地方不会有一点儿新鲜空气，而且我就要死了。难以言传的痛楚，使我清醒过来。但一想到这种处境，我连疼痛都感觉不到了。我的耳朵嗡嗡乱响，我听见，反正我什么都不敢肯定，我似乎听见周围的死尸发出了呻吟。对这一时刻，虽然我的回忆已很模糊，虽然我的记忆也很混乱，尽管我的深刻痛苦扰乱了我的思想，但有时在深夜，仿佛我还能听到窒息中的叹息！但还有比这声音更可怕的东西，那就是我在任何地方都没有经历过的静寂，坟墓中真正的静寂。于是我抬起双手摸索着那些死人，发觉在我的头和上面的死尸之间有个缝隙。于是我就估量一下不知为何偶然留给我的这点空间。大概出于草率和匆忙，人家把我们横七竖八扔下来的时候，有两具尸体在我的上面支撑出一个夹角，就像孩子玩建造城堡，用一张纸牌支起另一张纸牌一样。我急急忙忙地搜索，一刻也不敢迟疑，很高兴，摸到了一条胳膊，像海格立斯的胳膊[①]！我要靠他那健壮的筋骨拯救我的性命。如果没有这意料之外的支撑，我必死无疑！你可以想象，我是多么奋力地挪动尸体，就是他们把我和盖在我们身上的土层隔开了。我说我们，仿佛在那里还有活人似的！我坚持不懈达到了目的。先生，你看我还活在这里。但直到如今我也不明白，我是如何掀开了那层血肉之躯构成的盖子，那就是划分我生死的界限。我仿佛长了三条臂膀，灵活地利用那位英雄的臂膀作支撑，终于在我挪开的死尸之间找到了一丝空气，维持我的呼吸。到最后，我又重见天日了。但是，先生，还隔着一层雪。到这时候，我才发现我的脑壳被砍裂了。幸亏，我的血、战友们的血、说不清还有我那匹马身上的烂皮，就像一层天然的膏药贴在头上。尽管头上有这层硬壳，我的脑袋一碰到雪还是晕了过去。不过，我身上残留的一点儿热气融化了周围的雪。我苏醒过来时，发觉我正在一个土坑的中央。我便大声呼喊了很久。这时太阳升起了，不太可能有人听到我的呼救。是不是有人已经下田劳作了？我的腿脚就像弹簧一样蹬

---

① 海格立斯：罗马神话中的英雄。即希腊神话中的赫拉格勒斯，是天神宙斯与人间美女阿尔克墨涅所生的儿子，人间力气最大的英雄。

在几个骨骼结实的尸体上，极力向上挣扎。您也知道，这个时候来不及对他们说‘可怜的勇士们，我向你们致敬’！总而言之，遭受了痛苦之后，如果能说出这句话，就能让我恢复勇气，在日后的漫长生活中，去面对许多的，咳！许多的痛苦。那些糊涂的日耳曼人听见叫喊却找不到人，就逃走了。最后，我终于被一个胆子大、或许是一个好奇心强的女人发现了，她走到旁边来，我的头就像长出地面的一朵大蘑菇。这女人去找她的丈夫，两人把我抬到破木板房里。好像我又发作了一次僵直症。我用这个词来说明我当时的情况，请不要介意，因为那时的情形，我什么都不知道了。但根据两位主人的叙述，我断定就是这种病的症状。我在那里不死不活地过了六个月，有时一声不出，有时胡言乱语。后来，我的主人把我送到海尔斯贝格的医院。先生，您会知道我从坟坑里爬出来，就跟刚出娘胎一样，一丝不挂。六个月之后，有一天我忽然想起我是夏倍上校，我恢复了神志，就要求照顾我的女护士对我尊重一些，不要像对待一个穷棒子，同病室的病友都大笑起来。幸亏我的主治大夫，由于职业的自尊，答应把我治好，当然，也很关心我这个病人。我一口气向他说明了我以前的生活经历，斯帕什曼大夫，这个大好人，就按当地法律规定的文书格式，让人证明我从死人坑里爬出来的这个奇迹，恩人夫妇发现我的日期、时间，我受伤的性质和准确部位。还用各种法律术语，写明了我的体貌特征。咳，先生，这些重要文件以及海尔斯贝格的公证人为证明我身份出具的公证书，我都没有带来。由于发生了战事，我被赶出了海尔斯贝格，成了流浪汉，乞讨度日。一说起我的奇特经历，人家就把我当成疯子。我一文不名，也挣不来钱去索取那些文件来证明我的那些话是真的，让我回到正常的社会生活中去。由于病痛，我时常在小城镇里流连五六个月。那里的人对我这法国病人还算照顾，但一说起我是夏倍上校，他们就冷笑不已。在很长的时期里，这些冷笑、这些怀疑使我怒不可遏，这可害苦了我，人家甚至把我当成疯子，关在斯图加特的监狱里。说实话，您也可以认为听了我的叙述，人家很有理由把这样一个人关起来。坐了两年牢，我千百次地听见看守们说：‘这个可怜的人还以为自己是夏倍上校哩。’别人就回答：‘可怜呀可怜！’我都不得不忍受。终于甘心承认我自己的那些奇特经历都是不可能发生的。我忧郁悲伤，逆来顺受，不吵不闹，不再说我是夏倍上校，为的就是能走出监狱，再看看法兰西。哎，先生，再看看巴黎！这是一个梦，而我不……”

这句话还没有说完，夏倍就陷入深深的沉思，德维尔不忍打搅他。

“先生，有一天，”客人又说，“春天的某日，人家放我出狱，还给了我十个塔勒[①]，原因是说，我无论叙述什么事都有条有理，也不再说自己是夏倍上校了。说实话，从那个时候起，直到如今，有时我都厌恶我的姓氏，我宁愿变成别人。一想到我本来的权利，我就恨不得去死。如果我的病让我忘却过去的经历，那我就高兴了！我就会随便编造个假名再去从军，谁敢说我不能当上奥地利或俄罗斯的元帅呢！”

“先生，”法律代理人说，“你把我的思想都搅乱了，听着你的话我好像是在做梦，咱们歇一会吧。”

“只有您一个人这样耐心地听我讲话，”上校说着露出悲痛的样子，“在法律界，没有一个人肯借给我十个拿破仑金币，让我从德国索取必要的文件来打官司[②]……”

“什么官司？”法律代理人听着他讲过去的痛苦，竟忘了他目前的悲惨处境。

“先生，费罗伯爵夫人不正是我的妻子吗！她每年有三万里弗尔的进款[③]，那本来都是属于我的，但她连两分钱都不愿意给我。我把这种情况对许多代理人说，对有良心的人说。我，一个乞丐，要状告一位伯爵和一位伯爵夫人；我，一个死人，要否认阵亡通知书，要讨回我的结婚证和出生证，他们就把我赶走。赶的方式，随着他们各自的性格而有所不同：有的彬彬有礼但冷漠无情，你们常常就这样

① 塔勒：日耳曼帝国时的大银币，币值比马克要高。

② 拿破仑金币：铸有拿破仑头像的金币，每枚值二十法郎。

③ 里弗尔：法国古代记账货币。每里弗尔相当于380至490克白银的价值。

摆脱一个可怜的穷人；有的蛮横粗鲁，就好像碰见一个骗子或疯子。我曾经被埋在死人底下，而现在我被活人埋着，被规章制度和既成事实埋着，整个社会埋着我，要让我重新回到地下去！”

“先生，现在请您继续讲下去。”代理人说。

“请您，”可怜的老头儿抓住年轻人的手大声说，“这是我听到的第一句有礼貌的话，自从……”

上校哭泣起来，感激之情使他说不出话了。在他的眼神、举止甚至静默之中，都有一种难以言传却直触心灵的表情，终于使德维尔完全信服并且深受感动。

“听我说，先生，”他对顾客说，“今晚我在牌桌上赢了三百法郎，我可以用这笔款子的一半来成全一个人的幸福。我马上开始办理必要的索取手续，让你得到你所说的那些文件。一直到收到这些文件之前，我每天给你五法郎。如果你真是夏倍上校，你一定能原谅我这么个年轻人，只能拿出这么小的数目，我还得成家立业呢。你继续说吧。”

自称为上校的人痴立了许久，极端的不幸显然已击溃了他的信心。如果说他还追求军人的荣誉，要重拥自己的家产、重振自己的威名，这种说不清的进取精神在每个人的心里都有苗头，就是由于这种精神，我们的人世间才有炼金术士去苦苦探求，人人渴求光辉荣耀，天文学家和物理学家热衷于发现新的事物。所有这一切，推动着人类用已得的成绩和先进的思想使自己身价倍增，让自己成为伟人。在上校的心目中自我只居于第二位，正如对于一个赌徒，得胜的光彩和快乐比得到赌赢的财物更加宝贵。十年以来，这个人已被他的妻子、司法界和整个社会成规所抛弃，年轻代理人的这番话在他听来简直就是奇迹。从诉讼代理人手里得到的这十块金币，正是多年以来多少人用各种方式拒绝给他的。据说有位夫人，发了十五年的高烧，一旦痊愈，竟以为得了另一种病。上校也是这样。有些好事，早已不指望了，一旦幸运从天而降，反倒像晴天霹雳一般，使人手足无措。这个可怜人满腔的感激之情却表达不出来。肤浅的人会认为他冷漠麻木，但德维尔从一副呆相里看到了他的真挚诚恳。如果是个骗子手则会说出许多悦耳动人的好话。

“我说到哪儿了？”上校问，像小孩子或军人那样天真。一个军人往往保有童心，而一个孩子也总有军人的气质，尤其是在法国。

“讲到斯图加特，你从监狱出来。”代理人回答。

“你认识我妻子吗？”上校问。

“认识。”德维尔点点头回答。

“她现在怎么样？”

“仍然美丽动人。”

那老人挥一下手，仿佛逆来顺受地把隐痛吞了下去，神情却庄严肃穆，凡是在战场上经过血和火考验的人，都有这种素质。

“先生，”他说，倒显出快活的样子，这可怜的上校可以自由呼吸了，仿佛第二次从坟墓里爬出来，他方才融化了一层雪，比当年冻在他头顶上的那层更结实；他深深呼吸着空气，仿佛刚刚离开地牢，“先生，如果我还年轻漂亮，就不会遇到这些苦难；女人相信会甜言蜜语的男人。无论哪个男人，一旦得到她们的欢心，她们就会跑过来，凑上去，尽心竭力，为他使小心眼、玩鬼把戏，认定他说的都是事实。我怎么能让女人感兴趣呢？我的脸像个死尸[①]。穿得像个长裤汉[②]。我不像法国人，倒像个爱斯基摩人。想当初，在一七九九年的那帮花花公子中，我是最漂亮的一个！我，夏倍，帝国的伯爵！后来，我像条狗一样被人赶到大街上的那一天，遇到了我对你提过的那个中士。这哥们儿叫布坦，这可怜虫和我真是一对儿难兄难弟。我在瞎逛的时候碰见了他；我认出了他，他可绝对猜不到我是谁。我们一起进了个小酒馆儿。我一说姓名，布坦就咧开

① 死尸：原文为拉丁文 requiem。是追思弥撒中第一句祈祷文的第一个词：requiem oetenam dona eis。意为“请给他们永恒的安息”。这个词的引申义为“追思弥撒”和“安魂曲”。考虑到天主教文化的影响，在中国相对仍不普遍，这里采取自由度较大的意译。

② 长裤汉：法国大革命前后，贵族穿的是长仅及膝的短裤，下面是白色长筒袜和黑色皮鞋；只有平民百姓才穿裤脚及踝的长裤。

嘴哈哈大笑，就像个裂开了的迫击炮口。先生，他的笑声让我极度悲伤。这笑声毫不掩饰地揭示出，即便是最亲密、最感激我的朋友也不认得我了！当年，我曾救过布坦的命，那是我对他的回报。他怎么帮助我，就不对你细说了。事情发生在意大利的拉文纳，在一间不太体面的屋子里，我差一点儿被人用匕首扎死，布坦救了我的命。那时我还不是上校，像布坦一样是个普通的骑兵。幸亏这件事的一些细节只有我们两个人知道；我把这些事儿对他一说，他的怀疑就减轻了。随后，我又把我奇怪生活中的各种灾难告诉了他。虽然他说我的眼睛和嗓音都变了，我的头发、牙齿和眉毛都没有了，我的面色白得像得了白癜风，他提出来千百个问题，我都回答得很准确。最后，他才认出来这个乞丐就是他的上校。他也讲述了他的诡异经历，其离奇古怪的程度并不亚于我。他刚从中国边境回来，逃出了西伯利亚之后，他想进入中国。他告诉我，战争在俄罗斯的溃败和拿破仑第一次退位，这个消息让我非常痛苦。我们如同两团奇特的劫灰在地球上滚动，就像卵石被狂风巨浪从大洋此岸抛到彼岸。综合我们俩到过的地方，有埃及、叙利亚、西班牙、俄罗斯、荷兰、德意志、意大利、达尔马提亚[①]、英国、中国、鞑靼和西伯利亚；只有印度和美洲我们没去过。布坦比我腿脚灵便，自愿尽快赶到巴黎，把我当时的情况告诉我妻子。我给夏倍夫人写了一封极为详细的信，那已是第四封了！如果我有家属、亲戚，这些麻烦事也许就不会发生；但我必须告诉您，我是孤儿院的孩子。一个当兵的，我的产业就是勇气，我的家庭就是社会，我的祖国就是法兰西，我的保护人只有上帝。我说错了，我还有位父亲，那就是皇帝[②]！咳！如果我那亲爱的人还在位，看到他的夏倍沦落到如此地步，他会大发脾气。当初他就是这么称呼我的。有什么办法呢！我们的太阳落山了，我们都觉得寒冷。不管怎样，可能是政局的变动才让我妻子保持沉默。

---

① 达尔马提亚：沿着亚得里亚海东岸的一个地区，包括沿岸的达尔马提亚群岛和附近千百个小岛。

② 皇帝：指拿破仑。1804 年 5 月拿破仑称帝。

布坦走了，还算幸运，他有两只训练好的白熊，能让他活命。我不能陪伴他，我的病痛不允许我走长路。尽我能力所及，陪伴着他和他的白熊走了一段路，分别的时候，先生，我哭了。在卡尔斯鲁厄[①]，我的脑神经疼痛，在一个小客栈的稻草堆里熬过了六个星期。咳，先生！我当乞丐的时候遇到的痛苦说也说不完。比起精神上的折磨，肉体的疼痛就不值一提了；但精神上的痛苦谁也看不到，所以得不到更多的同情。记得在斯特拉斯堡一座大酒店门前，我曾大哭一场，往日我在这儿大摆筵席招待宾客，如今在这儿连一块面包都讨不到。我回巴黎的路线是跟布坦商量好的，所以到每个城市的邮局我都去问，有没有寄给我的信和钱[②]。直至走到巴黎，我什么也没有得到。我该多么失望啊！我想布坦大概死了。果然那可怜的家伙在滑铁卢丧了命。这一消息是后来我偶然才知道的。他到我妻子那里办的事显然也毫无结果。最终，我跟哥萨克骑兵一起进了巴黎城[③]。这对我真是痛上加痛。看到俄国人侵入法兰西，我就不再想脚上没有鞋、口袋里没有钱了。是的，先生，我的衣服全变成了碎布片儿。进城的前一晚，我不得不在克莱森林里露宿。夜里的凉气使我得了不知名的病，我带病穿过圣马丁地区，在一个铁匠铺的门口晕倒了。醒来的时候，发觉躺在慈善医院的病床上。我在那里过了相当舒服的一个月，随即被打发出门。我一文不名，但身体很好，而且走在巴黎的卵石路上。我是多么高兴、多么急切地走上勃朗峰街，我的妻子大概就住在我的寓所里。咳！勃朗峰街早已变成了安丁路。我的寓所不见了，早已被出卖并拆毁。地产投机商在我的花园里盖了好几座房子。我并不知道她又嫁给了费罗先生，所以打听不到任何消息。后来我去找一个从前为我办事的老律师，可是这个人把他的事务所盘给一个年轻人之后就死了。年轻的公证人告诉我，已公布

① 卡尔斯鲁厄：当时普鲁士的一个城市。现属德国西南部的巴登—符腾堡州。

② 某些国家的邮政有一项特别的业务，叫作存局自领（la poste restante）。是专为没有固定住址的人服务的。

③ 滑铁卢战役之后，俄国沙皇亚历山大率领哥萨克骑兵与英军一起进入巴黎。

了我的财产清算和继承的手续，我的女人又嫁了人，还生了两个孩子，这让我大吃一惊。我对他说我就是夏倍上校时，他毫不遮掩地哈哈大笑起来，我转身就走，没做任何解释。我在斯图加特曾被关进监狱，又想起沙朗冬的疯人院[①]，我决定小心从事。这时，先生，我已知道了我妻子的住址，便向她的府第走去。”上校说着，愤怒地挥了挥手，“咳！我用假名让人通报时，人家不接见我；有一天我用了真名，人家根本不让我进大门。为了在清晨伯爵夫人跳舞或看戏回家时能看到她，我整夜就靠在大门的边上。车子像闪电一般从我面前飞驰而过，我紧紧盯着里面，似乎瞥见了那个曾经是我的而如今不再属于我的女人！哼！从这天起，我活着就是为了复仇。”老人说着，嗓子沙哑了，陡然在德维尔面前站了起来，“她知道我还活着，从我回来之后，她收到过两封我的亲笔信。她已经不爱我了！而我呢，我不知道是爱她还是恨她。我一会儿想念她，一会儿诅咒她。她的财产，她的幸福，都是靠着我才有的。好啊，她竟然不肯给我一丝一毫的帮助！那时候，我真不知如何是好。”

说到这里，这位老兵又颓然坐到椅子上，一动不动了。德维尔一声不出，只顾打量着这位顾客。

“事情很严重，”他终于不动声色地说，“即使认定从海尔斯贝格索回的文件是真实的，也不能断定一开庭我们就能胜诉。这场官司要连续经过三审。这样的案子还没有先例，一定要用冷静的头脑去思考。”

“哼，”上校冷冷地回应一声，同时高傲地扬起了头，“如果官司输了，我就去死，但是得有人给我陪葬。”

这时他的老态消失了，倒显出坚毅果敢的神情，双眼发出渴望和复仇的光焰。

代办人说：“也许该用调解的办法。”

“调解，”夏倍上校重复一句，“我是死人还是活人？”

---

① 沙朗冬：巴黎东南方向的一个市镇。该地有一所著名的收容院，专门收容疯子。

代办人又说："先生，希望你听从我的劝告。你的案子就是我的案子。以后你会发现我非常关心你的处境。在司法界，几乎没有这样的例子。现在我让你拿个字条给我的公证人，凭借据每十天从他那里取五十法郎。到我这里借钱对你不太合适。如果你真是夏倍上校，就用不着任何人的施舍；你本是富有的人，你的产业可以重新收回。"

最后这番体贴入微的话让老人涌出了热泪。德维尔猛然站起来，因为一个法律代办人照例不该流露感情。他走进办公室，回来时拿着一个没有封口的信封，交给了夏倍伯爵。那可怜的人用手指捏住信封时，隔着信封感觉到里面有两枚金币。

"请把证明文件的名称，存放的市镇和城邦的名称都告诉我[①]。"代办人说。

上校详细说明了所有情况，又把地名的写法核对了一遍。然后，一只手拿起帽子，定睛看着德维尔并向他伸出另一只长满老茧的手，直截了当地说："先生，除了皇帝，你是我最大的恩公，你真是个大好人！"

代办人拍了拍上校的手，把他送到楼梯口，并且举着灯给他照明。

"布卡尔，"德维尔对他的主任文书说，"我刚才听到了一个故事，也许要让我花费二十五个金路易[②]。如果这些钱被骗走，我也不心疼，因为我看到了一个当代演技最高的演员。"

上校走到一盏路灯底下，从信封里掏出代理人给他的各值二十法郎的两枚金币。在灯光下端详了一阵子。九年以来，这是他第一次又看到了金币。

"我可以抽雪茄了。"他心里想。

自从夏倍上校深更半夜到德维尔那里咨询以后，又过了大约三个月，代替德维尔向那奇怪的顾客垫付生活费的公证人[③]来找德维尔，

① 当时日耳曼地区地缘政治的格局与现在大不相同，各个地方的独立性很强。

② 金路易：铸有路易十三等头像的法国旧金币，每枚相当于二十法郎。

③ 生活费的原文为demi-solde，直译为半饷。帝国倾覆以后，复辟王朝仍为帝国的军官发放半饷，以维持他们的生活。

要告诉他一件重要的事。一开始，他就向德维尔索要替他付给老兵的六百法郎。

“你要养一支帝国军队来找乐子吗？”公证人笑着对他说。这位年轻的公证人名叫克鲁塔，原来在一家公证事务所当主任文书。老板破了产，一走了之，他便把那个事务所买了下来。

“谢谢你提醒我这件事，我的老伙计，”德维尔回答，“我拿出的善款不会超过二十五个金路易，就怕为了爱国主义我已经上当受骗了。”

刚说完这句话，就看见办公桌上放着主任文书拿来的几包文件。还有一封信，上面有各国邮局贴的长的、方的、三角形的、红色的和蓝色的邮票，有普鲁士的、奥地利的、巴伐利亚的，还有法国的。这使他的眼睛一亮。

“啊，”他笑着说，“这出戏有下文了，咱们来看看，我是不是受了骗！”他拿起信来拆开，但却读不懂，写的是德文，“布卡尔，你亲自去叫人把这封信翻译出来，然后快回来。”德维尔说着，推开办公室的门，把信递给了他的主任文书。

德维尔找的那位柏林公证人在信中说，德维尔索取的那些文件在这封信的以后几天就会寄到。据说，这些文件完全合乎要求，已经做了必要的法律认定，能够取信于法院。另外还说，差不多所有为案件笔录所说事实做证的人，还都生活在普鲁希石埃洛，救夏倍上校一命的那个女人也还活着，住在海尔斯贝格郊区的一个小镇上。

布卡尔把信念完，德维尔大声说“这事真确无疑了”，他又转身对公证人说，“喂，我的老弟，我还需要一些资料，大概就在你的事务所里，也就是那个老骗子洛甘的事务所……”

“咱们就说那位破了产的，我那不幸的老东家洛甘吧。”亚历山大·克鲁塔笑着打断了德维尔的话。

“不就是那个破产的家伙卷走顾客们的八十万法郎，让许多家庭陷入绝望的吗？而且夏倍家遗产清算和继承的案子也是他经手的，好像我在费洛家案卷里看到过这个记载。”

"是的，"克鲁塔回答，"那时我还是个三等文书，这个清算遗产的卷宗是我抄录的，也仔细研究过。亚森特又称夏倍，帝国时代的伯爵，荣誉骑士团二级勋章的获得者。罗丝·夏波泰勒是他的配偶，后来的孀妻。他们结婚的时候，没有为财产订立合同，所以财产是共有的。我记得资产总额高达六十万法郎。婚前，夏倍伯爵就曾立过遗嘱：在他死后，把财产的四分之一捐给巴黎的慈善机构，另个四分之一交给国库。法院举办过拍卖共有财产、拍卖一般物品以及分配遗产份额等活动。各法律代理人都忙碌过一阵。清算遗产的时候，那个当时统治着法国的魔王下令[①]，把上交国库的份额还给上校的遗孀。"

"这样说来，夏倍上校个人的财产只剩三十万法郎了。"

"就是啊，老兄，"克鲁塔回答，"你们这些诉讼代理人，虽然人们常常攻击你们，无论是辩护还是控诉，总是颠倒黑白，但有时候你们的脑筋还很清楚。"

夏倍伯爵交给公证人的第一张收据上写着他的住址：圣玛尔梭地区小银行家街，住在一个名叫韦尼奥的老头儿家里，这人在帝国禁卫军里当过中士，如今以养殖畜禽为生。到了这里，德维尔不得不徒步去找他的委托人。马车夫不愿意把车赶到没有铺石子的泥路上去，那里的车辙太深，两轮的轻便马车过不去。代理人四下张望，终于在大路旁边找到了这条小巷。有两堵泥巴掺着碎骨筑成的破烂墙壁，两堵墙中间用砾石砌起两根门柱，虽然柱边放置两块木头来保护，还是被来往车辆撞得斑斑驳驳。门柱顶端的横梁上有一顶瓦片砌出的护檐，横梁上写着红色的大字"韦尼奥养殖场"；字的右边画着几个鸡蛋，左边有一头奶牛，都是白颜色的。门大开着，大概整个白天都是开着的。在宽敞的院子里，正对着大门有一座房子。如果在巴黎的城边搭起的这种小破屋也算作房子的话，却不能跟任何建筑物相比，甚至比不上乡下穷人的住所。这种小破屋只有贫穷，

① 魔王：指拿破仑。

并没有乡下住宅的诗意。在一片农田之间建起几幢小木屋，的确别有风致，那里的空气是新鲜的，花草树木郁郁葱葱，田野四季景色不同，有起伏的山岗，蜿蜒的小径，碧绿的葡萄园，生机勃勃的绿树篱，茅屋顶上长着苔藓，农具摆放在院子里。而在巴黎，贫穷呈现出全部的丑陋，让人触目惊心。虽然这所房子仿佛新建的，但却像是一堆废墟。没有一块材料不是凑合的。那时巴黎天天都在拆房子，这些材料都是从那里捡来的。在一块做护窗的板子上还有这样的字迹“时装商店”。窗子的式样各不相同，安装得也很别扭。底层好像是住人的，但地面的一边翘了起来，另一边的房间则陷在地面之下。大门和屋子中间有个水坑，流进的是雨水和生活污水，还堆着垃圾。这个小破屋的承重墙算是最结实的了，靠墙安置几个木笼，里边养着好几窝兔子。大门的右边，有个牛棚，牛棚上边的阁楼里堆放着饲草，牛棚和正屋之间是挤奶房。左边有个后院，一间马厩和一个猪圈。猪圈和正屋一样，早就盖好了，是把破烂的白木板用钉子钉在一起的，上边随便苫着一层灯芯草。就像所有的供应巴黎人每天吞下三顿饭的场所一样，德维尔走进的院子，到处留下每天固定时刻大批人匆匆而来的痕迹。运送牛奶的凹凸不平的大白铁桶，装奶酪的罐子和破布卷成的罐塞子，乱七八糟地扔在挤奶房的门口。木桩之间拴着绳子，上边搭着擦拭容器用的破破纷纷的抹布，飘飘荡荡地晾在太阳下。只有在挤奶房才找得到的一匹温驯的马，拉着小车走了几步，停在马厩前。马厩的门关着，房屋的墙壁泛出黄色，布满裂纹，上面爬着盖着尘土的细瘦的葡萄藤，一只山羊在啃食葡萄叶。一只猫蜷伏在奶酪罐旁边，舔食奶酪。德维尔走近时惊起了一群鸡，边飞边叫，连看家狗也吠了起来。

“决定埃洛战役胜局的人竟然住在这里！”德维尔看了一眼整个鄙陋不堪的景象，心里想。

有三个男孩看守着这座房子。一个爬到装满青饲料的车顶上，向邻居的烟筒里扔石头，希望石子儿掉到人家的饭锅里。另一个让车底板触到地面，想把一口猪赶到车里去，第三个孩子撑着车的另一边，等猪上去之后，让那畜生玩个翘翘板。德维尔问他们夏倍先生是不是住在这里。没有一个人回答，三个孩子都瞪着他，那样子又呆傻又狡黠，如果这两个词能一起说的话。德维尔又问了一遍，毫无结果。三个淘气包恶作剧的样子让他不耐烦了，便用年轻人对付孩子的态度笑骂了一句，几个孩子倒打破沉默、狂笑起来。上校听见了，从挤奶房子旁边的一个小矮屋里往外走，站在门槛上，完全是一副说不出的军人姿态。嘴里叼着一个烟油子很重的（吸烟人的行话）劣质的白泥烟斗，一般把这东西称为烫嘴的。他掀起十分油腻的鸭舌帽的帽檐，看见了德维尔，就穿过垃圾堆，快步走到恩人的身旁，同时很友好地对孩子们喊道：

“排好队，保持肃静！”

孩子们立刻乖乖地安静下来。这说明通过这位老军人，帝国还对他们起着作用。

“为什么不给我写信呢？你沿着牛棚走吧，那里的路已经铺上了石子儿。”他看到诉讼代理人迟迟不肯迈步，怕垃圾弄脏了靴子，便说道。

德维尔捡着干净的地方连蹦带跳，终于到了房子的门口，上校方才就是从这里出来的。夏倍显得很不好意思，因为不得不在他住的这么个房间里接待客人。的确，德维尔在那里只看到一把椅子。上校的床是几捆干草，上边放着不知女主人从哪里捡来的两三块旧壁毯，通常送牛奶的女人把这种壁毯铺在大车里的长凳上。脚下是夯实的泥地。开裂的墙上泛出了硝，显出绿色，发散着极强的潮气，只得把靠着上校的那面墙用草席遮起来。那件出名的卡里克大衣挂在一根钉子上，角落里躺着两双破靴子，看不到内衣、被褥的踪影。在虫蛀的桌子上放着一本打开的《帝国军队报》，是由布朗歇重印的，看来是上校的日常读物。在这穷困潦倒的境况中，他却保持着安详开朗的神态。到德维尔家的那次访问似乎改变了他的性格和面貌，代理人发现他脸上显出了愉快的印痕和由希望唤起的光辉。

“我抽烟斗会妨碍你吗？”他一面说着，一面把只剩一半草垫儿的椅子推给代理人。

“上校，你住的这个地方糟糕透了。”

德维尔说出了这句话，是因为法律代办人天性大都多疑；并且他很早就目睹过许多陌生人的惨剧，给了他十分痛苦的经验。他心里想：

“瞧，这家伙一定是用我的钱，去满足大兵天生的三个嗜好：赌博、喝酒、找女人！”

“的确，先生，我们这里一点儿奢侈豪华都没有，这只是靠友情支起来的一顶军用帐篷，不过……，”说到这里，那军人用深沉的眼光看着这位法律界人士，“不过，我没有对任何人做过错事，我没有伤害过任何人。我睡得很安稳。”

代理人想，如果询问这个委托人，借给他的钱是如何花费的，未免有些失礼，就只说：“你为什么不搬到巴黎城里去呢？在城里，你花费的不会比这儿多，但却舒服得多。”

上校回答说：“接待我的这家好人让我免费吃住了一年[①]，现在我有了一点儿钱，怎么就离开他们呢？再说，这三个孩子的父亲还是个老埃及人……”

“怎么，是个埃及人？”

“凡是参加过出征埃及的官兵，我们都叫埃及人，我也参加过那次远征。凡是从那里回来的人，都亲如兄弟。不但如此，韦尼奥还属于我的联队，在沙漠中我们还分享过一壶水。何况，我还没有教完他的几个孩子认字呢！”

“既然你给了他钱，他本来应当让你住得舒服些。”

“咳，”上校说，“他的几个孩子跟我一样，也睡在稻草上！他的妻子和他的床并不比我的更好。他们很穷，你看到了吗？又欠着款盘下了一个铺子。如果我能收回我的财产……算了，不再说了！”

“上校，明天或是后天，我就能收到你留在海尔斯贝格的文件。

---

① 免费：原文中，上校用的是拉丁文 gratis。这位落魄的军人时而使用拉丁词语，说明他曾受过相当的教育，绝对不是个大老粗。

救你命的那女人还活着哩！”

“可恶的钱！可是我就没有！”他一边喊着，一边把白泥烟斗摔在地上。

对于有烟瘾的人来说，烟油子厚重的烟斗也是宝贵的。但他出于一时激愤不由自主地把它摔了，大概所有吸烟的人，甚至烟草专卖局，也会原谅他对烟草大不敬的这个举动。天使们大概自会把烟斗碎片捡起来的。

“上校，您的案子非常复杂。”德维尔说着，从屋里走了出来，想围着屋子在太阳底下散散步。

那位军人说道：“我觉得案子简单极了。人家以为我死了，可我还活在这儿！把我的女人和财产还给我，给我应得的将军军衔，因为在埃洛战役以前，在帝国的禁卫军里我早就当上上校了。”

“但在司法界，事情就不是这个样子了”，德维尔说，“您听我说，您是夏倍伯爵，这我承认，但对于那些从否认你的存在中能获得利益的人，就必须用法律的手段加以证明。于是您的这些证明文件就必将引起争论，这些争论又会牵涉到十来个先决的问题。而所有这些矛盾冲突一直要闹到高等法院去，并且不管我采取什么行动，都必须打很多场花很多钱的官司，而且要拖延很长时间。您的对手会要求调查，而我们不能拒绝，也许必须要求普鲁士组织调查。即使一切进行得很顺利，司法当局很快承认了您就是夏倍上校，但是费罗伯爵夫人无心造成的那件重婚案将会如何判决，我们能知道吗？在你的案子里，你的法定权利不在法律条文之内，只能由法官凭着良知来判决。正像社会上千奇百怪的刑事案中，某些微妙的问题只能由法官凭良知来解决一样。你结婚后并没有孩子，而费罗伯爵却有两个亲生儿女。只要婚姻双方出于善意，法官可能倾向于婚姻和家庭关系紧密的一方，而舍弃关系相对疏远的一方。以你这样的年龄和目前的处境，还坚决要求讨回一个不爱你的女人，你会觉得精神生活十分美满吗？你的妻子和她现在的丈夫跟你处在对立地位，这两个很有势力的人能对法院施加影响，所以这场官司必定旷日持久。这期间你将受尽煎熬，伤心恼怒，很快衰老。”

“我的财产呢？”

“你以为你还有一大笔财产吗？”

“当初，我每年不是有三万里弗尔的收入吗？”

“我亲爱的上校，一七九九年，你还没有结婚的时候曾立了一份遗嘱，把财产的四分之一捐给慈善机构。”

“是的。”

“那么，既然人家认为你已经死了，不就得进行财产登记清算数额，已把四分之一给了慈善机构吗？你的夫人毫无顾忌地欺哄等待救济的穷人；登记遗产时，显然，她并没有申报现款和首饰，银器也只登记了很小的一部分，家具的估价还不到实际价格的三分之二。也许是为了占便宜，也许是为了少向国库交税，反正是由拍卖估价人负责定价的。清点的结果，财产的总值是六十万法郎。您的遗孀有权占有一半儿。拍卖的卖掉之后，又由她重新买回，从中占了不少便宜。慈善机构得到了七万五千法郎。由于遗嘱上并没有提到你的妻子，就应该由国库继承其余的部分，皇帝下了一道敕令，把该给公家的部分还给了你的遗孀。现在你还有权拿回多少呢？顶多不过三十万法郎，还得减去各项花费。”

上校惊呆了，说道：“这就是你们所谓的法律公正吗？”

“的确如此……”

“真是妙极了。”

“法律就是这样的，可怜的上校。你现在看清了吧，你原以为容易的事，其实并不容易。费罗夫人甚至还要把皇帝给她的那份紧紧攥住不松手呢！”

“但她并不是寡妇，那道上谕是无效的。”

“这我同意，不过一切事情都可以商量。你听我说，在这种情况下，我觉得无论是对你还是对她，调解是解决这场官司的最好方法。通过调解，你得到的财产会比用法律争来的更多。”

“那不就算是我把妻子卖了吗！”

“一年有两万四千法郎到手，你的社会地位还恢复了，任何女人都比现在这个对你合适得多，能让你更幸福。我打算今天就去找费罗伯爵夫人，探探口风，但我想先告诉你一下再去。”

“我们一起去她家吧……”

“你就这样去吗？”代理人说，“上校，不行不行，那样的话，你的官司就彻底输了……”

“我的官司能打赢吗？”

“在所有关键方面都没有问题，”德维尔回答，“可是，亲爱的夏倍上校，你忽略了一件事。我并不富裕，我买事务所的钱还没有完全付清。即使法院肯预先借给你一笔钱，那也要在确定你的身份真是夏倍伯爵和荣誉骑士团二级勋章获得者之后，才会从你应得的财产里预支一部分给你。”

“哎呀，我还是荣誉骑士团二级勋章的获得者哩，我都忘了！”他很天真地说。

德维尔又接着说：“确定你的身份之前，要打官司必须付律师费；抄写申诉书和判决书要付钱，让法院的职员办事也要付钱，你还得支付生活费哩！大略估算一下，几次预审的费用，就高达一万二到一万五法郎以上。我没有这笔钱，借钱给我买这个事务所的人让我付很高的利息，我几乎被压垮了。而你，你到哪里去找这笔钱呢？”

可怜的军人那失了神的眼睛里涌出大颗泪珠，流在布满皱纹的脸颊上。面对这些困难，他失去勇气了。整个的社会和司法，挤压着他的胸脯，就像恶梦一样。

他喊道：“我要到旺多姆广场的铜柱下面去，我要在那里喊：‘我是夏倍上校，在埃洛战役中，我曾冲垮过俄国大军的方阵！’那尊铜像一定会认识我[①]！”

“人家就一定会把你送到沙朗冬疯人院去。”

---

① 旺多姆广场：1805年，拿破仑下令用缴获敌人的1200门铜炮，铸成圆柱形的纪念碑，竖立在旺多姆广场上，以赞颂法兰西的武功，柱高44米，1874年重修时，在柱顶上安置了拿破仑的铜像。

听到这个可怕的名字，老军人的怒气才平息了。

“难道在陆军部，我不会得到一些支持吗？”

“那些部门，”德维尔说，“要到那里去，必须拿着宣布你死亡为误传的正式文书。那里的人正要消灭帝政时代的一切人物呢。”

上校一动不动地愣了好一会儿，空洞无神的眼睛朝前望着，极度的失望让他崩溃了。军事法庭办案光明磊落，直截了当，说一不二，判案几乎都很公道。夏倍知道的只有这样的法律。看到面前这样困难的迷宫，要花多少钱才能进去走一遭，可怜军人的意志受到了致命的打击，而意志正是男人特有的力量。他觉得打着这样的官司没有办法活下去，不如忍受穷苦当个乞丐，或是到任何一个肯招收他的军队，当个骑兵，倒简单多了。他肉体和精神上的痛苦已经损害了他身体中最重要的一些器官。他得了医学上无法命名的病，病痛四处游走，无所不在，就像身上受害最重的神经系统一样，应当说是痛苦的忧郁症。这种形虚而实有的病症，无论多么严重，只要事情解决得顺心如意，还是能够痊愈的。他体格虽然结实，但只要有个新的障碍、突发的困难，就能摧毁他那受过伤害的精神，使他犹犹豫豫，行为怪异，有始无终，生理学家在悲伤而不能自拔的人身上常常发现这样的症候。

德维尔发现他的委托人那颓唐丧气的样子，便说：“鼓起勇气来，这场官司只能对你有利，只不过你要衡量一下，能不能完全信赖我，能不能不折不扣地采用我认为对你最好的计策。”

“你说怎么办，咱就怎么办。”夏倍说。

“好吧，你能不能连生死都不顾，把事情完全交给我？”

“我怎么能忍受无名无姓，连任何身份都没有地活下去？”

“我不是这个意思，”代办人说，“我们设法得到法院友好的判决，废除你的死亡登记和婚约，使你恢复应有的权利，借助费罗伯爵的斡旋，你还会得到将军的头衔和一笔抚恤金。”

“你就去干吧，我完全信任你。”夏倍回答。

“我要把委托书寄给你，让你签字，”德维尔说，“再见吧，加油！如果需要钱，就来找我。”

夏倍热烈地握着德维尔的手。他背靠着墙，两眼望着德维尔走出去，再也没有力气送他了。正像所有不太了解司法内幕的人一样，面对如此意料不到的斗争，他恐惧极了。在他们说话的时候，有个人好几次从大门的门柱后边探出头来，他在等着德维尔出门。代理人一出来，他就迎上前去。这是一个老头儿，穿着件蓝色上衣，系着一条啤酒店伙计那样的打着褶子的白围裙，头上戴着一顶皮制便帽。他的脸是棕色的，凹陷的双颊布满皱纹，但由于工作劳累，风吹日晒，颧骨却显得通红。

他伸手拦住了德维尔，说："对不起，我要冒昧地跟您说句话。一看到您，我就猜到您是将军的朋友。"

"你关心他的什么事？你是谁？"代理人不放心地问一句。

"我是路易·韦尼奥，我想跟您说几句话。"

"就是你让夏倍伯爵住在这个地方吧？"

"对不起，请原谅，先生，他住的是最好的房间。如果我有一间更好的房子，我一定让他去住，我睡在马厩里。他受了那么多苦，还教我的娃娃念书识字。他是位将军，一个埃及人，我参军的时候，他是我的第一个排长……还用得着查看吗？真的，他住的地方是最好的，我有的，他都有。不幸的是，我没有什么好东西，只有面包、牛奶和鸡蛋。反正，当兵的就过战时的日子。他心眼很好，但是他让我们犯了难。"

"他怎么啦？"

"是的，先生，他让我们犯了难。我说的一点儿不错。我没有那么多钱，却买了个铺面儿，他都看见了。这件事让人难受。他还替我刷马！我对他说：'我的将军，您还干这个？'他说：'我不愿意什么事都不做，很久以前，我就学会刷兔子了。'为了买奶牛场，我签了几张借据，给一个叫戈拉多的人……您认识他吗，先生？"

"朋友，我没时间听你啰嗦，只要你告诉我上校是怎样让你们为难的？"

“他让我们为难，先生，千真万确，就像我叫路易·韦尼奥一样。我女人为这事还哭了一场。他从邻居那里知道我们的债到期了，却连一个子儿都没有，这位当过兵的老爷子一句话也不说，等着债主到来，把您给他的钱凑在一起，一下子还清了全部债款。干得真绝！我女人和我都知道，他连烟草都没有，他戒烟了！本来他每天早上都抽雪茄的！我宁可把自己卖掉……不行，我们太为难了。他对我们说过您是大好人，我们想向您借一百来个埃居[①]，用我们的铺面做抵押，让我们给他做几件衣服，在他的房间里置几件家具。他以为替我们还清了债款，是不是？咳，正相反，您看看，老上级让我们欠了良心债……真为难啊！他不应该这么伤我们的体面。他让我们犯了难！还算朋友吗？凭良心说，就像我叫路易·韦尼奥一样，我宁愿去当兵，也不会不还您这笔钱……”

德维尔看了看这个养牛喂鸡的人，又后退几步，端详一番那房子、院子、垃圾堆、马棚、几只兔子和几个孩子。他暗自思忖。

“老实说，一个有德行的人首先就得不是个大财主”，他说，“好了，你会得到一百埃居的，甚至更多的钱。但这不是我给你的，上校会有许多钱来帮助你，我不愿抢了他的这份愉快。”

“他很快就会有钱了吗？”

“当然了。”

“哎呀，天哪，我老婆会高兴极了！”

那人棕褐色的脸上仿佛绽开了笑容。

德维尔一面登上双轮马车，一面心里想：“现在到我们的对手那里去，不漏我们的底牌，倒要设法看看她的牌，要一下子赢得这一回合。得吓唬她一下吗？她是个女人，女人最怕的是什么呢？女人只怕……”

他开始研究伯爵夫人的处境，深深地思索起来，就像大政治家运筹帷幄，揣度敌方机要室的秘密。法律代理人不就很像专门处理

---

① 埃居：法国古银币名。在不同时期，值 3 至 6 个里弗尔。

私人事务的政客吗？在这里，我们必须了解一下费罗伯爵夫妇的情况，才能认识到代理人的才能。

费罗伯爵是大革命以前巴黎高等法院一个法官的儿子，恐怖时期逃到国外，留下了性命却失去了财产。执政时期回到法国，一贯忠实于路易十八的利益，维系着他父亲在大革命以前建立起来的人际关系。他属于圣日耳曼区的那帮人，仍然保持着贵族派头，而不接受拿破仑的诱惑。当时的费罗先生还没有贵族头衔，但精明强干的声誉让他成了皇帝网罗的对象。皇帝拉拢贵族的成就并不亚于他的赫赫战功，帝国当局答应恢复他伯爵的头衔，发还未曾卖出的财产，还告诉他，将来可以成为部门大臣并进入参议院。皇帝倒台了。传说夏倍上校阵亡的时候，费罗先生还是一位二十六岁的青年，没有财产但风度翩翩，事业已有成就，圣日耳曼地区的人以他为荣。夏倍伯爵夫人设法从丈夫的遗产中获得了极大的部分，孀居十八个月之后，她每年已有四万里弗尔的收入。她跟年轻的费罗伯爵结婚，对于圣日耳曼地区的各党各派来说，并非意料之外的事。拿破仑希望自己手下的新贵与前朝贵族连成一气，因而很赞成这桩婚事，便把上校遗产中上交国库的部分还给了夏倍夫人。但是拿破仑的希望还是落了空。费罗夫人爱她年轻的丈夫就像爱情人一样，让她更为高兴的是踏进了那个一度曾受压抑但终于控制了帝国宫廷的高傲社会。这门亲事既满足了她的虚荣心，也满足了她的情欲。她马上就要变成一位骄矜体面的贵妇人了。圣日耳曼地区的人知道年轻伯爵的婚姻并不是对旧贵族的背叛，于是所有的世家旧族的客厅就都为他的夫人打开了。复辟时代到来了，费罗伯爵的政治资本积累得并不快，但他很明白路易十八所处的地位对于臣僚的要求。他本人属于等到革命造成的伤口闭合之后，才进入贵族集团的那班人。国王的这句话，虽被自由派人士大加嘲笑，但却隐藏着一种政治风向。故事开始时，文书们曾引用一份文句冗长的诏令，根据这份诏令，把两处森林、一处地产都发还给费罗伯爵，这些产业在政府保管期间价值大大提高了。这时候，费罗伯爵虽已是参议员和部门总裁，但他只把当时的地位看作他政治生涯的开始。他野心勃勃，忙碌不堪，雇用了一个破了产的法律代办人作为秘书，名叫德贝克。此人绝顶精明，熟知司法界的罗织搜求、强词夺理的技巧和方法。伯爵把家里的私事也交给他办理。狡猾的助手深知自己在伯爵家的地位，要靠着他的聪明伶俐、显得忠厚老实。他巴望着，凭借东家的信任，日后谋得一官半职、挣一份家业才是他关心的最终目的。他一向有行为不端的坏名声，如今却与以前判若两人，大家都以为过去他是受到了诽谤。伯爵夫人天性机敏细致，这是所有的女人或多或少都有的天赋，她猜到了这人的意图，就巧妙地监视和操纵着他，让他设法使夫人名下的私产大大增值。她让德贝克知道，是她控制着费罗先生，还向他许诺，如果他保证全心全意维护夫人的利益，将来就让他当上法国一等城市初级法院的院长。有一个终身的职位，以后就有希望在政治领域升到更高的位置，当个议员，这样的许诺让德贝克成了夫人的铁杆儿心腹。在王政复辟的最初三年，巴黎的精明投机商利用房地产价格的涨落和交易所的波动都赚了钱，这样的好机会德贝克都没有错过。他轻而易举地使女主人的资财增加了三倍，反正在伯爵夫人看来，只要能快快发财，可以不择手段。她把伯爵在各个机构中挂名领薪的收入用作家庭的开销，把产业的收益用来投资牟利，而德贝克只管谋算让她发财，决不试图了解她的动机。像他这样的人，只有揭露秘密与本身利益相关的时候，才肯去追根问底。另外，他认为大多数巴黎女人所患的黄金饥渴症，是很自然的事。何况，必须有一份巨大的财产才能维持费罗伯爵的赫赫声誉，所以管家就认为伯爵夫人的贪得无厌，正表示她十分忠诚于那个她永远爱恋的男人。伯爵夫人却把她的秘密深深藏在心底，这是对她生死攸关的秘密，这也正是这个故事的关键。一八一八年初，王朝复辟政权表面上已经稳固，当局的行政方针，根据有识之士的了解，应当是带领法国走向一个繁荣的新时代，于是巴黎社会改变了面貌。费罗伯爵夫人偶然间通过婚姻把爱情、财富和野心结为一体。费罗夫人仍然年轻貌美，成了一位走红的妇人，生活在宫廷的氛围之中。她自己有钱，丈夫也有钱，是公认的保王党中最精明强干的人物之一，又是国王的心腹，有望当上某个部门的大臣。她既然跻身于贵族阶层，当然也就享受贵族的荣华。正在这志得意满的当儿，她却在精神上长出一个致命的毒瘤。有一些思虑，男人无论怎样隐藏，女人总会感觉得到。当路易十八国王第一次回归巴黎的时候[①]，费罗伯爵对他的这桩婚事，就颇有悔意。娶了夏倍上校的寡妇，没有攀上任何高门大族，在官场中，处处有暗礁、时时逢敌手，他必须单枪匹马、只身奋斗。再者，当他能够冷静地观察这个女人时，就发现她在教养方面有些瑕疵，不适宜于做他实现雄心的贤内助。他曾说过几句评论塔莱朗娶亲的话[②]，让伯爵夫人恍然大悟；那话证明了，如果伯爵现在结婚，她决当不上费罗夫人。男人竟有这种遗憾，哪个女人肯原谅呢？各种侮辱、罪孽甚至遗弃，不都有了苗头吗？如果说，伯爵夫人怕的就是看到前夫回来，那么后夫的几句话岂不正戳到了她的痛处？她明知夏倍还活着，但把他搡开了。接着，在听不到他消息的日子里，她倒乐于相信他跟帝国的鹰旗一起，由布坦陪着，在滑铁卢丧了命。但是，万一夏倍上校又出现，她就要用更结实的锁链，黄金的链条，把伯爵和她连在一起。她要拥有巨额的财产，使她第二次的婚姻无法离散。而夏倍竟然真的出现了，她还不明白，让她恐惧的那场斗争还没有开始。也许上校死于痛苦和疾病，把她解脱了。也许他已半疯，疯人院又把他管束起来。她不愿意把这件私事告诉德贝克和警察局，免得授人以柄，让祸事来得更快。在巴黎，有许多女人跟费罗夫人一样，或精神苦恼如鬼相陪，或提心吊胆如临深渊。她们把痛处盖上一层厚茧，照常

---

① 路易十八：1814 年，拿破仑第一次退位时，路易十八在英国的支持下，于 1814 年 6 月 4 日第一次回到巴黎，即国王位。1815 年 3 月 20 日，拿破仑重新攻入巴黎，经滑铁卢溃败之后，于 1815 年 6 月 22 日被流放，这就是帝政的百日复辟。此后，路易十八又第二次回到巴黎，继续当国王。

② 塔莱朗（1754—1838）：初为教士，后弃教职，进入政界。1803 年，娶其情妇格朗夫人为妻。在拿破仑的宫廷中任外交大臣。因与拿破仑政见不合，转而支持路易十八。在路易十八统治下，仍任外交大臣。

喜笑颜开，优游玩乐。

“费罗伯爵的现状有一点儿奇怪”，轻便马车在沼地街费罗府邸门前停下来，德维尔中断了长时间的沉思，心里又想，“他这么有钱，又受国王的宠信，怎么还没有成为贵族院议员？也许就像格朗利厄夫人对我说过的那样，他真的顺从国王的决策，国王意在不扩充议员名额，以提高贵族院的地位。况且，高等法院法官的儿子不能跟克里雍或鲁昂等贵胄子弟相比。费罗伯爵要进贵族院，非用灵拈巧取的方法不可。但如果他离了婚，那么那些只有女儿、没有儿子的老参议员一定会让贵族院议员的帽子落到他的头上。这会让国王十分满意。这倒是个好题目，可以先拿出来，吓唬吓唬我们的伯爵夫人。”他一边想着一边迈上台阶。

德维尔无意间点中了费罗夫人的软肋，摸到了那个不断吞噬她的毒瘤。夫人在一个冬季使用的精致的小餐厅里接待他。她一边用早点，一边玩一只猴子，锁小猴子的链子拴在一个嵌入一根细铁柱中的小铁桩上。伯爵夫人穿着一件高雅的梳妆衣，软帽底下随便露出几缕卷发，显得很警觉。她容光照人，笑逐颜开。纯银的、镀金的、螺钿的餐具在餐桌上闪闪发光，周遭有几件瓷质的精美花盆，种着品种稀罕的花草。看到夏倍伯爵的女人凭借夏倍的遗产发了财，奢靡豪华，爬上了社会的顶层，而不幸的老头儿却在可怜的养殖商家里，跟畜禽住在一起。代理人心里想：“从道理上说，一个漂亮女人决不肯把一个穿着旧卡里克大衣、戴着野草般的假发、脚蹬一双破靴的老头儿认作丈夫，甚至认作曾经相好过的情人也不肯。”

尽管大多数的巴黎人用一层层的谎言掩饰着家里的真实生活，但是一个从事特殊行业的人，以他的地位，能看到事物的本质，德维尔脸上浮出又挖苦又尖刻的笑意，表示他半感慨半讽刺的心态。

“您好，德维尔先生。”她一面说着，一面把咖啡喂给猴子喝。

看到伯爵夫人对他说话时，样子甚是轻慢，心中有些不快，便开门见山地对她说：“夫人，我来跟您谈一件相当严重的事。”

“我很遗憾，伯爵先生不在家……”

“我觉得他不在家倒好得很。如果我们谈话，他也在场，那倒叫人遗憾了。我从德贝克那里知道，你喜欢亲自处理自己的事，不劳伯爵先生帮忙。”

“那么，我派人把德贝克叫来。”她说。

“虽然那人聪明伶俐，这次他可对您没有用”，德维尔说，“请听我说，夫人，只一句话就能让您严肃起来。夏倍伯爵还活着。”

“难道你说这样的笑话就能让我严肃起来？”她说着，一边发出一阵笑声。

德维尔用异常明澈的眼光凝望着她，仿佛透视到她的灵魂，这眼光阻断了她的笑声，把伯爵夫人镇住了。

“夫人，”他用严肃而尖刻的声调冷冷地说，“您不知道有多么大的危险在威胁您，所有文件的真实性都无可辩驳，证明夏倍伯爵仍然活着的证据也确实可靠，我就不用对您多说了。您也知道，我这个人从来不承办一定会输的案子。我们申请将夏倍上校的死亡记录宣布作废，如果您反对，您就输掉了这第一回合，如果我们赢了这决定性的一审，以后的官司我们就都赢定了。”

“那么，你还要对我说什么呢？”

“既不谈上校也不谈您。有些脑子机灵的律师很可能利用这件案子中不可思议的事实，再添一笔说您嫁第二个丈夫之前，曾收到过第一个丈夫的好几封信，这就会凑成几篇有趣的备忘录。这些我也不对您多说了。”

“这都是胡说八道，”她说着，显出小妇人那种气急败坏的样子，“我从来没有收到过夏倍伯爵的信，如果有人自称为上校，他就一定是个骗子，监狱释放的苦役犯，就像科尼亚尔那样的骗子手。一想到这种事，我就气得发抖。先生，上校能复活吗？在他死后，波拿巴派了一个副官来慰问我，直到今天，国会每年还发给我三千法郎的遗属抚恤金。不管过去还是将来，无论谁自称夏倍上校来找我，我都有一千个理由把他们推出去。”

“幸好现在除了我们俩没有别人，夫人，您可以随便撒谎。”他冷冷地说着，故意撩起她的怒火，让她在不经意间露出破绽。一般诉讼代理人都熟悉这种手法，惯于在对手或委托人不能自持时，仍然不动声色。

“好啊，咱们俩来斗一斗，”他心里想着，这时他心生一计，要让那妇人露出弱点，便又高声说道，“夫人，您曾收到过第一封信，证据就是里边附着有价证券……”

“哎呀，有价证券，信里根本没有。”

“那么，您确实收到第一封信了”，德维尔微微一笑接着说，“代理人随便给您设置了第一个圈套，您就中计了，您还以为有本事要跟司法当局斗一斗吗……”

伯爵夫人的脸红一阵白一阵，只好用双手捂上。过了一会儿，她按捺住羞愧的情绪，恢复了她这种女人天生的冷静：“既然自称为夏倍的那个人聘请您为法律代理，就请您……”

“夫人，”德维尔打断了她的话，“如今我是上校的代理人，同时也是您的代理人。您以为像您这样有价值的大主顾，我肯放弃吗？但是，您不愿意听我的建议……”

“您就说吧，先生。”她说，态度和善多了。

“您的财产是从夏倍伯爵先生那里得来的。您拥有巨额财产，却任凭他去乞讨。夫人，案情本身就很动人，律师的话当然就更能打动人心。有些情节加在一起，足以引起社会舆论对您的公愤。”

“可是，先生，”伯爵夫人仿佛被德维尔穿在铁钎上，翻来覆去地在火上烧烤，烦躁不堪，说道，“就算您的夏倍还活着，可是我现在有孩子，法院就会支持我的第二次婚姻，只要还给夏倍先生二十二万五千法郎，我就没事了。”

“夫人，我不知道法庭会从哪个方面来看这个感情问题；一方面是个母亲和她的两个孩子，另一方面是个不幸的男人被您的感情和您的拒绝折磨得衰老不堪。他到哪里去找一个妻子呢？再说，法官们能违反法律吗？您和上校的婚姻使他对您有法律上的权利，有优先权。如果社会舆论把您形容得无情无义、下贱不堪，您就会遇到一个意想不到的对手，这个危险正是我要替您预防的。”

“一个新的对手，是谁？”她问。

“就是费罗伯爵先生。”

“费罗先生对我情真意切，十分尊重他两个孩子的母亲……”

“别再说这些傻话了，”德维尔打断了他的话，所有的诉讼代理人一向能看透人心底的秘密，“这个时候，费罗先生没有一点儿要跟您离婚的意思，但如果有人对他说：社会舆论把他的妻子形容为罪孽缠身的女人，那么他和您夫妻俩就会散伙……”

“他会保护我的，先生。”

“不会，夫人。”

“他有什么理由丢弃我呢，先生？”

“他可以娶法兰西贵族院一位贵族议员的独生女，只要有国王的一纸诏令，就可以把贵族院议员的头衔传给他，这就是理由……”

伯爵夫人陡然色变。

“妥了，”德维尔心里想，“好啊，我把她攥在手里了。可怜的上校，官司赢定了。”他又高声说：“另外，即使离了婚，费罗伯爵也没有什么可遗憾的。一个身膺将军和伯爵的荣誉军人，又获得过荣誉骑士团的勋章，绝对不是庸庸碌碌的人。如果这样的人要向她讨回妻子……”

“够了，够了，先生”，她说，“你永远是我的代理人，怎么办呢？”

“用调解的方法！”德维尔说。

“他还爱我吗？”她说。

“我不相信他会不爱你。”

听到这话，伯爵夫人扬起了头，双眼闪出希望的光。也许她打算耍点女人的小聪明，利用前夫对她的依恋之情，打赢这场官司。

“我们是把拟定的条款送给您，还是请您到我们的事务所商定调解的基本条件，我等候您的吩咐。”德维尔说着，就向伯爵夫人告辞。

德维尔访问过两个当事人之后，又过了一个星期，在六月的一个晴朗的早晨，被不寻常的原因偶然拆散的一对夫妇，从巴黎相对的两个地点出发，到他们共同的代理人那里相会。

德维尔借给上校一大笔钱，使他的穿戴合乎身份。这位阵亡的军人乘着一辆洁净的双轮马车。头戴与他的面貌相适宜的假发，身穿蓝呢军服，胸前挂着荣誉骑士团二级勋章的红绶带。一旦恢复了生活宽裕的习惯，往日里的军人气概也就恢复了。他腰杆笔直，表情庄严而难以捉摸，仿佛沉浸在愉快和希望的气氛里。他显得年轻了，借用画家的术语来说：更为丰润了。他再也不是那个穿卡里克破大衣的夏倍，正好像一个大铜子儿跟一枚新铸的四十法郎的金币无法相比。路人一见到他，很容易认出他是一位帝国军队的遗老，是那一群英雄中的一员，他们的身上映现着我们整个国家的光荣，他们也代表着国家的光荣，正好像被太阳照着的镜子反射出全部的太阳光芒。这群老兵就是历史画面和历史书籍的总汇。

夏倍伯爵从车上跳下，走进德维尔的事务所时，动作轻快得就像个年轻人。他的车刚掉过头，一辆绘着华丽爵徽的马车就驶到了。费罗伯爵夫人从车里走下，她淡妆素服，但也经过精心考较，为了显示她年轻的身段。她戴着一顶美丽的小风帽，缝着玫瑰色的衬里儿，正好围住了她的面庞，使脸盘向内缩了一圈儿，显得更加精力充沛。两位当事人更为年轻了，代办所却保持着原来的样子，呈现着故事开始时的那个场景。西莫南吃着东西，肩膀靠着打开的窗子，仰望着院子上边的蓝天，院子的周围都是黑黝黝的房子。

“哈，”小文书喊起来，“谁愿意跟我打赌看一场戏，夏倍上校真是个将军，还有条红带子！”

“老板真会变魔术！”戈德夏说。

“这回要不要耍他一下？”德鲁什问。

“他女人，费罗伯爵夫人，会替我们把他耍得团团转。”布卡尔说。

“哎呀，”戈德夏说，“费罗伯爵夫人不得不伺候两个丈夫……”

“她来了。”西莫南说。

这时上校进了门，要见德维尔先生。

“他在这里，伯爵先生。”西莫南回答。

“原来你不聋，调皮鬼。”夏倍说着，揪住跑外小厮的耳朵，还拧了几下。这让文书们十分开心，都笑出了声。他们好奇地观察着这个不同寻常的人物。

费罗夫人进事务所时，夏倍伯爵正在德维尔的办公室里。

“看哪，布卡尔，老板的办公室里要演一场好戏了！这女人双日到费罗伯爵房里去，单日进夏倍的屋子。”

“遇到闰年，两边的账就扯平了。”戈德夏说。

“别说了，先生们，人家会听见的，”布卡尔严肃地呵斥道，“我从来没见过哪个代办所像你们这样拿顾客开玩笑的。”

伯爵夫人出现时，德维尔早就把上校关到卧房里，他说：“夫人，我不知道您是不是愿意见夏倍伯爵先生，所以把你们隔开了。但是如果您想……”

“先生，多谢你这样细心安排。”

“我草拟了一份调解合同，您和夏倍先生可以就在这里商讨一下里面的条款，由我居中把你们各自的意思传达给对方。”

“好吧，先生。”伯爵夫人说着，不耐烦地摆了一下手。

德维尔念道：

“立协议书人

甲方：亚森特，别号夏倍，现封伯爵、陆军少将，荣誉骑士团二级勋位获得者，住巴黎小银行家路；

乙方：罗丝·夏波泰勒，为甲方夏倍之妻……”

“文书格式不用念了，就说条件吧。”

代办人回答：“夫人，公文的固定格式简要说明了缔约双方的地位。正文第一条，当着三个证人——其中两位是公证人，一位是您丈夫的房东，饲养禽畜的商人，我已关照他严守秘密——您承认甲方是您的前夫夏倍伯爵；确定他身份的文书由您的公证人克罗塔另行办理。”

“第二条，为顾全乙方幸福，甲方只在本和解书规定的情形之下，才自愿不再行使丈夫的权利。”德维尔念到这儿，又解释了一下，“所谓本和解书规定的情形，就是乙方必须履行这个秘密文件中的条款。如不履行，甲方仍保持丈夫的身份——其次，甲方同意与乙方以友好方式共同申请法院撤销甲方之死亡登记及甲方与乙方之婚约。”

伯爵夫人吃了一惊，说道：“我觉得，这对我完全不合适，我不愿意到法院去打官司。”

代理人出奇地冷静，继续念道：

“第三条，乙方自愿每年以二万四千法郎交与甲方夏倍伯爵；此项终身年金由乙方以购买政府公债所生之利息支付；但甲方死亡时，本金仍归乙方所有①……”

“这太贵了。”伯爵夫人说。

“花更少的钱，调解得了吗？”

“也许吧。”

“您要怎么办呢，夫人？”

“我要，我不想上法院，我要……”

“您要让他永远当死人！”德维尔很快打断了她的话。

伯爵夫人说：“先生，如果每年要花两万四千法郎，我宁愿去打官司……”

“好啊，咱们去打官司吧！”上校用粗重的嗓音喊道。他打开了门，突然出现在他女人的面前。他一只手插在背心里，伸出另一只手指着地板。想起他的悲惨经历，这个姿态显示出震撼人心的力量。

“真就是他！”伯爵夫人心里想。

“太贵了，”老军人接着说，“我曾经给过你一百万，你却拿我的痛苦讨价还价。哼，好吧，现在我要你这个人，也要你的财产。我们的财产是共有的，我们的婚姻还没有停止……”

伯爵夫人装出一副吃惊的模样，高声说道：“这位先生并不是夏倍上校。”

“嘿，”老人的声调里充满了深刻的讥讽，“你想要证据吗？想当

① 以上数行文字，是德维尔边读合同的部分内容，边向伯爵夫人所做的解释。

年，我是从王宫广场上把你捡来的……”

伯爵夫人的脸上一下子失去了血色。老军人看到她的脸上尽管搽过胭脂，还是变得苍白。让他深爱过的女人如此痛苦，他心头一软，并没有把话说尽。但那女人用极为恶毒的眼光瞪着他，他又突然开口说道：

“你就住在那个……”

“算了，先生，”伯爵夫人对代理人说，“我最好离开这个地方，我到这里来，不是要听这种混账话的。”

她站起身就走了出去。德维尔也跑出了代办所的门，但伯爵夫人像长了翅膀似的飞走了。代办人回到办公室，看到上校正怒不可遏地迈着大步走来走去。上校说：

“我们那个时代，每个人爱娶什么样的女人做老婆都可以，偏偏我选错了人，不该只看中她的外表。这女人其实没有良心。”

“哎呀，上校，我早就叮嘱过你不要到这个房间来，我现在肯定你的身份是真实的。当你出现的时候，伯爵夫人颤抖了一下，内心活动反应得一清二楚。不过，你的官司要输，因为你的妻子已经知道你已面目全非，谁都认不出来了！”

“我要宰了她……”

“你疯了，人家会把你抓住，像个囚犯似的，把你送上断头台。一个男人要杀老婆又没有杀死，那才是个大笨蛋。让我来补救你的傻事吧，伙计！你先回家，但要小心谨慎，她很可能布下陷阱，送你进疯人院。我要把我们的文书送给她，免得让你遭到意外。”

可怜的上校遵从了恩人的嘱咐，一边走出门一边结结巴巴地道歉。他缓缓走下黑暗的楼梯，沉浸在阴郁愁苦之中；方才的打击是最残酷的，深深地直刺他的心窝，他崩溃了。走到最后一个楼梯口时，他听见窸窸窣窣的衣裙声，他女人出现了。

“来吧，先生。”女人对他说，一边伸手拉住他的手臂，动作跟他从前熟悉的一样。

伯爵夫人的动作、突然变得温情脉脉的口气足以消弭上校的怒火。上校跟着她走到车子旁边。

听差放好了脚踏板，伯爵夫人就对上校说："好了，上车吧！"于是他像中了魔法似的登上马车，坐在妻子身旁。

"夫人要到哪里去？"听差的问。

"到格罗莱。"她说。

几匹马奔驰起来，穿过了整个巴黎。

"先生！"伯爵夫人对上校说。她的声音表现出她这一辈子极为罕见的激情，从中可以看出她整个身心都在颤抖。

这种时候，一个人的心脏，每根纤维，每条神经，面容，灵魂和肉体，甚至每个毛孔，都在战栗。神魂仿佛不在肉体之中而出到肉体之外，四处散射，仿佛具有感染力，能传达信息，通过目光、声调，强使别人接受自己的愿望。只是听到这第一个词，这可怕的词"先生"，那位老兵就浑身发抖了，这词里同时包含着责备、乞求、原谅、希冀、绝望、询问和回答。这个词包含着一切。能用一个词表达那么多的语言、那么多的情感，必定是个演技高超的戏子。语言表达的意思往往不完全，不能把全部的心意表露出来，要让人感觉到内在的真情实意。上校对刚才的猜忌、要求、愤怒十分后悔，便垂下双眼，不愿让人看到他的慌乱。

"先生，"伯爵夫人稍稍停顿了一会儿，接着说，"我一下子就认出来是你！"

"罗西娜[①]"，老军人说，"只有你这句话才是一剂良药，让我忘却过去的苦难。"他像慈父对待娇女似的，握住妻子的手，两行热泪滴在她的手上。

"先生，你怎么没有想到在外人面前把我摆在这样难堪的地位，对我是太残酷了！即使我应当为这种处境羞愧，但家丑也不可外扬。这个秘密不是应当埋在你我的心底吗？希望你能饶恕我对夏倍上校的苦难表面上置之不理，我不应当相信这位上校还活着。"她发觉前

① 罗西娜：罗丝的昵称。

夫的脸上露出反诘的表情，便赶紧说明，“我收到了你的几封信，不过是在埃洛战役以后的十三个月才收到的。信封已被拆开，很肮脏，字迹难认。既然我已得到了由拿破仑签署的诏令允许我再嫁，我就以为准是个高明的骗子来戏弄我。为了不扰乱费罗伯爵先生的心情、不破坏家庭的关系，我就该对这个冒名顶替的夏倍严加防范，你说，我是不是有道理？”

“是的，你办得对，我倒是个傻子，是个畜类，像头牲口一样，没有仔细考虑这种情况的后果。不过，我们到哪里去？”上校看到了小教堂的栅栏门，便问。

“到乡下我的别墅去，离格罗莱很近，在蒙摩朗西山谷里。先生，我们在那里一起考虑一下应该做什么决定。我知道我的责任。即使在法律上我属于你，但在事实上我已不再属于你。你愿意让我们成为全巴黎的笑柄吗？不要让公众知道我这个滑稽可笑的处境，保持着我们的自尊吧。”她又悲哀又温存地瞟了上校一眼，接着说，“你还爱着我，可是我，我组织另外的家庭不是得到了批准吗？在这种特殊的情况下，有个冥冥中的声音，让我把希望寄托在你的豪爽大度上，我知道你的这个性格。我认为你是决定我命运的唯一裁判，难道我错了吗？你既是法官又是原告。我信任你的高贵品质和豪爽性格，你宽宏的心胸能够原谅我无心犯下的错误，我向你承认我爱费罗先生。我觉得我有权爱他。我在你面前这样说，一点儿也不脸红。即使这话冒犯了你，但并没有失去我们的尊严。我不能对你隐瞒事实。我的丈夫因为偶然事件而死的时候，我们还没有孩子。”

上校向他的妻子摆摆手，不让她再说下去。马车走了一里路，两人静静的，谁都没有说一句话。夏倍仿佛看到眼前站着两个孩子。

“罗西娜！”

“先生？”

“死人又复活了，本身就是个错误，对不对？”

“噢！先生，不对，不对！不要以为我无情无义。只不过，你出征时留下来一个妻子，你回来时，发现她爱上了别人，还当上了母亲。即使我无权再爱你，但我完全知道我欠你多少恩情，我可以把一个做女儿的全部热情奉献给你。”

“罗西娜，”老人用温情的声调又接着说，“我一点儿也不怨恨你了。”他微微一笑，这仁慈的微笑永远反映出他心灵的美好，“我还不那么粗俗，坚持要求一个不爱我的女人假装爱我。”

伯爵夫人看了他一眼，目光里充满了感激，这让可怜的夏倍恨不得回到埃洛的丛葬坑里去。有些人就有那么广阔的胸怀，能够接受这样的牺牲，他们认为只要保证所爱的人得到幸福，他们自己就获得了报酬。

伯爵夫人说：“朋友，等以后我们的情绪平静下来的时候，再谈这些事吧。”

于是他们就换了个话题，刚才说的那些事，已经没有办法再谈下去了。虽然夫妻二人时而又提到他们非同寻常的处境，但在这短短的旅途中，无论是幻觉，还是真实的感受，他们确实觉得很愉快。他们回忆起过去共同生活中的琐事，帝国时代的事件，伯爵夫人着意在这些回忆中添加些温馨甜蜜的色彩，又在言语之间流露出必不可少的怅惘凄凉，以维持二人之间的庄严气氛。她只唤醒对方的爱怜，却不去挑动他的情欲。她要让前夫觉察到她所达到的精神境界是多么丰富多彩，同时也让他注意：父亲看到爱女的那种快乐就是他的全部幸福。当年上校只熟悉帝政时代的伯爵夫人，如今却看到了一位复辟时代的伯爵夫人。他们横穿过一条大路，来到了一个大花园，花园处在一个小小的山谷中，而山谷隔开了蒙莫朗西高地和美丽的格罗莱村。伯爵夫人在这里有一座精致的别墅。上校到达别墅时，发现已准备好了他和他女人小住几天的必需品。不幸是一种符咒，它的功能就是加强我们的天性，使某些人更加猜忌和恶毒，使心肠好的人更加善良。

悲惨的经历使上校比以前更加乐于助人，更有恻隐之心，他能够深入了解女性痛苦的秘密，而绝大多数的男人对此却一无所知。然而，他还不禁问那女人一句：“把我带到这里来，你觉得合适吗？”

“很合适，”她回答，“尽管你要打官司，控告我，但你还是原来的夏倍上校。”

她回答时做出的真诚模样，倒使上校为自己的些许疑心感到羞愧了。接连三天，伯爵夫人对待前夫殷勤备至。她总是又温柔，又体贴，仿佛想用这种方法，消除他痛苦的回忆，让他原谅她给他带来的不幸，按照她的说法，这都是她无意中造成的。那女人在上校面前表现出某种悲凉凄苦的情绪，又特意展示出明知他喜欢的媚态。对于某些行为举止和反映内心世界的神情，人们特别容易接受，没有办法抵御。她要让他关心她的境遇，先让他的心软下来，再控制他的精神，主宰他的命运。

她下定决心，要不择手段地达到目的。当前还不知道该怎么处置这个男人，但一定要他在社会上销声匿迹。第三天傍晚，她感觉到尽管做出了许多努力，还是不能掩饰她的忐忑不安，因为她使用的这些手段还没有结果。为了放松一会儿，她上楼到自己的房间里，坐在桌子前，摘下了在夏倍伯爵面前装作安定的假面具，就好像一个女伶费尽气力演完了第五幕，筋疲力尽、半死不活地回到化妆间，留在舞台上的是跟她自己完全不同的一副面目。她继续写完给德贝克的信，让他以伯爵夫人的名义到德维尔那里，索取有关夏倍上校的文件，抄录下来，立刻赶到格罗莱见她。刚写完信，就听见有上校的脚步声。上校也是心里不安，来找她的。

“咳，”她高声说，“我不如一死了之，真受不了这样的处境……”

“嘿，你怎么了？”那老实人问。

“没什么，没什么。”

她站起来，撇下上校，走下楼去，暗地里找她的贴身女仆，让她亲手把刚写完的信交给德贝克，等他看完之后，再将原信带回。然后，伯爵夫人在一个相当显眼的地方，坐到一条长凳上，好让上校能随时找到她。上校果然在找他的妻子，便赶过来，坐在她的身旁。

“罗西娜，你怎么了？”上校问。

她没有作声。这是一个美丽、安静的傍晚，在六月的夕阳中，弥漫着一片深邃的和谐，使人感到甜美适意，空气清新澄净，只隐隐听见花园远处传来儿童的嬉笑声，给这静谧的美景添上一缕欢快的旋律。

“你怎么不回答？”上校问他的女人。

“我的丈夫……”伯爵夫人忽然停住，甩了一下手，满脸通红地问道，“提到费罗伯爵的时候，我该怎么称呼呢？”

“就说是你的丈夫，可怜的孩子，他不是你两个孩子的父亲吗？”上校慈祥地说。

“那好吧，”她又说，“如果我丈夫问我到这里来干什么，如果他知道我在这里跟一个陌生男人待在一起，我该怎么对他说呢，”她摆出非常庄严的样子接着说，“先生，你来决定我的命运吧，无论怎么样，我都认了……”

“亲爱的，”上校抓着他妻子的手说，“为了你的幸福，我决定完全牺牲我自己……”

“这可不行，”她一边嚷，身子却不由自主地颤抖了一下，“你想一想，你必须彻底地否认你自己，而且用一种真实确凿的方式……”

“怎么，”上校说，“我既然说了，你还不信吗？”

她说到真实、确凿这两个词儿，让老人心头一震，也不由自主地产生了疑心。他看着那女人，看得她满脸绯红，垂下了双眼。上校怕的是这样他就不得不蔑视这女人了。而伯爵夫人怕的是惹恼了这位秉性单纯、脾气火暴的男人，她早就了解豪爽大度是这人的天性。虽然这些想法使愁云涌上了他们的额头，但一段小插曲使他们之间又恢复了和谐：一个孩子在远处喊了起来。

“朱尔，不要招惹你妹妹！”伯爵夫人呵斥道。

“怎么，你的孩子们在这里吗？”上校问。

“是啊，但我不让他们来打搅你。”

老军人从这个体贴入微的安排中了解到女人的细腻和机敏，便拿起伯爵夫人的手亲吻了一下。

小女孩儿飞跑过来，告她哥哥的状。

"妈妈！"

"妈妈！"

"是他欺负我……"

"是她……"

四只小手向母亲伸过来，两个孩子你一言我一语说个不休。真是一幅突然展开的美妙动人的图画！

"可怜的孩子们，"伯爵夫人说着，忍不住流出眼泪，"我得离开他们了，法院会把他们判给谁呢？亲子之情难舍难分，我不能丢弃他们！"

"是你把妈妈惹哭的吗？"朱尔说着，怒冲冲地瞪着上校。

"别胡说，朱尔！"母亲威严地喝止他。

两个孩子站在那里，一声不出，打量着母亲和陌生的客人，那好奇的小模样真是难以描画。

"噢，行了，"她又说，"如果要我离开伯爵，把孩子留给我，那我也就勉强接受了……"

这句起决定作用的话使她获得了希望中的成功。

"对了，"上校仿佛说出了心中早就想到的话，"我应该重新回到地底下去，这话我已经说过了。"

"我能接受这样的牺牲吗？"伯爵夫人回答道，"有些男人为了挽救心上人的荣誉，不惜牺牲性命，但他们只死一次；在我们这情况下，你必须每天都牺牲性命！不行，不行，这绝对不行。如果只关系到你的性命姑且不论，可是要你签字说明你不是夏倍上校，承认你是个骗子，放弃你的荣誉，每天每时都在说谎，任何人都不能做出这样的牺牲。想一想吧，这不行。如果没有可怜的孩子们，我就会跟你一起逃到天涯海角去……"

"那么，"夏倍又说，"我能不能留在这里，作为你的一个亲戚，住进这栋小楼？我像一尊作废的大炮，已经没有用了，我只要一点儿烟草和一份《宪政报》就够了。"

伯爵夫人泪流满面。费罗伯爵夫人和夏倍上校两人争着抢着要宽宏大度地自我牺牲，结果，还是当兵的占了上风。一天傍晚，在寂静的乡间，在暮色苍茫之中，看到母亲和她的孩子，俨然一副温馨美丽的慈母携子家居图，老军人感动得难以自持，就决定当个死人，连签署文件都不怕，他问伯爵夫人：为了实实在在地保证她那个家庭的幸福，他应当怎么办。

“你爱怎么办就怎么办吧，我向你声明，这件事我一点儿也不干预，我本来就不该干预。”

德贝克已经到这里好几天了。按照伯爵夫人的嘱咐，这管家已取得了老军人的信任。第二天早晨，夏倍上校和这位前代办人一起到圣勒一塔韦尼去。德贝克已经让那里的公证人准备好一份书面声明，措辞荒谬悖理，上校听完宣读就冲出了事务所。

“混账，混账！这么说，我不成个丑角了吗，我岂不是个骗子。”他喊道。

德贝克对他说：“先生，我不劝你立刻签字。如果我在你的地位上，我每年要求她至少向我付三万里弗尔，夫人可以给。”

像一切品德高尚的人受到侮辱一样，上校睁大双睛，狠狠地瞪了老练的坏蛋一眼，抬腿就走。无数矛盾的情绪在胸中涌动。他又起了疑心，有时满腔怒火，有时又冷静下来。最后，他从墙上的豁口走进了格罗莱花园。他缓步走进一间小木屋，在这里歇息一下，静下心来想一想。屋子的上边建有一处亭台，从那里可以望见通往圣勒一塔韦尼的那条路。这条路上铺着黄土而不是河滩上的那种砾石。伯爵夫人坐在亭台中待客的地方，没有注意到上校来了，她专心致志于办成这件事，完全没有听见她丈夫轻微的脚步声。老军人也没有发现他女人就在上面的亭台里。

伯爵夫人隔着界沟，看见她的管家独自一人从路上走来，便高声问道：“嘿，德贝克先生，他签字了吗？”

“没有，夫人。我都不知道他现在干什么去了。这匹老马尥蹶子了。”

“到最后，就得让他进疯人院，反正我们已经把他控制住了。”

上校像年轻人那样轻捷地跳过界沟，刹那间就站在管家的面前，狠狠地扇了他两个耳光；那是管家两个脸蛋子上挨过的最漂亮的嘴巴子。上校又对他说：

“我告诉你，老马还会踢人呢。”

发泄了怒气以后，上校觉得已经没有力气再跳过土壕沟了。事情的真相赤裸裸地呈现在面前。伯爵夫人和德贝克之间的一问一答，暴露了他们的阴谋，要让上校当牺牲品。以前对他的关心照顾都是香饵，要诱使他落入陷阱。伯爵夫人说要让他进疯人院，这话好像一滴高效的毒汁让那老军人又感受到了精神和肉体的痛楚。他颓丧消沉地迈着缓慢的脚步，从花园的大门向亭子走去。他再也没有平静和歇息了。从这时起，就像德维尔早就说过的，他要跟那个女人展开一场恶斗，过打官司的日子，苦不堪言。又想到一件可怕的事，最初几审必需的费用到哪里筹措呢？他对生命已经厌弃了，附近如果有江河湖海，他就会跳进去；如果有一只手枪，他就会打碎自己的脑袋。接着，他又犹豫不决。自从他跟德维尔在养殖商家里谈话之后，这种迟疑不定的状态就改变了他的信念。最后，他走到亭子前面，登上了凌空的高阁。透过玫瑰花形的玻璃窗，可以眺望山谷中各处悦目的景致。伯爵夫人坐在一张椅子上，眺望着风景，保持着镇静的模样；正像那些横下一条心的女人一样，显得让人捉摸不透。她在擦眼睛，仿佛刚才哭过，心不在焉地用手玩弄着粉红色丝质的长腰带。然而，尽管表面上坦然镇定，一看见她真正的恩人站在面前，她还是不禁打了个寒战。上校站着，两条手臂盘在胸前，面色苍白，正气凛然。

他逼视了那女人一会儿，盯得她涨红了脸。

“夫人，我不诅咒你，我只不过蔑视你。我感谢命运让我们分了手。我连一点儿报复的愿望都没有，我再也不爱你了。我不向你要任何东西，你安心地活下去吧，就凭我的信誉和我的这句话，这比巴黎所有公证人的档案和文件都管用得多。我再也不想恢复那个让我光辉荣耀过的姓名，我只不过是个穷棒子，名叫亚森特。只求在太阳底下有个活命之处。永别了……”

伯爵夫人扑倒在上校的脚下，抓着他的手，想拽住他。但上校厌恶地把她推开，说道："别碰我！"

伯爵夫人听到前夫的脚步声渐渐远去，表意不明地甩了一下手。她像一切阴险毒辣、自私自利的人一样，又精明，又决断，她相信单凭这位光明磊落的军人做出的许诺和对她的轻蔑，她就可以平安顺利地过一辈子了。

夏倍果然消失了。养殖商破了产，改行成了马车夫。在初期，上校或许也干过类似的行当。或许也像扔到溶洞中的卵石，从一级瀑布跌落到下一级瀑布，直到淹没在衣衫褴褛的人流之中。

事件以后又过了六个月，德维尔得不到夏倍伯爵的信息，也得不到伯爵夫人的消息，以为他们的事已调解成功。出于报复之心，伯爵夫人已找了另一家代办所处理这事。一天上午，他把借给夏倍的钱算清楚，再加上所需费用，写信请费罗伯爵夫人让夏倍上校清偿这笔款项，估计她一定知道前夫在什么地方。

第二天，费罗伯爵的管家就给德维尔写了回信；这个管家新近被委任为一个大城市的初级法院的法官。信的内容让人生气：

先生：

费罗伯爵夫人嘱代声明：贵当事人，完全辜负了您的信任，自称为夏倍伯爵的那人已供认是伪造的身份。此致……

德贝克

"竟遇到了这样的人，真的，是些畜生。他们的出生证是偷来的，"德维尔喊道，"你与人为善吧，豪爽大度吧，慈悲为怀吧，一个当诉讼代办人的，竟让人坑了！这件事让我白费了两千多法郎。"

收到这封信以后，又过了一些时候，德维尔到法院去找一个律师说话，这人正在轻罪法庭出庭。德维尔偶然进入第六审判庭，法官正以流浪罪将一个名为亚森特的人判处两个月徒刑，并命令随后送往圣德尼乞讨者收容所。按照市警察局的旧例，这就等于终生监禁了。

听到亚森特的名字，德维尔看到被两名警察押解着坐在被告席上的囚犯，认出来这就是那个假冒的夏倍上校。

老军人一动不动，心情十分平静，似乎对一切都漠然视之。虽然破衣烂衫，面有饥色，但具有高贵的傲气。他的双眼露出坚毅超凡的性格，一个法官绝对不会看不出；但一个人一朝落入司法人员的手中，就只不过是个抽象的物品，是个法律或事实的问题，就好像在统计学家看来人只是个数字。

这老兵被带到交接室，等着以后跟一群被判刑的流浪人员一起送往拘留所。这时，德维尔凭借着诉讼代办人的身份、可以在法院各处走动的特权，跟着他一起进了交接室。在那里，他把那一群体貌奇异的乞丐打量了一会儿。交接室的前厅里呈现出一幅独特的景象，无论是立法官员，慈善家，还是画家和作家都没有研究过，真是可惜。

像一切司法执行场所一样，这个交接室的前厅是一间光线昏暗、臭气哄哄的房子。沿着墙壁排放着长凳，木头已经发黑了，因为天长日久，社会底层的那些可怜虫们，一批批地到这里来约会，没有一个缺席。诗人会说，连阳光都羞于照亮这可怕的阴沟，这里汇聚了太多的灾难！在那里每个位置都坐过初犯或惯犯。在那里每个地方都会遇到这样的人，他们因为轻微的罪过便被判了刑，打上了囚犯的烙印，于是就在屈辱中变得穷凶极恶，到最后不得不上断头台，或开枪自杀。所有倒毙在巴黎街头的人，都曾在这发黄的墙壁上留下过鲜活的生命痕迹，通过这些墙上的字、画，一个真正的、并非投机作秀的慈善家大可破解出许多自杀的真实原因，这原因就写在大厅的墙壁上，而虚伪的作家们只能感慨叹息，却不能迈出一步来阻止这些自杀。这里呈现的只是一个序幕，接下来就是无名尸体招领处，或者在沙滩广场上执行斩首的惨剧。

这时候夏倍上校就坐在这群人中间，这些人精力旺盛，但穿着破烂不堪的囚服，他们一会儿沉默，一会儿低声交谈。有三个值班的警察走来走去，腰刀拖在地上，发出金属的声响。

德维尔站到老军人面前，问道："你认识我吗？"

"认得，先生。"夏倍一边回答，一边站起来。

德维尔低声说道："如果你是个有信誉的人，你怎么能欠债不还呢？"

老军人涨红了脸，就像一个小姑娘被母亲说破了隐瞒着的恋情。

他大声说道："怎么，费罗夫人没有把钱付给你？"

"付钱，"德维尔说，"她给我写信，说你是个骗子。"

上校抬眼望着天，表示极端的痛恨和诅咒，仿佛在祈求上天惩罚她这些新的谎言。

极端愤怒反倒让他安定下来，他用平静的声音说："先生，请你向警察要求一下，让我到交接室去，写一张欠条，凭这个你一定会拿到现款。"

德维尔对警察说了一声，警察就允许他带着他的当事人回到交接室。亚森特在这里给伯爵夫人写了一个字条。

"把这个送给她，"老兵说，"你的代办费和借给我的款子都能收回。先生，对于你的好心帮助，我没有表示过感激，但是我的感激都在这儿，"说着，他用手捂住了心口，"是的，我的感激之情完完全全都在这里。穷人有什么办法呢？穷人只能爱戴和感恩，这就是一切了。"

德维尔问他："你没有要求她按年付给你补偿金吗？"

"不要再说这事儿了，"年老的军人回答道，"你不知道我对外在的生活轻视到了什么程度，而大多数的人却对这个紧抓不舍。我突然得了一种病，就是对人间世的厌恶。一想到拿破仑已被囚禁在圣赫勒拿岛，我觉得这里的一切都无关紧要了。我不能再去当兵，这是我最倒霉的事，"他像小孩子一般，摆了摆双手，"与其衣服漂亮，不如有丰富充实的感情；我不怕任何人轻视我。"

上校又去坐在长凳上。德维尔出了门，他回到代办所，就派他当时的二级文书戈德夏到费罗伯爵夫人家去。那女人看完了字条，立刻把夏倍上校欠代理人一笔款付清了。

一八四零年六月末的一天，戈德夏已经成为诉讼代办人，陪同他的前任德维尔到里斯去。走在一条林荫道上，这条道正把大路直接引向比赛特伤兵收容所[①]。他们在路旁一棵大榆树下，看见一个白发满头、弓腰驼背的穷苦老人，好像已经成为乞丐的首领，他生活在比赛特，就好像穷苦的女人生活在硝石库[②]。这个老人是住在收容院里两千名穷人中的一个，正坐在马路边沿的一块石头上，聚精会神地干着残废军人们熟知的那件事，就是在太阳底下晾晒手帕上面的烟草末。也许是不把烟末刮下来，就舍不得洗手帕。老人的面相给人的印象深刻。他穿着收容所发给的棕红色粗布长袍，是一种丑陋不堪的制服。

戈德夏对他的同伴说："你看，德维尔，看这个老头儿，他是不是很像那个从德国回来的怪物？他还活着，说不定还活得很高兴！"

德维尔扶了一下他的夹鼻眼镜，看了看那个可怜的人，不禁惊奇地一扬手，他说："这个老兄，这个老头儿，真像一首诗，或者用浪漫派的说法是一出悲剧。有时候你还遇见过费罗伯爵夫人吗？"

"遇见过，这个女人很精明，招人喜欢，也许过于假仁假义了。"

"这个住在比赛特的老头儿就是她合法的原配丈夫，夏倍伯爵，原来的陆军上校。毫无疑问，就是那个女人设法把他塞到这儿来的。这老头儿住在收容院，没有住在豪华的公馆，只不过因为他向这位美丽的伯爵夫人指出，当年上校就像雇马车一样，是从广场上把她捡来的。我还记得，听到这话的时候，那女人的眼神像母老虎似的瞪着他。"

这几句话引起了戈德夏的好奇心，德维尔就对他讲了以前的故事。两天以后，一个星期一的上午，要回巴黎的时候，两个朋友又

---

① 比赛特：路易十三在瓦尔德马恩地区修建的一处大型收容所，专门接纳伤残士兵。

② 硝石库：1656 年路易十四在巴黎一硝石场的原址上，修建了一所专为穷人治病的慈善医院，硝石库是医院的代称。1694 年专治妓女和女囚。1696 年收容精神病患者和老年妇女。

朝比赛特看了一眼。德维尔提议去看一看夏倍上校。走在林荫道的半路上，两个朋友看见一个老人坐在一个树干被伐了的树桩上，手里拿着一根小棍儿，在沙地上画着玩。仔细打量一番，他们发觉今天的早饭老头儿不是在收容院吃的。

“你好，夏倍上校！”德维尔对他说。

“不是夏倍！不是夏倍！我叫亚森特，”老人回答，“我不是人了，我是第七室一六四号，”他又说了一句，一面惴惴不安地看着德维尔，露出老人和孩子的那种惶恐的神气，“你们要去看那个死刑犯吗，”过了一会儿他又说，“他没有娶老婆，算他走运。”

“可怜的人，”戈德夏说，“你要不要一点儿钱去买烟草？”

上校贪心地向两个陌生人伸出了手，天真烂漫的样子活像个巴黎街头的流浪儿。两人各给他一枚二十法郎的硬币。他木头木脑地看着他们，表示感谢，嘴里说：“真是两条好汉！”

他做着举枪瞄准的动作，微笑着喊道：“两枪齐发，拿破仑万岁！”

接着，他拿那根小棍儿在空中乱画着无意义的花纹。

“大概他受的伤太重，让他的智力像个小孩子了。”德维尔说。

另一个在比赛特住的老头儿看见了他们，就说：“他，是个小孩子！嘿，有的时候，谁都不敢招惹他。这个刁钻古怪的老头子把世事都看透了。你能把他怎么办呢？今天他什么事都不干，又在外面喝了点酒。先生，一八二零年他就住到这里来了。那时候有个普鲁士军官乘着四轮马车，要爬上维勒瑞夫的高坡，那军官下车要徒步走过去。亚森特和我正待在路边，这个军官一边走，一边跟一个俄国人或是这一类的畜生说话，看到了这个老军人，那普鲁士人就想开一个夸自己、贬别人的玩笑，说：‘这个老头子大概是参加过罗斯巴什战役的轻骑兵。’亚森特回答说：‘我出生得太晚，没有去过罗斯巴什；可是我这一把年纪正好参加过耶拿战役[①]。’听到这话，那普鲁士人没敢多问一句，就溜了。”

---

① 1757年，路易十五在位时，法军与普鲁士军交战于罗斯巴什，法军败绩；1806年，拿破仑率军与普军在耶拿交战，法军大胜。

德维尔说道："多么奇特的命运！他出身于弃婴收容院，又要老死在老人收容院。在生死之间，他帮助拿破仑出征埃及，横扫欧洲，"停了一会儿他又说，"你知道吗伙计，在我们的社会里有三种人：一是教士，一是医生，一是法务人员。这些人怎么能评判社会呢？他们都穿着黑袍子，仿佛是在为整个社会的道德和幻象服丧。这三种人中间，最不幸的就是诉讼代理人。一个人去找教士时，是出于悔恨、愧疚和信仰，这就使教士变得伟大，他的工作很有意义，他安慰了那个忏悔者的灵魂，所以完成教士的任务并不是毫无趣味的：他净化了心灵，弥补了过失，调解了纠纷。但是，我们这些诉讼代理人，一次次看到的总是千篇一律的卑劣的心机，不可救药。我们的事务所就像一条无法清理的阴沟。在我的职业活动中，我看到了多少丑恶的故事！我看到一个父亲每年给两个女儿四万里弗尔的收益，自己却遭到她们的抛弃，不名一文，死在一个阁楼上。我看到过有人烧毁了老人的遗嘱；看到过母亲盘剥自己的孩子；看到过丈夫偷妻子的钱，妻子利用丈夫对她的爱，逼丈夫发疯或变成傻子，甚至谋杀亲夫，为的是跟情人安安稳稳地过日子。看到过一些女人纵容前房的儿子吃喝嫖赌，让他们纵欲早死，为的是让钟爱的亲生儿子多得家财。我看到的事说也说不完。有些罪恶，连法律都无力惩治。总而言之，小说家凭空创造的那些丑恶情节远远比不上社会真实。你将来就要亲眼见到这些有趣的事儿，而我，我要带着妻子到乡下去定居，我厌恶巴黎。"

"我在德鲁什那儿也见到过许多事例。"戈德夏说。

一八三二年，二月至三月，写于巴黎

王晓峰　译

被遗弃的女人

献给德·阿布朗泰斯公爵夫人[①]

她的忠实仆人　奥诺雷·德·巴尔扎克

一八二二年初春，巴黎的医生们让一个刚刚病愈的年轻人到下诺曼底地区去小住一个时期。他是由于学习过于刻苦，或许因为生活过于放纵，才得了一种炎症，必须完全休息；饮食清淡，空气新鲜，情绪平静，绝对不可激动，才能把身体调养过来。贝辛地区的乡野物产丰富，外省的生活闲适平和，对他的康复大有裨益。巴耶是一个离大海只有两公里的美丽小城，他来到这里，住在一位表姐的家里。这位表姐特别热心真挚地款待他。对于表姐这样一直退居偏远、孤寂度日的人来说，有个亲友来访，也是件值得高兴的事。

除了某些特别的风俗习惯外，所有的小城镇彼此都很相似。这位年轻的巴黎人名叫加斯东·德·钮艾尔，在他的表姐圣塞韦尔夫人或者是与他表姐素有往还的若干人家度过了几个晚上之后，很快就认识了这个城市的头面人物，排他的社会主流阶层把他们看作全城的代表。加斯东·德·钮艾尔觉得这些人永葆积习、墨守成规，在组成古代法国的许多古老城邦的首府里，就能看到这类人物。

首先说这样一个人家：在五十法里之外没有人知道还存在这样一家贵族，然而在当地，这家的身份却不容置疑。它拥有最古老的贵族世系，人人都会料想得到，这类远系旁支的王亲贵戚，是靠着

① 阿布朗泰斯公爵夫人（1784—1838）：拿破仑属下朱诺将军的遗孀，奥地利首相梅特涅的情妇。经巴尔扎克的妹妹介绍，与巴尔扎克相识。通过她，巴尔扎克结识了上流社会及文化界的许多知名人士，对巴尔扎克的文学活动大有助益。

联姻才和纳瓦兰家族、格朗里约家族拉上关系，又和卡迪尼昂家搭上线，还高攀上了布拉蒙·肖夫里家。这些豪门大族的家长一向办事果断，喜好打猎，是粗鲁无礼的男人，靠着高贵的姓氏坐大乡里。但他对地区首长还能容忍，正像他还可以忍痛纳税一样；不过绝对不承认十九世纪出现的新式权贵，并且特别指出，内阁首相竟然不是贵族出身，这是政治上的极大丑闻。他的太太说话粗声大气，说一不二，不容置辩，曾经有一群崇拜者，但她按时参加复活节的圣事。她对几个女儿疏于教育，以为只凭高贵的姓氏就会永远殷实。无论妻子还是丈夫，对于当代时兴的奢华生活，统统一无所知：他们还穿着戏台上那样的老式服装，家里的银器、家具、马车，甚至风俗习惯和语言还都保留着古风。这种古老的生活模式跟外省的经济水平倒是极为调谐。总之，这些往日里的贵族，已经缺少了收取土地转让税和专卖的权利，也缺少了成群的猎犬和缀着饰带的服装；他们彼此之间都保持着尊贵、矜持的样子。所有的人都对亲王殿下无限忠诚，而那亲王只是他们远远地才能望到的。这个在历史中湮没无闻的家族，还保存着古代壁毯上的那种独特的风格[①]。在这个家族里，一定会有叔叔、伯伯或是哥哥、弟弟入朝做官，当司法大臣，佩着红绶带，在黎塞留麾下出征过汉诺威[②]，在这里好像是见到路易十五时代一册旧书上掉下来的一页。

跟这个化石般的家庭形成对比的是一个更富有，但贵族的世系不那么古老的家庭。丈夫和妻子每年冬天到巴黎住两个月，从那里带回来维系不长的时尚和保持不久的热情。太太很俊俏，但颇涉矫揉造作，总有点落后于时尚。然而她还嘲笑四邻孤陋寡闻、毫无见识；她家的银器是新派的，她雇用着几个小厮，有几个黑奴和一个随身的男仆。她的长子有世袭的产业，还有辆轻便马车，所以游手好闲。小儿子是行政法院的助理审判员，父亲对内阁的复杂内幕了如指掌，很爱讲述路易十八和凯拉夫人之间的逸事趣闻。他买了许多

① 此处原为意大利文 incognito。

② 黎塞留（1696—1788）：路易十五时代的重要军事首领。

三厘利息的公债，有意避开谈苹果酒的价钱，但有时候还是兴致勃勃地反复核算省里几家富户的财产数目。他是议会的议员，衣服到巴黎去定做，戴着荣誉骑士团的十字勋章。总之，这位绅士很熟悉复辟王朝，在议会里财运亨通。但他的保皇主义并不纯正，不如跟他比肩竞争的那一家。他订阅的报纸是《新闻报》和《论战报》，而那一家只看《每日新闻》。

前代理主教、现任主教大人在这两大豪门中间逶迤周旋。两户人家看在宗教的分上，对他相当尊敬，但却有时让他想到拉封丹在他的寓言《驮圣骨的驴》结尾处的那句名言[①]。这个老实人出身于平民百姓。

接下来的就是那些二流的明星。这些绅士每年收入一万到一万两千里弗尔。他们从前当过兵船的船长或者是骑兵队的上尉，有的人从未挂过任何官衔。每逢宗教节日骑马游行的时候，他们的位置排在手持圣器的神父之后、税务巡查官之前。他们几乎都当过执盾侍从或是火枪手，在自家的农庄里轻松愉快地终其天年。比起讨论君主政体，他们更关心的是砍伐一批木材或是酿造一次苹果酒。然而，在玩两局惠斯特的间歇，或是玩西洋双陆的时候，他们根据了如指掌的各家谱系，设想各家的婚嫁事宜，又计算可能付出的妆奁多寡。随后，也可以说一说宪政问题和自由党人。他们的太太一身傲气，乘着藤条编的轻便马车，做出宫中贵妇的模样。她们以为，披上一条招眼的披肩，戴上一顶帽子，就算是盛装出游了。她们一年买两顶帽子，但先要深思熟虑，然后请人顺便从巴黎带来。一般地说这些女人规矩正派，但总是喋喋不休。

围绕着这些贵族人士主要成员的，还有两三位出身高贵的老小姐，她们似乎已解决了上帝创造的人类应当停滞不前的问题，似乎已经封存在你们眼前的那几座房子里：她们的面庞、梳妆，也成了那座房子、那个城市、那个省区的一部分，她们就是那座房子、那个

① 此则寓言末尾的名言是："人们并非向愚昧的官吏致敬，人们重视的仅为官吏的制服。"

城市、那个省区的传统、记忆和精神。她们每个人身上都有一种坚实而稳固的东西，会在适当的时刻微微一笑或轻轻颔首，不时会说出人们认为很俏皮的一两句机灵话。

有几个富裕的资产者，凭借他们的贵族观念或是雄厚财力，也钻进了这个小小的圣日耳曼地区。尽管他们已年届四十，可是提起他们来，人家还说："这小伙子思想还不错！"于是，人家就让他们当上了议员。他们一般都受着那几位老小姐的荫庇，但这也引出了许多议论。

最后，还有两三位教士得到这个精英社会的接纳，因为他们是神职人员、佩着白色的襟带，或者是他们有点小聪明，还因为贵族人士彼此交往已感单调乏味，在他们的沙龙里引进来一点儿资产者的成分，就像面包师傅在面团里加一点儿酵母一样。

在这些人的头脑中，堆积着的全部智慧是相当数量的古老理念，再加上些许新派思想，每天晚上聚会时就把这些搅拌在一起。就像小小海湾里的海水，表达这些思想的来言去语，每天都有潮起潮落，永远打着一模一样的漩涡，今天有谁听到了那空无一物的回声，明天、一年之内，甚至永远都还会听到同样的声音。他们对人世间一切事物的固定不变的判断，形成一种传统学问，任何人都不能向里面添加一滴新的意识。这些因循守旧的人，所过的生活就像在一个一成不变的、习惯了的球体里旋转，无论是在宗教、政治、道德方面，还是在文学方面，都一模一样。

这个小圈子如果接纳了一个外人，圈内的每个人都会带着点儿调侃的口吻对他说："您在这里找不到你们巴黎社交界的那种流光溢彩！"每个人都指责街坊邻里的鄙陋可笑，竭力证明自己是这个社会里的唯一例外，而且他还曾试图革新这个社会，但是办不到。如果这个外地人失口说出这里的人彼此都一模一样，他可就倒霉了。他马上就被看作是个坏蛋，没有心肝，不懂规矩，是个烂透了的巴黎人，就像所有的巴黎人一样。

在这个小小的社交界里，人们分属某群某类，标识十分清楚。

在这里，生活中的每个事物都很调谐，一切都无遮无掩。贵族的身份，土地的价格，都有精确的数字，就像交易所的行情都在每天报纸的最后一版公布出来一样。加斯东·德·钮艾尔出现在这里时，早就被巴耶城舆论界那毫无误差的天平称量过了。他的表姐圣塞韦尔夫人早就对人说过，他现有财产的数目，将来可望得到遗产的数目，夸耀过他高贵家族世系的本末，赞扬过他博学多才、谦逊有礼。而他受到的接待，也正是他所期望的。人们把他当作完美的贵族，又不拘虚礼，因为他只有二十三岁，但有几位年轻姑娘和几位母亲已经对他颇加青睐了。他在奥日山谷的地产，每年有一万八千里弗尔的收入，他父亲迟早会把玛奈维尔城堡和附属的土地留给他。至于他的教育程度、政治前途、人品才智都毫无问题。他的土地肥沃，地租可以确保，良好的种植园已经形成规模；维护修理，缴纳赋税，都由佃户负担。苹果树已经长了三十八年，而且他的父亲正在商谈一桩买卖，要买进跟他的牧场相连的二百阿尔邦[①]的森林，并且还要砌起一道围墙。别人即使有望成为宫廷重臣、位尊名显，也不能跟他如此强大的优势争锋。也许是有点小聪明，也许是精于算计，圣塞韦尔夫人从来不说加斯东的哥哥；加斯东也对哥哥只字未提。这个哥哥得了肺病，看样子，过不了多久，人们就要为他装裹入殓、举哀下葬，随后也就把他忘了。加斯东·德·钮艾尔拿这些人物寻开心，也就是说在他的图画本上描画出他们高颧骨、鹰钩鼻、布满皱纹的各种奇特而真实的面貌，还有他们那奇异的服装和古怪的姿态。他觉得诺曼底方言中特别的表达方式、粗糙的思想和性格都极为有趣。但是，这种像松鼠在笼子里不断绕圈似的生活，他过了一段时间之后，就觉得这种缺少反差、事先规定的生活，就像修道士被关在修道院里一样。于是他产生了危机感，谈不到无聊，也谈不到厌恶，但危机中却包括无聊和厌恶，并产生了这两种感觉的恶果。植物被移栽到与故地的土质相反的地方，就会萎靡、衰败；人移居了，

---

① 阿尔邦：法国旧时土地面积单位，约合二十至五十公亩。

度过不服水土的阶段之后，这个过程也就结束了。的确，如果说这个社会没有任何东西能够吸引住他，他却不知不觉地接受了这里的风俗习惯，适应了那种征服了他和消耗了他的空虚。加斯东的肺脏已呼吸惯了这里的空气，准备像植物一般在这种日复一日、没有思想也没有顾忌的生活中找到一种幸福。他曾经那么热切地投身于巴黎的生活，在那里他精力充沛，思想活跃，不断地有所收获，而现在，他开始把这些都遗忘了。他要在这些化石般的人物中间，把自己也变成化石，永远住在这里，就像尤利西斯的同伴们那样[①]，对自己膨胀肥硕的躯壳很是满意。一天晚上，加斯东·德·钮艾尔坐在一个老妇人和教区的代理主教之间，客厅四壁装着灰色的护板，地上铺着白色的方形大地砖，墙上挂着几幅族人的肖像，屋里摆着四张牌桌。十六个人围着牌桌，一面玩惠斯特，一面聊天。在这里，什么都不想，只是消化着那顿精美的晚餐。这顿晚餐，就是外省每日将尽时，巴望着享用的东西。他惊奇地发现，这里的风俗习惯自有其存在的道理。他理解了这些人为什么继续使用昨日里用过的纸牌，在已经磨损的桌面护毡上继续玩下去，也理解了这些人是如何做到不为自己显示也不为别人赞许而穿衣。在这循环往复的生活和统一格式的动作中，在平静和习惯的思维模式以及对新奇高雅事物无知无识的状态中，他发现了一种难以命名的哲学道理。总之，他明白了奢侈豪华的无用无谓。巴黎市，那里趣味中的纸醉金迷，交际间的激情豪气，名利场上的暴风骤雨，在他的脑海里仿佛只是些儿时的回忆。他已经能够真心实意地赞赏一个少女那发红的双手，谦逊和腼腆的表情；而在第一次见面时，他只觉得那脸又呆又傻，举止毫无风度，衣着不顺眼，面相十分可笑。他已经成这个样子了。他本是从外省到巴黎去的，现在又要从那热热闹闹的巴黎生活中回到这冷冷清清的外省氛围里来。在他听到的言语中，没有一句像沉

① 尤利西斯：古罗马神话中的人物。就是古希腊神话中的俄底修斯。特洛伊战争之后，俄底修斯带领同伴乘船回家，遇到了海上女妖，把他的同伴都变成了猪，投放的饲料质高量足，猪们都乐不思乡了。

闷的歌剧里突然奏出一段华彩乐章，给他带来的转瞬间的激动。

“昨天您不是去看德·博塞昂夫人了吗？”一个老妇人问当地王室姻亲的家长。

“我是今天上午去的，”那人回答说，“我觉得她又伤心又痛苦，请她明天跟我们共进晚餐，她都没有答应。”

“您是跟德·尚皮涅勒太太一起去的吗？”那位孀居的贵妇追问，满脸显出惊讶之色。

“是跟我太太一起去的，”那位贵族绅士平静地说，“德·博塞昂夫人不是勃艮第家的小姐吗？从娘家说确实如此，只凭这个姓氏就能掩盖一切错误了。我太太特别喜欢这位子爵夫人，而且这么长的时间里可怜的夫人一直孤苦伶仃……”

说到最后这句话，德·尚皮涅勒侯爵平静而又冷漠地看着大家，这些人一边听他讲话一边打量着他。谁也猜不透，他是为德·博塞昂夫人的不幸，还是为她出身高贵而高抬贵手；也揣摩不出，他是否以接待德·博塞昂夫人为荣，还是居高临下地想让当地的贵族和他们的太太去探望她。

贵妇们交换着眼色，仿佛都在探寻对方的意向。接着，客厅里突然沉寂起来。她们的态度表明并不赞同德·尚皮涅勒侯爵的看法。

“这位德·博塞昂夫人不就是因跟德·阿瞿达·潘托先生的风流韵事而闹得满城风雨的那个女人吗？”加斯东问他身边的一位夫人。

“就是她，”那人回答说，“德·阿瞿达侯爵结婚以后，她就住到库尔塞勒来了。这里没有一个人接待她。她还算有脑筋，明白她自己的窘迫处境，所以也不打算去拜访任何人。德·尚皮涅勒先生和另外几个人到她家去，但她只接待了德·尚皮涅勒先生，大概因为他们是亲戚：尚皮涅勒家跟博塞昂家是姻亲，老一辈的德·博塞昂侯爵娶的是尚皮涅勒家长房的一位姑娘。虽然德·博塞昂子爵夫人是勃艮第家族的后代，但您也明白我们这里不能接纳一个跟丈夫分居的女人。这是个老观念，但我们还傻呵呵地严格遵循着。德·博塞昂先生是个高贵文雅的男人，在宫里做官，他一直是懂道理的，这就更显得子爵夫人离家出走是犯了大错。这个女人真是晕头转向了……”

德·钮艾尔先生听着那个女人说话时，早已心不在焉，想入非非了。还有什么别的语言能够表达一次猎奇对他的吸引呢？这猎奇正在想象中向他微笑，他心里构筑着朦朦胧胧的希望，预感到不可言传的幸福、恐惧和变故。但是，还没有任何东西让这种奇妙的幻觉更充实，更具体。于是，他心驰神往，构想出许多难以实现的计划，爱情和幸福的幼芽在萌动。也许在这爱情的萌芽中就包括了全部的爱情，正好像一粒种子当中就包含着美丽的花朵、芳馥的气息和丰富的色彩一样。

德·钮艾尔先生还不知道在那次突发的变故之后，德·博塞昂夫人就避居到诺曼底来了，那种变故是大多数妇女表面上加以斥责，而心中却艳羡不已的，特别是青春美貌的魅力把人人指责的风流罪过都转化为理所当然的。各种各样的名声，不论是出自什么原因，都有一种不可思议的威力。家族可以由于有成员被斩首而大振其傲气豪情；像旧家族一样，女人也可以因风流罪过而艳名远播，并由此而消除她的耻辱。同样，一个美女，一个少妇，出于她美满的爱情或是可怕的失节而变得非常出名，这就加大了她的魅力。她越是让人惋惜，就越能引起同情。对平常的琐事、凡庸的情感和低俗的艳遇，我们才会毫不宽容呢。能够引人注目，形象自会显得高大；比别人高大才会引人注意，不是吗？芸芸众生对于高大的事物总会不由自主地产生敬意，并不太留意显得高大的原因。这时候，加斯东·德·钮艾尔感到自己正在被推向德·博塞昂夫人的身边；由于我们说过的那些缘故在暗中的影响，或是出于好奇，需要在目前的生活里增加一些兴致。总之，这一大堆理由都不能说明原委，只有用“命中注定”这一词句才能表达得清楚。德·博塞昂子爵夫人似乎突然出现在他眼前，还伴随着许许多多美丽高雅的姿态：她就是一个新的世界，显然在德·博塞昂夫人的身旁，他会有所疑惧，也会有所希望，要去斗争，要去征服。在加斯东的心目中，她跟这个俗气的客厅里所有的人物一定截然不同。总而言之，她是个真正的女人，而加斯东在这个冷漠的小圈子里，还没有遇到过一个真正的女人。在这里，心计代替了情感，礼貌只不过是不得不遵守的规矩，最简单的想法都有伤害别人的成分，说的人和听的人都能会意。德·博塞昂夫人唤醒了这年轻人心底记忆中的梦想，以及一度沉睡而目前却越发活跃的激情。在这个晚上的其余时间里，加斯东·德·钮艾尔变得恍恍惚惚，神不守舍。他考虑着用什么方法才能进入德·博塞昂夫人的家，当然，他还没有主意。她是有名的聪明人，聪明人也可能被新奇的事物所吸引，但她们很苛刻，都能猜透底细。在捕获芳心这样困难的事业中，成功和失败的可能各占一半。况且子爵夫人一方面因处境窘迫变得孤高自许，另一方面又因姓氏高贵而矜持自重。她生活在极度的孤独之中，这仿佛在她和社会之间架起了一道小小的藩篱。一个陌生人，无论出身多么高贵，也不可能得到她的接待。然而第二天上午，德·钮艾尔先生却信步朝着库尔塞勒别墅走去，沿着庄园的围墙绕了好几圈儿。在他这个年龄，自然会把幻想当作真实，受到幻想的迷惑。他从墙头或豁口向里张望，面对紧闭的或敞开的百叶窗凝思默想。他希望遇到一个浪漫的机会，能够走到那位陌生女人的身边，他巴望着达到这个目的，却没有发现这根本不可能。许多天的早晨，他都到这里来散步，但没有任何结果；不过，每次散步的时候，这个与世隔绝孑然独处的女人、为爱所伤的牺牲品，都在他的脑海中显得越发高大，她已驻扎在他的心灵深处。就这样，当他沿着库尔塞勒的围墙散步时，如果偶尔听到一个园丁沉重的脚步声，加斯东的心脏就会因希望和愉快而激烈地跳动起来。

他很想给德·博塞昂夫人写一封信，但对一个素不相识、从未谋面的女人又该说什么呢？再者，加斯东也缺乏自信，就像所有充满幻想的年轻人一样，他估计那人对他的书信可能置之不理，表现出极度的轻蔑，这比死亡更使他恐惧；一想到他第一封示爱的情书可能被付之一炬，就浑身发抖。他心中纠缠着无数互相矛盾的想法，最后，他创造了许多幻想，编织了许多奇妙的情节，殚精竭虑，终于在人们所做的大量美梦当中找到了一条最好的计策。这妙计能向最为纯真的女人展示一个钟情于她的男人对她有多么炽烈的热情。社会上的阴差阳错常常在一个女人和她的意中人之间制造许多障碍。东方的诗人们就把这么多的障碍写进他们美妙的传说故事中，其中最为虚幻奇异的形象也很少是过分夸大的，因而，无论是在现实生活中还是在神话故事里，女人永远属于那个能够走到她身边并把她从困境中解救出来的男人。一个最穷苦的伊斯兰教朝圣者爱上了哈里发的一个女儿[①]，二者之间的距离绝对不会比加斯东和德·博塞昂夫人之间的距离大。子爵夫人对于德·钮艾尔在她周围划出的鸿沟毫不知情，而德·钮艾尔先生的爱情却因为需要超越极大的障碍而更加炽烈，这些障碍却使他临时起意的心上人有了独特的魅力，因为她是可望而不可即的。

有一天，凭借着他的灵感，他希望从他的双眼喷发出的爱情能够说明一切。他以为亲口说出的话比最为热情的书信都更有逻辑力量，也要借助于女人天生的好奇心，就到德·尚皮涅勒家里去，想利用他，让自己的谋划得到成功。他对这位贵绅说，他要到德·博塞昂夫人那里去办一件很重要，同时关联繁复、牵涉微妙的事，不知道她是不是肯读一封陌生人的信，也不知道她是不是能够信任一个外人。于是他恳求德·尚皮涅勒先生最近一次去见她时，替他打听一下，看她是不是肯接见德·钮艾尔。他还请求侯爵如若遭到拒绝，还要严守秘密，又想尽办法让侯爵陈述各种理由使子爵夫人能在家里接见德·钮艾尔。他难道不是信誉高、人品好的青年吗？这样的人不可能做出品位低下、性质恶劣的事啊。这些话激发了那位自傲的贵人小小的虚荣心，他完全被这年轻人的外交手腕欺骗了，因为爱情能让年轻人具有资深大使那种镇定自如深藏不露的本事。侯爵想探听加斯东的秘密，但加斯东支支吾吾不露口风，用诺曼底

① 哈里发：中世纪政教合一的阿拉伯国家和奥斯曼帝国的国家元首。

式的顾左右而言他来对付侯爵的巧妙探询。德·尚皮涅勒侯爵真是个法兰西的高尚骑士，倒称赞他为人办事出言慎重。

于是，侯爵立刻跑到库尔塞勒别墅去，上了年纪的人为女人效劳全都这么殷勤热切。德·博塞昂子爵夫人处在当前的境况中，觉得侯爵带来的这种口信有捉弄她的性质。无论她怎样思索，都没有理由让德·钮艾尔先生到她家里来。然而，小心翼翼地询问了那位先生的社会地位之后，她又觉得接待这样的人也没有什么不相宜的。不过，一开始她还是拒绝了。接着，她跟德·尚皮涅勒先生讨论接待那人是否合适，同时追问侯爵，竭力想弄清他是否知道年轻人来访的原因。尔后，她又不打算拒绝了，这样的商议一会儿和侯爵欲言又止的样子都激起了她的好奇心。

德·尚皮涅勒先生不愿意显得荒唐可笑，便装作深知内情却出言谨慎的样子，反倒说子爵夫人大概很明白那人来访的目的。她虽然严肃认真地思索了许久，但还是捉摸不透。德·博塞昂夫人设想加斯东跟某些人很熟悉，其实这些人他完全不认识。这些设想倒更加让她迷惑了，她甚至自思自忖，说不定自己曾经见过这位德·钮艾尔先生。最真情实意、最辞藻华丽的情书显然都不能够取得这种猜不透的谜语所产生的效果，对这个谜语，德·博塞昂夫人已经猜测无数次了。

加斯东得知他可以去见子爵夫人时，一方面为如此之快地得到热切期盼的幸福而欢欣鼓舞，一方面又为不知怎样给自己所设的诡计收场而感到窘困。“豁出去了，去见她！”他一遍一遍地想着这话，一面换好衣服，“去见她，这就是一切！”

他跨进库尔塞勒别墅的大门时，还希望想出一个高招儿，让他摆脱自己所造成的这种困境。加斯东属于这样一种人，他们相信急中生智，不停脚步，在面对困难的最后时刻，总会突发灵感，找到力量来克服困难。像所有的年轻人一样，他特别注意自己的装束打扮，认为一个皮带环儿系得好坏就能决定他成功与否。他不知道只要是青春年少，一切都可亲可爱，富有魅力。像德·博塞昂夫人这样出众的女人，只有风度翩翩、才智过人和品德高尚才能吸引她们。男人的品德高尚，能满足女人的虚荣心，并向她们预示着给她们的爱情是伟大的、炽烈的，显示出能够满足她们心灵的要求。男人有聪明才智就能让她们快乐，适应女人们细腻精致的天性，于是她们就以为这样的男人才能理解她们。那么，一切女人，除了有人讨她们欢心、理解她们或是崇拜她们，还会要求什么呢？不过，只有深知人情世故的人才会明白，初次见面时并不刻意修饰、态度内敛深沉才是高超的风流倜傥。我们修养到圆通老练、足以当个精干的政客时，往往过于年老，不必利用我们的经验了。加斯东这时对自己的聪明才智缺乏自信，就想借服饰来增加魅力。而德·博塞昂夫人也出于本能地考较自己的梳妆打扮，她一边整理发式，一边想："我不愿意蓬头垢面的，让人一见就害怕。"

无论在才智、人品和举止上，德·钮艾尔先生都显得既纯真又独特，这使他在举手投足和表达最普通的思想时都带着一种特殊的风度。这样，他说的话、做的事，别人都能认可。他很有教养，善于观察，浑身散发着灵动和快活的气息，正像他敏感的心灵一样。他那灵活的眼睛包含着激情和温顺，他心地良善，从本质上正与他的表情相符。他坦率的天性和他热诚的想象很恰当地让他下定决心，走进库尔塞勒别墅。虽然为了爱情他无所畏惧，当他穿过修造成英国花园风格的院落时，心头也不禁剧烈地跳动起来。他来到前厅，一个男仆来问他的姓名，退去了一会儿，又转回来为他带路。

"德·钮艾尔男爵先生到。"

加斯东缓步登堂，仍保持着美好的风度。在只有一个女人的小客室内比在有二十个女人的大客厅里，更难保持奕奕的神采。虽然已近仲春，壁炉里火光仍旺，上面有两个枝形的烛台，点着蜡烛，发散着温柔的光辉。壁炉一旁，他看见一个少妇坐在一把靠背很高的新式扶手椅上。座位较低，便于她的头摆出各式各样俏丽高雅的姿态；低下头，侧过脸，再娇慵无力地把头抬起来，仿佛那是一个负担。接着，她蜷起腿，有时把脚露出来，有时又把脚缩进黑色长裙的前裾下面。子爵夫人想把她正在看的一本书放到小桌子上，但同时又转头面向德·钮艾尔先生，书没有放稳，从扶手椅和桌子中间掉下去了。这个小小的意外并没有让她吃惊，她挺起上身，微微俯首，答谢年轻人的致敬。但她动作轻微，难以觉察，并没有从她屈身坐着的扶手椅上站起来，她的身体仍是挺直的。她俯身向前，拨旺了炉火，接着，弯腰捡起一只手套，不经意地戴在左手上，然后转头寻找另一只，但马上就不找了。她用右手指着一把椅子，好像是让加斯东坐下。这只手没有戴戒指，纤细白皙，几乎透明，手指尖尖，椭圆形的指甲呈粉红色。陌生的客人落座之后，她向客人转过头来，露出询问的神情，动作优雅细腻，难以摹画。她的本性和善亲切，动作敏捷但不失高雅，这都是由于她幼年时期就受过良好的教育，和一向追求事物完美的习惯养成的。在很短的时间里，她就流畅地完成了许多动作，没有停顿，也不显得急促。这个美丽的女人对客人关心、亲切而又从容自然，正是贵族对待贵宾的那种风度，加斯东看得心醉神迷。他远离喧嚣，避居乡野，来到诺曼底的偏僻地区，生活在那些泥人木偶之中，已经两个月了。德·博塞昂夫人跟那些人形成了极为鲜明的对比，对他来说，这位夫人就是代表着他梦中富有诗情的可意人儿。她完美无缺，从前他欣赏过的任何女人都无法与她相比。在这个女人面前，在这间客厅里，家具跟巴黎圣日耳曼区客厅里的一模一样，桌子上放着十分贵重的小摆设。他又看到了许多书籍和鲜花，仿佛又回到了巴黎。他踏上了一块真正的巴黎地毯，又看到巴黎女人那娇柔的姿态和独特的风致。巴黎女郎并不刻意追求梳妆打扮的效果，而外省女人越是刻意追求就越显得粗陋。

德·博塞昂子爵夫人是一位金发美女，就像所有的金发美女一样，皮肤洁白细腻，眼睛却是深棕色的。她高贵的前额微微隆起，那是被谪人间的天使的额头。这位天使以她的风流罪过自傲，并不要求任何宽宥。浓密的头发编成发辫高高盘起，又垂下两缕短发，在额角画出宽宽的曲线，更增添了她头部的端庄美丽。想象力丰富的人在那金色的螺髻上面，仿佛可以看到勃艮第家族的公爵冠冕；这位贵妇人目光炯炯，包含着这个家族当年的神勇刚毅；这是个刚强的女人，但其勇气只用来击退蔑视或冒犯，对于柔情蜜意她也会报以满怀温情。她修长的粉颈上配着完美无缺的雅致的头颅，脸部的线条细腻俊秀，双唇略开，灵动的脸上仍保持着微妙的审慎表情，露出一种类乎狡黠和高傲的调侃意味。略有所动，额头上便出现些许皱纹，那双时常仰望上苍的美目露出痛苦的表情。一想到她的痛苦，一想到她那几乎为之丧命的爱情故事，就不能不原谅她出现皱纹和眼光阴郁这两种女性的缺陷了。在这间空荡荡、静悄悄的客厅里，三年以来，这个女人与世隔绝，隐居在远离城市的幽谷深处，孑然一身，回忆着光辉灿烂、幸福美满、激情充沛的青年时代。往昔日日怡乐欢欣，处处受到尊宠，如今却被抛弃在可怕的空寂之中。难道这不是一幅动人心魄的情景吗？其深刻含意更使这景象意义重大。这个女人微微一笑，说明她意识到自己的价值。她既不是母亲，也不是妻子，被社会抛弃，被人抢走了唯一使她倾心而不羞愧的男人，不能从任何感情中得到她虚弱的心灵所急需的帮助，只能自己积蓄力量，过她自己的日子，没有任何希望，只有被遗弃的女人唯一的前途：等待死亡。即使以后还有美好的年华等待着她，但她宁愿尽快了却漫长的一生。她觉得自己命中注定要享受幸福，难道要她没有得到幸福也没有给人幸福就死去吗？……一个女人啊，这该有多么痛苦！德·钮艾尔先生闪电般思索着这些，面对着笼罩在最伟大的诗意中的女性，他自惭形秽。美貌、不幸和高贵，这三重光环照耀得他心神恍惚，他张口结舌地站在那里，心里只顾想着、赞叹着子爵夫人，却找不出一句话来对她说。

德·博塞昂夫人显然并没有因为他这种惊异的样子感到不快，她轻巧地伸出手，但含意却是威严的。接着，仿佛仍旧显出女性温柔的风采，她苍白的嘴唇上漾出一抹微笑说："德·尚皮涅勒先生告诉我，您劳神给我带来一个口信。这是谁……"

听到这句让他恐惧的问话，加斯东清清楚楚地感到自己的处境窘迫可笑、品格低下，竟然用了并不光明磊落的手段来对待这样高贵而不幸的女人。他涨红了脸，眼神惶惑，心乱如麻。突然，就像有能力在认识错误中汲取力量的年轻人一样，他镇定下来。于是他谦逊地躬身施礼，拦住了德·博塞昂夫人的话，语气激动地回答道："夫人，我本没有福分一睹芳容，我不该对您撒了谎，我怀着一种伟大的感情来到您的身边，但这感情无论多么伟大，也不该用欺骗的手段来表达，这是不可原谅的。不过夫人，您若惠允我向您倾诉……"

子爵夫人高傲而轻蔑地瞥了德·钮艾尔先生一眼，举手拉动铃绳，铃响了。她看着那年轻人，尊严地说："雅克，掌灯，送先生出去！"

她高傲地站起身，向加斯东略施一礼，接着弯下腰拾起那本掉下去的书。她的动作生硬，态度冷漠，跟刚才迎接加斯东时的温柔、文雅完全不同。德·钮艾尔先生站起来，但并没有走。德·博塞昂夫人又看了他一眼，仿佛在说："怎么，您还不出去？"

她的目光里，表露着刺人肺腑的轻蔑，看得加斯东面失血色，几乎要昏厥过去；双眼满噙泪水，但他忍住，没有流出。接着，羞愧和绝望的火，把眼泪烤干了。他高傲地看着德·博塞昂夫人，那模样一方面表示他要听天由命，另一方面也表示他多少意识到了自己的价值：子爵夫人有权惩罚他，但她当真该这么做吗？随后他走了出去。穿过前厅的时候，爱情激发出的锐敏思维和高超智慧使他立刻明白他目前处境的全部危险，心中想道："如果我现在离开这座房子，以后就永远不能回来了；在子爵夫人看来，我永远是个傻瓜。一个女人不可能猜测不到她所诱发出的爱情，而子爵夫人是个女人。也许她现在正模模糊糊、情不自禁地后悔这样粗暴地将我轰出门来。不过，她不该，也不能取消她的决定。倒是我应当谅解她。"

想到这里，加斯东在台阶上停住脚，惊叫了一声，迅速转过身来说："我忘了一件东西！"他又回到客厅，那男仆跟在他的身后。这个仆人对于男爵的爵位，对于他所占有财产的神圣权利满怀尊敬之情，听到男爵这句话，口气那么自然，就信以为真。加斯东不等通报，径自从容不迫地走进客厅。子爵夫人也许以为来者是她的仆人，抬头一看，发现在她面前的竟然是德·钮艾尔先生。

“雅克已经掌灯送我出去了。”他微笑着说。这笑容表露着动人的风采，又掺和着几分忧伤，使这句话完全没有玩笑的成分，语气却一直震撼着那女人的芳心。

德·博塞昂夫人刹那间放弃了一切戒备。

“那么，好吧，请坐！”她说。

加斯东急切地拉过一把椅子。他的双眼充满欣喜，发出活跃的光辉，子爵夫人无法直视这年轻人的目光，垂下眼睑，装作看书，心里却品尝着一种永远新鲜的快意，也就是意识到自己是一个男人的幸福源泉，对于女人来说这是一种永远不会消失的情感。德·博塞昂夫人的心思已经袒露无遗了。一个男人理解女人心中合乎逻辑的任性，深知表面上互相矛盾的心绪波澜，一闪即逝的羞涩，时而怯懦、时而大胆的变化，这就是一派天真和风情万种的奇妙结合。女人如果遇到这样一个男人，会是非常庆幸的！

“夫人，”加斯东柔声说道，“您知道我的错误，您还不知道我的罪过。如果您知道我感到多么幸福……”

“啊，小心点儿！”她露出神秘的样子，一边把手指举到鼻子前抚摸了一下，又举起另一只手，做出要拉铃绳儿的姿态。

这么美丽的动作，这么优雅的威胁，显然唤起了她一丝哀伤的情绪和对美好生活的回忆。想当初，她妍媚姣好、婉秀可亲，幸福使她的任性胡为都变得合情合理，最微小的动作都会给她增添魅力。她微皱双眉，额头上显出几丝细纹，柔和的烛光照在脸上，表情略显阴郁。她看着德·钮艾尔先生，态度严肃但决不冷漠，因为她深知下面这些话的含意：“这一切都太可笑了！先生，往日里，我曾经有权纵情享乐，可以跟您一起欢笑，毫无顾忌地接待您，但如今我的生活已经改变了，我再也不能主宰自己的行动，不得不慎思而后行。您来访问我，是出于什么感情？是好奇吗？这样的话，为这一闪即逝的幸福，我所付出的代价就太高了。您是不是已经热切地爱上了一个被人诽谤中伤而又从未谋面的女人呢？您的感情也许是以轻视和过错为基础的，是偶然的因素才让这个过错恶名昭彰。”她气愤地把书扔到桌子上，狠狠地瞪着加斯东，接着说，“哼，怎么，因为我从前性格软弱，世人就以为我永远软弱吗？这太过分、太下流了。您到我这里来，是怜悯我吗？您还太年轻，没有资格怜悯心灵的痛苦。先生，您要知道，我宁愿让人蔑视，也不愿接受怜悯。我受不了任何人的同情。”

静默了一会儿，子爵夫人抬头望着他，神情忧伤而和蔼：

“好了，您看，先生，无论是什么感情让您冒冒失失闯进了我的避世之所，这对我都是伤害。您还太年轻，不至于完全丧失了良心，您会感到您的行为很是不妥。我原谅您，现在跟您谈这件事，我完全没有尖刻的用意。您不会再到这里来了，对吗？我本来可以命令您，但是我请求您不要再来，如果再来看我一次，那么无论是您还是我，都没有能力阻止全城的人把您看作我的情人，您就在我的痛苦上添加一层更大的痛苦。我估计这不是出于您的本心。”

她不再说话，只默默地注视着他，保持着真正的尊严，这使他惶惑不安。

“我错了，夫人，”他用深沉的语调回答说，“但是，热情、轻率和对幸福的急切需求是我这个年龄的人的本性，也是常犯的错误。现在，我明白我本不应该想尽办法拜见您，然而，我的这种愿望是很自然的……”

他尽力说明不得不避居他乡的痛苦，增添了许多感情的渲染，而不是理智的直白。他有条不紊地述说一个满腔热情但缺乏爱情滋养的年轻人的状况，让她知道，他应当得到温柔的爱情，然而却从来没有见过一个青春美丽、品位高雅、细腻多情的女人，让他享受到爱情的欢乐。他说自己的行为的确很不妥当，但他不想为之辩解。他赞美德·博塞昂夫人，认为她的确是大多数年轻人不断追求而又求之不得的情人。接着又说，他每天早晨围绕着库尔塞勒庄园散步，看着这座精致的别墅，总是心旌摇荡、不能自持。现在他已进入这座别墅。这位贵妇引得他做出了疯狂的行动，却在心中对这种狂悖无礼采取了无限的宽容。在她冷漠孤寂的生活里，他把年轻人热情的声音、炽烈的灵感和良好的教养造就出的智慧魅力带到了这里。真实的情感，用细腻的语言娓娓道来，总能打动人心。德·博塞昂夫人已经很久没有感受到为情所动的心境了，现在听来感到十分欣慰。她不由得注视着德·钮艾尔先生表情生动的面孔，欣赏他对自己心灵完美的自信，这心灵还没有被尘世生活的残酷教育所撕碎，也没有被野心和虚荣的无穷计谋所吞噬。加斯东是个风华正茂的年轻人，过着率意而行的生活，对远大前程，并不孜孜以求。这样，两个人之间不知不觉地产生了一些危险的想法，而且还互相隐瞒这一点，这就要破坏他们的宁静。德·钮艾尔先生发现子爵夫人是个极为少有的女性，这样的女性总要为完满的和不可遏制的爱情去牺牲。这样的女人一旦心中接纳了意中人，这人就会发现她们的美貌和风度已经是微不足道的魅力了。在她们的灵魂中，有极为丰富的感情，一切都是良善的，美丽的本能再加上用各种方式表达的爱情使肉体的欲望得到净化：这就是女人让人赞美的秘密之所在；这样的女人是大自然献出的极为稀有的精致礼品。而子爵夫人那方面，她倾听着加斯东用真诚的语调向她叙述青春的烦恼，她猜测出了羞怯给这个二十五岁的大孩子带来的苦恼；刻苦学习保全了他尚未受到腐蚀，他也未曾接触过社会上形形色色的人，这些人会用听来近乎情理的经验损害年轻人的美好品质。而她认为，这个年轻人所具有的品质，正是一切女人所梦想的。他还没有关于家庭、财产的自私自利的观念，也没有个人中心的意识。这种观念和意识一旦爆发，就会扼杀忠诚、荣誉、克己和自尊。这些品质是灵魂的花朵，能够用强烈而高贵的激情使人生变得充实丰富，又能唤起人心的正直纯洁，但这些花朵总是过早地凋零。他们两人一旦投入感情的广阔空间，就会远离伦理道德，互相探测灵魂的深处，查明各种表情的真实含意。这种探测，加斯东本出于无心，而德·博塞昂夫人却早已蓄意。她利用先天已备的或后天学得的精巧心机，表达出与她本心相反的意思，为了探知德·钮艾尔的想法，又无损于她自己。她是那么聪慧，那么风雅，以为再也不会见到这个年轻人，没有让加斯东警觉到她的不信任，所以对这年轻人十分亲切。她说了一句俏皮话之后，加斯东天真地喊了出来：

“嗨，夫人，一个男人怎么能够抛弃您呢？”

子爵夫人默默无言，加斯东却涨红了脸，以为这话冒犯了她。但是，这个女人只不过颇为惊异，自从遭受不幸的那天以后，这还是第一次感到深切的和真正的快乐。最历练的风月老手也不如德·钮艾尔先生发自心底的这声叫喊所取得的成功大。出自天真无邪的年轻人的判断，证明了在他眼中子爵夫人是无辜的。这年轻人谴责了社会，指斥了那个离开她的男人，认为她宁愿住在这里忍受孤独是正确的抉择。子爵夫人曾渴望得到世人的谅解、真切的同情和社会的尊重，但都遭到冷酷的拒绝。这些最隐蔽的愿望，终于在这声感叹中得到了满足。而发自心底的、最温馨的赞美和颂扬，正是女人们无厌追求的，使这声感叹更加美丽。终于有人能够倾听她的心声，理解她的心境。德·钮艾尔先生自然而然地给了她一个机会，让她从失败中挺立起来。她看了一眼挂钟。

“啊，夫人，”加斯东赶紧说，“请不要责罚我的冒失轻率。如果您答应整个傍晚都会见我，恳请您不要缩短时间。”

她对这种恳求嫣然一笑，接着说：

“既然我们不应当再见面，那么时间长些短些又有何妨？如果您喜欢上了我，那就是一件不幸的事。”

“不幸的事已经发生了。”他阴郁地说。

“不要对我说这种事，”她郑重地说，“如果是在任何其他一种处境里，我会很高兴地接待您，会无拘无束地跟您畅谈，您会明白我为什么不能，也不应该再见到您。我估计，您的心灵很伟大，不会觉察不到，一旦别人怀疑我再次出错，那么所有的人都会认为我跟别的女人一样，是个下贱、低俗的女人。干干净净、不出纰漏的生活会突出我的品格。我孤高过分，不能不试图以旁观者的身份生活在社会里。由于我的婚姻，我成了法律的牺牲品；由于我的爱情，我成了男人的牺牲品。如果我不分毫不爽地保持现在的地位，别人就会顺理成章地对我横加指责，我也会丧失尊严。我没有那么高尚的社会道德，委身于一个我并不爱的男人，对于我来说，这就等于死亡。但我愿意活着。我不顾法律，截断了我的婚姻关系：这是一个错误，一个罪恶，您说多么坏就有多么坏。如果我有孩子，也许还能找到力量忍受婚姻给我的折磨，这婚姻是别人认为合适，强迫我服从的。十八岁的时候，我们是可怜的小姑娘，不明白人家让我们干的是什么。我违反了社会的法律，社会惩罚了我；我和社会两方面都各有道理。我追求过幸福，让自己幸福，难道不是我们的自然法则吗？当时我年轻，漂亮……我以为遇到的这个男子，就像他表现出来的热情一样，深切真实地爱我。有一个时期，我曾的确被人爱过！……”

停顿了一会儿，她又接着说：“我认为，一个男人绝对不应该抛弃一个女人，让她处在我这种境遇中。但是人家离开了我，也许是他不再喜欢我了。是的，我大概是违反了某种自然的规则：是用情太深，是不顾一切，或者是对爱情要求得过于苛刻，我说不清楚。不幸倒让我恍然大悟。在很长的时间里，我是众矢之的，甘心情愿独自承担罪责。我自己付出代价，原谅了那个我认为应当受到抱怨的人。我不够机智，没能把他留住：我如此愚拙，命运就狠狠地惩罚了我。我只知道爱：一个女人爱别人时，怎么会想到自己呢？我本可以是个专制君主，却当上了个奴婢。那些了解我的人会谴责我，但也会尊重我。我的痛苦经历告诉我，不要再次招致遗弃了。发生了那次事件，我熬过第一个星期的痛苦之后，我不明白我怎么还会活着，那是女人一生中最可怕的变故。必须经过三年的离群索居，才能积聚起力量，像现在一样谈及这种痛苦。垂死挣扎之后，通常就是死亡。咳，先生，我挣扎在生死之际，倒没有以进入坟墓作为终结。哎，我太痛苦了！”

子爵夫人抬起美丽的眼睛，望着柱顶凸出的装饰头像；大概她常把不愿泄露给外人的隐私向这些头像倾诉。女人们不敢直视她们的谈话对象时，柱顶的装饰头像就是她们能找到的最温良、柔顺和最可信赖的知心人。小客厅里柱顶的装饰头像是一个可以提供教诲的所在，不就是一个没有神父的忏悔室吗？这时候，德·博塞昂夫人侃侃而谈，风情万种，如果不嫌用词过分的话，简直可以说是千娇百媚。她公正地对自己做出了评价，又在她和爱情之间筑起高高的藩篱，就这样刺激了男人的各种情感：她把目标抬得越高，就让人看得越清楚。由于回忆起过去的痛苦，他们不再有缠绵眷恋的语气。最后，她垂下眼睛看着加斯东，用平静的口吻说：

"您承认我应该保持冷淡和孤独的状态吧？"

这位女子在理性和疯狂的爱情上都是那样的崇高、卓越，德·钮艾尔先生产生了一种强烈的愿望，想要跪倒在她的脚下。但是，他怕在这位女子面前显得幼稚可笑，他控制住了这种冲动和想法：一方面他怕表达不出他的冲动和感情，另一方面又怕受到嘲弄或被断然拒绝，使最热烈的心情遭到冷遇。感情从心中喷发的时候，偏要勉强抑制下去，就会引起深深的痛苦，胆怯的人和野心勃勃的人通常不得不勉强吞咽下去他们的欲望，也会感受到这种痛苦。然而，德·钮艾尔先生还是打破沉默，用颤抖的声音说：

"夫人，请允许我吐露我一生里最为激动的心情，对您，我坦承您在我心中引起的情感。您使我的心灵变得伟大了！我感到我有一种愿望，就是用我的一生使您忘掉您的悲伤，用我的一生来爱您，绝不像那些仇恨过您和伤害过您的人。如此吐露心迹，未免过于突然，今天还没有任何证明，我本应该……"

"够了，先生，"德·博塞昂夫人说，"我们两人都走得太远了。我本想让我不得不对您的拒绝显得不要过于生硬，我向您解释了我拒绝您有悲伤的原因，并不想取得您的赞誉。卖弄风情只适合于幸福的女人。请相信我，我们还是保持形同陌路的关系吧。以后，您就会明白，一种关系注定某一天会被切断，当初就不应该建立这种关系。"

她轻轻叹一口气，额头皱起来，立刻又恢复了她惯常的贞淑模样。

“一个女人，如果不能在生活的各个时期都紧紧跟随着她所爱的男人，那该是多么痛苦！如果这男人真的爱她，这种深刻的痛苦，在他心中不是也会引起可怕的回应吗，这不就是双重的不幸了吗？”

静默了一会儿，她微笑着站起来，示意客人也该起身了。

“您来库尔塞勒庄园的时候，大概没有想到会在这里聆听一番说教吧。”

这时，加斯东觉得自己跟这个不同凡俗的女人之间的距离，比方才跟她接触时更大了。他认为这一时刻很珍贵也很吸引人，全是因为急于展露聪明的女主人在炫耀风骚，他冷淡地向子爵夫人行礼告辞，心灰意懒地走出门去。

在路上，男爵尽力探寻这个像弹簧一样软硬兼有的人儿有什么样的真实性格，但他曾看到这女人显示出各种各样的微妙变化，让他很难对这女人做出真正准确的判断。接着，她的各种声调仍然在他的耳旁萦绕。她的举止、头部的姿态、流动的眼波在回忆中更增添了魅力，使他越思考越生爱意。在他的心目中，子爵夫人的美貌仍旧在暗夜里熠熠发光，刚才所得到的印象又一个个地显现出来，向他重新展示出最初未尝发现的女性的雅致和才华，又重新把他吸引住了。他陷入一种恍恍惚惚的思绪当中，最清醒的思想也在自相冲突中被搅乱了，以致把他的灵魂抛到疯狂的旋涡里。只有年轻人才能够发现和理解这种抒情诗式的秘密，在这里，最合情入理和最违情悖理的想法同时占据着心灵，出于一种不可知的力量，心灵会向最后一个袭来的思想让步，那就是希望或者是绝望。二十三岁的时候，男人几乎总是受控于谦卑的感情：少女的羞怯、惶恐会搅得他心乱如麻，他总怕没有恰如其分地表白他的爱情，他只看到了困难，而且被困难吓倒了。一想到不能让女人高兴，他就浑身颤抖。如果他爱得不这么深，也许胆子就大了。他越觉得幸福的价值很高，他就越觉得意中人不会轻易地给他幸福。也许是他把整个的身心沉溺于欢乐，又担心没有给别人欢乐。如果不幸，他所崇拜的偶像高不可攀，他就秘密地、远远地崇拜她。如果对方没有猜透他的心意，这种爱情就会烟消云散。这种过早来临的恋情时常在年轻的心中早早消逝，只在那里留下闪烁发光的幻影。哪个男人没有若干个这类纯洁的回忆呢？到后来，重新勾起这类回忆时，总是觉得越加温馨，并且给人带来完美的幸福形象。时常就像那些夭亡的花朵似的婴儿，父母只见过他们的微笑。德·钮艾尔先生从库尔塞勒回来的时候，胸中激荡着汹涌的感情和坚不可摧的决心。德·博塞昂夫人已经成了他生活中不可缺少的条件，他宁愿死也不愿没有她而活着。他还很年轻，很容易感受到一个完美的女性向幼稚而热忱的心灵所释放出的无情的诱惑。他必须度过暴风骤雨的夜晚，那时年轻人从幸福到自杀，又从自杀到幸福，享尽了一生的幸福，然后筋疲力尽地沉沉睡去。在这决定命运的夜晚，能够发生的最大不幸，是醒来的时候变得豁达明智。德·钮艾尔先生确是真正坠入了爱河，所以辗转反侧，难以入睡。他开始写信，但没有一封信让他满意，于是全部付之一炬。

第二天，他又去围着库尔塞勒小庄园散步，选在夜幕降临的时分，因为他怕被子爵夫人看见。控制他的感情出自一种神秘的心灵，只有年轻人或是属于相似情况的人才能理解暗中的欣喜和整个事件的荒谬绝伦。对于生活已很幸福、只关注实际生活的人来说，这些事情只能让他们耸一耸肩膀。经过苦苦的犹豫之后，加斯东给德·博塞昂夫人写了这样一封信，可以看作恋人们特有的辞藻华丽、内容空洞的模式，可以与孩子们在父母的生日偷偷画的图画相比，除了接受这礼物的人之外，所有的人都会讨厌的。

夫人：

您对我的心，我的灵魂和我整个的生命行使着巨大的权力，如今我的命运掌握在您的手里。请不要把我的信付之一炬，请您大发慈悲把信读完。当您发现这封信的第一句话并非庸俗的有关我利益的声明，而是对事实的自然表露时，您也许会原谅我开头的第一句话。我提出请求的态度十分谦卑，我自感极为渺小，于是我听天由命，而您的决定对于我的生命有决定性的影响，这些也许都能使您感动。夫人，在我这样的年龄，我只知道爱，但不完全知道怎样去取悦一个女人，怎样引起她的注意。对于您，我心中感受的是令我陶醉的倾慕之情。您让我体会到的巨大欢愉把我不可抗拒地吸引到您的身旁。我是以把我们引导到炽热生命的全部利己之心来思念您的。我觉得我配不上您，配不上。我这样年轻、无知、怯懦的人，能够给您带来的幸福还不到一闻妙音、一睹芳颜使我心中产生幸福的千分之一。对于我来说，您是世界上唯一的女人。不能想象，没有您我该怎样生活，我已经决定离开法国，到某一个难以维持的企业中了此残生，到印度去，到非洲去，我都说不定。我不是必须用漫漫无尽的事业来战胜绵绵无垠的爱情吗？但是，只要您肯给我一线希望，不是让我属于您，而是让我得到您的友谊，我就会留下来。请允许我，在您身边度过几小时，就像上次我意外得到的一样。即使按照您的要求，这样的机会不多，这种短暂的幸福就能让我的热血沸腾不已。但只要我说一句过分热情的话，我就会享受不到这样的幸福。我恳求您接受这一桩只对我有利的交易，是否过高地估计了您的宽宏大量？您对社会做出了那么多的牺牲，您一定能让社会看清楚，对您来说我一文不值。您是这样聪慧，这样高傲，您有什么可畏惧的？现在，我要为您敞开心扉，为了让您知道在我谦卑的要求中并没有隐藏着任何隐秘的目的。如果我有希望跟您分享在我心中的深厚情谊，我就不会说我的爱情广大无边，而仅仅向您要求给我友谊。只要我能在您身边，您要我怎样都可以，只要我能在您身边。如果您拒绝我，您可以这样做，我一点儿也不抱怨，我会走开。如果以后，不是您而是另外一个女人，以某种方式进入了我的生活，您就做对了；但如果我忠于这份爱情一直到死，您也许会感到一些悔恨！我希望引起您将来的悔恨，这样会减轻我的忧伤，也可以平复我这未被理解的心灵……

必须熟知年轻人最大的不幸，必须跨上长有白色双翅的喀迈拉[①]——这怪兽只肯对火热的想象才能转过它雌性的肥臀——只有具备这样的条件才能了解加斯东·德·钮艾尔心里是如何忐忑不安，痛苦难熬。他不知道德·博塞昂夫人拿到他第一封最后通牒时有什么样的态度。他仿佛看到了子爵夫人冷漠讥讽和嘲笑的样子，因为她已经不再相信爱情。他恨不得把信收回来，他觉得那封信写得荒谬绝伦。他的头脑中涌现出一千零一个美妙无比的想法，比那些生硬的、讨厌的、刻意雕琢的、让人昏昏欲睡的、自吹自擂的句子动人得多。幸亏信里的标点符号点得很乱，字也写得歪七扭八。他试图不再想，不再去感受；但他还是在想，在感受，而且十分痛苦。如果他已有三十岁，他就会求得一醉，可他还是个天真的青年，既不知道鸦片的效能，也不知道高度文明的消除痛苦的办法。在这里他也没有一个像在巴黎时那样的好朋友，他会对你说："帕厄图斯，并不疼[②]！"同时递给你一瓶香槟酒，或者拉你去痛饮狂歌，来抚慰你因犹豫不决而产生的苦恼。真是一些好哥们儿，当你有钱的时候，他们总是一文不名；当你找他们帮忙时，他们总是到温泉去疗养了；当你向他们借一个路易的时候，他们总是刚刚把最后的一个路易赌输了，不过，还有一匹赖马打算卖给你。然而，他们还是世界上最好的伙伴儿，随时准备着跟你一起弃岸登船，然后沿着最陡峭、最迅速的水波斜面向下划去来消磨时间、精力和生命！

德·钮艾尔先生终于收到了雅克送来的一封信，信封上有印着勃艮第家族纹章的、发着香味的蜡封，信写在一张小小的仿羊皮纸上，似乎让人能闻到那美人的香泽。

---

① 喀迈拉：在希腊神话中是旋风之父堤丰与蛇怪厄喀德那所生的怪兽，长有狮子的头，山羊的身躯，巨蟒的尾巴，并没有说它长有翅膀，也没有说它的性别。故事里的事，不必认真。这里是说必须具有非凡的力量，才能在爱情上无往不胜。

② 并不疼：原为拉丁文 paete non dolet。据说，罗马帝国时代的帕厄图斯曾密谋反对皇帝，事败，将被诛杀。其妻劝他自裁以保尊严，遂将匕首刺入己胸，拔出匕首，递给其夫，说："帕厄图斯，并不疼！"

他当即跑回屋去，关起了门，一遍又一遍地读她的信。

先生：

我出于善意，没有让您遭受粗鲁的拒绝，同时聪明才智始终对我有吸引力，而您却狠狠地惩罚了我。我信任一位青年的高尚道德，您却欺骗了我。然而，那一天，我对您的谈话即使不完全袒露心扉——如果那样的话就太可笑了，但至少也是坦白直率的。我告诉了您我的处境，为了让一个年轻的心灵了解我冷淡的原因。您越引起我的兴趣，给我造成的苦恼也就越深切。我的天性是温顺良善的，但环境使我变坏了。如果是另外一个女人会不读您的信，径自把它烧掉；而我却读了，还给您写了回信。我对您讲的道理向您说明，即使我无意中让人产生了感情，而且对这种感情并非无所觉察，但我远未产生同样的这种感情。而且我的行为会向您清清楚楚地表明我坦诚真实的心境。其次，您曾说我对您的生活具有权威性的影响，为了您的利益，我要利用一次这种影响，仅仅一次，撕掉蒙住您双眼的那块布。

我马上就三十岁了，先生，而您才二十二。您到了我这个年纪时会有什么想法，您自己也不知道。如今您轻易发出的誓言，那时会成为沉重的负担，您会无怨无悔地献出全部的生命，甚至可以为了刹那间的快乐去死，今天，这话我都相信；但到了三十岁，生活的经历会使您失掉每天都为我牺牲的力量，而我，我会因为接受这些牺牲而感到深深的屈辱。终会有一天，一切的迹象甚至天性本身，都会迫使您离开我。我曾对您说过，我宁愿去死，也不愿遭受遗弃。您看到了，不幸的命运教会我运用心计。我在理性思考，没有任何激情。您在逼迫我向您说明，我一点儿也不爱您，我不应该、不能够，也不愿意爱您。女人任凭感情冲动、不加思考的时期，我已经历过了，再也不能成为您所期盼的情妇了。先生，对我的抚慰来自上帝，并不来自男人。何况，在受骗的爱情这悲惨的光线之下，我一清二楚地看透了各种人的心，所以不能够接受您向我要求和您向我奉献的友谊。您受了内心冲动的蒙蔽，您对我的软弱抱有希望，而并非希望发挥您自己的力量。这一切都是本能的一种反应。我原谅您这种孩子式的计谋，因为并没有人指使您。凭着这桩即将逝去的爱情，凭着您的生命和我的宁静生活，我命令您留在您的故土，不要为一个必定会破灭的幻觉而耽误了受人尊敬的和美好的一生。将来，当您完成了您真正的使命、发展了一个男人所期待的各种感情时，您就会赞赏我对您的答复。而现在您也许会抱怨我的答复过于薄情寡义，到将来您会欣喜地与一位老妇重逢，她的友谊一定对您又美好又珍贵。她虽然经历过情海的狂风巨浪、人生的苦难挫折，但她未曾消沉，终于遵从着高尚的理念和宗教的训诫，保持了自己的纯净和神圣。先生，永别了。请按照我的话想一想，您的成功会给我孤独寂寞的生活带来多么大的快乐。请把我作为一个不复存在的人来思念吧。

读完这封信之后，加斯东·德·钮艾尔写了这样一个小纸条：

夫人：

如果我接受您向我提供的机会不再爱您，甘当一个庸碌之徒，那么您以为这与我的命运相符吗？不行，我不听从您的安排，我发誓永远对您忠诚，只有死亡才能斩断这缕情丝。噢，取走我的生命吧！除非您害怕在您的生命中，再增添一分悔恨……

当德·钮艾尔先生的仆人从库尔塞勒回来时，主人问他：

“您把我的字条交给谁了？”

“交给子爵夫人本人了，她已经上了车，出发去……”

“进城去吗？”

“先生，我估计不是进城。子爵夫人的轿式马车上套着几匹驿站的马。”

“啊，她要走了。”男爵说。

“是的，先生。”仆人回答。

加斯东马上收拾行装，要跟着德·博塞昂夫人启程。她在前面一直走到日内瓦，却没有发现男爵就跟在后面。一路上加斯东左思右想，特别是这个问题占据在他的脑中：她为什么要走呢？对于这个问题，有无数的假设，他当然选择那个最为趁心如意的：如果子爵夫人愿意爱我，这样一个聪明伶俐的女人毫无疑问会更喜欢瑞士，在那里没有人认识我们，而在法国，她会遇到许多爱管闲事、专找麻烦的人。

某些热情洋溢的男人也许会不喜欢善于选择地点的精明女人。这些男士过于精致、考究。然而，还没有任何东西、任何事实能够证明加斯东的假设是真的。

子爵夫人在湖边租了一幢小屋。她安置停当之后，在一个美丽的傍晚、暮色四合之时，加斯东登门拜访了。男仆雅克骨子里就是在豪门贵族当差的，看到德·钮艾尔先生，一点儿也不惊奇，作为惯于熟知内情的仆人通报他的到来。听到了这个姓名，看到了这个年轻人，德·博塞昂夫人手里的书掉在地上了。就在她惊讶的当儿，加斯东已走到了她的身边，对她说：

“我一拨接一拨地租用了为您驾过车的驿马，我该多么高兴！”她觉得这声音真是温存悦耳。

就这样，她顺从了心中深藏着的愿望！哪里会有面对这样的幸福仍然不肯让步的女人呢？如果是一个意大利女人，与巴黎女郎性格完全不同的天使般的生灵，读完了法国小说就会说：“一个早晨就能安排妥当的事，这些可怜的法国情人竟磨蹭了那么多时间，我真不知道为什么。”咱们阿尔卑斯山这边的人，听了这话，会觉得太不正经了。讲故事的人，为什么不以这位好心的意大利女郎为榜样，免得听众和故事中的主角等得不耐烦呢？有许多引人兴味的风流韵事可以绘色绘声，德·博塞昂夫人就像古代的处女一样，迟迟不肯优雅地投怀送抱，把幸福交给加斯东，也许是为了享受初恋的贞洁的快感，让这初恋在层次上达到最高的表现。这种一时冲动的爱情很容易欺骗像德·钮艾尔先生这样年龄的男人，而女人却常常热衷于这种游戏。她们把这种游戏的时间拖长，也许是为了确定她们的地位，也许是为了长期享用她们的特权，因为她们本能地预见到将来这种特权就会缩小了。说起来，这小小的闺房外交磋商并不像伦敦会议那样繁缛冗长，在这个真实的风月传奇中只占很小的位置，不值得描述了。

德·博塞昂夫人和德·钮艾尔先生在日内瓦湖畔、子爵夫人租用的别墅里住了三年。他们隐居独处，不去看望任何人，也没有引起任何人的议论。他们在湖面荡舟，从来不早早起床。总之，幸福得就像我们梦想的那样。这小小的房舍很是简朴，有绿色的百叶窗，周围有宽阔的阳台，上边撑着遮阳的布篷；这是一个真正的爱巢，有白色的长沙发，落脚无声的柔软地毯，轻薄凉爽的幔帐；这里的一切都闪耀着欢快的光华。从每扇窗子望去，日内瓦的景色都不相同，远望是高低错落的群山和瞬息万变的彩云；仰观是晴朗的天空，在他们的面前是一片波光潋滟的湖水。一切景物仿佛是他们的梦境，在向他们微笑。

几个有关财产的重大事项使德·钮艾尔先生必须回法国：他的哥哥和父亲都先后离世，他不得不离开日内瓦。这对情侣早已买下了这座房子，他们恨不得砸碎山峦、抽干湖水，打开一道闸门，把这里的一切都随身带走。德·博塞昂夫人跟随着德·钮艾尔先生一起回法国。她变卖了她的财产，在玛奈维尔附近买了一片可观的地产，正和加斯东的土地相连，他们就一同在这里住了下来。德·钮艾尔先生自愿把自己在玛奈维尔地产的收益，让给母亲，作为交换条件是：母亲允许他保持未婚身份，享受自由的生活。德·博塞昂夫人的土地坐落在一座小城附近，占据着奥日河谷最美丽的地段。在那里，一对情侣在他们和俗世之间设置了一道屏障，无论是世俗思想还是世俗人物都不能逾越，他们又过上了在瑞士时的美好生活。整整九年，用不着描述他们所享受的幸福。诗歌和祷词具有无穷无尽的表现形式，能够理解这一点的人，大概就能够猜测到在这场香艳故事的全部情节中所包含的美妙和高雅。

却说，德·博塞昂夫人的丈夫，博塞昂侯爵先生，（他的父亲和哥哥都已去世[①]）身体非常健康，如果能够确定我们的死会使别人能更幸福，那么再也没有任何更好的原因让我们健康美满地活下去了。德·博塞昂先生是个尖酸刻薄又顽固执拗的人，像所有终生享用年度津贴的人一样，每天早晨起床时精力充沛，就比别人多有了一份愉快。此外，他还是个情场老手，办事中规中距，礼数周全，精于谋算，能够声色不动地向女人倾诉爱情，就像仆役说"夫人，请用餐"一样。

德·博塞昂侯爵先生的这段小传清楚地表明，侯爵夫人绝对不可能跟德·钮艾尔先生正式结婚。

九年的幸福生活，是一个女人能够签订的最温馨甜美的生活契约了。从这段情史开篇以来，德·钮艾尔先生和德·博塞昂夫人就处在一种既自然而然，又不清不楚的境况之中。然而，人们对命中注定的危机不可能有个预感，但是危机进展各个阶段到来的时间却像数学那样的准确。

加斯东的母亲，德·钮艾尔伯爵夫人，从来不愿意见德·博塞昂夫人的面。她是一个古板僵化、正派庄严的女人，按照礼法的要求，成全了老德·钮艾尔先生的幸福。德·博塞昂夫人知道这位尊贵可敬的老寡妇注定是她的敌人，总试图把加斯东从这种不道德和反宗教的生活中拉出去。侯爵夫人本来想卖掉她的地产，回到日内瓦去。但这样就显得对德·钮艾尔先生不信任了，她不能这样做。另外，德·钮艾尔先生恰巧对瓦勒鲁阿的地产产生了浓厚的兴趣，他在那里兴建了许多种植园，开发了许多土地。女人们总是希望她们的丈夫甚至情人享受这种创业的幸福，她如果回日内瓦，不就是使他错过了这个获得幸福的机会吗？

---

① 由于父兄去世，博塞昂子爵，晋袭其父侯爵的称号。此后，德·博塞昂夫人亦从而称为侯爵夫人。

当地来了一位拉鲁迪埃小姐，芳龄二十二岁，是位富有的闺秀，每年有四万里弗尔的收入。加斯东每次到玛奈维尔去办事，都会遇到这位女继承人。这些人物排列在那里，就像数学比例式中的数字一样。一个月以来，德·博塞昂夫人努力要解开这道数学题。一天早晨，她写了这封信，交给加斯东说明了这个可怕的问题：

> 我心爱的天使，我们心心相印，一起生活，什么也不能够让我们分开。我们的爱抚时常就是彼此交流的语言，而语言也就是互相的爱抚；在这个时候我给您写信，岂不是违背情理？然而并不是，我心爱的人。有些事，一个女人不能跟情人当面说，一想到这些事，就难以开口，全身的血液都涌向心脏，就失去了力量，也没有了主意。如此地和您厮守在一起使我非常痛苦，而我经常有这种感觉。我认为我的心应当对您完全真实，任何想法都不瞒您，即使是一闪之念，我太喜欢随心所欲，这很适合我的天性，我不能再这样窘迫局促地敷衍下去。在这里我要向您倾诉我的烦恼。是的，是一种烦恼。您听我说吗？不要再用恣肆无礼的口头语“得啦，得啦……”来让我闭嘴，然而我喜欢这种口吻，因为您的一切我都喜欢。您是上天赐给我的亲爱的郎君，让我对您说，您抹去了我痛苦生活的一切记忆。往日里在那痛苦的压力下，我的生命几乎崩溃。我只感受过您的爱情，只有您美好青春的天真无邪、您伟大心灵的纯净高洁，才能满足一个对人苛刻挑剔的女人的渴望。朋友，一想到在这既漫长又短暂的九年中，我从未有过一点儿嫉妒之情，我的心就愉悦地加快跳动。我拥有您灵魂中的所有花朵，我占据着您所有的思念。在我们的天空中，未曾有过一抹轻微的阴云。我们不知道什么叫作牺牲，只是按照我们的心愿去做事而已。作为一个女人，我享受了无限的幸福。打湿了这张信纸的眼泪，是不是向您说明了我的感激之情？我真愿意跪下来写这封信，但是这种欢欣倒使我遭受了比被遗弃更可怕的痛苦。亲

爱的，女人的心有很深的皱褶，直到如今我自己不知道我的心有多么深，正如我不知道我的爱情有多么深。一想到与我们所爱的人所遭受的不幸相比，我们所遭受的最大不幸，就微不足道了。如果是我们让所爱的人遭受了不幸，那么我们岂不是要痛苦而死吗？……这种思想使我感到很沉重，但同时还引出了更有压力的想法。这种思想使爱情失去光华，扼杀了爱情，使爱情成为屈辱，永远使我们的生命失去了色彩。您三十岁，我已经四十[①]，这样的年龄差别会使一个坠入爱河的女人产生多少恐怖的想法？开始时您可能并未觉察，随后您会真切地感觉到您为我做出了牺牲，为我抛弃了人世间的一切。也许您已经想到过您的社会使命，想到过可能大大增加您财富的婚姻，有了这婚姻，您就可以名正言顺地享受幸福，把财产传给您生养的子女，重新出现在社交界，并在那里光明正大地占有一席之地。但是，您可能遏制了这些想法，在我不知情时，心甘情愿地为我错过了一个女继承人、一笔财产和一片锦绣前程。出于年轻人的义气豪情，您本来愿意忠实于在上帝面前把我们连接在一起的誓言。我过去的痛苦展现在您面前，您把我从不幸中拯救出来，也许我正是得到这不幸的保护，您的爱情是出于对我的怜悯！这种想法比唯恐让您耽误了美好的一生更使我恐惧。那些有本事用匕首刺死情妇的人们，实际上是大慈大悲，因为那些天真、无知的女人临死还觉得自己是幸福的，依然处在梦幻的明丽之中……是的，这两种想法，几天以来隐隐约约地让我每时每刻都感到悲哀，与这种情况相比，我倒宁愿死亡。昨天，您温柔体贴地问我："您怎么啦？"您的嗓音使我发抖。按照您的习惯，我以为您已明白了我心底的想法，我等待着您向我推心置腹，认为我已有了正确的预感，猜出了您出于理智的筹划。于是我回忆起您已习惯的对我的某些关注，我从那里发现了某

① 此处是约略的整数。此前几处提及加斯东的年岁，都不精确。似乎不必做过于精确的考证。

种做作的成分。男人一做作，就表露出他们已难以保持忠诚了。我曾经以为爱情永远是自然给我们的珍宝，在这个当儿，我为幸福付出的代价就太高了，实际上，命运不是把我们分开了吗？您一定独自思量："我迟早都必须离开可怜的克莱尔，那么为什么不及时分手呢？"这句话已经清清楚楚地显现在您的目光深处。我曾经远远地离开您，独自哭泣，在您面前掩饰过我的眼泪。十年以来，这是第一次我为悲伤而哭泣，但是我太高傲，不能让您看到我的眼泪。不过，我并不埋怨您。是的，您做得对，我不应该自私自利，为了我即将耗尽的生命，糟践了您漫长而光辉的一生……但是，如果我想错了呢？……如果我把出于爱情的忧愁错当成出于理智的思考呢？……啊，我的天使，不要让我惶惶不安，惩罚您的善妒的女人吧；然而，要让您的女人意识到她的爱情和您的爱情：这女人的整个身心都沉浸在这种感情之中，这使一切变得神圣。自从您的母亲到来之后，自从您在您母亲那里见到德·拉鲁迪埃小姐之后，我就不由自主地产生了一些怀疑，这亵渎了我们的关系。让我痛苦吧，但不要欺骗我！我要知道一切，您母亲对您说了些什么，您是怎么想的。如果您在我和某种事物之间犹豫不决，我就把自由还给您……我将向您隐瞒我以后的命运，我能够不在您面前哭泣，只不过，我不愿意再见到您……咳，我就此停笔，我的心已碎了……

…………

好大一会儿，我凄凄切切，痴痴呆呆。朋友，我自认没有任何骄人之处可以和您比并，您是这样善良、这样坦诚。您既不会伤害我，也不会欺骗我，但是，不管真实情况是多么残酷，您也要对我说出实情。您要我鼓励您说真话吗？好啊，我的心肝，一种女人的想法会给我以安慰。在您年轻腼腆、风度翩翩、英俊潇洒的时候，我不是占有了您吗？任何女人再也见不到这样的加斯东，而这样的加斯东却让我享受到精致高雅的快乐……不，您再也不会像从前爱我那样、像现在爱我这样去爱别人了；

不，我不会有情敌。我们的爱情就是我全部的思想，想到我们的爱情，我的回忆不会有任何苦涩。从今以后，您再也不会用儿童的娇憨、年轻人的殷勤、青春的赤诚、灵魂的美丽、体态的风流、对享受快乐的迅速领悟，总而言之，随着青春年少的恋爱而来的一长串可亲可爱的素质，去诱惑一个女人了。啊，现在您已是个成年男子了！您要按照命运的安排去筹划一切。您也会顾虑重重，忐忑不安，野心勃勃，这些思虑烦恼将使那个女人看不见您那永恒不变的微笑，而在我看来，是这样的微笑使您的双唇永远美丽。我觉得您的声音总是那么温柔，但将来有时也会忧伤的，您的眼睛看着我时总是闪动着上天的光辉，但对于那个女人将会目光暗淡。还有，绝对不可能有人像我爱您那样爱您，永远不会像我这样招您喜欢。她不会像我这样持续不断地关心自己的仪表，她也不会经常揣度如何使您幸福，而我在这个方面从来不乏机智。是的，我曾认识过的那个男人、那颗心、那个灵魂已不复存在。我把这些都收纳在我的记忆中，来继续享受那残余的温馨，幸福地生活在昔日那美好的生活里，任何人没有见识过那段生活，除了我们自己。

我心爱的宝贝，如果您从来没有设想过要自由，如果我的爱情并没有让您感到负担，如果我的惶惑全属空穴来风，如果我永远是您的夏娃，人世间唯一的女人，读了这封信，快来吧，快快跑过来吧！啊，我想在那个时刻，我将会比九年以来的任何时候都更爱您。我会为这些猜测自责，忍受了为这些猜测引起的无谓的痛苦之后，在我们的爱情中增加的每一天，是的，仅仅是一天，也将会是幸福的整整一生。您说吧，坦白地说吧，不要欺骗我，那将是一桩罪孽。说呀，您要自由吗？您考虑过您作为一个成年男子的生活吗？您后悔吗？如果我引起了您的愧悔，我会痛苦地死去。我曾对您说过，我爱得刻骨铭心，完全能够牺牲我的幸福，成全您的幸福；牺牲我的生活，成全您的生活。如果您能做到，就斩断我们九年幸福生活的丰富回忆，不要让这些回忆影响您的决定。您说呀！我顺从您，就像顺从上帝，如果您遗弃了我，只有上帝能够给我安慰。

当德·博塞昂夫人得知这封信已由德·钮艾尔先生亲收的时候，她完全崩溃了，任凭自己胡思乱想，头脑已经麻木，仿佛半睡半昏。显然，她所遭受的这样的痛苦，是女人的力量承受不住的，也只有女人尝试过这样的痛苦。在不幸的侯爵夫人等待她的命运的时候，德·钮艾尔先生读着她的信，按照年轻人遇到这种事故时所用的说法，感到左右为难。当时，他在母亲的指令和德·拉鲁迪埃小姐的吸引力面前，几乎已经屈身退步。那位小姐是个毫无意趣的姑娘，她板直僵硬，像一棵钻天杨，脸色有白有红，按照待字闺中的贵家小姐的规矩，她寡言少语。但是，每年四万里弗尔的地产收入已经替她把话都说清楚了。德·钮艾尔老夫人凭着一位母亲真挚的热情，千方百计把她儿子拉回道德的正轨，她要儿子明白能够得到德·拉鲁迪埃小姐的青睐是他莫大的荣幸，有许多富家公子早就上门求亲了。到这时候，应当盘算一下自己的前途、命运。错过了这么好的机会，下次就再也遇不到了。有朝一日，他会拥有八万里弗尔的不动产年息，财产能够抚愈一切伤痛。如果德·博塞昂夫人爱他是为他好，她就应当第一个怂恿他去结婚。总而言之，凡是一个女人能够影响一个男人理智思维的行动方法，这位慈祥的母亲一个都没忘记。这样，她让儿子发生了动摇。把生活安排妥帖、符合世俗概念，这对加斯东是有诱惑力的，德·博塞昂夫人的信送到的时候，加斯东正在对德·博塞昂夫人的爱情和这种吸引力之间犹豫不决。但是这封信，决定了选择的倾向。他决定离开侯爵夫人，与德·拉鲁迪埃小姐结婚。

“总得当一个过日子的男人啊。”他心里想。

接着，他设想这个决定给他情妇带来的痛苦。男人的虚荣和情人的良知更放大了这种痛苦，他真情实意地产生了怜悯。他突然又感觉到了那种巨大的不幸，认为应该怀着仁厚之心，减轻这个致命的伤害。他希望让德·博塞昂夫人平静下来，甚至由她来命令自己缔结这份残酷的婚约，让她逐渐适应分手属于必然的这种想法，让德·拉鲁迪埃小姐的形象总在他们两人之间像幽灵一样出现，先做出为了情妇而牺牲小姐的样子，到后来，让情妇强迫他娶那个小姐。为了让这个充满同情心的计谋得到成功，他甚至寄希望于侯爵夫人的尊贵、高傲，寄希望于她心灵中的崇高品质。于是为了消除她的怀疑，他给她写了回信。写回信！对于一个对真正的爱情有直觉又有女性最细微的观察能力的女人来说，这封信就是一纸判决书。于是，当雅克进门，径自向德·博塞昂夫人走去，递给她一张叠成三角形的信笺时，可怜的女人浑身颤抖，就像一只被捉住的燕子。一种莫名的凉气从头顶直冲到脚跟，像是给她包上了一块冰冷的裹尸布。既然他并没有跑过来，抱住她的膝头，既然他并没有泪流满面，脸色苍白，情意绵绵亲自过来，一切就都清楚了。然而，痴迷于爱情的女人心中往往怀有太多的希望，必须用匕首狠狠地刺许多下才能把她们杀死，她们流着血，心中还在爱，直到最后一刻。

“夫人有什么需要吗？”雅克退出时，用柔和的声音问了一句。

“没有。”她说。

“这个好心的老实人，”她一边擦眼泪一边想，“他猜到了我的心思，他，一个仆人！”

她读信：“我最亲爱的，您自己制造了许多幻象……”看到这几个字，仿佛一层厚重的帷幕蒙上了侯爵夫人的双眼。在她心里似乎有个神秘的声音对她说：“他在撒谎。”接着，爱情使她迫不及待地要了解真相，她一口气读完了第一页，在下方有如此的字样：“一切还都没有决定……”她用抽搐的手急速地翻过了一页，从这封信中那些拐弯抹角的句子里，清清楚楚地看出了加斯东的本意。在这封信中，她再也找不到喷涌而出、不可遏制的爱情了。她把信揉成一团，撕破，拧成卷儿，放在嘴里咬，然后扔进火里，并喊道：

“啊，卑鄙无耻，他占有了我，又不再爱我了！……”

接着，她奄奄一息地扑倒在长沙发上。

德·钮艾尔先生写完信就出门了，当他回来的时候，看见雅克站在门口。雅克递给他一封信，并对他说："侯爵夫人已经离开了府邸。"

德·钮艾尔先生很惊奇，打开信封，读道：

夫人：

如果我接受您向我提供的机会不再爱您，甘当一个庸碌之徒，那么您以为这与我的命运相符吗？不行，我不听从您的安排，我发誓永远对您忠诚，只有死亡才能斩断这缕情丝。噢，取走我的生命吧！除非您害怕在您的生命中，再增添一分悔恨……

这是侯爵夫人去日内瓦时，德·钮艾尔先生给她写的便笺。克莱尔·德·勃艮第[①]在纸页下又加了一句："先生，您自由了。"

德·钮艾尔先生回到玛奈维尔他母亲的住宅。二十天以后，他娶了斯特发尼·德·拉鲁迪埃小姐。

如果这个平淡无奇的真实故事就此结尾，那简直就是戏弄人了；差不多所有的人不都有一个比这更有趣的故事来讲述吗？不幸的是，这个真人真事的结局十分轰动。有些人在无限的爱情中享受过至高的幸福，但由于某些残酷的宿命把这幸福毁灭或丢失了，这故事的著名结局能在这些人心中唤起的记忆也许可以让这个故事逃过人们的抨击。德·博塞昂侯爵夫人跟德·钮艾尔先生分手的时候，并没有离开瓦勒鲁阿的府邸。由于深藏在女人心中的许多理由——而且每个女人都能猜测出哪个理由对她最合适——在德·钮艾尔结婚后，克莱尔仍旧住在那里。她深居简出，除了她的贴身女仆和雅克以外，别的仆人都见不到她。她要求家里绝对安静，除了上瓦勒鲁阿的小教堂以外，从不出家门。每天早晨，附近的一个神父到教堂去为她做弥撒。

结婚几天之后，德·钮艾尔伯爵在夫妻生活中就出现了麻木冷

① 这里是德·博塞昂夫人出嫁前所用的姓名，勃艮第是她父亲的姓氏。

漠的状态[①]，别人可以认为这是一种幸福，也可认为是一种不幸。他的母亲逢人便说："我的儿子幸福极了。"加斯东·德·钮艾尔夫人就像许多年轻妇人一样，没脾气，有耐性，平庸无趣，婚后一个月，她就怀孕了。这一切，完全符合世情常规。德·钮艾尔先生对她很好，只不过离开侯爵夫人两个月之后，他忽然变得思虑重重，神不守舍。他的母亲说："他向来都是严谨持重的。"

过了七个月温吞吞的幸福生活之后，两人间发生了一些表面上微不足道的小事故，但却包含着涉及很广的思想内涵，暴露出心灵极端的混乱，几句话也讲不清楚，就任凭人们去随意解释吧。有一天，德·钮艾尔先生到玛奈维尔和瓦勒鲁阿的地盘上打猎，回来时路过德·博塞昂夫人的花园，他差人去找雅克，他等着。那男仆来时，他就问："侯爵夫人还喜欢吃野味吗？"雅克回答还喜欢。加斯东就给了他一大笔钱，还说了许多似通非通的话，为的是让他帮点忙，给侯爵夫人留下他猎来的野味。既然德·钮艾尔先生并不希望侯爵夫人知道野味的来源，雅克觉得女主人吃的鹌鹑是她的侍从打来的，还是德·钮艾尔先生打来的，都无所谓。伯爵说："这是在她的地盘上猎得的。"一连好几天，雅克都参与了这个没有恶意的骗局。德·钮艾尔先生清早就出去打猎，晚饭时才回家，从来没有带回猎得的任何野物。就这样过了整整一个星期。加斯东的胆子越发大了，竟然给侯爵夫人写了一封长信，叫人给她送去。这封信没有开封，就退还给加斯东了。侯爵夫人的仆役把信交还他的时候，天已很晚。伯爵正在客厅里，好像在听他夫人在钢琴上敲出的一首埃罗尔德的随想曲[②]，突然他从客厅冲了出去，向侯爵夫人家里飞奔，快得就像一个奔赴约会的男人。他从一个熟知的豁口跳进花园，缓步穿过几条小径，又稍停片刻，仿佛试图控制自己怦怦乱跳的心。然后，走近宫堡，他听到里面发出细碎的声音，估计仆人们正在就餐。

① 德·钮艾尔先生此时已继承了父亲的伯爵称号。

② 埃罗尔德（1791—1833）：法国作曲家，代表作品为歌剧《泽姆帕》和《决斗场》。

他径直向德·博塞昂夫人的房间走去。侯爵夫人从来不离开她的卧房。德·钮艾尔先生走到门口，没有发出一点儿声音。在那里，就着两支蜡烛的光亮，他看到了消瘦、苍白的侯爵夫人坐在一张沙发上，低着头，垂着手，眼睛视而不见地盯着一件东西。这就是痛苦的充分表现。在这种姿态中，还有一点儿微茫的希望，但谁也不知道克莱尔·德·勃艮第是凝视着将来的坟墓还是回眸昔日里的幸福生活。也许是在黑暗中闪烁出德·钮艾尔先生的泪光，也许是他的呼吸发出轻微的声响，或是不由自主地颤动了一下，或是他的到来不能不产生一种心灵感应——在当初这恰恰证明了荣耀、幸福和真正爱情——德·博塞昂夫人缓缓向门口转过脸，看见了她昔日的情人。这时伯爵向前走了几步。

侯爵夫人脸色惨白，高声喊道："先生，如果您再往前走一步，我就从这扇窗子跳下去！"

她跳过去，抓住把手，打开窗子，一只脚踩在外边窗台上，手扶着窗框，转头对加斯东喊：

"出去，出去！不然我就往下跳！"

听到这恐怖的叫喊，又发觉仆人们骚动起来，德·钮艾尔先生就像个歹徒似的逃走了。

回到家里，伯爵写了一个便笺，让他的贴身仆役给德·博塞昂夫人送去，叮嘱仆人，告诉侯爵夫人，这关系到他的生和死。信发出以后，德·钮艾尔先生回到客厅，发觉他的妻子仍然按照乐谱上的音符，弹奏那首随想曲。他坐着，等待回信。一小时之后，随想曲结束了。夫妻两人各坐在壁炉的一侧，面面相觑，默默无语。这时，仆人从瓦勒鲁阿回来，把未曾拆封的信交给了主人。德·钮艾尔先生走进与客厅相通的一间小屋，打猎回来时，曾把猎枪放在那里，他自杀了。

这个命中注定的突然而至的结局，完全不符合法国年轻人的习惯，然而这样的结局却是顺理成章的。

只要是详察过夫妻生活幸福、美满的人，只要是体验过两情相悦、温煦和谐的人，就会完全理解这次自杀行为，而且认为这次自杀是理所当然的。一个女人的素质不会自己形成，不会在一天之内规范自己去适应即兴的各种热情。愉悦好像一朵奇异的鲜花，要求精心地呵护，巧妙地培植，只有时间、灵魂的契合才能发掘出欢愉的一切源泉，产生这种温馨的高雅的欢愉。我们浸沉在对这种感情的千百种迷恋之中，我们以为这是从心底给我们欢乐的人原来的素质。这种令人赞叹的契合，这种宗教式的信仰和确信能在所爱的人身边感受到特殊的完满的幸福，这些就是能让恋爱的激情长期维持、连续不断的一部分秘密。在一个具有女性天赋的女人身上爱情绝对不是一种一成不变的惯例：她的一往情深表现为千变万化的形式。她既聪明又痴情。她在本性中加入了许多人为的修饰；或者说在人为的修饰中还有许多本性，这使她无论在记忆里还是在现实中都魅力四射，不可抗拒。与她相比，所有的女人都失去了颜色。只有担心失去如此博大如此灿烂的爱情的人，或是已经失去了这样爱情的人才会知道这个女人的全部价值。但是，如果一个男人认识了一个女人的价值却放弃了她而堕入某种冷淡无趣的婚姻中，如果他希望在妻子那里得到他享受过的幸福，夫妻生活的某些隐私的事实向他证明这样的幸福再也不会产生了。如果他的嘴唇上还残留着卓越爱情的芬芳，他就为了一种离奇的社会概念致命地伤害了他的妻子，那么他只好持有一种物质的、自私自利的、冷酷无情的哲学，这是崇尚爱情的人所厌恶的，否则只有一死了之。

至于德·博塞昂夫人，她无疑并没有想到，九年之间她的情人向她倾注了无限的爱情之后，竟会绝望到自杀的地步。她也许认为只有她一个人遭受着痛苦。她完全有权利苟且地跟别人分享爱情。一个妻子由于冠冕堂皇的社会原因，可以忍气吞声；但是一个情妇对此却深恶痛绝，因为爱情的合情合理，在于保持纯洁。

一八三二年，九月，写于昂古莱姆

王晓峰　译

无神论者望弥撒

献给 奥古斯德·博尔热[①]
——他的朋友 德·巴尔扎克

毕安雄大夫创造了一种高超的生理学理论，为科学界做出了贡献，他还很年轻的时候就已成为巴黎大学医学院著名学者中的一员。这个医学中心得到了全欧洲医学界的仰慕。毕安雄大夫在当全科大夫之前，曾长期从事外科医疗工作。他早期的一批论著是在法国最伟大的外科医生、声名赫赫的德普兰指导下撰写的。德普兰大夫在科学界就像一颗流星一闪而过，光辉灿烂，但为时短暂。连他的对手也承认，他把一种难以传授的治疗方法带进了坟墓。就像一切旷世奇才一样，他没有继承人。他所有的学识都带在身上，又随着他消失了。外科医生的荣耀与演员很相似；这荣耀只存在于他们活着的时候，一旦逝去，他们的才能就不再为人所重视了。演员和外科医生也像大歌唱家和能使音乐的魅力增加十倍的演奏家，都是一时之雄。这些一炽即熄的天才们都有相似的命运，德普兰就是一个例证。他的名字昨天还尽人皆知，今天几乎就被人忘却了；只是在同业的圈子里，还保留些许痕迹而已，决不超越界限。难道不需要一些不同凡俗的例外情况，让一位学者的名字超出学科的范围、载入整个人类的通史吗？德普兰是不是所有知识的集大成者，在语言和形象上能代表那个世纪呢？德普兰具有一副神奇的眼光，他有一种先天就存在或后天培养出的直觉，能够透视病人和他的疾病，为每个人做

① 奥古斯德·博尔热：巴尔扎克女友聚尔玛·卡罗的朋友，贝里地区的年轻画家。某一时期，曾协助巴尔扎克管理家务。

出独特的诊断，决定要动手术的时间，精确到几点几分，还考虑到大气环境和病人体质特点。为与自然保持和谐，他是不是研究过大气和土壤向人类提供的基本元素与生灵万物之间的不断融合呢？人们吸收和消化这些基本成分，从而转化出一种特殊的表象。他是不是用演绎或类推这种有效的方式去从事研究工作呢？居维埃[①]的天才即受益于此。不管怎样，此人审知人体的隐微。他了解人体的现状，从而即可推知既往和预测将来。然而，他是不是能像希波克拉底[②]、加莱诺斯[③]和亚里士多德[④]那样囊括所有学识于一家呢？他是不是曾带领过一个学派走向一个新的天地呢？没有。如果说他始终不断地观察着人体的化学变化，就不可能不接受古代的巫术，也就是说融合各种元素的知识。生命的起因，生命以前的生命形态，在生命产生之前经过一番准备又将成为何种形态，不幸的是这一切知识都属他个人所有。他生前，由于抱有私心离群索居，这私心扼杀了他今日的荣誉。他的坟前没有树立这样一尊塑像：能发出声音、把天才寻求报偿的秘密告诉后世。也许德普兰的才能跟他的信仰有关，最终的结果，这才能也是会死亡的。在他看来，地球的大气是个能够生育繁衍的大口袋；地球是壳里的一个蛋，因为弄不清先有鸡还是先有蛋，所以既不承认鸡，也不承认蛋。他既不相信人是由动物进化来的，也不相信人死后还有灵魂。德普兰并非怀疑论者，他的思想很明确，像许多学者一样，他的无神论既纯粹又坦白。这些都是世界的精英，也都是坚定不移的无神论者。他们认为无神，不相信有神，就像有神论的宗教人士不能想象会有无神论一样。他从年轻起，就习惯于解剖人体，他的思想意识不会是另外一种状态。他搜索过

① 居维埃（1769—1832）：法国动物学家和古生物学家。

② 希波克拉底（约前460—前377）：西方医学奠基人。其医学观点对后世西方的医学发展有重大影响。

③ 加莱诺斯（131—201）：古希腊医生。其医学理论继承前辈希波克拉底，但与彼有所不同。

④ 亚里士多德（前384—前322）：古希腊哲学家、科学家。是古希腊哲学家中最博学的人物。柏拉图的学生，亚历山大大帝的老师。

出生前、生活中和死亡后的人体，在所有的器官中，都找不到对于宗教理论必不可少的那唯一的灵魂。他认为人体中有一个大脑中枢、一个神经中枢和一个气血中枢。前两个中枢互相补充、代偿。从这种观点出发，在生命最后的日子里，他认为听觉并非绝对依赖听觉器官，视觉并非绝对依赖视觉器官，太阳神经丛在不知不觉之中就把它们替代了。德普兰在人体中发现了两个灵魂，虽然他对上帝还没有做任何判断，但这个事实就证明了他的无神论。据说，此人临终时仍然执迷不悟，许多精英人物也都如此。愿上帝宽恕他们！

他的对手巴不得要压低他的光辉，用这些人的话来说，如此伟大的人物一生中也有许多渺小之处，不过把这些说成表面上有悖常情也许更为合适。精英人物为什么有这样的行为，心怀嫉妒或稚陋无知的人是永远不能理解的。他们往往搜罗表层上的矛盾作为口实，横加指责，从而做出草率的判断。即使曾遭他们攻讦的事后来取得成功，且其成功出于正确准备得到证明，但以前诽谤之词的影响仍会残留些许。举个当代的例子，拿破仑要把他那雄鹰的翅膀伸展到英国的时候，就曾遭到同时代人的攻击，一直要到一八二二年，才把一八零四年的事件和布洛涅的平底船解释清楚[①]。

德普兰的荣誉和科学成就是无可指摘的。他的对手就责备他的古怪脾气和他的性格，他的确也有英国人所说的那种 eccentricity 的古怪脾气。有时他衣帽考究像剧作家克雷比荣，有时又穿戴马虎；有时乘车，有时步行；有时粗鲁暴躁，有时温良和蔼；表面上既贪婪又吝啬，但却能够把家财献给流亡他乡的主子。主子给他面子，初始之时还曾表示心领。没有一个人像他那样受到过那么多互相矛盾的议论。为了得到医生们不该强求的黑绶带[②]，他也会在宫廷里故意从身上掉出一本祈祷日课。但是，相信他内心对这一切是不屑一顾的。

---

① 1804 年，拿破仑在布洛涅沿海地区备平底船多艘，欲征英国，遭多人反对。伐英事遂辍。1822 年，英国对法国的外交政策多方阻挠，证明法国当年放弃伐英实为失算。

② 黑绶带：指褒奖成就突出的科学家而颁发的圣米迦勒奖章。

他蔑视芸芸众生，因为他曾把他们上上下下地仔细观察过，在人生最庄严和最卑微的行为中，捕捉到了他们的真实面貌。在伟人身上，各种优秀的品质往往相互依存。在这些巨人里，如果有一位的天才多于智慧，那么他就比通常所说的聪明更为机灵：这才是完满的智慧。所有的天才都独具慧眼，其眼光可以应用到某一个专业，但是看见了花就应该也看到了太阳。这个人听到被他救活的外交官问他："皇帝陛下圣体可安好？"他回答："臣下既已幸拔沉疴，皇上自当否极泰来。"这个人就不仅是个外科大夫或全科医生，他的智慧已经登峰造极了。所以，一个人只要对人类进行耐心持久的观察，就会认为德普兰那非同一般的抱负真是合情合理，也会相信，就像他自诩的那样，当一个枢机重臣跟当一个伟大的外科医生同样合适。

德普兰同时代的人把他生活中的几件事看作难解之谜，我们选取了其中最有趣的一个，谜底就放在故事的结尾。这样，他所遭受的无理指责也就得到了昭雪。

德普兰在医院指导过的学生当中，奥拉斯 · 毕安雄是与他关系最近的一个。到慈善医院做实习医生之前，奥拉斯 · 毕安雄是医科学生，住在拉丁区一个名叫伏盖公寓的公租房里。这个可怜的青年在那里尝尽了贫乏困窘的苦楚；不过贫困倒是一座熔炉，伟大的天才从熔炉里出来，必当纯净无瑕、意坚志强，正好像钻石经受无数凿琢而不损毁一样。喷薄而出的激情就像炽热的火焰，煅烧出他那坚不可摧、正直刚毅的性格，养成了造就天才的拼搏习惯，并以孜孜不倦的工作，来控制未能满足的欲望。奥拉斯是位诚挚的年轻人，为了捍卫荣誉决不犹豫越趄，他总是不讲废话，直面现实。为了朋友，他可以把大衣送进当铺，可以牺牲自己的时间，甚至可以通宵不眠不休。奥拉斯很重友情，从来不计较得失，因为他坚信他得到的会比付出的更为珍贵。他的大多数朋友都发自内心地尊敬他，这是从他那种不加夸张、自然流露的高尚品德所引出的，有几个朋友甚至惧怕他的责备。然而，奥拉斯表现这些优点时，一点儿也不迂腐，他既不是清教徒也不是传教士。他会赌咒发誓地向人提出告诫，遇到合适的机会，他也会把别人小小地捉弄一番。他像披甲武士一样，直率坦诚，不会假装高尚；完全不像个漂洋过海的水手，因为如今的水手都是狡猾诡诈的外交家，而像一个在生活中没有任何矫饰的真诚青年。他昂首阔步，心情舒畅。总而言之，奥拉斯比俄瑞斯特斯的朋友皮特拉斯还要注重友情[①]，而他的债主们就是古代孚里埃女神们在今天的化身[②]。他心情坦然地忍受着贫苦，这也许是他勇往直前的重要原因。正像那些毫无财产的人一样，他欠的债也很少，他像骆驼一般忍饥耐劳，像雄鹿一样机警敏捷，而他的思想和行为则果断坚决。自从大名鼎鼎的外科医生德普兰了解到毕安雄的优缺点的那天起，年轻医生的幸福生活就开始了。在他的朋友们看来，他的优点和缺点两方面都是值得珍视的。一位门诊部的主任钟爱一个年轻人，那么这个小青年，正像人们说的那样，就算踏稳了马镫，可以扬鞭驰骋了。德普兰到豪门大宅出诊，决不会忘记带上毕安雄做助手。在那里，总会有若干谢仪落入实习大夫的荷包。在那里，这个外省青年也不知不觉地窥见了巴黎生活的秘密。德普兰在门诊时间里，把他留在门诊部，协助工作，有时候则派他陪伴一位有钱的病人去温泉疗养；就这样为他收罗了一批主顾。过了一段时间，这位外科界的绝对君王就有了一个赛义德一样的忠仆[③]。这二人中，一个已攀上荣誉的顶端，科学成就登峰造极，享受着无限的财富和巨大的荣耀；另一个则是居于末位的无名小卒，既无产业又无名声，俩人倒成了亲密朋友。伟大的德普兰把什么都告诉他的实习医生，实习医生知道某位女病人是不是坐过老师身旁的椅子，是不是坐过摆在诊室里德普兰用来睡觉的那张有名的长沙发。毕安雄了解这位包含了雄狮和公牛两种气质的伟大人物的秘密。这种气质终于使他由

① 俄瑞斯特斯：古希腊传说中的英雄，阿伽门农的儿子，为报父仇杀死母亲，遭复仇女神追杀。福喀斯国的王子皮特拉斯陪伴着他四处流浪。

② 孚里埃：罗马神话中地府里的精灵，是地母该亚几个女儿的共名，司复仇和良心的谴责。与希腊神话中的厄里尼厄斯相当。

③ 赛义德：伊斯兰教创始者穆罕默德的忠实仆人。

于肺心疾病而死亡。他研究了老师忙忙碌碌的一生中各种奇异的行为，那些让人鄙视的贪婪的计划；一个学者，竟暗中巴望着当个政治人物！等他发现在这个虽然不完全像青铜一般坚不可摧，却像青铜一般不动感情的人，心里却深藏着一段情感，他会深感意外。

有一天，毕安雄告诉德普兰：圣雅克区，有一个穷苦的挑水工人因为工作劳累和生活贫困得了重病。这个可怜的奥弗涅人[①]，在一八二一年漫长的冬天只能吃点土豆活命。德普兰不顾所有的病人，不惜累死马，带着毕安雄，飞奔到那个穷人的家，并亲自把他送到有名的杜布瓦在圣德尼城关地区创办的疗养院，他亲自为此人治疗。挑水工痊愈之后，德普兰又给他一笔足够的钱，让他买一匹马和一个大水桶。这个奥弗涅人有个独特的习惯，只要他的一个朋友生病，他就马上把那朋友带到德普兰那里，并对他的恩人说："如果他到别的大夫那里去，我可受不了。"德普兰虽然脾气不好，但还是握着那个送水工的手说："把所有的病人都给我送来吧。"于是德普兰就把从坎塔勒地区出来的乡亲们送到慈善医院[②]，还为他们精心治疗。有许多次，毕安雄发现他的导师对待奥弗涅人，尤其是对挑水工，特别悉心照顾，但因德普兰为能在慈善医院行医感到自豪，毕安雄对此类事也就不觉得十分异常了。

有一天，毕安雄正穿过圣苏尔庇斯广场，看到他的老师在上午九点钟走进了教堂。德普兰出行一向乘坐马车，从来不肯步行，这次却穿过僻静的小狮街徒步走来，仿佛要到背人的处所去寻花问柳一般。实习医生当然很好奇，他知道老师的观念，而他本人也是个异端，卡巴尼斯主义者[③]，再加上一些希腊精神（很像拉伯雷那种异

① 奥弗涅：位于马西夫高原上的一个省。十九世纪属于法国的贫困地区。居民多从事农耕，或到城市做雇工。

② 坎塔勒：奥弗涅省的一个火山地区。

③ 卡巴尼斯（1757—1808）：法国的医生、哲学家。是无神论及唯物主义者。曾积极参加拿破仑治下的政治活动。有多种医学和政治论著。

端[①]之尤)。毕安雄悄悄地溜进圣苏尔庇斯教堂，看到了伟大的德普兰在教堂里，真是惊奇不已。这个无神论者跟天使们毫无感情瓜葛，因为天使们不得痔漏也不得胃炎，从来没有挨过手术刀，这个胆敢对上帝大不敬的人竟然谦卑地跪在……哪儿？……圣母的祭坛之前，聚精会神地听弥撒，缴纳圣事费，捐出济贫的善款，态度一丝不苟，就像在做手术一样。

“他到这里来，肯定不是要研究清楚圣母无玷受孕生子的问题，”毕安雄惊诧已极，心里想，“如果在圣体瞻礼节的游行队伍中，看见他拉着一条从遮覆圣体的帏盖上垂下来的丝绦，我不过一笑置之。然而此时此刻，独自一个，没有熟人看见，可就值得仔细体味琢磨了。”

毕安雄不愿意显出刺探别人生活隐私的样子，那可是慈善医院中位列第一的外科大夫，便走开了。碰巧德普兰请他在当晚共进晚餐，不在家里、要去饭店。正餐之后吃梨和奶酪时，毕安雄经过巧妙构思，有意地说起弥撒来，认为弥撒是一出虚伪的滑稽戏。

“是一出滑稽戏，”德普兰说，“它让基督徒们流的血比拿破仑的所有战争和布鲁赛行医使用的所有蚂蟥让人流的血还要多[②]。弥撒是教皇的发明创造，最早不过起始于六世纪，是以《福音书》中所说的‘这是我的身体’为根据的[③]。为了确立圣体瞻礼节，不知流了多少鲜血。罗马教廷想通过确立这个节日来表明圣体存在的主张得到了胜利。这个问题使教会在三个世纪之内纷争不休。德·图卢兹伯爵跟阿尔比人一起进行的战争是这一场乱局的尾声[④]。福多瓦教派和

---

① 拉伯雷（约 1494—1553）：文艺复兴时期的法国作家、人文主义者。因研究古希腊语文和哲学，被教会视为异端。转而学医并写作。代表作为《巨人传》。

② 布鲁赛（1772—1838）：法国医生。曾经是专为水手治病的船医，后成为法国名医。主张用节食和放血的方法治病，而且要从生理和心理两方面入手。

③ 此句原为拉丁文 hoc est corpus。在《新约·马太福音》第二十六章、《马可福音》第十四章及《路加福音》第二十二章都曾出现。

④ 阿尔比人：公元十一到十二世纪，阿尔比地区出现的教派，后蔓延至南方大部地区，称阿尔比派。认为教会是恶神的产物，不信弥撒和洗礼。被教廷视为异端。后势渐微，然影响犹存。图卢兹伯爵是阿尔比派分子，然观点时有动摇，时有变化。

阿尔比教派都不承认教皇的这个发明。”

接着，德普兰又痛快淋漓地大发无神的议论，滔滔不绝地开了许多伏尔泰式的玩笑，更确切地说，是粗糙地模仿了《引文集》中语句。

“嘿，”毕安雄心里想，“今天上午，那个虔诚的信徒到哪里去了？”

但他保持着沉默，他怀疑在圣苏尔庇斯教堂是不是真的看见了他的导师，德普兰用不着对毕安雄撒谎。他们两人彼此熟知，对大事要务，都交流过想法，也曾讨论过万物本源等一系列问题，用如同解剖刀一样锋利的怀疑一切的精神来探讨和剖析过这些问题。三个月过去了，毕安雄没有管这件事的下文，虽然他已把这件事记得清清楚楚。就在这年的一天，慈善医院的一位医生，当着毕安雄的面，拉着德普兰的胳膊，仿佛质问他：

“您到圣苏尔庇斯教堂去干什么啦，亲爱的老师？”

“我去看一位教士，他的膝盖上长了一个骨疽，是德·昂古莱姆公爵夫人好心推荐我去的。”德普兰说。

那位医生自认唐突，然而毕安雄却另有看法。

“他到教堂去看生疽的膝盖！他是去望弥撒的。”实习医生心里想。

毕安雄决定暗中监视这位导师。他记住了看见德普兰进入教堂的日期和时间，决定在来年同样的日期和时间再去，看一看能不能在那儿遇见他。如果遇见了，这种周期性的虔诚，就值得做一次科学调查了。因为在这样一位学者身上，思想和行为不该如此抵触。接下来的一年，毕安雄已经不是德普兰的实习医生了，就在那一天的那个时辰，他看见那位外科泰斗的双轮马车停在杜尔农街和小狮街的拐角里，他的朋友从那里沿着墙蹑手蹑脚地走进圣苏尔庇斯教堂，在那里的圣母祭坛前听弥撒。这的确是德普兰，外科医生的翘楚，暗中的无神论者，间或为之的信徒，真是让人猜测不透。这位著名学者的坚持不懈使这谜团更加复杂。德普兰走出教堂后，毕安雄走到圣器管理人的身边，这人正要把圣器从祭坛上拿下来，毕安雄问他那位先生是不是常来。

“我在这里已经二十年了，”圣器管理人说，“在这期间，德普兰先生每年来听四次弥撒，这都是他出资举办的。”

“亲自出资举办弥撒，”毕安雄一边走一边想，“这跟圣母无玷受孕一样神秘，这件事情本身就足以让人怀疑这位医生了。”

毕安雄医生虽然是德普兰的朋友，但过了许久，还没有适宜的场合跟德普兰谈及他生活中的这件诡异之事。在诊病时间或在社交场所会面时，也很难找到机会，两个人单独在一起、可以把脚放在壁炉的柴架子上、把头靠着扶手椅的椅背，敞开心扉、互说衷曲。接着荏苒七年，一八三零年革命之后，当人民冲进了总主教府邸时，当共和主义的思潮推动着人民摧毁了在无边无际的房屋海洋中，像闪电一样熠熠发光的镀金十字架时，当无神论者和骚乱者一起盘踞街头时，毕安雄又一次看见了德普兰走进圣苏尔庇斯教堂。这位医生也跟着他走进去，站在他的身旁。他的朋友没有跟他打招呼，也没有露出丝毫惊奇的表情。两人一起听完了由德普兰出资举办的弥撒。

他们走出教堂的时候，毕安雄对德普兰说：“亲爱的老师，能告诉我您这种假虔诚的原因吗？我已经三次看见您来听弥撒，您要为我解释清楚这个秘密，说明在您观点和行为之间为什么如此相悖。您不相信上帝，却去听弥撒。亲爱的老师，您必须回答我这个问题。”

“我跟许多教徒一样，那些人表面上对宗教深信不疑，但实际上跟你我一样都是无神论者。”

这时他又长篇大论地讽刺奚落某些政治人物，其中最有名的就是莫里哀的塔尔居夫在本世纪的翻印[①]。

“我不问您这些，”毕安雄说，“我要知道您为什么到这里来，为什么举办这台弥撒。”

“说实话，亲爱的朋友，”德普兰说，“我已经走到坟墓的边缘了，我完全可以跟你说一说我年轻时的生活。”

---

① 塔尔居夫：法国喜剧家莫里哀的剧本《伪君子》中的主要人物。塔尔居夫已成为伪君子的代称。

这时，毕安雄和那位伟人走到了四面来风街，这是巴黎最脏乱的一条街道。这里有一座楼房像方尖碑似的，又细又高。楼房的大门对着一条通道，通道的尽头有个曲里拐弯的楼梯，由气窗射进来的天光照亮了一些。这是一座灰绿色的房子，底层住着家具商。楼房的每一层，好像都居住着不同类型的穷苦人家。德普兰激动地举起胳膊，指着上面说："我在那里住了两年！"

"这我知道，阿尔代兹也在这里住过，我年轻的时候几乎每天都到这里来。我们把这里叫作产生伟人的培养钵。后来又怎样？"

"我刚才听的那场弥撒，跟我住在这个阁楼时发生的事有关，就是你说的阿尔代泰兹住过的那间：窗台摆放着一盆花儿，上面有飘动着衣服的晾衣绳。亲爱的毕安雄，我开始谋生时，十分艰难，在所有的巴黎人中，我是饱受苦难的头一名。什么苦我都吃过：饥饿、干渴、没有钱、没有鞋、没有从里到外的衣服，所有贫穷带来的极大痛苦我都受过。我真想跟你一起再去看看那个产生伟人的培养钵，在那里我曾向冻僵的手指上哈气取暖。有一年冬天，我用功时，看见自己头上冒出的、口中呼出的，就像严寒天气里从马身上蒸腾起来的热气一样。我不知道是从哪里找到的一种支撑力量，让我熬过这样的生活。我孑然一身，孤立无援，没钱买书，也没钱交学医的费用。我没有朋友：我的性格粗暴易怒，躁动多疑，更让人不肯接近。谁也不想理解一个社会底层的人竭力拼搏、要出人头地、由辛苦和劳累积聚成的焦躁性格。但我可以对你说这些，在你面前我不需要掩饰自己。我原有良善的本性和活跃的感情，这些本是坚强有力的人固有的禀赋，他们长期在贫穷的泥淖里跋涉之后终于攀登上一个高峰。除了一笔微薄的助学金之外，从我的家人和故土那里什么都得不到。于是，在那个时期，每天早晨，我只吃一小块面包；那面包是昨天甚至是前天剩下来的，所以小狮街面包店低价卖给了我。我把面包掰碎，泡在牛奶里，这样，我只花两个苏吃早饭。每两天，我才到一家食宿公寓花十六个苏吃一顿晚饭。这样，每天我只花十个苏[1]。你和我都知道，我多么爱惜我的衣服和我的鞋，看到皮鞋破得咧嘴大笑，听见衣袖绽断了线的声响，我都会心如刀绞，不知道后来我们遭到同事们背信弃义时，是不是跟那时一样痛苦。当时我只喝白水，对佐皮咖啡店抱着极大的敬意。在我看来，佐皮咖啡店是人间乐园，只有我们这拉丁国家中吕居吕斯一类的人才有权进入[2]。有时我自问，我能不能有那么一天也进去喝一杯奶酪咖啡，玩一把多米诺骨牌？于是，贫穷引起的愤慨促使我加倍奋发学习，我用全力获取有用的知识，为的是我从默默无闻中脱颖而出、攀上高峰时，拥有更高的个人价值，能够配得上那时的地位。我在那些孜孜不倦的深夜，耗费的灯油比面包还要多，照明的花销比饭费还要大。艰苦的生活漫长而且一成不变，我找不到一丝慰藉，也没有在周围引起任何同情。要交朋友就要跟年轻人来往；得有几个钱，跟他们一起吃吃喝喝，那些学生们去哪儿，也跟着一起去哪儿。这不是必须的吗？可是，我不名一文！在巴黎，没有一个人知道什么叫不名一文。我被看出一无所有的窘况时，就感到喉头发生了神经性的抽搐。我的病人们会以为有一个球状的异物，从食管升到了咽喉。以后我遇到过一些生来就富有的人，他们从来就不欠缺什么，他们不会破解这道比例题：一个青年比犯罪等于一枚十个苏的硬币比X。这些金光闪闪的傻瓜问我，'你当时为什么要欠债？你为什么要签高利贷的借据？'就让我想起那位公主[3]，当她得知百姓忍饥挨饿时，便说：'他们怎么不去买奶油蛋糕呢？'有些富人抱怨我，说我开刀的费用太高，我很愿意看到这种人里，也有一个，孤苦伶仃来到巴黎，身无分文，没有朋友，无处借款，不得不靠着一双手劳动活命。他能怎么办？他到哪里去找饭吃？毕安雄，有时你看到我又刻薄又粗鲁，那是因为我想起年轻时代遭受的痛苦，加上我千百次体验到的上层

① 原文此处写成九个苏。

② 吕居吕斯（前106—前56）：罗马帝国的大将军，自奉极为奢靡。

③ 公主：指路易十六的王后玛丽·安东奈特（1755—1793），她本是奥地利的公主。

社会冷漠无情和自私自利，以及仇恨、贪婪、嫉妒和诽谤在我的成功路上设下的重重障碍。在巴黎，如果有人看见你已经登上马镫，准备前行，有人就拉住你的后衣襟，有人就解开你的马肚带，为了让你从马上跌下来，摔破脑袋。这个人撬掉你的马蹄铁，那个人偷走你的马鞭；而面对面、顶住你胸脯开枪的，就算明来明去、不是对你暗算的人了。我亲爱的孩子，你有足够的才华，不久就能体会到庸庸碌碌的小人对卓立超群的精英们发动的那场无休无止、残酷骇人的战争。如果你有一天晚上赌输了二十五个路易，第二天就有人指责你是个赌徒，你最好的朋友也会说你输了两万五千法郎。如果你头疼脑热，人家就说你已经疯癫了。如果你稍显急躁，人家就说你难以交往。如果你全力以赴与这群小人抗争，连你最好的朋友都会大喊大叫起来，说你妄图利益独吞、权力独揽，想当专制暴君。总之，你的优点变成了缺点，缺点变成了恶习，你的德行会变成罪恶。如果你救活了一个人，人家会说你把他治死了；如果你的病人又出现了，人家会说你敷衍了眼前的局面，为了将来多挣钱；如果病人现在没有死，人家说他将来非死不可。如果你稍一趔趄，人家就会说你栽个大跟头。如果你有些发明创造，要求享有专利，人家就说你精明刁钻自私难缠，不肯提携年轻人。这样，亲爱的，我的确不相信上帝，我也不相信人类。你不是知道了我与那个遭人诽谤的德普兰完全不同吗？不要再说这些丧气的话了。那时我住在这所房子里，我拼命用功为了通过第一次考试，我一个铜板儿都没有。你知道，我已经走投无路，就是人们所说的，只能去‘当兵糊口’了。但我还有一个希望：我等着从家乡寄来的一个箱子，里面装满衣服，那是几位年老的姑母送给我的。她们对巴黎的情况一无所知，她们以为有了这些衬衫每月再花三十法郎，她们的侄儿就可以吃天上飞的野味了。箱子寄到时，我正在学校里，要付四十法郎的运费。门房是个德国鞋匠，住在楼梯下边的小隔间里，替我付了费，领到了箱子。我在圣日耳曼·德·普雷街和医学院的街道之间走来走去，谋划不出一个高明的策略，能让我拿到箱子而不必先付那四十法郎；我卖掉箱子里的衣服之后，当然是付得起的。蠢到如此地步，倒让我明白了我的这点天赋只配当个外科医生。亲爱的，绝顶聪明的人能在高级层面上发挥才智，却没有一副善用资财、工于调配和能够随机应变的脑筋。这些绝顶聪明的人发挥才能要靠机会，而机会是可遇而不可求的。总之，到了晚上我还是回到住处。这时我的邻居也回来了，他是个挑水工，名叫布尔热雅，是奥弗涅省圣弗鲁尔镇的人。我们彼此都认识，只不过都是住在同一层楼的房客，每人有自己的房间，能够听见对方睡觉、咳嗽、穿衣的声音，到最后这一切彼此也就都能适应了。这位邻居告诉我，因为我欠了三个月的房租，房东要把我赶出门，我必须在第二天搬走；而他，因为他的职业也要被赶走。我度过了一生中最痛苦的一夜；到哪里去找一个脚夫来搬我可怜的日用物品和书籍，用什么来付脚夫和门房的费用，我能搬到哪里去？我流着泪，一遍一遍地重复这些难解的问题，就像疯子重复他总说的那几句话一样。我睡着了，穷人也能做着美梦、睡得很甜。第二天早晨，我正在吃那碗牛奶泡面包时，布尔热雅走进来，用磕磕巴巴的法语说：'大学生先生，我是个穷人，是个圣弗鲁尔医院收养的弃婴，没爹没妈，也没钱娶媳妇。您也没有什么亲戚，无依无靠。您听我说，在楼下我有辆手推车，是两个苏一小时租来的，咱们俩的东西都装得下，您要是愿意，我们结伴去租房子。人家把我们从这里赶出去了，反正这里也不是人间天堂。'我对他说：'我知道，好心的布尔热雅，但我现在很难办，我在楼下有一个箱子，里边装着值一百埃居的衣服，用卖这些东西的钱，我可以付清欠房东和脚夫的账。但现在，我连一百个苏都没有。''算了！我还有几个钱，'布尔热雅乐呵呵地回答说，并且拿出一个油渍渍的旧皮钱包给我看，'您的衣服先留着吧。'布尔热雅为我付了三个月的房租和他自己的房租，还清了我欠门房的钱。接着，把我的家具和那些衣服都放在手推车上，推着车沿街走去，在每一座贴着招租告示的楼房门前停住脚，我就上楼去看房间对我们是不是合适。直到中午，我们还在拉丁区游荡，一处合适的房间都没有找到，主要是嫌租金太高。布尔热雅提议到一家酒馆儿去吃午饭，我们把小车放在门口。将近傍晚，我才在商业街的鲁昂大院一座楼房最高层的房顶下边，找到两间房，中间隔着一座楼梯。我们每人一年只要付六十法郎的租金，我和那位谦卑的朋友就安置下来了。我们一起吃了晚饭。布尔热雅每天赚五十个苏，手头已攒了将近一百埃居，他马上就能实现他的雄心壮志，那就是买一个大水桶和一匹马。他巧妙而又充满善意地让我说出了我的私密，他了解了我的境况之后，就暂时放弃了他那一辈子的伟大志向。至今想起来，我还非常感动。布尔热雅，二十二年来一直在大街上挑水叫卖，为了我的前途，他牺牲了那一百埃居。”

说到这儿，德普兰突然抓住毕安雄的胳膊。

“我考试必需的费用他给了我！朋友，这个人明白我这一生的任务，认为我完成学业的需求比他的需求更重要。他把我叫作他的‘小孩儿’，借给我足够的钱去买书，有时候他还悄悄地走过来，看我用功的模样。他像母亲一样温存细心，让我放弃以前不得不吃的、质粗量小的东西，改用营养丰富、有益健康的食品。布尔热雅约有四十来岁，脸相仿佛中世纪的城镇居民；前额突出，画家会把他的头部当作描绘利居尔格的模特儿[①]。这个可怜的人满腔父亲般的慈爱之心，需要有个接受的对象。他从来没有被人爱过，只有一只卷毛狗跟他相依为命，但不久以前又死了。他总对我说起这只狗，并且问我教堂能不能同意为这只狗举办一台弥撒，好让它的灵魂安息。据他说，这只狗是个真正的基督徒，整整十二年，一直陪着他上教堂，听着管风琴奏出的乐曲，从来不张嘴叫一声，蹲在他身旁的那个样子真像是跟主人一起在祈祷。这个人把全部的慈爱都给了我，把我这个孤苦伶仃的青年当作亲人。对我来说，他是关怀备至的母亲，体贴入微的恩人。总而言之，他是个以助人为乐的理想人物。当我在街上遇见他时，他用睿智的目光向我一瞥，那神情是难以形容的

① 利居尔格（前390—前324）：古希腊政治家和演说家。曾师从伊索克拉特和柏拉图。

高贵。他轻松地走着，仿佛肩上没有挑任何东西。看到我身体健康、穿戴齐整，他显得非常高兴。这种感情标志着平民男女的善良与爱心升华到更高的层次。布尔热雅为我买食物，夜里在我嘱托的时间把我叫醒；就像英国姑娘那么爱干净，给我擦煤油灯，为我扫楼梯口；是个好仆人，也是个好父亲。他管理生活事务，就像菲娄坡芒一样[①]，他把木柴锯断。干活的时候，他显得单纯、自然，又保持着自尊、庄严的态度，仿佛很明白他的目的高尚，而这一切琐事也同样高尚。当我离开这个大好人、要到慈善医院当住院实习医生的时候，他感到难以形容的痛苦，以为再也不能跟我生活在一起了。但他马上又得到了些安慰，因为还要为我写论文所需的费用积攒一笔钱。他让我答应他，每逢不在医院值班的日子就去看他。布尔热雅为我感到自豪，他的爱，是爱我也是爱他自己。如果你去查阅我的论文，你就会看到这篇论文是题赠给这位挑水工的。我当实习医生的最后一年，就挣了足够的钱，能够还清我欠这位尊贵的奥弗涅人所有的款项，就给他买了一匹马和一个大水桶。他知道我花费了这么多钱，十分恼火；然而看到多年的愿望终于实现了，又很高兴。他一边笑，一边埋怨我。他看着他的那个大桶，他的那匹马，擦着眼泪对我说：'这不合适！哎呀，这大木桶真漂亮！你不该这么破费，这匹马就像奥弗涅人一样壮实。'我从来没有见过比这时更感人的场面。布尔热雅坚持要给我买一个镶银的出诊箱，就是你在我的诊室看见过的，那是我最珍贵的东西。虽然我的初步成就让他感到陶醉，但他从来没有一句话、一个动作流露出这样的意思：'这个人全凭我的帮助才成功的。'的确，如果没有他，也许我熬不过穷困，早就丧命了。为了我，这个可怜的人拼命干活儿，他只吃抹上蒜泥的面包，为了让我有咖啡喝，可以熬夜，他终于病倒了。正像你所想到的，我一连几夜守在他的床头。第一次我把他治好了，可是两年之后，他又一次发病。虽然我尽力治疗，虽然用上了科学上最有效的方法，

① 菲娄坡芒（前252—前183）：古希腊军事家和政治家。以品德高尚而著名。

他还是不治身亡。从来没有一个国王接受过他那样的悉心救治。是的，毕安雄，为了从死神手中夺回这个生命，我已千方百计、竭尽所能了。我愿意让他活下去，能够亲自见证他所成全的人取得了业绩，让他实现所有的愿望，来完整地表达我这充塞胸臆的感恩之情。只有这样，至今仍在我心中熊熊燃烧的感激之火才能熄灭。”

德普兰显然非常激动，停了一会儿又接着说：“我的第二个父亲，布尔热雅，就死在我的怀里。他立了遗嘱，把所有的财产都留给我。遗嘱是他让一个代书人写的，立嘱的时间就在我们入住鲁昂大院的那一年。这个人对宗教忠诚得就像个煤矿工人。他爱圣母，就像爱妻子。他是一个热情忠实的天主教徒，但对我的不信教，没有指责过一句。当他病危时，他请求我想尽一切办法让他得到宗教的精神支持。我让教堂每天为他做弥撒。在夜里，他经常对我说，他为来世担心，只怕今世的生活不够圣洁。可怜的人！他是个终日勤劳的人，如果有天堂的话，有谁该进天堂呢？按照他一生的圣行，给他举办了终傅圣事[1]，他的死跟他的生一样圣洁。为他送葬的只有我一个人。我把唯一的恩人安葬以后，就考虑如何报答他的恩情。我知道他既没有家庭、朋友，也没有老婆、孩子，但他有信仰，有强烈的宗教信仰。难道我有权提出异议？他经常小心翼翼地对我说，做几次弥撒，好让死者安息。他不愿意勉强我负起这个责任，免得引起我的误会，认为他要求回报他的帮助。我一有足够的财力，就给了圣苏尔庇斯教堂一笔钱，足够他们一年做四次弥撒。我能够给布尔热雅唯一的奉献，就是满足他对宗教虔诚的愿望。每个季节之初，做弥撒的日子，我就以他的名义到教堂去，为他背诵他要的经文。我这样一个怀疑论者，却以真诚的心祈祷：‘我的上帝，如果真有一个好地方，生前完美无缺的人死后，您就把他们安排到那里去，您就想着善良的布尔热雅吧！如果他要忍受什么痛苦，就把他的痛苦转给我，让他早日进入人们所说的天堂吧！’亲爱的，这就是一

① 终傅圣事：按天主教的教理，终傅圣事借傅油和祈祷给重病者圣宠，增加其力量，减轻其痛苦。

个有我这样世界观的人所能做的一切。上帝大概是个有善心的角色，不会埋怨我。我向你发誓，只要布尔热雅的信仰能够进入我的头脑，哪怕舍尽家财我也愿意。”

德普兰最后一次生病时，毕安雄为他治疗过。至今毕安雄也不敢肯定，这位外科泰斗临死之际是不是仍旧坚持无神论。若是说那位卑微的奥弗涅人为德普兰打开了天国的大门，笃信天主的虔诚信徒会心有不甘；然而，地上神殿的大门[①]，的确是那个挑水夫为德普兰开启的。神殿的门楣上写着“祖国感谢所有的伟人”。

一八三六年一月，写于巴黎

王晓峰　译

① 地上神殿：指巴黎的先贤祠。原文为Pantheon，与古希腊的万神殿是一个词。法国人把对科学文化有伟大贡献的名人遗骸安置在先贤祠中，他们崇敬这些伟人，就像古希腊人崇敬他们的诸神一样。

卡迪尼昂王妃的隐私

献给泰奥菲尔·戈蒂耶

他的朋友　奥诺雷·德·巴尔扎克

七月革命摧毁了许多由王室支撑的贵族产业[1]。卡迪尼昂王妃因奢侈浪费早已把家产败光，这时却巧妙地把破产的罪过推到政治变故上。亲王已跟王室成员一起离开了法国，而把王妃留在巴黎，因亲王不在，新建政权对王妃无可奈何。因为出卖家产之后，所得钱款也不足抵偿债务，而这一切只能由亲王负责。王室长房的财产已经被扣押。于是，这个庞大家族的事务也跟波旁家族的长房一样不可收拾。这个女人，当年曾以莫菲纽斯公爵夫人的称号名噪一时，颇识时务地下定决心、抽身退步，让别人忘掉自己。正在这时，一连串令人头晕目眩的政治事件狂风似的席卷着巴黎，不久之后，莫菲纽斯公爵夫人的名号便湮没无闻，而代之以卡迪尼昂王妃。这更名换姓的事儿，在七月革命以后新搭的社会舞台上，绝大多数粉墨登场的角色都不知道，王妃成了个局外人。

在法国，公爵的封号比别的头衔都更尊贵，甚至连亲王都比不上。论起纯粹的纹章学，可以滔滔不绝地说一大套，但实际上头衔绝对没有任何意义，贵族之间是完全可以平起平坐的。这种颇可赞扬的平等概念被昔日的王室小心翼翼地保持下来，直到如今，至少在表面上仍然如此，不过，历代国王只把普通的伯爵称号赐给他的

① 七月革命：1830年7月，法国发生的革命。推翻了波旁王朝第二次复辟后扶植的查理十世，建立了以路易·菲利普为首的七月王朝。

孩子们。正是遵循着这种制度，弗朗索瓦一世[①]给铺张奢侈的查理五世[②]写回信时，自己署名为“弗朗索瓦，旺维斯地区领主”，来表示他极端蔑视查理五世给自己标出许多名号。路易十一[③]更进一步，他把女儿嫁给皮埃尔·博热，这是一个没有爵位的贵族。路易十四[④]把封建的封爵制度破坏得更厉害，在他的治下，公爵称号成了贵族的最高荣誉，为众人所仰慕。然而，过去在法国还有两三个家族，占有大量领地，财力雄厚，其地位高于公爵。卡迪尼昂家族具有莫菲纽斯公爵的称号，这爵位可以由每代的长子继承，其余子弟只可简单地称为德·卡迪尼昂骑士，便是例外的王亲国戚。就像鲁昂家族的另外两个亲王一样，卡迪尼昂家里也像他们一样有权设置一个王位，可以有内侍和家臣供他们役使。有必要这样解释一下，为了避免愚昧无知之辈的拙劣批评，也为了真实记录世上的重大事件，而对这些事件世人还没有了解清楚就把它们推翻了。卡迪尼昂的家徽是金色的底盘、上有五个相连的黑色菱形图案、一条饰带横贯其中，饰带上题着“永志不忘”作为铭文[⑤]，还有一个圆形的王冠，没有人像，也没有缘饰。如今一大帮外国人涌到巴黎来，他们对纹章学几乎一点儿也不懂，却把亲王的称号哄抬起来。只有那些拥有大片领地和能称为殿下的人才是真正的亲王。法国贵族贬低了亲王的称号，路易十四又抬高了公爵的地位，所以法国就不能够对现存的几个亲王称殿下，拿破仑家族的亲王们例外。正是出于这个原因，卡迪尼昂亲王在名分上比欧洲大陆的其他亲王还低一截。

上流社会的人们，也就是说圣日耳曼地区的人，用一种慎重而尊敬的态度保护着卡迪尼昂王妃，这是由于她的姓氏高贵，她属于人们始终尊崇的那几个家族，还由于她遭遇了不幸，关于这点，人

---

① 弗朗索瓦一世（1494—1547）：法兰西国王。1515 年至 1547 年在位。

② 查理五世（1500—1558）：1519 年至 1556 年为日耳曼皇帝，1516 年至 1555 年为荷兰亲王，1516 年至 1556 年为西班牙国王。是当时法国外交上的主要敌人。

③ 路易十一（1423—1483）：法国国王。1461 年至 1483 年在位。

④ 路易十四（1638—1715）：法国国王。1643 年至 1715 年在位。

⑤ 原为拉丁文 Memini。

们已经不再议论，最后还因为她的美貌，这是从她那已经熄灭的光华荣耀中唯一保留下来的东西。昔日里她曾是上流社会的明星，如今她闭门不出，仿佛披上了一条修女的头巾，上流社会都深表感激。这种尊贵体面的克制风格对于她比对于任何女人都是一种更为巨大的牺牲。在法国一切高尚的事物很快便会被人察觉，这位王妃的退居生活使她在舆论界赢得了在昔日富贵荣华生活中所失去的一切声誉。她既不参加大型的聚会，也不出席节日庆典；在当年的闺中密友里，她只看望一个人，那就是德·埃斯巴尔侯爵夫人，王妃和侯爵夫人总在大清早互相拜访，好像特意不露形迹。王妃到女友家共进晚餐时，侯爵夫人就命人关上大门。德·埃斯巴尔夫人对王妃殷勤周到，令人赞佩：一起看戏时，侯爵夫人退掉意大利歌剧院楼上的头等包厢，换成楼下的池座包厢，为的是德·卡迪尼昂夫人来剧院时不被发现，散场时又便于悄悄离去。很少有女人能够对落了难的情场对手如此体贴备至，这样她就放弃了提携对方的乐趣，也就不以恩人自居了。王妃为了节省制作服装的高额费用，秘密地搭乘侯爵夫人的马车，她从来不愿意公开接受这辆车子，从来没有任何人知道，德·埃斯巴尔夫人为什么这样善待德·卡迪尼昂王妃。但她的行为高贵豪爽，很久以来，她做了许多细小之事，看来似乎微不足道，但从整体来看却意义重大。直到一八三二年，在这三年里，仿佛在德·莫菲纽斯公爵夫人的风流罪过上，撒上了一层白雪，把她洗涤得干干净净，要费很大的力气才能回想起她当年生活中种种出轨的大事。无数朝臣顶礼膜拜的王后做出来的轻佻放荡的风流事，可以写成好几部小说。她如今仍然是一位美丽高雅的女人，虽已三十六岁，但还可以自称刚到三十。她已经是乔治·德·莫菲纽斯公爵的母亲。这个年轻人已有十九岁，美得像安提努斯[①]，但穷得却像约伯[②]，日后，也许会鹏程万里。他母亲无论如何也要让他跟豪富人家联姻，

---

① 安提努斯：俊美异常，曾受古罗马皇帝的嬖爱。后世美男雕像，常以之为范。

② 约伯：据《旧约·约伯记》记载，约伯是乌斯地方巨富，上帝为考验他，剥夺了他的一切财富。在西方，“穷得像约伯”是言穷的常用语。

也许这个计划就是他跟侯爵夫人亲近往来的私下原因。侯爵夫人的沙龙是巴黎的头一份儿，她终会有一天，在那里从富裕的女继承人中间为乔治找一个妻子。从现在起到让儿子娶妻还有五年的时间，这是荒芜和孤寂的一段岁月，要结成一门好亲事，王妃的行为必须合乎豪门的闺范。

王妃住在米罗梅尼尔街一家租金不高的小旅店里，她包下了整个底层。她在那里用上了当年奢华生活遗留下来的所有东西。这里仍然弥漫着贵妇人那种豪奢气息。四周放满了美丽的摆设，显示出依然过着高贵的生活。在壁炉台上有一幅米尔贝尔夫人所绘路易第十的精美微型肖像。画的底边书有“御赐”字样。与这幅画像对称的是一幅王后的画像，当年王后对王妃特别和善。桌子上有一本价值昂贵的肖像画册在闪闪发光，在我们这个令人厌恶的工业社会中，任何一个拥有权势的市井妇女都不敢陈列出来这种东西。王妃如此毫无顾忌，深刻而又细微地说明了这个女人的性格。相册里包括许多肖像画，其中有三十来个她的亲密朋友的画像，就是世人所说的她的情人。德·埃斯巴尔侯爵夫人说：“三十这个数目纯粹是诽谤，约略说来，也许就有十来个吧。”这是一句妙语，讽刺和贬损也恰到好处。画像里有马克西姆·德·特拉伊，德·玛尔赛，德·拉斯蒂涅，德·埃斯格里尼翁侯爵，德·蒙特里沃将军，德·龙克罗尔侯爵兄弟，阿瞿达－潘托侯爵，加拉蒂奥纳亲王，年轻的德·葛朗利厄公爵，德·雷托雷公爵，美男子吕西安·德·吕邦泼雷，年轻的德·赛里齐子爵，都是当时最有名的画家用高超的技巧绘制的画像。目前王妃在这个肖像集中仍然接待的不超过两三个人，她调侃地把这本相册称为《失误大全》。丧失财产，使这个女人变成了一个慈祥的母亲。王政复辟的十五年间，她一直沉迷于游乐，从未关怀过儿子。如今，她避居在幽僻的一隅，这个出名的自私女人才想到极力张扬她的母爱，好心的人们就会宽宥她过去生活的荒唐，对于一位无比良善的母亲，人们什么都可以原谅。她已没有任何东西可以眷恋，就全心全意地爱她的儿子了。乔治·德·莫菲纽斯很有出息，完全能让他母亲去炫耀，于是，王妃就为儿子做出了各种牺牲：她为儿子装修了一个马厩和一个车库，在车库上边，乔治单独住着临街的三间屋子的小小套间，家具都很精美。王妃自己多方节俭，为儿子养了一匹乘马，一匹挽马，还雇用了一个小厮。王妃自己只留了一个贴身侍女，又从往日的几个厨娘中，只留下一个，专管做饭。当时众人都把破落贵族的小跟班戏称为小老虎。公爵的小老虎名叫托比，原来是已故的博德诺的听差，已经二十五岁了，但别人始终认为他只有十四岁。当时的上流社会，都把这位已经破产的贵族公子戏称为博德诺。这小厮的差事很是繁重：他要洗刷马匹，擦拭双轮马车和轻便斩车，跟随主人出门应酬，收拾房间，如果王妃偶然要接待某个大人物来访，他还要站在前厅，通报来客。想当年，在王政复辟时代，美丽的德·莫菲纽斯公爵夫人是整个巴黎上流社会的皇后，一位艳光四射的皇后，她那豪奢富丽的生活也许比得过伦敦最时髦的富贵女人。如今看到王妃住在米罗梅尼尔街一所简陋的蜗居里，离她当年的豪宅只有几步之遥，真不知道她会如何地感慨。王妃当年的府邸已被投机商捣毁，即使有钱也无法居住了。那时的王妃有三十个仆婢随身侍候，才算勉强适意。她有最漂亮的府邸，接待全巴黎的头面人物，还有极为精致的小客厅，举办最高雅的招待会。而如今，住在一个只有五间房的小套间里，一个前厅，一个餐厅，一个客厅，一个卧室，还有一个盥洗间，只有两个女仆包揽全家的劳务。

“啊！她对儿子那么尽心尽力，真让人佩服，”德·埃斯巴尔侯爵夫人，这位尖酸刻薄的长舌妇说，“她尽心尽力并不张扬，她为这感到高兴。别人绝对想不到，这个轻狂放荡的女人竟然能够下定这样的决心，而且坚持不懈。因而，我们那位慈善的大主教也鼓励她，对她非常满意，甚至建议年老的五天鹅伯爵夫人去看望她一次。”

另外，我们也必须承认，只有当过皇后的人才有本事主动下台，从崇高的地位上尊严地走下来，因而并未完全失去她的崇高地位。只有那些意识到自己原来就没有什么本事的人，一旦跌落下来才会表现出恼恨，呶呶不休地抱怨，或是频频回忆已经一去不返的昔日得意的岁月，因为他们已经预料到，再次志得意满是不可能的。过去，她早已习惯于生活在奇异的花丛之中，那个环境大大地提高了她的品位，如今，她却不得不远离那个花团锦簇的阶层了，然而，也实在不可能不把她比作一朵鲜花。王妃很巧妙地选择了楼底层的住宅，那里有一个精致的小花园，长满了灌木；四季常青的草坪，使她安静的幽居生活充满了愉快。每年，她还能有一万两千里弗尔的收入。这点菲薄的进项中，有一宗是年老的德·纳瓦兰公爵夫人每年捐助的津贴；公爵夫人是年轻公爵乔治·德·莫菲纽斯的姑母，这笔捐助一直持续到他结婚为止。另一宗是德·于塞尔公爵夫人从她遥远的领地寄来的；她也像所有的老公爵夫人一样，很会积攒钱财。在这些老一辈贵妇面前，阿尔巴贡只能算个学童[①]。这位亲王生活在国外，长年累月地听从他逃亡在外的主子们差遣，跟他们一起倒霉，忠心耿耿、毫不计较地为他们服务。他也许是主子身边人里最聪明的一个。这位德·卡迪尼昂亲王的势力还能够保护他在巴黎的妻子。当贝里公爵夫人图谋在旺代发动政变的时候[②]，为法国征服非洲的那位元帅就是在王妃家里跟正统派的主要首脑们开会的[③]。王妃在社会上已毫无名气，她生活困顿，不会引起当局很大的怀疑。她已年近四十，在爱情上已到了穷途末路，一个女人过了这个年岁，就没有什么作为了。过去的十六年里，王妃对任何严肃的事物都表示出极端的厌恶，现在她却读起书来。如今，文学和政治代替了往日里女人们的虔诚信仰、成了她们自命不凡的最后藏身之地。在一些附庸风雅的小圈子里，人们说狄安娜要写一本书[④]。她由美女变为才女之后，要趁着名气还没有完全消失的时候，在家里举办了一个招待会，有幸参加的人都获得了极高的荣誉。以这些活动作为掩护，她瞒过

① 阿尔巴贡：即卡迪尼昂亲王的名字。

② 贝里公爵夫人：法国国王查理十世的儿媳。曾图谋推翻路易·菲利普的政权，终归失败。

③ 那位元帅：指布尔蒙元帅(1773—1846)。1830年，率军远征阿尔及利亚，获胜，得元帅军衔。

④ 狄安娜：即卡迪尼昂王妃的名字。

了她初期的一个情人德·玛尔赛，一八三零年七月建立起的资产阶级政权中，这个人有很大的权势。有时王妃在晚上接待他，而就在同时，那位元帅正跟几个正统派人物在王妃的卧室里，放低了声音，策划夺取政权。要夺取政权，没有思想意识上的准备是不能成功的，而那些运筹帷幄的人却恰恰忘记了这独特的成功因素。一个美妇人对首相要个手腕儿，把他当作挡风的墙，背地里却在密谋推翻这首相的政府，这样的报复真是漂亮。这个情节曲折的故事，真可以与当年投石党的引人入胜的野史相媲美[①]。王妃写了一封信，其文辞之华美举世无匹，向贝里夫人汇报谈判的经过。德·莫菲纽斯公爵亲自去了旺代，又从那里秘密返回，并未受到牵连，然而他与贝里夫人的杀头之罪并非毫无干系。可惜的是，贝里夫人打发他回巴黎的时候，旺代政变的败象已露。这个年轻人有很强的警戒之心，如果他仍留在旺代，也许能挫败内部的叛变。不管在资产阶级人士看来，德·莫菲纽斯公爵夫人犯了多么大的错误，但在贵族们的眼中，她儿子的行为把她的过错都擦洗干净了。能够让独生子、高门大族的继承人去冒险，本身就是高贵而伟大的行为。有些机警伶俐的人能够用政治生活中的成绩，来掩饰私生活中的错误；或用私生活中的无懈可击，来掩饰政治生活中的错误。可是，德·卡迪尼昂王妃完全没有这样的考量。也许在做这种事的人当中，不这样考虑的人并不多。人世间的事，大半包含着这种相互弥补的作用。

一八三三年五月初的一天，德·埃斯巴尔侯爵夫人和王妃趁着斜照的阳光在漫步，不能说这是散步，只是在花园里，围着草坪的唯一小路上绕圈儿，已是下午两点时分，从墙上反射过来的阳光烘托出温暖的气氛，使侯爵夫人送来的鲜花在这小小的空间散发出芬芳。

"我们的德·玛尔赛将不久于人世，"德·埃斯巴尔夫人对王妃说，"您想让德·莫菲纽斯公爵复兴家业的最后希望也会跟他一起破灭。自从您把他要弄一番之后，这位大政治家对您又旧情复发了。"

---

① 投石党：法国地方贵族势力于 1648 年至 1653 年为反对封建中央集权而结成的联盟。

“我的儿子绝对不向波旁家族最幼小的奥尔良一支投降，”王妃说，“哪怕他饿死，哪怕我为儿子去做工。不过贝尔德·德·五天鹅一家对我儿子很有好感。”

德·埃斯巴尔夫人说：“父辈们所受的约束，孩子们可以完全不管……”

王妃说：“咱们不谈这些事了。万一我不能把德·五天鹅侯爵夫人调教得顺我心意，就让我儿子去娶一个铁匠的女儿也就算了，那个小德·埃斯格里尼翁就是这么办的！”

“你爱过他吗？”侯爵夫人问。

“没有，”王妃很严肃地回答，“德·埃斯格里尼翁天真幼稚，有点儿像外地人那么愚蠢，这一点我发现得太晚了，或者也可以说太早了。”

“那么德·玛尔赛呢？”

“德·玛尔赛玩弄我，就像玩一个布娃娃一样。我那时太年轻了！我们女人绝对不会去爱像教师一样教训我们的男人，那样的人太伤我们的自尊。”

“那个上了吊的可怜青年呢？”

“是吕西安吗？他英俊得像安提努斯，还是个大诗人，我诚心诚意地喜欢过他，我本来可以很幸福，但是他倒爱上了一个站街的女人，我就把他让给德·赛里齐夫人了。如果他真心爱我，我会把他让给别人吗？”

“真是件怪事，您竟遇见个以斯帖[1]！”

“那女人比我漂亮，”王妃说，“我孤居独处，已将近三年了，”她停了一会儿，又接着说，“一身清净，并不难熬。我只敢对您一个人说，我在这里感到很幸福。我对来自周围的那些并非出自内心、虚情假意、表面上的赞美之词，都已感到腻烦和厌倦了。我觉得我所遇到的所有男人都是猥琐浅薄的小人，他们中间没有一个人能够

① 以斯帖：《旧约全书·以斯帖记》中的美貌犹太女子，出身下层。波斯王亚哈随鲁立她为王后。

引起我稍许的感动惊异，他们一点儿也不质朴，毫无博大胸怀，缺乏细腻精致的品位。我真愿意遇见一个能够对我颐指气使的男人。”

“您也跟我一样吗，亲爱的，”侯爵夫人问道，“当你试图恋爱的时候，难道从来没有遇见过真爱？”

“从来没有。”王妃打断侯爵夫人的话，一面回答，一面把手放在她的胳膊上。

两个人走过去，坐在一条粗木的长椅上，正在一丛开满了茉莉花的树下。在她们这个年龄的女人们看来，方才说的都是严肃郑重的话题。

“就像您一样，”王妃接着说，“我也许比别的女人得到过更多的喜爱，尽管我见识过那么多的情海波澜，但我感到，我在其中没有享受过幸福。我做过许多疯狂的事，都是为了达到幸福的目标，但是我越往前走，那个目标就越往后退！在我已经衰老的心中，仍感到一种未被污染过的纯净无瑕。虽然有过那么多的恋爱经历，但在心底还潜藏着可能被滥用的初恋。虽然我已疲倦，芳华渐逝，但我感觉到我仍然又年轻，又漂亮。我们可以恋爱，但并不幸福；我们可以感到欢乐，但并无爱情。既有爱情也有幸福，同时享受人间的这两种巨大的欢乐是一种奇迹。这种奇迹，在我身上从来没有发生过。”

“我也一样，没有遇到过这种奇迹。”德·埃斯巴尔夫人说。

“我在退隐的生活中，随时感到极端的悔恨。我一次次地逢场作戏，但从来没有恋爱过。”

“这个秘密多么让人难以置信！”侯爵夫人说。

“咳，亲爱的，”王妃回答，“这些秘密只能吐露给我们自己人。在巴黎，任何人都不会相信我们的话。”

侯爵夫人又说：“如果我们两人都还没有超过三十六岁，我们之间也不会说出实情。”

“是的，我们年轻的时候又愚蠢又自命不凡，”王妃说，“有时候我们很像那些可怜的小青年，手里摆弄着一根牙签，让别人以为他们的晚餐里有鱼有肉。”

“对呀，我们就是这样的，”德·埃斯巴尔夫人风骚俏皮地回答一句，做出深知世情而又无可奈何的可爱模样，“不过，我觉得我们的精力还算旺盛，还可以在风月场上再翻一盘。”

“那天您对我说，贝阿特里克斯跟孔蒂一起走了，我一整夜都在想这件事，”王妃停了一会儿又说，“她一定觉得这样做能得到幸福，才牺牲了自己的地位、自己的前途，并且永远舍弃了社交界。”

“她是一个小傻瓜，”德·埃斯巴尔夫人郑重地说，“德·图什小姐能够甩开孔蒂，正在庆幸呢。贝阿特里克斯没有预料到一个精明的女人，没有用一分钟来保卫自己的所谓幸福，就这样把情人放弃了，正说明孔蒂一钱不值。”

“她以后会倒霉吗？”

“她已经倒霉了，”德·埃斯巴尔夫人说，“一个女人离开自己的丈夫有什么好处？这不恰恰说明她很低能吗？”

“如此说来，德·罗什菲德夫人并不是想安安静静地享受真正的爱情才做出这个决定的吧？对于我们两人，享受真正的爱情还只是个梦。”

“不是，她只是模仿德·博塞昂夫人和德·朗热夫人而已。我们私下说一说，如果在一个不像当前这么平庸凡俗的历史时期，这两位夫人和您，就会成为跟拉瓦利埃、蒙泰斯庞、迪安娜·德·普瓦蒂埃、德·埃唐帕公爵夫人和德·夏托鲁一样大名鼎鼎的人物[①]。”

“嘿，亲爱的，就只差当国王了！咳，我真愿意把这些女人招回来，问一问她们……”

侯爵夫人打断了王妃的话，说道：“不必让死人说话，我们还认识一些还活着的女人，她们生活得很幸福。关于这些事，我跟德·蒙柯尔奈伯爵夫人密谈过二十多回，她和那个小爱弥尔·布隆代一起

---

① 蒙泰斯庞侯爵夫人（1640—1707）：路易十四的情妇。迪安娜·德·普瓦蒂埃公爵夫人（1499—1566）：亨利二世的情妇。德·埃唐帕公爵夫人（1508—1580）：弗朗索瓦一世的情妇。德·夏托鲁公爵夫人（1717—1744）：路易十五的情妇。这些女人因为得到国王的嬖幸，成为上流社会妇女艳羡的对象。

过了十五年，是世界上最幸福的女人。他们之间没有不忠实，没有遮遮掩掩的想法，直到如今还和定情的那天一样亲密无间。但是我们夫妻之间的生活常常被搅乱，最有兴趣时就被打断。能够始终保持互相依傍的关系，就像拉斯蒂涅和纽沁根夫人，像您的表妹冈夫人和她的奥克塔夫一样，都有一个秘密的方法，亲爱的，我们却不知道这个秘密。世人给了我们最高的荣誉，把我们当作摄政王朝宫廷中最浪荡的女人，其实我们天真无邪，就像住校的两个女中学生一样。”

“如果真是这么天真无邪，我就太高兴了，”王妃自相调侃地说道，“但是我的天真时代却糟不可言，做了些可鄙可耻的事。有什么办法呢？我们把这些屈辱献给上帝，作为我们追求幸福而毫无结果的赎罪祭品吧！亲爱的，在暮秋季节里，我们不可能得到在春天和夏天已经错过了的鲜花。”

“问题不在这里，”侯爵夫人把各自的情况沉思一会儿之后又说，“我们还相当美丽，足以引起男人爱恋的热情，但是我们永远不能让任何人相信我们白璧无瑕，品德高尚。”

“如果这是一个谎言，立刻就会引起评论，再加一些粉饰装点，就会变成可信的东西，人们会像吃个美味水果一样，囫囵吞下。但是要让人相信一件真事儿，那就难上加难，咳，许多最伟大的人物都是因为这个而一蹶不振。”王妃说这话时，脸上漾出一丝微妙的笑意，只有列奥纳多·达·芬奇的画笔才能传达出来。

“有时候，傻瓜倒很能谈恋爱。”侯爵夫人说。

“但是，对于恋爱这种事，连傻瓜也不会那么轻易地相信别人。”王妃说出她的观点。

“您说得对，”侯爵夫人笑着回答，“但是，我们要找的既不是傻瓜也不是天才，要找什么人呢？我们要找一个有智慧的人。只有这样的人才有孩童的赤诚，像忠于宗教一样忠于爱情，并且心甘情愿地让人蒙住眼睛。看一看卡那利和肖里约公爵夫人吧。即使您和我曾经遇到过这样有特殊禀赋的人物，那时他们也许跟我们的距离太大，忙于处理别的事务；而我们当时却太轻浮浅薄，被我们不该爱的人牵制、羁绊住了。”

“啊，如果没有经历过真正爱情的欢乐，我真不愿意离开这个世界。”王妃说。

“激发起别人的爱情，并没有什么价值，重要的是亲身感受爱情，”德·埃斯巴尔夫人说，“我看到有许多女人，只不过是某种激情的幌子，男人的爱情不是她们激发出来的，她们也没有享受到爱情的欢愉，所以她们既不是爱情的因，也不是爱情的果。”

“我最近激发出的激情就是一种神圣而美丽的爱情，”王妃说，“这个爱情本来是有前途的。这一次，我偶然遇到了我们所要求的那种有智慧的人，这样的人很难遇到，因为漂亮女人很多，而有智慧的男人却很少。但这件风流韵事却被魔鬼扰乱了。”

“把这件事给我讲一讲吧，亲爱的，我还从来没有听说过呢。”

“是在一八二九年的隆冬时节，我才发觉了这个美妙的爱情。每个星期五，在歌剧院，我总看到池座里有个三十来岁的年轻人，是专门为了看我而到那里去的，他总是坐在同一个位置上，用火辣辣的眼睛望着我，但时常面带忧郁之色，也许是因为他感觉到了我们之间的差距，他知道他的追求不会成功。”

“可怜的小伙子，一旦坠入爱河，就变得傻头傻脑了。”侯爵夫人说。

“每次幕间休息时，他就在走廊里踱来踱去，”王妃为侯爵夫人友好的调侃微微一笑，又继续说，“接着，有一两次，为了看见我，或者为了让我看见他，他把鼻子贴在我对面包厢的玻璃上。如果有人看望我，我就看见他紧紧地贴在我包厢的门旁，这样就可以瞟我一眼。后来他终于认识了我交往范围里的人物，这些人向我的包厢走过来的时候，他就紧跟在后面，为了在门打开时，趁机一睹我的容颜。可怜的小伙子，显然，不久就知道了我的身份，因为他看见了德·莫菲纽斯先生和我的公公。我发现，从那时起，我的这位不知其名的神秘人物，总是坐在我对面的座位上欣赏我，模样天真之极，这个情景真是美丽。从歌剧院出来也跟从滑稽剧院出来时一样，我看见他直挺挺地、一动不动地站在人群里，人家用臂肘碰他，他也不晃动一下。他看见我依附在我喜欢的男人膀臂上时，眼光就暗淡下来。没有说过一句话，没有写过一封信，没有一点儿亲昵的表示。你得承认，这种格调很高尚，对吗？有时我午夜之后回到府邸，仍然看到我的那个人儿坐在车库门前的路沿石头上。这个情种眼睛很美，下巴上有一把浓密的扇形长须，唇下长着短须，唇上有小胡子，两鬓下边还有颊髯，只露出白皙的颧骨和美丽的前额，总而言之，是一颗真正的古代雕像的头颅。您知道，在七月那些动乱的日子里，亲王负责保卫滨河街那边的杜伊勒里宫。一天晚上，他从圣克鲁回来，整个局势已不可收拾。他对我说：'亲爱的，清晨四点钟，我差一点儿被打死。一个暴徒瞄准了我，那时，正在指挥进攻的一个长着长胡子的年轻人，把枪筒拨开了，我似乎在意大利歌剧院见过这个人。'那一枪不知打死了谁，大概是个骑兵联队的中士，离我丈夫只有两步远。这个年轻人一定是个共和党人。一八三一年，我回到这里来住的时候，看到他背靠着这所房子的墙站在那里。对我，他似乎有点儿幸灾乐祸，因为我倒了霉仿佛就拉近了我们的距离。但是，自从在圣梅利街发生巷战之后，我就再也没有看到他：也许他就死在那次战事中了。当初，在为拉马克将军举行葬礼的前夕，我跟我的儿子徒步出门，我的那位共和党人就尾随着我们，一会儿走在前边，一会儿走在后边，从玛德莱纳广场一直跟到我要去的巴诺拉玛大道。"

"就这些吗？"侯爵夫人问。

"就这些，"王妃回答，"咳，攻陷圣梅利教堂的那天上午，一个小厮要跟我本人谈话，并交给我一封在普通纸张上写的信，信尾有个陌生人的署名。"

"把信给我看看。"侯爵夫人说道。

"不行，亲爱的，这个人心中的爱情太伟大、太神圣，我不能亵渎他的秘密。这封简短的信惊心动魄，我一想到时，仍惊悚不已。

这个亡故的人在我心目中引起了巨大的震动，任何我所另眼相看的活着的人都比不上。我时刻想念着他。”

“他叫什么名字？”侯爵夫人问。

“咳，名字很普通，米歇尔·克里斯蒂安。”

“您把他的名字告诉我，太好了，”德·埃斯巴尔夫人激动地说，“我时常听到有人说起他。这个米歇尔·克里斯蒂安是您正想见一见的一位著名人物的朋友，这人就是达尼埃尔·德·阿尔代兹。德·阿尔代兹每年冬天要到我家来一两次。那个克里斯蒂安的确是死在圣梅利修道院的军事冲突之中了，他有许多朋友。我听说他就是像德·玛尔赛那样的一个大政治家。只等着时机一到，就理所当然地成为大人物。”

“如果是这样的话，他死了倒好。”王妃面带忧郁地说，可她真实的想法却埋藏在心里。

“您愿意找一个晚上跟德·阿尔代兹都到我家里来吗？”侯爵夫人问。“您们就可以一起谈谈您们那位已经亡故的朋友了。”

“亲爱的，我很愿意。”

这次谈话之后又过了几天，布隆代和拉斯蒂涅都认识德·阿尔代兹，就答应德·埃斯巴尔夫人让德·阿尔代兹到她家来吃晚饭。如果没有提到王妃的名字，这个许诺显然是轻率的，因为德·阿尔代兹这位大作家认为与王妃相会，决不是无关紧要的小事。

达尼埃尔·德·阿尔代兹是我们这个时代集高尚品德与绝世才华于一身的罕见人物之一，纵然他的作品还没有得到应有的普遍赞誉，但是精英们对他的尊崇已无以复加。显然他的名望还会增高，但在有识之士看来，他的声誉已发展到顶点了。他这一类的作家，迟早有一天，会得到名实相符的位置，而这个位置再也不会更动。他出身于破落贵族，完全明白在他这个时代，只有个人功成名就之后才能够求得一切。他没有顺从一位有钱的叔父的意愿，独自在巴黎这个格斗场上拼搏了很长时间，在他是个无名的写手的时候，这位叔父无情地拒绝给他资助，任凭他忍受严酷的贫困；而他成名之后，却把财产遗赠给他。虚荣心重的人才会认为这种有悖人情的做法是理所当然的。突然变成有钱人，并没有改变达尼埃尔·德·阿尔代兹的行为准则。他还过着古代人所倡导的简朴生活，继续努力工作，还获得了众议院右翼议员的席位。得到社会荣誉之后，有时他也到交际场所走动。经老朋友有名的医生奥拉斯·毕安雄的介绍，他认识了拉斯蒂涅男爵，这位男爵是内务部助理国务秘书，德·玛尔赛的朋友。这两个政治人物显示出相当高尚的品格，帮助达尼埃尔、奥拉斯和米歇尔·克里斯蒂安的几个亲密朋友把这位共和党人的遗体从圣梅利教堂里取出来，而且设法为他举行了体面的葬礼。那个时期，民众的政治热情如火如荼，能够肆无忌惮地做出任何事。在这种局势下，埋葬共和党人的这种善行，是违背当局严酷的政治命令的。德·阿尔代兹可以说是出于感激之情，才跟帮了忙的拉斯蒂涅建立了友谊。这位国务秘书助理兼威势赫赫的重臣是何等精明强干，怎么会不去利用这条人脉！于是，这一帮人终于跟米歇尔·克里斯蒂安的几个朋友拉上了关系。他们的政治观点各有不同，但都参与了新政府的工作。他们中间有个人叫作莱昂·吉罗，首先被任命为侦办处的主任，接着又升为国务院的参事。达尼埃尔·德·阿尔代兹一心一意埋头于工作，仅仅是偶尔涉足交际场所，他觉得那种地方只不过是一场梦。他自己的家简直就是个修道院，他在那里过的是本笃会修士的生活，饮食有节制，办事有规矩。他的朋友们都知道，一直到当时，他觉得女人就是一种可怕的祸水。他对女人观察得极端仔细，由不得他不害怕；然而，随着他深入研究，到头来对女人反而毫无了解了，就好像那些思维深邃的战略家常常意料不到地在战场上被打得落花流水，因为情况已发生了变化，与军事科学的教条完全不一样了。他仍然是个最为天真的孩子，却摆出一副无所不知的观察家的模样。从表面上看，似乎不可能存在这样的矛盾，但是只要能够衡量出才能与感情之间的深刻区别，就可以解释这种现象：有些人运用头脑中的理智，另些人凭借的是心灵中的感情。一个人可以既是一个伟人，也是一个歹徒，就好像一个人可以是个大傻瓜，同时又是个绝世的情种。德·阿尔代兹就是个具有独特禀赋的人。像他这样的人，头脑敏捷，思路宽广，但这并不妨碍他意志坚强，感情充沛。由于这种独特的禀赋，他这个人能够思想，同时也能够行动。他的私生活既高尚又纯洁，如果说直到那时他一直小心谨慎地避开爱情，那是因为他很了解自己，他早就知道，恋爱的激情对他会有多么大的威力。多年以来，他以艰苦的劳动为自己光辉的著作打好坚实的基础，过着清贫的生活，这都起了极好的预防作用。生活充裕之后，他就跟一个姿色不错的女人有了最平庸的不清不楚的关系。那女人属于下等阶层，没受过教育，缺乏风度。因此他很谨慎，不让任何人见到她。米歇尔·克里斯蒂安认为有才干的人就有能力把庸俗婆娘变成窈窕淑女，把傻丫头变成才女，把农妇变成侯爵夫人。在他这种有才能的人看来，一个女人越是完美，就越失去价值。他认为在一个完美女人的身上，精英男人的想象力就没有用武之地了。照他看来，对于下等人来说，爱情只是感官的需求；而对于上等人，爱情乃是最宏大、最感人的精神创造。为了支持德·阿尔代兹的论点，他举出拉斐尔和福纳丽娜的例子[①]。他本来可以拿自己作为这类事情的典型，他就是把德·莫菲纽斯公爵夫人看作一位天使的。其实，还有许多说法，认为德·阿尔代兹新奇怪诞的想法是合情合理的：或许因为他已不抱希望，认为在人世间找不到一位符合精英人物梦寐以求的美女；或许他的心过于敏感，过于细腻，不能交给一个人世间的女子；也许他更喜欢任其自然，同时还保留着自己的幻想，膜拜着自己理想中的女神；也许他远远地避开爱情，因为爱情与他的工作、与他修士般的生活不能协调，激情会把一切搅乱。最近几个月以来，德·阿尔代兹受到布隆代和拉斯蒂涅的嘲笑，他们责备他不了解上流社会，也不了解女人。据他们说，他的著作已经相当丰富，能够出人头地，可以让自己休闲娱乐一下了。他的家

① 福纳丽娜：拉斐尔钟爱的女子，是罗马一面包商的女儿。在意大利文中，面包商为 fornaio，美术史家径自将这位女子称为福纳丽娜 fornarina。是她启发了拉斐尔的灵感，画出多幅美丽动人的女性画像。

财已够殷实，却过着大学生的日子。他什么都不享受，既不享受金钱也不享受荣誉。他不知道有一些出身高贵、教养良好的女子所引发的高尚而精致的激情，能够使人享受精美的欢乐，他只知道粗鄙的爱情，这与他太不相称了！在他们看来，把爱情缩略为生物的自然行为是世界上最愚蠢的事。大自然中要有一个阴性的生灵，于是人类社会最辉煌的成就就是创造出了女人；大自然只想到要物种繁衍不息，于是就有了永远存在的性欲；终于发明了爱情，这是人类最美丽的宗教。德·阿尔代兹对语言的美妙动人一无所知，对于心灵和精神不断激发出的爱情征象毫无感觉，不明白文雅得体的举止会使欲望变得高尚，不了解有身份的女人们会使最粗鄙的事物显露出天使般纯洁的形式。他也许了解女人，但他不了解女人的神性。一个女人必须先有丰富的艺术气质，把灵和肉都华丽地装饰一番，才能够投入爱情。最后，布隆代和拉斯蒂涅这两个道德败坏的家伙一方面夸大其词地说明是一些精致文雅而又伤风败俗的思想，构成了巴黎的风情魅力，一方面又奚落德·阿尔代兹，说他只靠着没有任何调料的清汤寡水维持生命，没有尝过巴黎庖厨的陆海珍馐，这些话引起了德·阿尔代兹强烈的好奇心。他曾向毕安雄大夫推心置腹地谈过，这位大夫知道他的好奇心已经苏醒了。这位大作家长期以来跟一个平凡女人的关系远远不能因习惯成自然而使他愉悦，反倒成了他不愿负担的累赘；但是，他跟所有心境孤独的人一样，总是多了点儿心虚胆怯，于是就抑制住了自己的感情。

拉斯蒂涅对他说："怎么，你们家的纹章是一个又一个的圆盘，上面有红色的和金色的偏三角图案，你为什么不把庇卡底省最古老的这个族徽画到你的马车上，让它大放光彩呢？你每年有三万里弗尔的收入，再加上你的稿费，你已经证实了你的格言，那就是我们的祖先孜孜以求的一句音意双关语'文乃质之财宝[①]'，你在布洛涅森林乘车兜风时，怎么不把这族徽炫耀一番？在我们这个世纪，品

① 原为拉丁文 Ars thesaurusque virtus。

德是要让人家看见的。”

“如果你把你的作品读给拉福蕾那样的粗俗女人[①]，如果她能让你快乐，你把她留在身边我会谅解你，”布隆代说，“但是亲爱的，如果在物质方面，你只啃干面包的话，在精神方面，你连面包都没有……”

在达尼埃尔和他的朋友们之间，这类友好的小小的论战持续了好几个月，正在这时，德·埃斯巴尔夫人请求拉斯蒂涅和布隆代邀请德·阿尔代兹到她家吃晚饭，还对他们说，德·卡迪尼昂王妃特别想见一见这位著名人物。对某些女人来说，这类的好奇心就好像小孩子看走马灯，眼睛得到的愉快太少，幻想和希望随即破灭。精英人物离得越远，就越令人仰慕，就近观察则感到名实不符；人家越是把他想象得光辉灿烂，目睹之后，他就越是暗淡无光。在这样的对比之下，一旦失去好奇，评价往往就不公平。无论是布隆代还是拉斯蒂涅，在这一点上，都不能瞒过德·阿尔代兹，但是他们笑着对他说，这个绝好的机会自动降临，可以荡涤内心的污垢，还可以品尝一下跟巴黎最高贵的夫人谈情说爱的绝妙滋味。王妃一定是无可挽回地爱上了他，他没有什么可顾忌的，从这次见面里他会赢得一切；德·卡迪尼昂夫人既已把他扶上基座，他就决不可能跌落下来。布隆代和拉斯蒂涅都认为，给王妃拉扯上这么一段爱情，没有什么不妥之处，她禁得起这种指责、诽谤。往昔里，她就有过那么多的香艳逸闻。两个人一起向德·阿尔代兹讲述德·莫菲纽斯公爵夫人的艳史：第一次，是跟德·玛尔赛之间轻佻放荡；第二次，是跟德·阿瞿达之间轻率厮混，使阿瞿达跟他的妻子分了手，从而替德·博塞昂夫人报了仇；第三次，是跟年轻的德·埃斯格里尼翁私通，这人陪她到了意大利，为了她被牵连进了一桩重案；接着跟一个有名的大使，她并没有得到好的下场，又跟一个俄国将军，过得还算不错，她又如何成为两位外交大臣的幕后女顾问，等等。德·阿尔代兹对

① 拉福蕾：莫里哀喜剧中的女仆，此处代指与德·阿尔代兹同居的女人。

他们说，他从他们那位可怜的朋友米歇尔·克里斯蒂安那里知道了更多有关这个女人的事，这些事连他们也不知道。克里斯蒂安在四年的时间里暗恋着她，几乎为此事发了疯。

“我常常陪着我的朋友去意大利歌剧院，去法兰西歌剧院，”达尼埃尔说，“我那可怜的朋友和我一起在大街上跑得跟拉车的马一样快，为的是透过车窗的玻璃欣赏一下王妃。就是这段爱情才救了亲王一命，米歇尔阻止一个家伙向他开枪，才没有把他打死。”

“好啊，你会有一个现成的小说主题，”布隆代微笑着说，“她正是你需要的女人，只是因为她太高雅细腻，才会对你冷酷无情，她还会温柔体贴地把举止高贵文雅的诀窍教给你；但是你要当心，她已经花掉了许多男人的钱财！美丽的狄安娜是挥金如土的那类女人，但一分钱都不向别人要，不过许多人却为她一掷百万。你尽管把灵和肉都给她，但一只手要抓住你的钱荷包，就像吉罗德画的洪水里那个老头子一样[①]。”

这样谈论一番之后，王妃的心计之深如同万丈渊泉，却有王后般的仪态，像外交官那么腐败堕落，又像秘密宗教仪式那么神秘，像在海上唱歌的女妖那么危险。这两个精英人物没有能力预见这个玩笑的结局，终于把狄安娜·德·于塞尔说成妖精一般的巴黎女人[②]，能够老练娴熟地卖弄风情，是世界上最能让人陶醉的婊子。他们说得都有道理，但对于德·阿尔代兹来说，被他们如此评头品足的这个女人仍然是纯洁和神圣的，他对这个女人的好奇心本来无须激发，他早就同意前往与这女人首次过招，两个朋友对他就没有别的要求了。”

德·埃斯巴尔夫人一得到回复，就去看望王妃。

“亲爱的朋友，您还觉得您很漂亮，很能招人喜欢吧，”她问王妃，“几天之后，到我家来吃晚饭吧，我要把德·阿尔代兹端上来献给您。我们这位有才之士却乡野之气十足，他惧怕女人，从来没有

① 吉罗德（1767—1824）：法国画家，是法国画家大卫的学生。曾在意大利居留五年。其作品多采用古代题材。

② 狄安娜·德·于塞尔：卡迪尼昂王妃出嫁前使用的姓名。

被女人爱过。您就在这儿施展手脚吧。这个人聪明透顶，却又单纯无知，能让您解除一切戒备，他在事后能把事理看得很透彻，后发的行动会打乱事先的一切谋划。今天您可以让他措手不及，明天他就不会上任何当了。”

“咳，”王妃说，“如果我只有三十岁，我就可以高高兴兴地玩一把！直到现在，我缺的就是一个能让我玩的聪明男人。我所遇到的只是玩伴，从来没有遇到过旗鼓相当的对手。爱情本来是一场战斗，却变成了一场游戏。”

“亲爱的王妃，您必须承认我已经够大方的了，对吗？有道是，‘施物于人……’”①

两个女人四目相对，笑了起来，同时两双手拉在一起，友好地握了握。显然她们二人都知道彼此的重要隐私，当然这些私密不仅与男人有关，也不仅限于彼此帮一点儿忙。要在女人之间建立起真诚和持久的友谊，必须有点儿小小的罪过把她们胶结在一起。当两位女友反目成仇、要取对方性命的时候，每人握着浸过毒的匕首，怒视对方，造成一种僵持不下、动人心魄的均衡，直到其中一人突然走神、手松刀坠，这种均衡才被打破。接下来的是，一个星期以后，在侯爵夫人家里举行了一个所谓的小型晚会，出席的只有亲密朋友，而且是接到口头邀请的。晚会自始至终，住宅的大门都关着。晚会只请了五个客人：埃米尔·布隆代，蒙柯尔奈夫人，达尼埃尔·德·阿尔代兹，拉斯蒂涅和德·卡迪尼昂王妃，再算上这家的女主人，男人的数目和女人的数目正好相等。如果是让德·阿尔代兹和德·卡迪尼昂夫人偶然相遇，准备工作决不会这样细致周全。当天，王妃仍是梳妆打扮的顶尖高手，对于女人们这是头等重要的技艺。她身着一袭宝蓝色的天鹅绒长裙，配上一双微微下垂的雪白的宽幅长袖，领口低开，袒露着胸脯，一条微有波皱的网纱披肩，镶

① 这里只说了半句谚语，完整的原文是Charite bien ordonnee commence par soi-meme，施物于人，必先足己。意为要把东西施舍给别人，必须先给足自己。未肯明说的意思是：这个男人本该我要，但我让给了您。

着蓝边儿，搭在肩上，把她的粉颈遮住了四指宽，就像在拉斐尔的肖像画上看到的那样。她的贴身女佣为她梳头时，巧妙地把几枝白色的欧石楠插在她水帘儿似的金色发缕上[①]，这一头金色的美发正是她艳名四播的原因之一。四年的孤独和休养使她的肤色又显得鲜嫩如初。再说，往往有这样的时刻：女人有招人喜欢的愿望时，不是就会越发显得美丽吗？对于容貌的变化，个人意志并非毫无影响。情绪的剧烈变动，能使多血质的白色皮肤泛黄，淋巴质的人脸色发青，那么爱欲、欢乐和希望不是就有能力使人容光焕发、让人眼光明亮吗？就像在晴朗的早晨，灿烂的朝阳照耀得美人更加艳丽。王妃肤色白皙本来就出名，如今肌肤更加成熟，显出庄严威重的神态。在她生活中的这个时刻，经过了那么多的反躬自省，那么多的郑重思考，她那高贵的耽于深思的前额与她那缓慢流动的、颇为矜持的蓝色眼波配合得恰到好处。即使是最高明的看相大师也不可能想象到，在她那纤巧细嫩得出奇的面容之下，隐藏着什么样的计谋和决心。她这样的女人们的面相，由于安详和细腻能够误导科学家和观察家；只有在各种欲念正在高涨的时候，才能准确地观察她们，但这很难做到；在欲念的高潮已经过去的时候观察，则已毫无用处：这时那个女人已经衰老，再也用不着隐藏心中的秘密了。王妃正是那种难窥其内心的女人，她可以随心所欲做出各种模样：调皮淘气，幼稚无知，天真无邪得让人无计可施；或者是机敏狡黠，庄重严肃，高深莫测得让人忐忑不安。她到侯爵夫人家里来，有心装作一个温柔而单纯的女人，已尝过生活的艰辛，又独自接受这种磨难，是一个内涵丰富又备遭责难的女人，但她逆来顺受，总之，是一个蒙难的天使。很早她就来赴约，为的是能够坐在壁炉旁边的长沙发上，就在德·埃斯巴尔夫人身旁。她有意让人看到她的这种姿势，这么坐着，在优美自然随意的姿势下，隐藏着机谋，这是一种精心设计，仔细考究

① 欧石楠：生长在沙质荒地上的矮生常绿灌木，开紫色或粉色的小碎花，拥挤在一起，形成总状花序，如要装饰头发，须用数十朵小花长在一起的花穗。这位女仆用美丽的野花打扮她的女主人，真是一位有创意的设计别致的造型师。

的姿势，突出地显露出她起伏有致的美丽线条，从足部上升到精致的腰肢，再到令人赞叹的圆润的肩膀，将整个身躯的剪影呈现在众人眼前。一个裸体美女也不会比穿着一身巧妙安置的长裙更有致命的诱惑力。这身长裙掩盖了一切，同时又使一切明晃晃地展露无遗。狄安娜的周密细致，许多女人都想象不到，她让儿子德·莫菲纽斯公爵陪她赴宴，这让侯爵夫人大吃一惊。略一思索之后，德·埃斯巴尔夫人握着王妃的手，恍然大悟地说：

“我明白您的意思，第一次接触就让德·阿尔代兹面对一切难题，以后就不用再去解决了。”

德·蒙柯尔奈伯爵夫人和布隆代一起到来。拉斯蒂涅领着德·阿尔代兹同来赴会。王妃对这位名人没说一句恭维的话；凡夫俗子却往往把名人恭维得厌烦不已。王妃对他显出殷切和蔼的态度，又不失风度和尊重，这是她屈尊纾贵的最后限度了。她对待法国国王和诸位亲王大概也是这种态度。她显出很高兴见到这位大人物的样子，也为当初曾设法见他感到高兴。像王妃这样高贵风雅的人物之所以独秀于芸芸众生之上，就在于听人讲话时的神态，亲切和蔼，丝毫没有调侃和嘲弄，这种彬彬有礼的态度，正是有品德修养之人的处世原则。当这位名人说话时，她那专心致志、倾耳聆听的姿态比任何添油加醋的阿谀奉承更让人舒坦一千倍。这次侯爵夫人介绍二人相识，并没有大肆张扬，很是妥帖得体。晚宴桌上，德·阿尔代兹被安排在王妃身旁，王妃远没有像忸怩作态的女人那样过分减少食量，反而胃口很好，十分得体地显示出一个女人的自然本色，没有任何惊世骇俗的举止。在上两道菜的间隙，大家都在谈论同一个话题，她利用这时刻跟德·阿尔代兹单独谈话。她说：

“坐在您的身旁，我非常高兴，这秘密在于我想知道有关您的一位挚友的情况，先生，他是为了与我们并不相同的另一番事业而牺牲的。我欠他很大的情分，但却没有机会向他表示感激，从而让我心安。德·卡迪尼昂亲王跟我一样也感到遗憾。我知道您是这可怜的小伙子最好的朋友，您们相互之间有纯洁的牢不可破的友谊，我很看重您的这个身份。他跟您是那么亲近，我想请您告诉我有关这个人的一切，您不会感到惊奇吧。尽管我属于一个被逐往国外的家庭，在政见上近于主张君主政体，但我决不是那种人：认为一旦主张共和体制就绝对不可能有高贵的心灵。只有君主政体和共和政体才是不堵塞美好感情的两个政府形式。”

“夫人，米歇尔·克里斯蒂安是个天使，”达尼埃尔用激动的声音回答，“在古代的英雄中间，我不知道有谁比他更为出色。千万不要把他看作一个思想偏狭的共和党人，主张恢复国民公会，重新执行公安委员会那些可爱的规定。不对，米歇尔热切希望的是在整个欧洲实行瑞士的联邦制。在您我之间不妨直说，除了辉煌灿烂的个人专政的政府之外，我觉得瑞士的联邦制特别适合于我们的国家。米歇尔主张的政治体制要在旧世界中消灭战争，打碎以征伐为基础的封建社会，在完全不同的基础上重新构筑起一个新世界。从这方面来说共和党人跟米歇尔·克里斯蒂安的理想最为相近，所以在七月革命和圣梅利修道院的冲突中，他才对共和党人伸手相助。我们两人虽然政见完全不同，但始终保持着亲密的友谊。”

“这种友谊表示您们两人的品格都应该大加赞美。”德·卡迪尼昂夫人惴惴地说了一句。

“在他生命的最后四年，他把他对您的爱情只向我一个人和盘托出，”达尼埃尔说，“这样推心置腹，就更加强了我们已很巩固的兄弟般的友谊。夫人，只有他一个人对您的爱情，才是您这样的女人本该得到的。不知有多少次，我冒着大雨跟您的马车一起回到您的家，跟您的马并排赛跑，为的是赶上马车，能够看到您、欣赏您！”

“这样的话，先生，”王妃说，“我就不得不补偿您们的损失了。”

“为什么米歇尔不能到这里来呢？”达尼埃尔说着，声调里充满了悲伤。

“也许他不会爱我很久，”王妃说着伤心地摇了摇头，“共和党人在思想上比我们专制主义者更加专制，我们专制主义者是由于太宽大才犯了罪。他大概把我想得太完美，但总会发现自己想错了，当然这是个残酷的局面。我们女人无休无止地遭受诽谤，跟你们在文坛上遇到的指责中伤一样多，我们女人既不能用荣名也不能用佳作来保护自己。人们不相信我们的真实面目，却相信别人为我们虚构出来的形象。很快地，人们就会把真实的我对他隐瞒起来，不让他认识，换上一个幻象中的女人，伪造的画像，而对于社会来说这才是真的。他会觉得我配不上他对我的高贵感情，也没有能力理解他。”

说到这里王妃摇了摇头，插着石楠花的秀丽发卷也颤动起来，姿态极为优美。她要表达的令人懊丧的疑虑和内心隐藏着的痛苦都是说不明白的，然而达尼埃尔却都明白，他望着王妃，不禁心潮汹涌。

“说起来，七月动乱过了很久，我又一次见到他的那天，我几乎克制不住我的欲望，很想就在意大利歌剧院的列柱走廊里，当着众人的面紧紧握住他的手，把我的一束花送给他，我想这样能够很好地表达我的感激之情，而如今，这种行动也像别的许多高尚行动一样被人看作德·莫菲纽斯公爵夫人在发疯，而我永远不能做任何解释，只有我的儿子和上帝才会了解我。”

这些话是在交谈对方的耳边轻轻说的，同席的人都听不到，那声调真配得上演技最为娴熟的女伶，一定能够动人心弦，于是也就让德·阿尔代兹动了心。这些话跟这个名作家毫无关系，说来说去，这个女人为的是在一个死去的人面前剖白自己。也许她的确受到过诽谤，她要知道的是，在这个曾经爱她的人看来，这些诽谤是不是让她失去了光彩，那人临终之际，是否还保持着在幻想中对她的爱恋。

德·阿尔代兹回答道：“米歇尔是个爱情绝对专一的人，即使他选择错了，他宁可为此忍受痛苦，也绝对不会放弃他所选中的那个女人。”

“他就是这样来爱我的？……”王妃说着，露出得到至高真福的狂喜模样。

“是的，夫人。”

“他曾经因为我而感到幸福吗？”

“整整四年，始终如此。”

“一个女人知道了这样的事，不感到骄傲和自满是不可能的。”她说着，把温柔而高贵的脸转向德·阿尔代兹，露出羞涩之情。

这类女伶们最高明的演技就是：话说得过于露骨时，就用动作来掩饰；话说得仍嫌不够周全时，就补之以眉目传情。这种娴熟的不谐和音，混杂在她们那或真或假的爱情旋律中，就构成了一种难以抵拒的蛊惑力。

她确信自己的话已经产生了效果，就仍压低声音接着说：“能够使一个伟大的男人幸福，自己又没有什么罪过，这岂不是把自己一生的使命都圆满完成了吗？”

“他是不是给您写过信？”

“写过，但当时，我要确切地了解事实。先生，请您相信我的话。他把我抬举得这么高，是不是弄错了。”

女人们都能够让自己说的话带上一种特殊的神圣意味，她们说话时加上了不知是哪一种颤音，使她们语言的本意更加扩展了，更加深刻了。到后来，被她们迷惑的听众竟然不明白她们到底说了些什么，她们的目的就完全达到了。这就是口齿辩捷的本质所在。王妃的头发编成辫子盘成高髻，又装饰着美丽的石楠花，即使她戴上法国王后的冠冕，她的前额也不会比今日更加庄严。这个女人在污蔑诽谤的波涛上行走，就好像救世主在太巴列湖的水波上行走似的[①]。一位亡人对她的爱情使她周身发出纯白的光辉，如同天使被光环所笼罩。别人对此毫无感觉，她也没有必要显示出这段爱情，丝毫无意表现出她是多么伟大和一往情深，只露出单纯和安详的样子。一个活着的男人也许永远不会给予王妃从一个亡人那里得到的慰藉。德·阿尔代兹是个孤独的劳动者，写作像一个大帐幕把他围起来保护着，使得他对人情世故一无所知，这女人的一番说辞和那声调，哄得他上了当。他禁不起这种高超手段的蛊惑，欣赏这种在不幸中酝酿成熟的、在退居休养中恢复过来的无瑕的美丽。他赞美

① 在《四福音书》里，有数处提及耶稣在海面上行走。

结合精密智慧和高贵心灵为一体的这位罕见的女人。最后，他渴望承接过米歇尔·克里斯蒂安的那段恋情。就像大多数思想深刻的人一样，这种感情起初只是一闪之念。他看着王妃：端详着她那头部的轮廓，打量着她那匀称面部的柔和线条，她的腰肢，她的脚，她那丰满细嫩的双手，比他陪着朋友在街上随车疯跑时看到的亲切、仔细得多。他发现了精英人物萌发爱情时会产生精神上的第二种视觉这种令人惊异的现象。当初米歇尔·克里斯蒂安那么明智，怎么会看不清这颗心和被爱情之火照亮的这个灵魂呢？这位联邦主义者也已经猜透了其中底细，显然他的朋友曾为这段爱情而感到幸福。于是，在德·阿尔代兹看来王妃具有巨大的诱惑力，她仿佛被罩上了一个诗意的光环。晚宴时，这位作家想起那位共和主义者曾绝望地向他倾诉心声，向他诉说他以为那女人也爱他时，心中所怀的希望，以及抒发对于这位女子真正感情的美丽诗篇，当初只为他一个人朗诵过。狄安娜对这些并不知情，然而她会从这偶然的酝酿准备中得到好处。男人从密友变为情敌很少不产生懊恼情绪的，德·阿尔代兹却完成了这种转变，并没有负罪感。这个时候他发现了尊贵体面的妇人，上流社会之花与低俗女人之间的巨大差别，对于凡庸的女人，作为例子，他只了解一个。但是，他身上最为敏感的那个角落，他灵魂和理智最为柔软的部分却被震慑住了。他的天真和攫取这个女人的强烈愿望推动着他向前，然而他发现他被整个的社会羁绊住。王妃的举止，言语的用词，尊贵的仪态，在他和她之间构筑了一道藩篱。这个男人习惯于不尊重所爱的女人，对于他来说，就有了一种说不清的刺激，仿佛是个强有力的诱饵，他必须吞下，他忍受着这个伤害又不愿暴露自己的痛苦。直到正餐之后，端上水果甜品时，他们还在谈着米歇尔·克里斯蒂安，这个话题对于达尼埃尔和王妃都是一个很好的借口。他们放低声音，谈着爱情、同情心，预测后果；王妃装作被人误解、受到诽谤的女人；那男人把脚放到那个死去的共和党人的鞋子里，要沿着他的爱情道路继续往前走。也许这位天真的男人自己也感到奇怪，他对朋友已经不太感到愧疚了。当精美的果品、点心晶莹润泽地摆上餐桌时，几个枝形烛台上蜡烛发着熠熠的光辉，照得果品和点心的颜色更加鲜艳，一束束的鲜花摆成一道五光十色的花篱，把宾客隔成两排。王妃兴高采烈地说出一句妙语，来结束这一段密谈，同时飞出一个眼波，这时美人的金发似乎变成了浅棕的颜色，她巧妙地表达出这样的意思：达尼埃尔和米歇尔是灵魂上的孪生兄弟。从这时起，德·阿尔代兹就加入了同席宾客的谈话，也显出了孩子般的快乐和只是小学生才会有的自命不凡的神气。王妃从容自然地挽起德·阿尔代兹的手臂，走进侯爵夫人的小客厅。穿过大客厅时，她放慢脚步，让跟布隆代挽着手的侯爵夫人与她隔开一大段距离，她让德·阿尔代兹停住脚。

“对于这位可怜的共和派朋友来说，我不愿意显出不可接近的样子，”她对他说，“虽然我为自己定下了规矩，不接待任何人。在这世界上，只有您一个人可以进我的家。不要以为这是施恩，对圈外的人才会施恩，我觉得我们已经是老朋友了，我把您看作米歇尔的亲兄弟。”

德·阿尔代兹说不出一句话，只能紧紧地挽住王妃的手臂。咖啡端上来的时候，狄安娜·德·卡迪尼昂柔媚轻巧地裹上大披肩，站起身来。布隆代和拉斯蒂涅已是政治圈内的高人，惯于按社交规则办事，决不会像非贵族出身的暴发户那样，粗声大气地请王妃留下，但德·埃斯巴尔夫人却拉住她闺中密友的手，请她坐下来，伏在她耳边说：

“请等一等，让仆役们吃饭，马车还没有备好。”接着，她招呼仆人把放着咖啡的托盘端过来。德·蒙柯尔奈夫人猜测，德·埃斯巴尔夫人和王妃有话要说，就把德·阿尔代兹、拉斯蒂涅和布隆代叫到她身边，并用巴黎女人最擅长的胡吹乱扯来跟他们调笑。

侯爵夫人问狄安娜：“这会儿，您觉得他怎么样？”

“是个乖孩子，他刚刚脱离襁褓。真的，这次也像以往一样，他能不战而胜。”

“这太让我失望了，”德·埃斯巴尔夫人说，“但我还有补救的办法。”

“怎么办？”

“让我来当您的情敌怎么样？”

“您爱当就当吧，”王妃回答道，“我已打定了主意。天才是头脑的外在表现，我还不知道心灵和感情在那头脑中起什么作用。这件事，我们以后再谈。”

听了最后一句颇为费解的话，德·埃斯巴尔夫人径自跟大家一起谈话去了。“您爱当就当吧”这话仿佛并没有让她受到冒犯，也没有引起她的好奇，想知道这次见面会有什么结果。王妃坐在炉火旁边的长沙发上，显出慵怠失神的样子，就像葛兰[1]所画的狄多娜[2]，就这样坐了大约一个钟头，全神贯注地听着众人说话，时而望着达尼埃尔，毫不掩饰赞赏的神色，却又不失分寸。马车备好时，她跟侯爵夫人握了握手，对德·蒙柯尔奈夫人颔首致意，然后便悄悄地离去。

王妃走后，晚会的最后部分照常进行。德·阿尔代兹情绪高涨，尽情展示了他的聪明才智，趁此机会，大家也来捧场。显然拉斯蒂涅和布隆代这一对伙伴，在机敏和明智方面都是第一流的。至于两位妇女，很久以来她们都被公认为上流社会中最聪慧的女子。这次聚会仿佛在绿洲上的短暂憩息，对于这些惯于在社会里、沙龙中、政坛上处处小心谨慎的人物来说，是不经常遇到的珍贵时刻，可以尽情欢乐。一些人具有特别的禀赋，就像天上的福星，其光辉能激发人的智力，温暖人的心灵。德·阿尔代兹就是这种具有完美禀赋的人物。一个像他这样位高名重的作家习惯于思考一切，但有时却忘记了在社会上不能知无不言，口无遮拦。他不可能像一些始终在社会上混日子的人那样能够自我克制，但由于他语言上的舛误几乎

① 葛兰(1774—1833)：法国油画家和石板画家。其作品保留着古典主义的特征。

② 狄多娜：本是腓尼基的一位神祇。希腊人把她说成人间美女。说她的丈夫被她的哥哥杀死，她逃离故土，建立起迦太基国。她接受了特洛伊王子埃涅阿斯的求爱，后遭遗弃，愤而自杀。这位美女的传奇经历常常被艺术家选为创作的主题。

总显得独特新奇，也就没有人指责他了。他在才能方面具有罕见的风趣，他的青春充满了纯朴，这使得德·阿尔代兹独特而高贵，让这次晚会也显得极为轻松欢快了。他和拉斯蒂涅男爵一起出了门，男爵用车把他送回家，自然而然地谈到了王妃，问他觉得那女人怎么样。

“米歇尔爱她很有道理，”德·阿尔代兹回答，“这是个非同一般的女人。”

“的确非同一般，”拉斯蒂涅略带讥讽地说，“听你的口气，我发现你已经爱上了她。用不了三天，你就会到她家里去，我已是个老巴黎，见惯了这里的人和事，完全知道你们之间会发生什么。好了，亲爱的达尼埃尔，我请求你绝对不要把这事跟金钱混在一起。如果你真心爱王妃，那就爱她吧，但是要留心你的财产。她不会拿、也不会要任何人的一分钱，她娘家于塞尔和夫家卡迪尼昂都是显赫的姓氏，她不会做出这等事。但据我所知，除了她自己的数目可观的财产之外，她还把别人的好几百万挥霍得一干二净。怎么花的？为什么花？过程如何？没有一个人知道，她自己也不清楚。十三年前，我就眼见她在二十个月内把一位美少年和一个老公证人的财产耗干了。”

“十三年前，”德·阿尔代兹说，“她到底多大年岁了？”

“你没有在席上看见她的儿子吗？”拉斯蒂涅笑着说，“就是那位德·莫菲纽斯公爵，一个十九岁的年轻人。那么十九加十七……”

“三十六，”作家惊异地喊起来，“我以为她只有二十岁。”

“她也会认可的，”拉斯蒂涅说，“但是，在年岁方面你大可放心，对于你来说，她永远只有二十岁。你将会进入一个神奇魔幻的世界。晚安，你到家了，”男爵说着，眼看他的马车驶进了贝尔丰街，德·阿尔代兹就住在这条街上，属于他的一栋精致房子里，“这个星期里，在图什小姐家我们还能再见面。”

德·阿尔代兹让爱情占据了他的心灵，就像我们的托比大叔那样[①]，毫无抵抗，他只有不加评断的崇拜和极端的赞美。王妃，这个美丽的生灵，是巴黎这个魔窟里最为杰出的一件产品。在巴黎，好事或坏事，一切都可能发生，那么，王妃这样的女人，用我们这不幸的时代已经俗气不堪的话来说，就变成个梦中的天使了。为了深入了解这位名作家的突然转变，必须明白，孤独的生活和持续的工作使他的心灵纯净无邪，跟一个身份卑下的女人在一起，爱情退缩为一种生理需要，变得很难堪，他有了愧悔之心，欲望和新奇的想象越来越多，由衷要求高层次的神圣感情。敏锐的王妃突然发现德·阿尔代兹还是个孩子，还是个中学生。美丽的狄安娜也像德·阿尔代兹一样，突然有了感悟，她终于遇见了所有女人都希望得到的卓越的男人，哪怕只是为了跟他玩一玩，女人们都愿意顺从于这种强悍的力量，哪怕只是为了控制这强大的蛮力，从而让自己心满意足，她终于找到了博大和智慧结合在一起的无邪的心灵，再加上新近激起的热情；她还发现所有的这些珍贵的优点都集中在她所喜爱的躯体里，这真是千载难逢的好事。她觉得德·阿尔代兹长得很美，也许他真是个美男子。虽然他已属成熟的壮年，三十八岁了，由于他过着规规矩矩、洁身自好的生活，所以还保持着青春的朝气，就像所有在室内工作的人，就像所有政府官员，他的身体已显出适度的丰满。他很年轻的时候，就有点像当将军时的拿破仑，直到这时仍然相像，尽管这男人的眼睛是黑的，浓密的头发是棕黄色，跟那位君主蓝色的眼睛和栗色的头发并不相像；但当初，德·阿尔代兹怀有高贵热切的勃勃雄心，双眼发出凌厉的锐气，如今因为事业有成，也变得温柔了。他那宽大的前额中蕴藏着丰富而美妙的思想，昔日布满脸颊的皱纹如今也平复了。宽裕的生活使他脸色红润起来，年轻的时候，他过着困苦的生活，必须集中全力才能支撑他长期艰苦奋斗，脸上就显出反映他体质的黄色。如果你仔细观察古代哲学家那美好的面相，你就会发现人类面部各式各样的完美典型，每个面

① 托比大叔：英国作家劳伦斯·斯特恩的小说《项狄传》中的人物，是一位不谙世事的退伍军官，坠入了一个寡妇撒出的情网。

容都必定有其特点，由于惯于沉思默想、智力劳动所必需的长期安静，都显得端端正正。像苏格拉底那样愁苦满面的脸，由于宁静泰然，久而久之，倒显得几乎有些神圣了。德·阿尔代兹那威严的头部显出高贵的纯朴，他的表情天真无邪，又有孩子般的纯真和动人的和善态度。他永远没有那种虚情假意的客套，而社会上有些教养很高、人缘极好的人用这种虚假礼貌来冒充他们并不具备的高贵品质，损害了那些上了当的人。他孤居独处疏于交往，可能没有遵循世俗规则，但他从来不冒犯别人，这种乡野气息使高才多能的人所特有的和蔼显得更加可亲，这些人为了适应社会的水平，把自己的优越身份留在家里，就好像亨利四世那样[①]，把脊背给孩子当马骑，用自己的智慧去为幼稚无知的人服务。

王妃回到家里，不再自思自忖，正好像德·阿尔代兹在王妃大施魅力时毫不自卫一样。对于她，一切都已清清楚楚，她是用她的人生逻辑和天真无知来恋爱的，如果扪心自问，她就该问自己：配不配得到如此伟大的幸福，她对上天做过什么，上天竟给她派来一位这么好的天使。她要配得上这段爱情，并使它持续下去，永远独自占有它，要在这个隐约望见的天堂里甜甜蜜蜜地过完她漂亮女人的一生。至于拒不接受，设置考验，忸怩作态，她完全没有想到过，她想的是另外的事！她早已了解精英人物的博大胸怀，早已猜测到这样的人不会用普通的规则去对待出类拔萃的女人。于是，出于聪慧的女性所特有的敏锐观察力，她自己已打定主意，只要对方一有愿望，她就投怀送抱。根据在仅有一次的会见中，她对德·阿尔代兹性格的了解，她早就估计到这种愿望不会表露得过早，她完全来得及做她要做的事，那就是要让她的情人看到她是卓越超凡、无懈可击的。

这时候，一场戏文开始了，没有人看得见，是在两个人的心灵深处演出的，其中一人必定落入另个人的彀中；这是一出暗无天日又

---

① 亨利四世（1553—1610）：1589 年即位为法国王。

滑稽可笑的戏，真是邪恶到了极点，跟这出戏相比，莫里哀的《伪君子》就相形见绌了。这场戏完全不在舞台上，最不同一般的是必须如此这般地演下去，倒显得很自然，可以理解，而且合情合理，是一出可怕的戏，可以名之为邪恶的反派演出。王妃着手，让人搜罗德·阿尔代兹的作品。她本来一个字也没有读过，然而现在她可以跟他滔滔不绝地讨论二十分钟，不出差错！她把那些作品全都读了，接着她要把这些书跟当代文学中的精品加以比较。德·阿尔代兹来看她的那天，她仿佛犯了知识上的消化不良症。等待着这次拜访的时候，每天她都精心刻意地梳妆打扮一番，每一种装扮都表达着一种想法，要那人不明就里地感到顺眼。她呈现在那人眼前的是搭配得很和谐的灰色调子，一种近似半服丧的装束，显出疏散从容的风致。一个仅仅为了直系血亲，也许就是她的儿子才苟活于世，但生活已使她厌倦的女人才有这样的一副装束。她居高临下地表明，对生活已经感到厌倦，但还不到自杀的程度，只得在这人间地狱里打发她的余生。这女人接待德·阿尔代兹的时候，显出正在等待他来临的样子，而且仿佛这位客人已来过她家上百次了，她把他当作老相识一样款待。她抬一下手，让他随便坐在一张沙发上，等她写完一封信。谈话的内容很平常：天气，衙门里的公事，德·玛尔赛的病情，正统派的希望。德·阿尔代兹拥护专制政体，王妃不可能不知道一个在议会中跟十五或二十个代表正统派的议员坐在一起的人有什么样的政治观点。她设法向他叙述，当年她是怎样跟德·玛尔赛逢场作戏的，接着，话题转到德·卡迪尼昂亲王对王室和反对路易·菲利普的贝里公爵夫人十分忠诚，她就把德·阿尔代兹的注意力转向亲王。

“他至少爱他的主子们，并且对他们忠心耿耿，”她说，“他在公共生活中表现出的性格给了我很大的安慰，弥补了他在私生活中给我造成的一切痛苦，”她巧妙地抛开关于亲王的话题，又说道，“您无所不知，无所不晓，难道没有看出来男人都有两种性格：一种是对内的，对待他们的妻子，处理他们的隐私生活，这个性格是真的，在这里不用戴假面具，不用藏藏掖掖，他们也用不着装假，他们露出的是真面目，这副面目是可怕的；而在社交界，在沙龙里，在宫廷中，面对君主，处理政治问题，别人就把他们看作伟大高贵豪爽慷慨的人，他们披着绣满仁义道德的外衣，加上满口花言巧语，仿佛具备一切高尚的品质。这是多么可怕的玩笑！可是，有时候人们还感到奇怪，有些女人，跟她们的丈夫在一起时会显出居高临下的神态，傲然一笑，妻子跟丈夫完全不同……”

王妃的手臂顺着靠背椅的扶手垂下来，没有把话说完，仿佛这个动作完完全全地表达了她的意思。她发现德·阿尔代兹正一心一意地打量她苗条的身段，她舒舒服服地屈身坐在软绵绵的扶手椅上，他专心打量她衣裙上线条的起伏，以及硬胸衣撑出来的美丽的小小皱褶。这种大胆的装束，只有穿在身材纤秀的人身上才不会弄巧成拙。她又捡起她的思路，仿佛在自言自语。

“我不再说了。你们这些作家最后都把那些被人误解的、嫁错了人的、哭天喊地、引人注意的女人写得非常可笑，我认为这些看法都出自下等的资产者。女人们或者顺从，但到处抱怨；或者反抗，自娱放纵。在这两种情况下，女人们都应当沉默。我的确不能也不愿完全顺从，但也没有完全反抗，也许这就是保持沉默的更重要的原因。女人们自怨自艾是多么愚蠢的事！如果说女人不比男人强，那是因为她们缺少智慧，缺少心计，不够缜密，那么她们就安于自己的命运吧。不是有许多女人当上了法兰西的王后吗？她们随心所欲地玩弄你们男人于股掌之上，她们什么时候愿意玩就玩，要怎么玩就怎么玩。”

她像个放肆的女人那样，在手上，灵巧地颠动一个小首饰盒，显出嘲弄的笑容。

“我常常听见一些可怜的小东西抱怨自己身为女人，愿意当个男人；我总是用怜悯的眼光看她们，”她继续说，“如果要我再选择，我宁愿还当女人。依靠暴力，依靠你们为自己制定的法律赋予你们的强权取得胜利，的确非常愉快，但是，当我们看到你们男人匍匐在我们脚下，说蠢话、做蠢事的时候，我们感到弱者是凭借自己的力量取得了胜利，这不是令人陶醉的幸福吗？当我们女人成功的时候，就应当保持沉默，以防失去我们的统治权；如果失败了，更应当高傲地闭口无言。奴隶的沉默会使主人心惊胆战。”

她用如此轻柔、如此娇媚的调侃语调，呶呶絮絮地说着，让从未见过这类女人的德·阿尔代兹就像鹌鹑遇到了猎犬似的，被震慑住了。他终于说：

“夫人，我请求您告诉我，一个男人怎么会使您痛苦呢？请您相信我的话，可能所有的女人都平庸无奇，您却超凡出众，何况您的叙事方法丰富多彩，甚至能把一本菜谱说得饶有趣味。”

“您这么快就对我产生友谊之情了！”她说这话的语调很严肃，这使德·阿尔代兹也庄重起来，而且有些忐忑。

谈话的题目变了，时间已经很晚。这可怜的精英人物离开时很懊悔方才显得过于好奇，有些问题伤了这位美女的心，坚信这个女人曾经遭受过非同一般的痛苦。其实她一向用寻欢作乐来打发日子，她是一个真正的女性唐璜[①]，所不同的是她没有请那个石头雕像来吃晚饭，显然，即使请来了，她也会把那石像制服。

要想继续讲这个故事，不能不说几句有关德·卡迪尼昂亲王的情况，他的另个头衔德·莫菲纽斯公爵比亲王更为出名，不然的话，王妃的天花乱坠般的谎言，听起来就淡而无味了，她要为一个男人演出一场让人心惊胆战的巴黎喜剧，而局外人也许会完全看不明白。德·莫菲纽斯公爵先生是老德·卡迪尼昂亲王的嫡亲儿子，瘦高挑儿的身材，气度轩昂，举止高雅，谈吐温厚可亲。凭借上帝的恩宠他当了个上校，又偶交好运，成了个优秀军人，另外，他像波兰人那样勇敢好斗，不论是非曲直，动辄动粗，同时，他用大兵的粗口来掩饰他空空如也的头脑。刚到三十六岁，他就跟他的主子查理第

① 唐璜：西班牙传说中的人物，出身富贵的纨绔子弟，专门玩弄女性。他曾拐骗一个少女，亵渎少女父亲的石像，并恶作剧地请石像赴宴，不料石像竟来赴约，并将这恶少杀死。

十国王一样，势不得已，完全不再亲近女性，他也像国王一样，年轻的时候向过多女人献过殷勤，因而受到了惩罚。整整十八年，他是圣日耳曼地区的偶像，就跟所有贵家子弟一样，他生活放荡，一味地寻欢作乐。大革命时他的父亲破了产，波旁王朝复辟后，又恢复了职位，做一处行宫的主管，经管官家俸禄和津贴。这位老王爷从这肥厚的职务中揩足了油，又摆起革命以前高贵亲王的排场。赔偿法令颁布之后，他得到的全部赔款都花费在他那豪宅里的奢靡生活上。这处宅邸是他收回的唯一房产，其中大部分房间由他的儿媳占用。七月革命前不久，老德·卡迪尼昂王爷死了，享年八十七岁。他早就把他妻子名下的财产挥霍光了，在很长的时间里跟德·纳瓦兰公爵关系并不和睦，德·纳瓦兰公爵第一次结婚，娶的就是老亲王的女儿，但这位老亲王欠女婿的债总也还不清。德·莫菲纽斯公爵曾与德·于塞尔公爵夫人有过很密切的关系。一八一四年，德·莫菲纽斯先生已到三十六岁，于塞尔公爵夫人看他虽然家财已尽，但在朝廷里还很得势，便把女儿嫁给了他，这位小姐每年约有五六万里弗尔的收入，还不算可望从母亲那里得到的遗产。于是，德·于塞尔小姐就成了公爵夫人。她的母亲知道，女儿将来总会得到最大的自由。由于意外的幸运，公爵得了个儿子作为继承人，公爵就让他的妻子在行动上享有完全的自由，他自己就从一个驻地到另个驻地寻欢作乐，冬天到巴黎避寒，欠下的债总由他父亲去偿还。在夫妻关系上，公爵完全宽宏大度，回巴黎之前的一个星期，就通知公爵夫人，麾下联队的弟兄对他十分崇拜，又得到王储的恩宠，是一个伶俐机敏的近臣。他有时候去赌一把，但没有任何其他嗜好。王妃曾开玩笑地说，她总也不能说服丈夫，出于礼尚往来和对她的尊重，去找个歌剧院的姑娘做外室。公爵继承了他父亲的职位，很善于在路易十八和查理第十两位国王面前讨得欢心。这证明，他有本领利用自己的庸碌无能去占便宜。这种行为，这种生活，都被装饰得光鲜美丽：高雅的谈吐、尊贵的举止、豪华的服装把他打扮得十全十美，连自由派都喜欢他。他已经不可能继承卡迪尼昂家族的传统了，他们著名的家风就是按照老亲王的做派，把老婆的财产挥霍一空，因为公爵夫人早已把她自己的财产花光耗尽了。这种奇特的现象，在宫廷的同僚间以及圣日耳曼地区，已经尽人皆知，因此在王政复辟的最后五年，如果有人提起这家的事，就像还在述说蒂兰纳元帅阵亡或亨利四世被人杀死那样的昔日旧闻[1]，会惹人笑话。于是，谈起这位可爱的公爵时，没有一个女人不夸奖他的：他对他的妻子好极了，像德·莫菲纽斯公爵对夫人那么好的男人真是太难得了。他任凭夫人自由支配她的财产，在任何场合都保护她，支持她。也许是出于自尊、良善，或是骑士的豪侠之气，公爵夫人遇到不同的难处，尽管她有朋友，尽管她有年老的德·于塞尔公爵夫人、德·纳瓦兰公爵，她的公公和她丈夫的姑妈，这些贵胄的名望作后台，还是不能脱身，仍需德·莫菲纽斯先生出面，才能为她解困，如果别的女人遇到那些情况，就会大祸临头了。时至今天，大家仍然认为亲王是贵族中性格最好的人。也许这种出于需要的忠贞不贰，正是朝中近臣们自我克制所取得的完美成就。德·于塞尔公爵夫人是在四十五岁时把女儿嫁给德·莫菲纽斯公爵的。多年以来她亲眼目睹了这位旧日密友取得了成就，心中毫无妒意，甚至还极为关切。当女儿和公爵结婚的时候，她的举止正像一位贵妇人那么尊严得体，这就拯救了这桩有悖人伦的婚姻。然而，宫廷里那些毒舌男女仍然找到了嘲讽讥笑的话题，纷纷评论，公爵夫人并没有为这种得体的举止付出多么大的代价，虽然近五年以来，她虔诚地祈祷，而且诚恳地忏悔，真像那些有许多罪孽需要上帝宽恕的女人。

近几天来，王妃的文学知识越来越显得出色，她十分大胆地涉及最为困难费解的问题，夜以继日，不畏艰辛，阅读不辍，真是值得赞扬。德·阿尔代兹料想不到狄安娜·德·于塞尔晚上就向他重述上午阅读过的内容，惊异不已，就像许多作家一样，把她看作一位优异的女人。这种谈话离狄安娜的目的稍远了一点儿，她就试图重

① 蒂兰纳（1611—1675）：法国元帅。

新回到推心置腹、促膝谈心的境界，而她的情人正是从这里小心谨慎地抽身退步的。但是，在这样的时刻，一个男人一旦受到惊吓就不太容易再回到那个境界中。然而，进行了一个月的文学探讨和柏拉图式的高雅谈话之后，德·阿尔代兹的胆子大了，他每天下午三点钟就来，六点钟才走，晚上九点钟又来了，一直待到子夜或是清晨一点，很有规律，就像一个心急火燎的情人。每当德·阿尔代兹要来的时刻，王妃在衣着上多多少少要考究一些。这种相互的倾心，又要自矜自律，都表达了他们各自不敢承认的感情。王妃清清楚楚地猜测到这个大孩子怕的是把话挑明，而她巴不得把话挑明，然而长久以来，德·阿尔代兹在无言的表白中带着一种尊重，这让王妃喜不自胜。两个人都感觉到，每天他们都更接近，没有任何协议也没有任何决定，阻止他们思想的靠拢。有些恋人，一方提出明确要求，而另一方却拒绝，不管是真的抵触还是忸怩作态。就像所有比他更年轻的男子那样，德·阿尔代兹对王妃产生了不可克制的冲动和欲念，但又怕惹她不高兴，如果是个年轻女人处于这种情况，就会不知所措，但是王妃以往造成这种境况的次数太多，一定是从中尝到了乐趣。就这样，狄安娜舒舒服服地享受着这种美妙的儿童游戏，她还能够让这种儿童游戏戛然而止。她就像个伟大的艺术家，先用不确定的线条画出草稿，同时有把握，能凭借灵感，在一个钟头之内，让一幅杰作从虚空之中诞生。有多少次，看到德·阿尔代兹准备前进一步，她不是就板起面孔把他阻止了吗？她掌控着这个年轻人心里的秘密风暴，她一会儿掀起风暴，一会儿又瞪起眼睛，让风暴平息，同时伸出手来让他亲吻，或者说句含混不清的话，那声调绵绵软软、情意切切。她先冷静清醒地设计出可擒可纵的手法，随即运用得神出鬼没，就把她的形象深深地镌刻在这位聪明作家的心田里，她喜欢把这位作家造就成她身旁的一个孩子，既对大人信赖，又头脑简单，简直有点儿傻呵呵的。有时她也反过来审视自己，她又不可能不赞美在那个人如此伟大的品格中竟包含着这样的单纯无邪。这个风月场中的老手玩弄的这套把戏，却不知不觉地把她自已跟她的奴隶绑在一起了。到最后，狄安娜竟然对这个落入情网的伊壁克泰都斯等待得不耐烦了[①]。然而，当她确信已经把他调教得百依百顺时，却用更厚的布蒙在他的眼睛上。

一天晚上，达尼埃尔发现王妃在沉思，一个臂肘拄在小桌子上，灯光照亮了她那一头美丽的金发。她手持一封信，在桌布上颠来颠去。德·阿尔代兹看清楚了那是一张信纸，她就把信纸折好，掖在腰里。

“你怎么了？您好像心事重重。”德·阿尔代兹问道。

“我收到了德·卡迪尼昂先生的一封信，”她回答道，“无论他对我犯的错误多么严重，看了他的信，我还是想到他流亡在外，没有家，他钟爱的儿子也不在身旁。”

说这些话时，声调里充满了真情实意，说明她的感情真像天使一般。德·阿尔代兹感动得无以复加。这时，情人的好奇心，可以说已经变成心理学和文学上的好奇了。他要知道这个女人伟大到了什么程度，当初别人是怎样凌辱她，而她又原谅了，一向被指责为放荡轻佻、心狠手辣、自私自利的上流社会的贵妇人，怎么变成天使的。他回想起以前他想了解这颗天使般的心时，就曾被拒绝了，当他握住美丽的狄安娜那透明的玉指纤纤的素手时，他问话的声音都颤巍巍的：

“我们现在是不是有足够深的交情，能让您告诉我您遭受过什么样的痛苦。您现在心事重重，大概跟以前的痛苦有点什么关系吧。”

“是的。”她轻轻地吟出这个词儿，就是让图芦用长笛也吹不出如此甜美的声音[②]。

她又沉思起来，双眼罩上了一层水雾。达尼埃尔被这一时刻的

---

① 伊壁克泰都斯（50—125或130）：原是希腊人，被带到罗马，沦为奴隶。奴隶主用刑具轧他的腿，他从容地说：“你会把我的腿轧断的。”腿果然断了，他又说：“我早就告诉你了。”后来，成为自由人，研究逻辑学和哲学，是斯多葛派哲学家。他的从容受刑，与德·阿尔代兹长期忍受爱情折磨有相似之处。

② 图芦（1786—1865）：法国著名的长笛演奏家。

庄严气氛镇住了，焦虑不安地等待着。他那诗人的想象力使他仿佛看到云开雾散，巍峨的圣殿徐徐展示在他眼前，他就要在那里，在上帝的脚前，看到那只受伤的羔羊。

“怎么样？……”他用温柔平静的声调问了一声。

狄安娜看了看这位柔顺的追求者，接着缓缓地低下眼睛，随而睫毛下面的眼珠转了过去，显示出最高贵的羞涩。只有魔鬼才有本事想到在这风情万种的眼波里，仍然暗藏着虚伪，狡黠的王妃又抬起她娇美的头，定睛看着这位伟大人物那急待回答的双眼。

“我可以说吗？我应该说吗？”她说着，显得迟疑不决，一面用陷入沉思的女人那无限温柔的样子望着德·阿尔代兹，“男人对这类事情一向无信无义！他们以为自己没有必要保守秘密！”

“嘿！如果您不信任我，我怎么能来到这里呢？”德·阿尔代兹说。

“咳，我的朋友，”她回答道，在她的这声叹息里，无意之中已确认了他们之间的深情厚谊，“一个女人坚持要活下去，能不计算一下吗？问题不在于我不对您说，我怎么能拒绝您呢？问题在于我向您和盘托出后，您对我怎么看。我要向您毫不掩饰地说出我这年岁所处的奇特境遇，但是一个女人揭露了婚姻中的秘密创伤，暴露了另个人的隐私，您会有何感想？蒂兰纳遵守了他对强盗许下的诺言，我对我的刽子手不是也该像蒂兰纳那样言而有信吗？”

“您向别人许下过什么诺言吗？”

“德·卡迪尼昂先生认为没有必要让我保守秘密。您要了我的心之后还觉得不够吗？您真是个残暴的君主！这就是要我为了您而葬送我的诚信！”说到这里，她向德·阿尔代兹瞄了一眼，意思是说，虽然她摆出了推心置腹的样子，实际上她什么内容都没有说，但这样的谈话比她整个人的价值都高得多。

“如果您怕我对您会有什么伤害，您就把我看得太平庸了。”他说着，掩饰不住酸楚的神情。

“对不起，我的朋友，”她一面回答一面拉住他的一只手、看着那只手，又用双手把它握住、抚摸起来，用手指无限轻柔地爱抚着，“我完全了解您的价值。您已经把您的全部生活经历都告诉了我，您的生活高贵、美丽、超凡脱俗，您的经历配得上您的赫赫荣名。反过来，我也应该把我的生活经历告诉您。但我很怕，如果这时候我把那些还牵连到别人的秘密告诉了您，在您看来我的价值就大大降低了。何况您是诗人，特立独行，不染凡尘，也许您不会相信人世间竟然这样污浊丑恶。咳，您撰写悲剧的时候，并不知道在那些表面上和和睦睦的家庭里所发生的悲剧，大大超过了您写的剧本。您也不知道那些金光罩住的家破人亡，悲惨到了何种程度。”

“我什么都知道。”他大声说。

“不对，”她接着说，“您什么都不知道。难道一个女儿能把她的母亲招供出来吗？”

听到这话，德·阿尔代兹就像在漆黑的夜里，一个迷失在阿尔卑斯山区的人，晨光出现时发现自己正走在无底深渊的边上。他目瞪口呆地望着王妃，脊背上升起一股凉气。狄安娜以为，这位天才人物神经比较脆弱，禁不起打击，但她看到那男人的眼睛依然炯炯有神，便放下心来。

“到现在，您几乎成了审判我的法官，”她说着，露出绝望的模样，“我可以说，所有遭到诽谤的人都有权利表明自己清白无辜。从前和现在，我都被人指责为放荡轻佻，犯过那么多的风流罪过，人们应当记得我是被社会逼迫离开社会的，可怜巴巴地离群索居。我可以在一个人的心里找一块绿洲，在那里歇息，不被驱逐。我常看到人们在臧否人物时，总是给清白无辜的人以极大的伤害，于是我总不屑于为自己辩白。再说，我能向谁申诉呢？人们只能把这些残酷的事实付托给上帝，或是我们认为跟上帝很接近的人，例如一个神父，不然就说给自己听。如果我的秘密在您的心里不是跟在我的心里一样，”说到这里，她指了指德·阿尔代兹的心，又用手指按了按她胸衣的突起部分，“那么，您就不是伟大的德·阿尔代兹，我也就被骗了！”

德·阿尔代兹的双眼涌上了泪水。狄安娜从侧面注视着这泪水，连眸子和睫毛都没有闪动一下，这眼光轻捷而精准，就像母猫捕鼠的姿态一样。经过整整两个月的礼仪实习，德·阿尔代兹第一次鼓起勇气握起那温软芳香的小手，把自己的双唇贴了上去，高雅而肉感地、长时间地吻着。王妃低下了头，清清楚楚地预感到事情会像文学作品中的情节那样发展下去。她想精英人物应该比那些纨绔子弟、交际场上的人、外交官员，甚至军人，在恋爱中更加完美，那些人除了和女人厮混没有别的事情好做。她在情场中见多识广，经验丰富，她知道在恋爱中的人具有什么性格可以在某些小事中表现出来。一个历练过的女人可以从一个简单的动作中预测到一场恋爱的前途，就像居维叶看到了一个动物爪子化石的碎片[①]，就能够说出那动物躯体有多大，有角还是无角，肉食还是草食，是否两栖的，距今有多少万年，等等。王妃确信德·阿尔代兹在爱情方面的想象力一定跟他在文笔上的想象力一样丰富，她觉得有必要让他的激情和信任达到最高的程度。她姿态优美地很快抽回她的手，情意绵绵。这个动作比她真的说出“行了，您简直要我的命了”还更有效力。她直视着德·阿尔代兹的眼睛，过了好一阵子，同时表现出幸福，恐惧，信任，忧虑，模糊的欲念，处子的羞涩和假装的正经。这时候，她就仅有二十岁！但不要忘记，为了准备在这个时刻像演戏似的撒这个谎，她在梳妆打扮上花了闻所未闻的工夫，她坐在扶手椅上，就像迎着初升的朝阳怒放的鲜花。不管她的感情是真是假，她已经让达尼埃尔陶醉了。

如果我冒昧地说出我个人的看法，我们必须承认就这样长期地听着一个女人的瞎话是很美妙的享受。显然塔尔玛在舞台上比在实际生活中精彩得多。而德·卡迪尼昂王妃不就是这个时代最伟大的女伶吗？这个女人所缺的，只不过是池座里专心看戏的观众罢了。不幸的是，在这个政局不定的动乱时期，漂亮女人们像百合花入了

---

① 居维叶（1769—1832）：法国博物学家和古生物学家。

水一样都消失了。要让她们开出花来，使我们赏心悦目，需要晴朗的天空与温煦的和风。

时间已经到了，狄安娜要用妙手准备的一部小说像解不开的藤蔓一样，把这个大人物捆绑起来，让他像个新入教的信徒一样，在基督信仰的全盛时代，听一篇使徒行传。

“我的朋友，我母亲目前还在于塞尔，一八一四年，我才十七岁，（您看，我现在可真老了，）她就让我嫁给了德·莫菲纽斯先生，这不是因为母亲爱我，而是因为母亲爱他。母亲是向他唯一爱过的这个男人偿还情债，偿还她从这个男人身上得到的全部幸福。咳，不要为这可怕的结合惊诧，这是时常发生的事；许多女人的身上，当情妇的成分更多，而母性偏少，正好像大多数女人是慈爱的母亲，却未必是贞淑的妻子。爱情和母性这两种感情时常在女人的心中相互争斗；当两方不能势均力敌时，一方必然被打败，这便使一些出类拔萃的女人成就了女性的光荣。像您这样才华出众的男人应当懂得这些事，只有傻瓜才对这些故事感到惊奇。然而这些故事却是真实的，而且我还要进一步说，由于性格不同，气质有异，感情有深浅，境遇有差别，发生这种事更是合情合理的。以我为例，直到如今我已忍受了二十年的不幸和失望，备受诽谤，百无聊赖，过着内心空虚外表欢乐的日子，难道我不想俯伏在一个永远真心爱我的男人的脚下？如果这样做了，我岂不又要受到世人的谴责？那么，忍受了二十年的痛苦，难道还不允许我把风韵犹存的十年献给一段神圣和纯净的爱情？我还不至于那么愚蠢，这样做，在上帝面前也不会降低我的价值。我忍受着酷热，从白天到晚上做着苦工，我做完了一天的工作，应该得到报酬……”

“多么良善的天使啊！”德·阿尔代兹心里想。

“再说，德·于塞尔公爵夫人十分爱德·莫菲纽斯先生，而并不十分爱您所见到的可怜的狄安娜，但我从来没有因此怨恨她。我的母亲见到我的时候很少，她早就把我忘了。作为女人对女人，她这种行为是对我不好；作为母亲对女儿，她这种行为就太恶劣了。当母亲的人过着德·于塞尔公爵夫人那样放浪的日子，就让她们的女儿远远离开她们，我进入社交界才半个月就结婚了。您说那时我有多么天真幼稚，那时我什么都不知道，我不可能猜测到这门婚事背后的秘密。我的嫁资很丰厚，每年有六万里弗尔的收入，是从林地产业中得到的，那片森林位于尼维尔内省，革命政权忘记拍卖了，或者因为这森林是庞大的昂济城堡附属的地产，所以没有卖出去。当时，德·莫菲纽斯先生早已债台高筑。后来我倒是明白了什么叫负债，但是我完全不了解生活，猜想不到他已经负债累累。从我的产业中得来的收益，都用来填补我丈夫的债务。我嫁给德·莫菲纽斯先生的时候，他已有三十八岁，但就像打仗的军人年龄那样，他们的年龄都该加倍计算。咳，他似乎比七十六岁还要老。我的母亲到了四十岁还可以自诩年轻，我就处在两个人的嫉妒中。十年之间，我过的是什么样的生活？……咳，我这个小妇人处处受人猜疑，谁能了解我的痛苦呢？一个嫉妒自己女儿的母亲监视着我！上帝呀！……你们这些写悲剧的作家，你们绝对构思不出像我所经历的那么黑暗、那么残酷的一出悲剧。通常来说，根据我对文学的一知半解，一出悲剧就是一个接一个的动作、对话、行为，最后归结成一场悲惨的灾难；而我对您说的，就是一场正在进行的最可怕的灾难！就像一场雪崩，上午崩塌下来压在你的身上，下午又塌下来压你，而第二天还要再次崩塌。对您说这些事时，我还浑身发冷，我要让您看清楚这个没有出口的寒冷而又幽暗的洞穴，我就生活在那里边。如果什么事情都该告诉您，就该说一说我那招人怜爱的孩子的诞生，他简直跟我一模一样……他那么像我，您大概很惊异吧？那头发，眼睛，脸盘，嘴，下巴，牙齿，连微笑也都像我……说起来，他的降生实出于偶然，或者是我母亲和我丈夫商议的结果。我结婚以后，很长时间还是个处女，结婚的第二天几乎就被遗弃了。我当了母亲，但不是一个有丈夫的妇人。公爵夫人乐于让我长时间地蒙昧无知，为了达到这个目的，一个母亲有绝对的优势来对付她的女儿。我，一个可怜的小女孩儿，是在修道院里受的教育，就像一朵混沌无知的玫瑰，婚姻是什么，我一点儿也不知道，我发育得很晚，那时我觉得很幸福，我享受着我们家庭的开明与和睦。总之，由于第一次当母亲，感到非常快乐，这种快乐远甚于我想象中的其他快乐。我的精力完全转移了，不去想我的丈夫，我并不喜欢他，他也没有做任何事表明他还有可爱之处。人们常在我的耳边聒噪，说什么一个当了母亲的人应该自尊自爱。再说，一个小女孩儿总喜欢在游戏中当妈妈。在我那个年龄，有了个孩子正好代替玩具娃娃。有了这朵美丽的鲜花，我是那么自豪，乔治长得漂亮……简直妙极了！当你美滋滋地喂养、呵护一位小天使时，怎么还能想到世上别的事呢！我特别喜欢年龄很小的孩子，白净净、粉嘟嘟的。我呀，我眼睛里只有我儿子，我跟我的儿子相依为命，我不让保姆给他穿衣服、脱衣服，给他换襁褓。照顾孩子，对多子女的母亲来说是件烦心的事，对我却是全部的快乐。但毕竟我不完全是个傻瓜，尽管别人千方百计蒙住我的眼睛，三四年之后，还是真相大白了。您能想象吗？过了四年，也就是一八一九年，我才恍然大悟！一个母亲和一个女儿处在公爵夫人和我这样的局势，相比之下，《兄弟相阋》只不过是一出以大团圆为结局的悲剧罢了[①]。当时我就向我母亲和我丈夫示威，故意在大庭广众之中卖弄风情，这就引起了大家的议论……天知道说了些什么！我的朋友，您知道，人们猜疑跟我暧昧不清的男人是我用来攻击敌人的一把匕首。我一心一意地报仇，竟没有感觉到刺伤了自己。我本来像孩子一样清白无辜，倒被别人当作一个淫妇，是世上最邪恶的女人，而我对此竟毫无所知。其实，人们的确很蠢，有眼无珠，无知无识，他们热衷于刺探的只是能供他们取笑开心、幸灾乐祸的秘密；对于伟大的高尚的事物，他们竟捂上眼睛，不愿意看见。但是，我觉得在这个时候，我的眼神，我清白无辜的反抗态度，我高傲的举止，都是伟大画家的丰富素材。我要在舞会上艳光四射，发泄我暴风雨般的愤怒，我要像滂沱的大雨

① 《兄弟相阋》：法国古典主义代表作家拉辛（1639—1699）创作的一部悲剧。

一样表达我的轻蔑。这已是逝去的诗意，人们只是在二十岁时愤世嫉俗，才会有这样绝妙的诗情。到后来人们就不再愤慨了，就厌倦了，对恶习不再大惊小怪，已经疲惫了，生出了恐惧之心。至于我，我当时，嘿，我当时很好。我充当了世界上最蠢的人物：我担负着罪名，却没有从罪过中得到实惠。我满心欢喜地让我自己身败名裂！咳，我干的是孩子们的恶作剧，我曾经带着一个昏了头的小青年到意大利去，他一对我说起爱情，我就把他甩在那儿了；但是，当我知道他为了我而受到连累时，（他为了得到钱，犯了诈骗罪）我就跑去救他。我的母亲和我的丈夫知道这件秘密后，就把我当作败家子儿，把我的钱财控制起来。哼，这回我就去找国王。路易十八，这个没有心计的人，竟然被感动了，从他的小金库里为我拨了十万法郎。德·埃斯格里尼翁侯爵为了我陷入泥淖，这一下终于被救出来了。在社交场所，您也许见过这个小青年，他后来娶了个嫁资丰厚的女人。我的轻狂放浪引起的这场风波让我开始反思了。我发现原来我自己才是我报仇计划的第一个牺牲者。我的母亲、我的丈夫、我的公公都有上流社会作后台，他们也似乎为我的疯狂行动遮掩过。我的母亲深知我桀骜不驯，自视甚高，具有极强的德·于塞尔家族的特点，绝对不会庸庸碌碌度过一生。于是，我的母亲为自己造的孽，感到恐惧了。那时她已有五十二岁，她离开了巴黎，住到于塞尔去。现在，她后悔以前所犯的错误，她用对宗教的极度虔诚和对我的无限关切来赎回她的罪过。但在一八二三年，她把我独自留下，让我跟德·莫菲纽斯先生面对面地生活在一起。咳，我的朋友，你们男人不会明白：一个不缺钱花的老年人是什么样子，一个惯于听风流娘儿们赞美奉承的男人有什么样的内心活动，这样一个男人的家里，既没有奉承话，也没有谄媚的人了，一切都死气沉沉，于是为此他妒火中烧！我曾经考虑过，当德·莫菲纽斯先生完全属于我一个人时，我愿意做一个贤惠的妻子；但我碰到的是个心烦意躁的老头子，对我恶语相加，是个老窝囊废，总提出想入非非的要求，是个白痴，说的是小孩儿话，是个自我满足之人，常在自吹自擂。这个人是世界上最令人厌恶的哭丧之歌，而他竟然把我当成个小女孩儿，在各个方面以伤害我的自尊为乐，摆出老于世故的架子来压制我，说我一无所知。他时时刻刻地伤害我，总之，他做尽了坏事，让人憎恨他，给我提供了背叛他的权利。但是，我受了我自己良心的制约，在三四年里本想好好做人。您知道什么叫作无耻吗？就是这个词让我又做出一些发了疯的事。您能想象出世界上最恶毒的诽谤是什么话吗？‘德·莫菲纽斯公爵夫人又回到她丈夫身边来了，’有人这么说。我最好的一个闺中密友，还是我的一个亲戚，就是在她的家里，我们有幸相会的，这个女人回答道，‘嘿，真是荒唐堕落，不过起死回生也算是胜利吧，她也只能这么做了。’”

“是德·埃斯巴尔夫人！”达尼埃尔嚷了出来，惊恐地身子一抖。

“嘿，我早就原谅她了，我的朋友。首先，那句话十分机智俏皮，也许我本人对于我从前那样纯洁的可怜女人也会说出更为残酷的讽刺话。”

德·阿尔代兹又一次吻这位圣女的手，这个女人把她的母亲剁成肉块儿，端了出来，又把你们认识的德·卡迪尼昂亲王说成具有三重护卫的奥赛罗[①]，再把自己数落一遍，目的无非要让老实的作家看来，她本是个保持着童贞的处女，连最无知的女人都是要千方百计把这童贞献给情人的。

“我的朋友，我光艳照人地返回了社交界，还要在那里大出风头。我经历了一些新的搏斗，必须赢得我的独立，摆脱德·莫菲纽斯的干涉。我过着花天酒地的生活，原因却与以前不同。为了让我自己麻木，为了在灯红酒绿中忘掉真实的生活，我大张旗鼓，酒宴连连，摆出王妃的架子，结果债台高筑。在家里，我劳累得沉沉睡去，忘记了现实中的自己，仿佛又重生了一回，仍然美丽、快活，在社交界任性胡为。在这个幻想与现实的绝望对抗中，我耗尽了我的财产。一八三零年的动乱爆发了，正值这时，在我天方夜谭式生活的尽头

① 奥赛罗：莎士比亚同名悲剧中的主人公，因猜疑和嫉妒错杀了自己的妻子。

遇到了我希望尝试的神圣和纯洁的爱情（我的话是真的）。您要承认一个心中充塞着各种故事的女人，在发觉自己受了骗的年龄醒悟过来，而且我发现，在我周围有许多女人由于获得了爱情，都很幸福，我有这样的期望不是很自然的吗？啊，米歇尔·克里斯蒂安为什么那么庄敬自持呢？在这件事里，仍然有讽刺我的材料。有什么办法呢？一朝败阵，我便失去了一切，我对任何事都没有幻想了；除了仅有的一个果实，但我对它既没有食欲也不想品尝。我对这个社会圈子已毫不眷恋，我必须离开。在这里似乎有一种天意，仿佛我们临终时的麻木状态。”（她做出虔诚的祈祷姿势）又接着说，“那时的政局好像为我做了准备，专制政体已被推翻，成了一片废墟，就像一片裹尸布把我蒙了起来。我的儿子给了我许多安慰。母爱充实了我，代替了被嘲弄的其他感情。世人对我的隐退感到奇怪，但我觉得隐居才可喜可贺。啊，您真不知道，在您面前的这个可怜的妇人是多么幸福！我为儿子牺牲了一切，我忘记了我并不知晓的，以后也永远不会知晓的幸福。有谁能相信，对于德·卡迪尼昂王妃来说，生活的全部内容就是一个不幸的新婚之夜，还有别人认为她做的一次次的风流韵事？那是一个小女孩儿为了向两个大人可耻的情欲挑战而做出来的。没有一个人能相信这一些。今天，我对什么都害怕。回忆起那么多的虚伪，那么多的不幸，对于一种真正的感情，一种真实纯洁的爱情，我可能也会拒绝，就像那些被装穷的歹徒欺骗过的富人，把规矩正派的穷人推开，对于做善事也感到厌恶了。这些事都骇人听闻，对不对？但是相信我的话，我对您说的正是许多女人的真实经历。”

她用轻松玩笑的口吻说完最后的几句话，使人想起她本是个风度娴雅、口齿尖刻的妇人。听了这些，德·阿尔代兹惊呆了，在他看来，跟上流社会的人物相比，那些因为杀人，情节严重的盗窃，持假文书骗财而被法院送进监狱的人都可算作小小的圣人了。她用不可模仿的真实声调，唱出了这一首在谎言的兵工厂中锻造、又在巴黎的斯堤克斯冥河中淬过水的痛苦挽歌[①]。好一会儿，作家欣赏着这个可爱的妇人。她深深地坐在柔软的沙发里，两只手从扶手上垂下来，如同玫瑰花上垂下的两滴露水。这一番揭根露底的话也使她筋疲力竭，无精打采；说这话时，好像又感受一遍她生活中的痛苦，总之，真像一位陷入悲伤中的天使。

“您来判断吧，”她激动地挺起身来并扬起一只手，双眼发出光辉，那是她所说的二十年的贞洁淑静在熊熊燃烧，“您来判断一下，您那位朋友对我的爱情使我产生了多么深刻的印象；但是，由于命运的或是上帝的残酷嘲弄……当时，如果有一个男人，一个配得上我的男人，估计我可以委身于他，我承认，当时我如饥似渴地需求幸福！然而，他死了，他救了一个人的命就死了，救了谁？……是德·卡迪尼昂先生！我这样心事重重，您还感到奇怪吗？……”

这是最后的一次震撼，可怜的德·阿尔代兹支持不住了。他跪了下来，把头埋在王妃的一双手里，就在那儿哭了起来，他在那里倾洒着天使们才会洒出的甜蜜的眼泪，如果天使也会哭泣的话。由于达尼埃尔正把头埋住，德·卡迪尼昂夫人就可以在嘴唇上显出一丝胜利者的狡黠微笑，就像猴子要好了把戏而微笑起来一样，如果猴子们也会笑的话。王妃心里想：“啊，我把他控制住了。”的确，她把那男人紧紧地控制住了。

“那么，您是……”他说着，抬起他那俊美的头，含情脉脉地看着她。

“是圣女，也是殉难女，”她说着，同时为这古老的玩笑微微一笑，这笑里充满了残忍的快乐，倒让那男人觉得有妩媚的意味，“您看见我在笑，那是因为我想到了世人都熟悉的王妃，那位德·莫菲纽斯公爵夫人。大家都说德·玛尔赛，无耻的德·特拉伊——这个政治暴徒，小傻瓜德·埃斯格里尼翁，还有拉斯蒂涅、吕邦泼雷以及各国大使，内阁大臣，俄国的将军，我还得说什么？全欧洲的男

---

① 斯堤克斯：希腊神话中环绕冥界的河。古希腊人凭斯堤克斯河水立下的誓言，是绝对不可违反的。

人都是我的姘头！我搜集这个肖像画册，以为所有仰慕我的人都是我的朋友，而世人竟对画册肆意污蔑。咳！这太恐怖了。我不明白，我怎能任凭一个男人拜倒在我脚下，我对这样的人一概看不起，这才是我永远不变的想法。”

她站起来，向窗台走去，步态袅娜多姿、轻盈飘逸。

德·阿尔代兹仍然坐在壁炉旁的矮靠椅上，不敢跟着王妃走过去。他望着王妃，听到她轻轻地擤鼻子，但不见她擦鼻涕，一位王妃怎么能擦鼻涕呢？狄安娜费尽心思让人相信她的感情。德·阿尔代兹以为他的天使在流泪，就跑了过去，揽住她的腰，把她紧紧地搂在胸前。

“不行，放开我，”她喃喃地说，声音很微弱，“我对什么都怀疑，不能对一切事物都抱着好心肠，要我心平气和地过正常的生活，这个任务太重，不是一个男人的力量能完成的。”

“狄安娜！我要永远爱您，我要补偿您失去的全部生活。”

“不行，不要对我说这种话，”她回答道，“此时此刻，我感到羞愧，浑身发抖，仿佛我从前就犯过重罪。”

她已经完全恢复了少女时代那天真无邪的感觉，然而又显出王后般的威严、崇高和尊贵。这样巧妙的铺排，在德·阿尔代兹这样初涉世事、毫无心机的人身上所产生的效果是难以形容的，他竟认为那女人所说的一切都真真确确。他欣赏着她，一声不响，乖乖地站在窗前，等待着她的一句话；而王妃在等待着一个热吻。但那男人认为王妃太神圣了，不敢造次。王妃感到有些冷，又走到沙发旁边，按照原来的姿势坐下，她的双脚有些发僵了。

“还要多等一些时间。”她心里想着，一面看着达尼埃尔那宽大的前额和富有崇高道德的脑袋。

“这是一个女人吗？”这位洞察人心的作家自问，“应该如何跟她相处呢？”一直到清晨两点钟，他们还在说些毫无意义的废话，像王妃这样聪明伶俐的妇人能够让这些废话显得津津有味，情趣盎然。狄安娜说自己饱经沧桑，芳华已逝，人老珠黄；德·阿尔代兹却说她的皮肤最柔嫩，摸着最细腻，看着最白皙，闻起来芳香馥郁，正值花样年华，那王妃对这些话也就深信不疑。他们一忽儿谈这种美，一忽儿谈那种美；一忽儿谈这个细节，一忽儿谈那个细节，时而说道："您相信吗？""您真疯了！""这是情欲！""用不了半个月，您就会知道我怎么样。""反正我就要到四十岁了。""怎么能爱这么老的女人呢？"德·阿尔代兹口若悬河地论说，用了许多夸张的辞藻，但又像中学生那样幼稚。王妃听着这位聪明的作家在说蠢话，就像坠入情网的下级士官一样，她显出全神贯注、十分感动的样子，心里却在暗笑。

德·阿尔代兹走到街上时自问，刚才是不是对人有失尊重，他又在心里重复了一遍这场非同一般的倾心密谈，当然，这时他想得太简单，他真想写一部书，把他们那许许多多的知心话以及谈话时的甜蜜气氛全都写出来。这个自然而又深刻的作家，虽然具有清晰的记忆力，但未必能够完全传达出这个浪漫故事的自然情趣、深刻意义，以及王妃说话时的声调。

"真的，"他自言自语，无法入睡，"世界上的确有这类悲剧；风度翩翩，花团锦簇，妙语连珠的俏皮故事，底下掩盖着的就是这类的可怕悲剧。我们创作出的悲剧永远比不上真实的生活。可怜的狄安娜！米歇尔早就预感到这个谜底。他说过在这层冰川底下就是火山！毕安雄和拉斯蒂涅说得都对：如果一个男人能够把伟大的理想和享受情欲合而为一，爱上一个举止娴雅、聪明伶俐、高贵雍容的女人，这才是不可名状的幸福。"他自己度量着这个爱情，觉得他爱的深度是无限的。

德·埃斯巴尔侯爵夫人有两个月没见到王妃，又没收到她的片言只字，十分好奇，在德·阿尔代兹和王妃谈话的第二天，下午两点钟，便来看望王妃。相见后的半个小时，两条精明水蛇的谈话非常有趣；狄安娜·德·于塞尔避开德·阿尔代兹这一话题，就像不愿意把黄色的衣服穿在身上一样，而侯爵夫人却总是围着这个话题转，就像贝都因人围着一个有钱的商队一般。狄安娜有意逗趣，侯爵夫人却怒火中烧。狄安娜等待着，她想利用她的这位女友，把她当作一只猎犬。在当今社交界，声名赫赫的两个女人当中，一个比另个更为出色；在各个方面，王妃都压过侯爵夫人一头，侯爵夫人心里也承认对方的优势。这也许就是她们之间友谊的秘密。较弱的一方伪装亲昵，伺机待发。所有的弱者，都要长时间地等待时机，时机一到，就会扑向强者的咽喉，痛痛快快地留下撕咬的印记。狄安娜看得一清二楚，整个社交界却都被这两个女人的亲密无间蒙骗过了。当王妃发现她的女友正要开口提问时，她就赶紧说："哎呀，亲爱的朋友，我要感谢您给我带来了十全十美、无可限量、就像上了天堂似的巨大幸福。"

"这是什么意思？"

"您还记得三个月之前，在这个小花园里，我们坐在茉莉花下的长凳上晒着太阳，反复思索的情景吗？啊！只有精英人物才知道什么是爱情。德·阿尔贝公爵[①]曾经对卡特琳娜·德·美第奇[②]说过：一尾鲑鱼的头就抵得上所有青蛙的头。我很愿意把这句话用在我那伟大的达尼埃尔·德·阿尔代兹身上。"

"怪不得再也没有看见你们。"德·埃斯巴尔夫人说。

"请您答应我，我的天使，如果您看到他，一个字儿都不要提起我，"王妃拉着侯爵夫人的手说，"我很高兴，啊！我高兴得无法形容。您知道，在社交界，一句话、一个玩笑都会被夸张得不着边际。一句话可以杀人，只要在话里下一点儿毒药就行了！一个星期以来，您知道我多么希望您也有这样的爱情啊！总而言之，他是个温柔体贴的人儿。对于我们女人来说，能够如此结束我们女性的生活，能够安眠在一种热烈、纯洁、忠诚和完美无缺的爱情中，特别是我用了那么长久的时候寻找过这种爱情，现在如愿以偿，真是一种辉煌的胜利。"

---

① 德·阿尔贝（1507—1582）：西班牙的将军和政治家，是西班牙国王查理五世的重臣，在当时欧洲的政治和军事生活中起过重要作用。

② 卡特琳娜·德·美第奇（1519—1589）：法国国王亨利第二的王后。

“为什么您要求我对我最好的闺中密友保持忠诚呢，”德·埃斯巴尔夫人问道，“您难道以为我还能对您恶作剧吗？”

“一个女人有了这样一个宝贝，自然而然地害怕失掉他，所以心生恐惧。我真是荒谬绝伦，请原谅我，亲爱的。”

过了一会儿，侯爵夫人走出了门。王妃看着她走远，心里想：“她会把我整治一番，她愿意说我什么，就让她说去吧。不过，为了防范她设法把达尼埃尔从我这里挖走，我倒要把他送到侯爵夫人那儿去。”

到了三点多钟，德·阿尔代兹来了。正当他们谈得兴致盎然时，王妃打断了他的话头，把她的纤纤玉手放在他的胳膊上。

“对不起，我的朋友，”她截住他的话说，“我差一点儿忘了一件事，这件事看起来无足轻重，实际上却至关重要。自从我无限幸福地跟您相遇的那天起，您就没有再跨进德·埃斯巴尔夫人的大门。您去一趟吧，不是为了您自己，也不是表示礼貌，而是为了我。说不定为了您，她已经成了我的对头。万一她得知自从您在她家赴过晚宴之后，可以说就没有离开过我的家门。再则，亲爱的朋友，我也不愿让您疏远朋友，与世隔绝，更不愿您放弃您的事业和写作生涯，否则我又会受到意想不到的诽谤。那些人什么话说不出来呢？说我把您拴在我的裙带上，把您蛊惑住了，怕被别的女人比下去，还想成为众人的话题，我知道这是我最后迷住的男人，所以要紧紧地抓住。有谁能知道，您的确是我唯一的知己？如果您像您说的那样爱我，您就去告诉大家我们之间只不过是纯粹的兄妹关系。您说下去吧。”

这个和蔼可亲的女人用无法形容的优美动作整理一下衣服，让裙裾妥妥帖帖地垂下来。在她的这一段话中，有一种不可言喻的细腻和纤巧，只感动得那男人热泪盈眶。王妃早已脱离了粗知拙识的市井女人那种状态，那些女人只知道坐在沙发上你一句我一句地争论斗嘴，而王妃却展现出一种从未见过的豁达大度，她完全不需要把这一点说出来，他们彼此之间已有高贵的一点灵犀。这种境界不是昨天、明天或是今天才存在的，当他们双方都有这种意愿时，就会达成这种默契，用不着一般庸俗的女人要表明为爱情不惜牺牲，而无休无止地忸怩作态，这些女人大概知道她们本该输掉这场游戏，而对于那些确信会赢的女人，这就是一场胜利的游戏。王妃的这番话，作为许诺却说得很含糊，同时包含着甜蜜的希望，又给了那男人确定不疑的权利。我们得承认只有精悍超群的女骗子才有如此高妙的手段，当别的女人俯首就范时，这种女骗子却仍保持着轩昂的气度。德·阿尔代兹这时就衡量出了王妃这样的女人与其他女人之间的距离；王妃永远显得美丽得体。保持高贵气度的秘密，大概就在于这些贵妇人能够用艺术的手法把她们那层身上的薄纱揭下来，于是她们就达到了古代雕像的那种状态；如果身上还有一块遮羞布，就会显得猥亵下流。市井女人总是设法用布把自己包起来。

德·阿尔代兹仿佛被这些温柔体贴套上了辔头，又觉得自己道德高尚，于是胆气益壮，就听从王妃的指令，乖乖地到德·埃斯巴尔夫人家去。这位侯爵夫人竭尽所能，向他展示摄人心魄的魅力，只请他在最近的某天，到她家吃晚饭，却绝不向德·阿尔代兹提及王妃。

就在那天，德·阿尔代兹来了，同席还有许多人。侯爵夫人早就邀请了拉斯蒂涅，布隆代，德·阿瞿达·潘托侯爵，马克西姆·德·特拉伊，旺德奈斯兄弟，杜·蒂耶，巴黎的一位最有钱的银行家，德·纽沁根男爵，拿当，杜德莱夫人，大使馆里从不讲信义的两个随员，还有德·埃斯巴尔骑士，是这客厅中城府最深的人物，他嫂子的一半儿计谋都是他设计出来的。

马克西姆·德·特拉伊笑着问阿尔代兹：

“您经常见到德·卡迪尼昂王妃吧？”

德·阿尔代兹只是冷冷地点一下头，算是回答了这句问话。马克西姆·德·特拉伊是个高级杀手，无心无肝，什么事都干得出来，他让所有姘上他的女人倾家荡产，让她们拿出钻石作抵押，但是他给这些行为蒙上光彩的外罩，干起事来亲切有礼，聪明得像个魔鬼。

所有的人对他既畏惧又轻蔑，但大家都对他以礼相待，不敢轻慢。他本人对这一点并没有发觉，或者说他像大家一样，把真实的想法都掩盖起来了。依仗着德·玛尔赛伯爵，他才升迁到能够攀爬上的最高位置。德·玛尔赛很久以来就认识他，断定他有能力完成某些秘密的或是外交的任务，于是把某些事交给他，他果然办得干净利落。最近一个时期，德·阿尔代兹经常参预政治事务，因而深知此人的底细，也许只有他一个人品德如此高尚，能够公开说出大家私下想说的话。

“毫无疑问，就是因为她，您才不管议会的事了。”纽沁根男爵说。

“咳，像王妃这样的女人，男人一踏进她们的门就会面临极大的凶险，”德·埃斯格里尼翁侯爵缓缓地说，“就是她，才玷污了我的婚姻。”

“凶险，”德·埃斯巴尔夫人说，“不要这么说我最好的女友。我听到的、见到的王妃所有言行都出自非常高尚的感情，别无其他。”

“让侯爵继续说吧，”拉斯蒂涅说，“一个男人被一匹漂亮的马甩了下来，他知道这马有缺陷，就把马卖给了别人。”

德·埃斯格里尼翁侯爵听到了这句讥讽的话，便看着达尼埃尔·德·阿尔代兹，并且说：“我希望先生和王妃之间的交情，还没有达到妨碍我们谈论她的程度。”

德·阿尔代兹保持着沉默。德·埃斯格里尼翁很机灵，便接着拉斯蒂涅的话头，对王妃的外貌和言行仔细描绘一番，说的都是她的好处，这让在座的人非常开心。德·阿尔代兹对这个讽刺完全听不懂，便向他的邻座德·蒙柯尔奈夫人俯过身去，问她这些玩笑是什么意思。

“大家看到您对王妃的印象极佳，除了您之外，据说席上的所有男人都得到过她的垂青。”

“我可以向您肯定地说，这些看法都是错的。”达尼埃尔回答。

“可是，德·埃斯格里尼翁先生就在这里，他是佩尔什地方的贵族，十二年前，为了她完全破了产，也是为了她，差一点儿上了断头台。”

“我知道这件事，”德·阿尔代兹说，“德·卡迪尼昂夫人把德·埃斯格里尼翁先生从重罪法庭上救了出来，您看今天他是怎么报答她的。”

德·蒙柯尔奈夫人满脸惊异和好奇，几乎是目瞪口呆地看着德·阿尔代兹，接着她转眼望着德·埃斯巴尔夫人，并对她指了指德·阿尔代兹，仿佛说“他已经走火入魔了”。

在这段不长的交谈中，德·卡迪尼昂夫人受到了德·埃斯巴尔夫人的保护，但是这种保护很像避雷针，把雷电引来了。当德·阿尔代兹过来跟大家一起谈话时，听见马克西姆·德·特拉伊扬声说：“在狄安娜身上，荒淫堕落、败坏男人，本是根源，并非结果；她那温和可爱的性格，也许就是从这个根源来的，她没有额外去寻找，也没有发明创造，她仿佛有了最天真无邪的爱情的灵感，才用最精致的手段来追求你，你就不能不相信她。”

这段话好像特意为德·阿尔代兹这样听得懂的人准备的，说得铿锵有力，如同给那女人下了定论。大家都不再谈论王妃，似乎她已被打死了。德·阿尔代兹看着德·特拉伊和德·埃斯格里尼翁，露出讥笑的神色。

“这个女人最大的错误就是要和男人一比高下，”德·阿尔代兹说，“她也和男人一样，把嫁资以外的财产挥霍净尽，她支使情人去借高利贷，她吃光了自己的嫁资，她让孤儿破产，让古老的城堡毁为废墟，她唆使别人犯罪，说不定自己也犯罪，但是……”

这两个人物从来都没有听见过比德·阿尔代兹对他们的回应更犀利的言辞。一听到“但是”这个词儿，整个席面上的人都愣住了。每个人手举着叉子，眼睛一忽儿看看那位勇敢的作家，一忽儿又看看打死王妃的那两个凶手，大家在可怕的静默中等待着作家的结论。

“但是，”德·阿尔代兹略带调侃意味地说，“比起男人来，德·卡迪尼昂王妃夫人有个优点：当有人为了她而陷入危难时，她就会把您救出来，并且不说任何人的坏话。在芸芸众生中，为什么不能有一个女人去玩弄男人，就像男人玩弄女人一样呢？为什么女性不可以有机会就报复一下？……”

“天才终究比普通的智慧强得多。”布隆代对拿当说。

这几句讥讽，雪崩似的压过来，就像重炮连发压制住了步枪齐射。人们赶紧转变话题。无论是德·特拉伊伯爵，还是德·埃斯格里尼翁侯爵，好像都不打算跟德·阿尔代兹争吵。当咖啡端上来时，布隆代和拿当亲热地来找作家，不过没有一个人模仿他们的样儿。既佩服德·阿尔代兹的敢作敢当，又不敢跟两个强人结怨，这个矛盾很难调和。

“并不是今天我们才知道您的坚强性格和您的卓越才能同样伟大，”布隆代对他说，“您在这里的言行，不像一个凡人而像一位神祇：您没有感情用事，也没有凭空想象，您不为心爱的女人辩护，使得专等您辩护的人大失所望；您一开口辩护，那些对文学巨擘心怀嫉妒的人就胜利了……我可以这么说，这是处理私人事务的卓越政治策略。”

“啊，您是一位政治家，”拿当说，“没有为一个女人辩护，却替她报了仇，这样做很困难，但很巧妙。”

“王妃是正统派中的女英雄，”德·阿尔代兹不动声色地回答道，“她为她的主人所做的一切，已使她在生活当中的出轨行为得到了宽恕。就这样，每个有骨气的男人不是都有义务去保护她吗？”

“他说话滴水不漏。”拿当对布隆代说。

“的确如此，仿佛王妃真值得他这么对待似的。”拉斯蒂涅走到他们身边，这样接应了一句。

德·阿尔代兹到了王妃的家，王妃正在等他，心急如焚。是狄安娜促成了这次聚会，这次聚会的结果可能决定她的生死。这个女人，平生第一次心里痛苦，汗满全身。如果德·阿尔代兹相信众人所说的，而不相信她的话，她真不知怎样应付。众人说的是真情，而她说的是谎话。德·阿尔代兹性情这样温顺，品格这样完美，灵魂这样纯洁，心地这样质朴，这样的男人绝对不会让她玩弄于股掌之上。她之所以编造出骗死人的谎言，是因为有一种欲望推动着她，要想尝试真正的爱情。她觉得在她心里已露出这爱情的端倪。她爱德·阿尔代兹，已注定要把他欺骗到底，要在他的心目中永远保持演过喜剧的高超女伶的形象。她听到餐厅里响起达尼埃尔的脚步声时，她感到一种震动，一阵战栗，摇撼着她整个生命的根基。像她这样的女人，即使在最为纷扰困惑的时刻，也从未感受过这种激动，这让她明白她已经把幸福拿出去做了赌注。她那望穿秋水的眼睛，一下子看到了德·阿尔代兹的全身，穿过他的肌肤，看到了他的心灵，在那里没有丝毫猜疑的影子。恐怖的战栗这时却翻转过来，欢乐几乎使幸福的狄安娜喘不过气来；所有的人，忍受悲伤时有极大的能力，一旦幸福降临，就不能自持了。

“达尼埃尔，人家诽谤我，您却替我报了仇！”她一面说，一面站起来，向他张开双臂。

这话让达尼埃尔十分惊诧，他并不知道这话背后的根底。两只美丽的手捧住了他的头，王妃在他额头上印下圣洁的一吻。

“您怎么知道……”

“咳，大名鼎鼎的小傻瓜，您难道看不出来，我爱您都爱得发疯了吗？”

从这天起，社交场上，无论是德·卡迪尼昂王妃还是德·阿尔代兹，都不再是个话题。王妃从她母亲那里继承了若干财产，她每年夏天跟那位大作家到日内瓦去，在一栋别墅中消暑，冬天的几个月，回到巴黎。德·阿尔代兹只在议会里露露面。最后，他出版的书也越来越少了。这就是故事的结局吗？对于聪明人来说，故事到此为止；而那些喜欢刨根问底的人以为还有下文。

一八三九年，六月，写于雅尔迪

王晓峰　译

译后记

这里选译的是巴尔扎克的四个中篇小说，是从一八三二年到一八三九年写作出版的，作者年龄在三十四岁到四十二岁。经过辛勤的笔耕和人事上的不断周旋，巴尔扎克已踏入上层文化的交际圈儿，结识了一些社会名流和法国文坛上的重要人士，并进而得到包括财务等多方面的支持，成为文笔纯熟的作家了。所选译的小说篇幅虽都不大，但在《人间喜剧》系列中却都分量不轻。

《夏倍上校》出版于一八三二年三月。讲的是拿破仑麾下一名上校军官，在一八零七年的埃洛战役中因受重伤而昏厥，被误认为已阵亡，埋入丛葬坑中。上校苏醒后，挣扎出土，得到好心人的救治，辗转回到巴黎，寻找自己的家园和妻子。不料其妻已带走他的财产嫁人，成了复辟王朝的一位贵妇。她本不承认上校尚在人间，不得不承认时，又设计诱使上校放弃恢复身份和得到财产的权利，终于迫使上校隐姓埋名，在一个收容所里终其余生。作品披露了当时社会生活里，人性中美和丑两个方面的各自一角：自尊忍让和自私贪婪。作者赞许前者，挞伐后者；但在两者较量中，自私贪婪获得了全胜，而自尊忍让却一败涂地。作品中，女主角为了保持新得到的尊贵地位，也为了不损失分毫的物质利益，而对恩重如山、爱她如至宝的前夫下了狠手，以致置他生死荣辱于不顾；男主角则为了保持自己人格的尊严和成全自己曾爱过的妻子，而放弃了恢复高级荣誉军官地位和重过富裕生活的机会，并甘当冒充阵亡军官的轻罪犯人，接受刑罚，后与乞丐、残废人为伍；他的悲惨余生竟了结于贫病之中。坦荡耿直的男主角，为维护人格的尊严和言而有信，不惜牺牲一切的行为令人震撼。巴尔扎克描写夏倍上校这一帝国军官的形象：忠君爱国，正直无私，自尊诚实，同情弱者，勇于牺牲等，都是舍弃精雕细刻而采用大刀阔斧的笔触完成的。

《被遗弃的女人》出版于一八三二年九月，讲了个悲惨故事。一个巴黎青年在外省爱上了一个被情人遗弃的美貌女子，颇费周折，方得好合，并在瑞士同居了九年。后经母亲的再三催逼与现实利益的不断招引，这青年终于归顺传统、接受了门当户对的婚姻，娶妻生子；而与之长久同居的情人又遭到遗弃。青年婚后，毫无感情生活可言，终于回心转意，欲与原情人恢复旧好，但遭到断然拒绝，于是不堪悔恨的痛苦，饮弹自尽。故事中描写遭到两次遗弃的女子，容貌姣好，教养绝佳，但着重写她忠于爱情和维护女性自身的尊严。作者笔下，对这位品貌双馨的女子备加铺陈，似乎这样的女子，在生活的各个方面，都该是无往不胜、动辄有成的，而故事以她的爱情失败始（虚写），又以她的爱情失败终（实述）。故事情节出现如此令人哀叹的起结，显示了巴尔扎克对作为弱者一方的这位女性的不幸遭遇给予了极大的同情。故事中，作者描述了在爱情和婚姻问题上男男女女的各种心态，无意间倒启发了人们去思考：拥有爱情的人如何看待结婚、业已结婚的人如何看待爱情这一伦理性的颇难解决的社会问题。

一八三六年，《无神论者望弥撒》出版了，这是一篇具有励志意义的小说。写的是一个著名的外科医生，青年求学时期，独自漂泊巴黎的故事。在他生活十分清苦，近乎衣食不继的时候，有个地位卑微的挑水夫资助了他，供给他学习和日常生活的费用，视之为自己的子弟，使他完成了学业。毕业后，年轻的医生因医术高超，终于成了外科医学的泰斗。挑水夫是个虔诚的天主教徒，希望身后有人能为他举办圣事，使他的灵魂得以安息。外科医生为报答挑水夫的深恩大德，便资助教堂每年举办多次弥撒，以慰藉恩人的灵魂。

但外科医生是个无神论者，却要到天主堂里毕恭毕敬、虔诚地望弥撒，看起来颇为怪异或滑稽。不过对外科医生的知恩图报而言，这倒是唯一可行的好办法；既能在想象中帮助恩人，又能在道义上完成自我。巴尔扎克是有神论者，他认为，挑水夫不仅让外科医生具备了进入“地上神殿（指法国的先贤祠）大门”的条件，更为他提供了“打开天国大门”的可能。作者只用简当的言辞勾勒出挑水夫朴实、良善的形象，也大力赞扬挑水夫笃信宗教、诚恳助人的品格。对外科医生的真挚祈祷，作者似乎有些肯定的倾向，至少未予否定，更不斥责他是无神论者。巴尔扎克只把无神论者却跑进教堂望弥撒这一罕有的现象写出来，不加评说，好像要把信仰的定位、行为的准则等问题都留给读者去探讨。

《卡迪尼昂王妃的隐私》是一八三九年出版的。小说的女主人公卡迪尼昂王妃在《古物陈列室》里曾经出现过，是个风流放荡的贵族交际花。在本篇故事里，她已人近中年，在巴黎的风月场上，已是迟暮的美人，亦属财产荡然的非富裕户。但她凭借自己的聪明机智竟然找到一个品德高尚、才智过人的成熟男子，为自己筑起一个可以放心寄托感情和妥善安顿生活的归宿。当时贵族社会的婚姻是门第婚姻，是估计过政治成败、经济得失和身家利害的婚姻。年幼的女主角在母亲的包办下，嫁给了一个亲王，成了王妃；而那亲王竟一直是自己母亲的情人。王妃成年知情后，便不顾一切，过起纵欲恣情、奢靡无度的生活，使她母家出丑，落得己身快意。她广揽男友，一旦用尽了追求者的贡献、看腻了追求者的殷勤，便把被她哄骗得百依百顺的人一脚踢开。但在她最后选到一个玩弄对象时，情况却有了重大的变化。那对象是个作家，是个有才学、有能力的老实人。他为王妃的风仪、容貌和言谈而倾倒；经过一段交往，他把王妃的谎言和半真半假的话都信以为真，总结王妃的遭遇，他已视王妃为受难的天使，并在公开场合为保卫王妃的尊严而舌战贬低王妃的人。作家的诚挚信任，唤回了王妃早已遗失的爱情；那大孩子般的作家，本将充当荡妇掌中的玩物，终竟成为王妃心头的爱侣。巴尔扎克在描写王妃的聪明过人、美丽无匹上可谓不遗余力：把王妃的一举一动、一颦一笑，都写得楚楚动人；颇具讽刺意味的是，在巴尔扎克笔下，王妃信口诌出的故事、随意编造的谎言也都显得情理相宜，津津有味。在这个中篇里，作者也充分展示了他对繁复的故事背景举重若轻的驾驭能力：叙述社会上层人物的一次聚会，作者能够简赅地说明十数人中每个人的身份、性格和彼此间的利害关系；典型的三言两语便烘托出整个聚会现场的气氛，使读者恍如置身其中，感受到了那些男女贵人的衣香鬓影。

就中译法而言，大体说来，忠实于原文就是对法语原文负责。对法语原文，包括原文的所有信息，都不可有所增减。要明确作者对人物、对事件的态度是褒是贬，褒或贬所拿捏的分寸是怎样的。换言之，就是要求译者充分领会作者在文字艺术上的意图。做到这一点，除却精通法语，还要有准确的和细腻的文学感觉，这常常表现为敏锐的文学鉴赏和感知能力。

译文要对汉语负责，要绝对尊重汉语的语法规则、汉语词汇的搭配习惯，尽量准确地重现作者在文字各个方面（包括语言的风格）的表达效果；尽量准确地重现作者文字艺术上的意图。要熟知汉语言文字上的审美习惯和原则，使中国读者阅读译文时，得到的艺术享受与法国读者读法文时的所得大致相同。

如此简化笔译的标准，只是翻译过程中的一点儿心得。“文章千古事，得失寸心知”，但介绍域外的文学作品毕竟是面对公众的事，当然也希望识家和读者的首肯。

王晓峰 2014 年 7 月

图书在版编目（CIP）数据

夏倍上校：巴尔扎克中短篇小说选 /（法）巴尔扎克著；罗新璋等译 .—上海：上海三联书店，2015.8
ISBN 978-7-5426-5224-9

Ⅰ . ①夏… Ⅱ . ①巴… ②罗… Ⅲ . ①中篇小说 - 小说集 - 法国 - 近代 ②短篇小说 - 小说集 - 法国 - 近代
Ⅳ . ① I565.44

中国版本图书馆 CIP 数据核字（2015）第 142530 号

夏倍上校：巴尔扎克中短篇小说选

著　　者 /〔法国〕巴尔扎克
译　　者 / 罗新璋　陈占元　金志平　王晓峰
总 策 划 / 贺鹏飞
策　　划 / 乌尔沁　赵延召
责任编辑 / 陈启甸
特约编辑 / 梁清波
装帧设计 / Metis 灵动视线 TEL:010-85983452
监　　制 / 吴　昊
出版发行 / 上海三联书店
（201199）中国上海市都市路 4855 号 2 座 10 楼
http://www.sjpc1032.com
印　　刷 / 北京鑫海达印刷有限公司
版　　次 /2015 年 8 月第 1 版
印　　次 /2015 年 8 月第 1 次印刷
开　　本 /640 × 960　1/16
字　　数 /256 千字
印　　张 /23.5

ISBN 978-7-5426-5224-9/I·1045

定　价：35.80元

世界名著名译文库

柳鸣九主编

第一辑

司汤达集　罗新璋编选

01 红与黑　罗新璋译

02 帕尔马修道院　郝运译

03 意大利遗事　李健吾译

04 阿尔芒丝　李玉民 刘阳译

莫泊桑集　柳鸣九编选

01 羊脂球——莫泊桑短篇小说选　柳鸣九译

02 漂亮朋友　李玉民译

03 一生 皮埃尔与让　李玉民 谭华译

左拉集　柳鸣九编选

01 娜娜　罗国林译

02 小酒店　王了一译

03 戴蕾斯·拉甘　毕修勺译

04 磨坊之役——左拉中短篇小说选　郝运 王振孙译

大仲马集　吴岳添编选

01 三个火枪手　李玉民译

02 二十年后　罗国林译

03 基督山伯爵　李玉民 陈筱卿译

04 黑郁金香　郝运译

霍夫曼集　陈恕林编选

01 雄猫穆尔的生活观暨乐队指挥克赖斯勒的传记片段　陈恕林译

02 斯居戴里小姐——霍夫曼中短篇小说选　陈恕林 宁瑛等译

第二辑

屠格涅夫集 王守仁编选

01 猎人笔记 张耳译

02 父与子 张铁夫 王英佳译

03 贵族之家 刘若译

04 烟 王金陵译

05 阿霞——屠格涅夫中篇小说选 安静 臧乐安译

奥斯丁集 朱虹编选

01 傲慢与偏见 孙致礼译

02 理智与情感 孙致礼译

03 爱玛 孙致礼译

04 沙地屯 常立 车振华译

福楼拜集 谭立德编选

01 包法利夫人 李健吾译

02 圣安东尼受试探 李平沤 李白萍译

03 一颗简单的心——福楼拜中短篇小说选 李健吾 郎维忠 胡宗泰译

茨威格集 韩耀成编选

01 一个陌生女人的来信——茨威格中篇小说选 韩耀成等译

02 一颗心的沦亡——茨威格短篇小说选 韩耀成等译

德莱塞集 董衡巽 郑土生编选

01 嘉莉妹妹 许汝祉译

02 天才 主万 西海译

03 美国的悲剧 许汝祉译

第三辑

托尔斯泰集　钱善行编选

01 战争与和平　草婴译

02 安娜·卡列尼娜　草婴译

03 复活　草婴译

04 三死——托尔斯泰中短篇小说选　臧仲伦 张耳 靳戈译

卢梭集　谭立德编选

01 忏悔录　陈筱卿译

02 新爱洛伊丝　陈筱卿译

03 漫步遐想录　徐继曾译

狄更斯集　殷企平编选

01 大卫·科波菲尔　董秋斯译

02 双城记　张玲 张扬译

03 艰难时世　陈才宇译

04 远大前程　徐式谷 姚锦镕 尉洪池译

05 雾都孤儿　方华文译

06 圣诞故事集　吴钧陶 裘因 陈漪译

07 匹克威克外传　莫雅平译

08 老古玩店　古绪满 夏力力译

09 董贝父子　王僴中译

10 狄更斯演讲集　殷企平 丁建民 徐伟彬译

劳伦斯集　冯季庆编选

01 恋爱中的女人　冯季庆译

02 虹（修订版）　黑马 石磊译

03 儿子与情人　方华文译

04 查泰莱夫人的情人　杨恒达 杨婷译

05 骑马出走的女人——劳伦斯中短篇小说选　文美惠 黑马等译

莎士比亚集　方平 朱尚刚编选

01 莎士比亚悲剧选　朱生豪译

02 莎士比亚喜剧选　朱生豪译

03 莎士比亚历史剧选　朱生豪 吴兴华 方平译

第四辑

陀思妥耶夫斯基集　钱中文 曾思艺编选

01 罪与罚　曾思艺译

02 白痴　臧仲伦译

03 群魔　臧仲伦译

04 卡拉马佐夫兄弟　徐振亚 冯增义译

05 被侮辱与被损害的　李霞 赵春梅译 谷羽审校

06 少年　臧仲伦译

07 地下室手记——陀思妥耶夫斯基中篇小说选　臧仲伦 曾思艺等译

泰戈尔集　倪培耕编选

01 吉檀迦利——泰戈尔诗选　冰心 石真等译

02 饥饿的石头——泰戈尔中短篇小说选　倪培耕 石真译

03 沉船　彬仁译

04 纠缠　倪培耕译

05 生活的回忆——泰戈尔散文选　冰心 倪培耕等译

06 花钏女——泰戈尔戏剧选　倪培耕 石真 刘安武译

契诃夫集　李辉凡编选

01 套中人——契诃夫短篇小说选　李辉凡译

02 樱桃园——契诃夫戏剧选　焦菊隐译

巴尔扎克集　柳鸣九编选

01 欧也妮·葛朗台　罗国林译

02 高老头　许渊冲译

03 贝姨　许钧译

04 邦斯舅舅　许钧译

05 农民　陈占元译

06 三十岁的女人　沈志明译

07 幽谷百合　李玉民译

08 夏倍上校——巴尔扎克中短篇小说选　罗新璋 陈占元 金志平 王晓峰译

哈代集　朱炯强编选

01 还乡　王之光译

02 无名的裘德　方华文译

03 卡斯特桥市长　郭国良 沈正明 刘澹娟译

04 苔丝　吴笛译

05 西波利村探险记——哈代中短篇小说选　朱炯强等译